五世谱

李连渠 著

南方出版传媒
花城出版社
中国·广州

图书在版编目（CIP）数据

五世谱 / 李连渠著. -- 广州：花城出版社，2021.2
　　ISBN 978-7-5360-9176-4

Ⅰ. ①五… Ⅱ. ①李… Ⅲ. ①长篇小说－中国－当代 Ⅳ. ①I247.5

中国版本图书馆CIP数据核字(2020)第194568号

出 版 人：肖延兵
责任编辑：李　谓　曹玛丽
技术编辑：薛伟民　凌春梅
封面设计：回声视觉传达

书　　名	五世谱 WUSHIPU
出版发行	花城出版社 （广州市环市东路水荫路11号）
经　　销	全国新华书店
印　　刷	佛山市浩文彩色印刷有限公司 （广东省佛山市南海区狮山科技工业园A区）
开　　本	880毫米×1230毫米　32开
印　　张	10.625　1插页
字　　数	260,000字
版　　次	2021年2月第1版　2021年2月第1次印刷
定　　价	49.80元

如发现印装质量问题，请直接与印刷厂联系调换。
购书热线：020-37604658　37602954
花城出版社网站：http://www.fcph.com.cn

# 目 录

001　第一章　老宅风韵
085　第二章　梦落芳华
161　第三章　峥嵘岁月
241　第四章　魂兮归来
333　尾声

第一章 老宅风韵

我进城多年了,很久没在老家过夜了。今晨醒来,我又听见村巷的鸡鸣和狗吠,柴垛上一群雀儿在啾啾欢叫。谁家的老牛哞了声,仿佛打个冒着草料气的呵欠,跟醒来的农舍田园呼应。我又嗅到了五谷味儿,还有雨后蒸发的土壤、青草、豆秧秸秆的混合气息。这些,都是我久违的熟悉,似乎储存了儿时记忆的温度,潜隐着远逝岁月的生命呼吸。

小孙子在我身边酣睡着。昨天从省城回来,刚好收罢秋,老家房顶上晒着玉米、谷子、绿豆和芝麻。他城里娃稀罕这个,进门就上去蹦跶半天。估计累得够呛,也睡得忒实,嘴角挂溜儿哈喇子。那是从昨夜的甜梦里溢出来,直淌到天亮时的枕头边。

打鸣鸡挺立在院墙头,羽毛红闪闪像团儿焰,头顶昂耸着肉肉的紫红冠,尾巴高挑起黑亮的长翎。首尾一耸一挑,整个儿抖起了雄傲的神气。它爪子紧抓着墙脊,使出拔地的劲儿,不唤醒你不罢休似的,把浑身力气抽调到嗓门,脖颈拉长到极限再朝下弯曲。看上去很有力度,还有点倔强。

它一遍遍地叫,孙子照睡得倍儿香。但你不能说,幼童听觉不敏感,雄鸡叫弯脖子都唤不醒。可不是,他一出娘胎就敏感着哪。月子里,他老是哭闹着不睡,有经验的月嫂去梳妆台拿来吹风机,把温度和风力调向微弱,冲他周身呼呼吹了阵儿。呵!还真灵,果真哄睡了。月嫂说,这温度就像在娘肚里一样暖和,这声音就像羊水在荡漾。他感觉很熟悉,踏实了,安稳了,舒舒适适睡着了。

昨夜我也睡得很踏实,比在省城安稳多了。抑或漂泊他乡的游子回到故乡,也如婴儿找回了娘肚里的感觉?这就对了。老家,才是你真正的温柔梦乡,永远是。

我生长在省城郊县的洛塬村。恢复高考那年上了大学,从此离开家乡。在外奔忙多年,回趟老家都匆匆的,很少过夜。前些天刚办过退休手续,闲了,打算在乡下住些时日。再不惦记上班的事,专心带着孙子玩儿,这真好。

当我卸下职场负担,不再追这求那奔忙,也就放慢了人生脚步,静下心来贴近自然。我又返回童年的原野,能嗅着细微的土腥气儿,听见禾苗的拔节声。闲淡心境,就像一潭水吹散浮物沉去纷浊,露出轻漾的清澈。我还能听到自己的心跳,那是很平静、舒缓的生命节奏,是灵魂归来的从容律动。

天大亮了。我披上衣衫坐起来,靠在床头抽支烟。忽儿吐出个小烟圈儿,悠悠然飘向窗外。孙子仍在甜梦里,他三岁娃的睡相也不成样,曲胳膊叉腿蜷缩一堆儿,光肚肚横卧在枕头边。我抚摩着他圆胖胖的光屁股,忽觉自己老了。是,都当爷了,能不老吗?

小家伙太淘气,老拿我当耍货,拧拧耳朵捏捏鼻子。我不怪,小屁孩儿不都这样?当年,我也揪过爷爷的胡子,骑过他的脖子,把他当成大活宝。一眨眼我又成了爷,也沦为孙子的大活宝了。但这不幽默,反有点苍凉。是嘞,从我爷到我孙,都五代人了。

院里有棵桂花树,眼下开得正盛。天刚麻麻亮,蜂儿就来采蜜了，满院一片嗡嗡声。这声音我也很熟悉，童年经常听到。那是在祖宗留下的老宅里，当院长棵老枣树，蜂儿常去采枣花蜜。

枣花盛开在初夏，屋里有点闷热了。晚上拉张凉席躺在枣树下的院地上，拂着细溜溜儿的风，舒适着嘞。凉席是草编的，散发着干草气息。星星在枣叶缝里眨巴着眼，逗你玩儿似的。

当年夜空可不似现在，稀拉拉几颗星。那真叫满天繁星啊，能看清长长的银河。就像冰上扫残雪，哗啦一挥留下浓淡不匀、毛边毛沿一道白，茫茫然横向天尽头。

妈妈坐在凉席上，给我讲起牛郎织女的故事。说王母娘娘反对他们俩成婚，拔下金簪划出一道子成了银河，把这对儿恋人隔在两岸。我听得入痴入迷，还有些儿怅然，觉得那金簪子太狠了点。

清晨，我还在梦里游荡，蜂儿便纷纷飞来采枣花蜜。嗡嗡声跟梦混搅在一起，疑是把采蜜也编入了梦，构成似梦似醒的浅睡，夹着甜丝丝的味儿。

转眼大半辈子过去，我又听见新宅里的蜂儿吟唱，跟当年老宅里的采蜜声一模一样，犹如那个遥远时空的回响。不过，那是采集初夏的枣花蜜，这是染了秋色的桂花蜜。我读着秋叶忆着夏花，似在品味不同的季节。其实季节品不品它都照过，但你品了，才能嚼出些诗意，嚼出生活的真味儿。

倏地，孙子嘴角抽出一丝微笑。也许他也做着我童年的那种梦，看笑得多甜！是的，童年的梦都很甜。如今我老了老了，回味起来仍甜绵绵的，就像从陈封的枣花蜜里扯出的丝儿。

1

我出生在唐家的老宅里。

老宅是蓝瓦房、土坯墙、小木窗。

蓝瓦房的瓦早不蓝了。清朝末年建的,上百年的老房子,哪能还"蓝"呢。是铁黑色,表面沉积层粉尘泥,黑乎乎泛些儿黄,像烤煳的锅巴。上面布着斑驳的青苔,茸茸的,翠翠的。苔藓中长着瓦松,淡绿色中透着紫红,叶片肉肉的敷层粉白。瓦缝里钻出些草毛毛,偶尔长棵蒲公英或灰灰菜,能蹿一筷子高。奇了,哪儿来的籽儿呢?妈说是天女散花落下的,逗得我老往房顶上瞧,总想窥眼仙女到底美成啥样。可一直没这眼福,也挺惆怅的。

雨天,房顶热闹起来。密麻麻的雨柱被瓦片绊住了脚,溅起欢蹦乱跳的水珠儿。碎玉般乱溅,放射出晶莹的芒,看去一片茫茫的白。我盯着欢腾的雨柱,心说人间就恁好玩儿么,还没落地,刚到房顶就乐成这样?当然这是夏天的雨,猛。

春雨或秋雨温婉多了,细柔柔飘洒在瓦顶上。它也溅水珠儿,很稀微。就像不小心往油锅里甩滴额头汗,爆起点点油星。雨丝在瓦槽里汇成涓涓细流,淌向房檐的滴水瓦,挂出一排水珠帘。有时,我站在屋门口接一把,蹦起满掌水花。或把搪瓷盆伸向屋檐下,打起钢啷钢啷响,声声空灵脆亮,颇像"大珠小珠落玉盘",细听更像。墙根溅起一溜儿水花,星星点点飞进屋里来,散落在青砖地上。颇像蘸墨汁儿的宣纸,倏地渗出一片儿湿。

雨停了,房顶的瓦松、灰灰菜、蒲公英都淋淋地蓬勃起来,满身清爽气。毛毛草的叶尖儿挂着小水珠,滴溜溜儿地生动着,可爱得直怕它掉下来。瓦楞上的青苔越发翠,仿佛被雨刮去老枯皮,露出一层毛茸茸的嫩鲜肉。那翠绿劲儿,真叫浓得化不开。

土坯墙也蛮有趣儿。

墙面是抹层麦秸泥,年久朽成了腐土,抠一指头能掉堆渣儿。裸露的麦秸皮一片麻乱,也都沤糟了。但仍光滑滑的样子,阳光一照闪出点点光亮。还像活着的,给点阳光便灿烂。

土坯墙很破旧了，满面疤疤癞癞，裂着曲里拐弯的缝儿。旧是旧，月光下也蛮生动。若有半院月光，墙上的阴影儿朦朦胧胧，斑驳的泥巴便不是泥巴了。在幼童眼里，弯曲的缝儿勾勒出种种幻象，有了生命的意趣。这片儿像小猫，那片儿像小狗，或像驼背老头戴顶破草帽。还真奇，咋看咋像。

西隔壁是大爷家，他院里有棵老槐树，枝梢蹿出屋脊伸向我家房顶来。上弦月挂在西天边，树影投在东房墙上。有细细的风，枝叶沙沙拂动，树影里的泥巴摇活了。影影绰绰的，老坯墙活像一幅动画，那狗那猫也微微浮动起来。当然了，这些都是童心的幻化。也只有童心，才能把老坯墙看成动画。长大后就看不出来了，咋看都墙是墙、泥巴是泥巴，没了趣儿。

土坯墙上钉溜儿小木橛，常年挂些谷穗、辣椒、玉米棒啥的，看上去跟土坯墙很搭配，都冒着土腥气儿。不过，现今农家都不再垒土坯墙，多是砖墙贴瓷片，洋气了。可洋气是洋气，若往瓷片墙上再挂些穗呀棒呀，不是那味儿了。你想吧，就像一幅现代西洋画，往上面添棵郑板桥的竹，或画只齐白石的虾，成啥样？四不像了。

小木窗却不很美妙，得另说了。

我对小木窗是有大质疑的。为啥开那么小呢？顶多两尺见方。透光效果差不说，也笨。粗大个木框，正中横根方木撑，上下穿通几根棂条。倒挺结实，实在说不上精巧。窗棂上常年糊层白光纸，春节贴对联时才换一次。不到半年，淋上雨便发霉泛了黄。屋里本来透光少，窗纸一发霉，越发灰突突的暗。

可爷爷对小木窗一直很坚持。那年二伯家建起新宅子，统是砖混结构水泥盖板那种，安上了大玻璃窗。爷爷对钢筋水泥没的说，认可比土坯墙结实。但对大玻璃窗极端反对，捣着拐杖埋怨：

"作孽呀！窗户开恁大，能睡安稳喽？"

我觉得他是个老固执，大玻璃窗明显敞亮，不比小木窗好吗？

实在固执得没道理。长大后才渐悟出来,他的"没道理",其实是有历史的道理在里头。

爷爷出生在光绪年间。"戊戌变法"闹腾了百十天,便被皇帝他娘的长指甲掐断了。那老娘把持朝政也玩不转,这边给洋人割着地赔着款,那边中国人该挨打照挨打。国人恼了,怒起来把皇帝撵到满洲里。关内仍闹腾不停,总统走马灯似的换,今儿姓袁明儿姓黎,后天又姓了冯或徐。接着北伐、抗日、内战什么的,没个太平日子。脆弱个体没有安全感,总得想个法儿。世道混乱咱管不了,先把自家大门关严,窗户开小点。虽不顶大用,但从密闭的空间中获得些踏实感,也就这点法子了。

我琢磨着,爷爷对小木窗的坚持,多半儿是这种心理的固化。乱世吓怕了,总会长些记性。每晚睡觉前,他都会提醒一句:"大门关严没?去,再看看!"

扯远点说,我们唐家也曾隆盛过的。大清年间,门里出过两位进士,至今仍传着"一门两进士"的佳话。直到我高祖辈,在当地还颇有名望。晚清时,遭遇世道混乱又出了败家子,不多年破落得一塌糊涂。到曾祖辈,我们这门人仅剩处宅院,就是如今的老宅。

我太爷是个穷秀才,教私塾养家糊口,年轻轻就去世了。只有大爷跟他念过两年书,其余孩子都没进过学堂。亏我太奶是大家闺秀,能教孩子们识些字,我爷便是跟着太奶启的蒙。他很有悟性,后来又自读些祖先留下的书,还练手好字。起初摹写王羲之的,后来临过颜帖。那字体,很有些温雅仪态,又透着刚正的骨气。

爷爷弟兄四个,他排行老三,而我只见过大爷和我爷。听说,二爷是人了北洋军阀队伍,走后没再回来。那世道,人的命跟蚂蚁差不多。没踩住便活着,踩着了便死去,尸骨都找不着影儿。我出生时,二爷已死去多年,所以压根儿不知他长什么样。

我也没见过四爷,他民国年间就被人暗害了。据我爷说,四爷有胆有心计。在镇上开个银匠铺,生意很红火,发财后置办处新宅,娶了两房婆娘。后来,财主张发旺抽大烟欠下一屁股债,急于卖掉后花园变现,四爷又趁机买下来。那园子半亩多地,不算大。

四爷是有盘算的,两房婆娘会生很多孩子,多备处宅子才对。这打算不错,可邪了怪,偏是两房婆娘都不会生孩子。后来他跟我爷商量,让过继个儿子。我爷有哥样,大方地说:"我五个孩子,你挑吧,看中哪个是哪个。"

四爷最看中我大伯唐振儒,聪明、帅气。我爷答应说:"中啊,儒就儒吧。"从此大伯过继给了四爷。这也是福气,四爷不差钱,把他供到省立师范学校。那时能进这等学府的,全县没几个。

后来四爷出事了,起因是争个银圆模子。

那时民间也有造假币的,就是把碎银掺些杂料熔成汁,浇入模子压制出银圆来。一掺假,自然比做纯银货赚大了。四爷听说县城王银匠家有个银圆模子,动了心计。他先跟王家少爷玩豪赌,那浪荡公子根本不是对手,输个精光。四爷趁机下套,逼他把银圆模子赌上。可去索拿时,王银匠死活不肯给,指它发财呢,会舍得?

四爷不知打哪儿弄个盒子炮,又带个伙计当打手去硬讨。王银匠见他提着盒子炮来了,要命呢,吓得把银圆模子交了出来。回村路上走进条小路沟,四爷想撒泡尿,握着盒子炮不方便,顺手递给伙计拿着。谁知那伙计不是省油灯,见银圆模子起了歹心,趁四爷撒尿当儿,朝他后脑勺放了一枪。四爷捏着胯下那家伙没松手呢,就倒在了地上,再没爬起来。

他死后,两房婆娘先后改了嫁。事先,俩女人已把值钱东西偷转到各自娘家,神不知鬼不觉。直到有一天,她们俩为争一条金项链大打出手,头发揪落一地。这时唐家人才发现,除搬不动的大件家具,屋里早空荡荡的了。

多年后,爷爷还老拿这事教导我辈。说人啊,不能太贪。就说你四爷，干个银匠铺够吃够喝得啦，还想歪门儿。结果一泡尿没撒完，命先完了，看落个啥？

四爷暴死不久，张发旺趁机添起乱来。

他抽大烟把卖花园的钱挥光了，烟瘾上来急得撞墙，又反悔花园卖得太贱。他知道我大爷不拿事，找到我爷头上。这家伙兼着伪保长，也挎个盒子炮。他没法说花园卖贱了，签过字据的，不占理。却说四爷还欠他一百块大洋，这是死没招对的事。我爷听出是敲诈，怼呛起来。张发旺亮出盒子炮耍淫威。我爷是个硬汉，根本不吃这一套，他忽地站起来撇嘴一笑：

"哟呵，你鳖儿成精啦，敢跟我来这个？"

说着嗖的一闪身，从门后抓起根扁担抡过来。张发旺他虚张声势，实际是个软蛋。猛一惊，吓得慌忙抓起盒子炮窜了出去。我爷抡着扁担紧追，不停吆喝："你鳖儿有种站住，有种站住！"可那"鳖儿"跑得比兔子还快，还嚷着："再撵就开枪啦，就开枪啦！"全村人都惊动了，沿街站满看热闹的。哈哈，一根扁担把盒子炮撵得四下逃窜，也着实有看头。

张发旺根本不敢开枪。唐家人多势众，真把我爷放倒了，他也甭想好活。直追到村外一块沟地里，那地刚犁耙过，俩人追来撵去荡起满地尘烟。张发旺个大烟鬼，跑腾会儿就喘不过气。突然扑通一声，跪倒在地上磕起头来。那土虚，磕了他一脸灰土。

其实，我爷也不敢把他打死，闹出人命来不是好玩儿的。他见张发旺蔫儿了趁势收场，扁担往地上一扎，扑！边冲张发旺拍着胸脯："你鳖儿有种，朝老子这儿打，打呀！"张发旺直磕着头求饶，我爷哼了一声："哼，这货，没蛋子儿！"接着又逼问几句，把事实坐牢。

"那你说，我四弟欠你钱没？"

"没没，我记糊涂啦、记糊涂啦。"

"没欠钱，你讨啥子账？"

"哎呀，我……我不是人、不是人。"

张发旺说着朝脸上自扇了几巴掌，一场闹剧就这样过去了。至今，村里人还偶尔提起这事，佩服我爷是条好汉，说张发旺吓得尿了一裤子，直磕着头扇着脸喊爷求饶。这有点夸张，磕头扇脸是真的，但他实际没喊爷，也没尿裤子。

四爷的两房婆娘改嫁后，留下一处住宅，一处园子。太奶做主，把宅子分给大爷家，园子给了我爷。大爷叫唐晏平，我爷叫唐晏清。太奶说，老四那处宅子多几间房，晏平家孩子该成家了，有急用；晏清家孩儿们小，不急，就留在老宅，再搭个花园，等你家孩子长大啦，往那儿盖几间房足够用。就这样，把大爷和我爷分了家。

那花园早不是花园了，里边一片荒芜，只剩棵楝树和杏树。爷爷把它刨成菜地，常年种些平素吃的菜。这就不能叫花园了，因它在老宅南边，便习惯叫"南园"。

不久，日本鬼子打过来了。

大伯在省师范学校读书，是热血青年，他跟同学们奋勇报名当兵，加入了国民党的抗战部队。当时青年学生都认准个理：没国哪有家呢？抗战十四年，大伯很少回家，连我奶去世都没顾上回来。他后来去了台湾——这是后话。

奶奶走时不到四十岁。她生了五个儿子，一个女儿。每生个娃连米汤都喝不饱，落下一身病。生下最小的儿子后，虚弱得几乎走不成路。坐月子营养太差，哪来的劲儿呢。

那天，日本鬼子往村里扔炸弹。全村老少跑向沟里躲飞机，奶奶病得走不成路，家人架着她拖到沟里去，抬进个破窑洞里。她喘气都很吃力，更经不住折腾，就在那破窑里咽了气，没能活着出来。

那时我五叔还没断奶，我奶已被抬到了草铺上，他还哭闹着要吃奶、吃奶……可奶奶就这样撒手走了。临终，她没见着大儿子，也没能给小儿子再喂口奶。兵荒马乱的世道啊，叫啥日子！

我奶一走苦了太奶，撇下群孙子孙女，都是她拉扯大的，她去世的时候，我叔伯姑们泣不成声，说要不是她撑着，哪有这个家呀！至今，我家堂屋里仍供着太奶的遗像，当神敬的。那遗像虽满脸沧桑，但仍能看出大家闺秀的气质。

太奶去世那年我刚上小学，对她有点印象。她说话细细柔柔的，很少起高腔，还能教我背唐诗，很有些家教。据爷说，太奶在她娘家有丫鬟侍候，嫁到唐家后，每次回娘家统是轿子接送。可遇上乱世，丈夫（我太爷）早逝，两个儿子（我二爷和四爷）先她而去，接着又养群没娘的孙儿，咋会不苦呢？哎！大家闺秀落到这境地够寒心的。可国破了，家也不成家。再富再贵，都甭想好活着。

也因日子紧巴，南园一直没建起宅子。在我童年，众多堂兄妹仍吃一锅饭。直到伯叔们批了新宅基地，才陆续搬出老宅分了家。按村里统一规划，南园也批给别家做了宅基地。但多少年过去，它仍深深地刻在我的记忆里，那是我童年的乐园。

2

我出生的前几天，一场秋雨把南园的墙溻塌了。

那是填土夯起来的夹板墙，顶上覆层马鞍形的墙头瓦。听妈说，当时下了几天连阴雨，老土墙经不住溻，一忽闪塌了。直到我出生的头天后晌，雨才停下来。次日爷爷见天放晴了，又往南园运些土坯垒新墙。刚扎起道石根脚，我爹兴冲冲跑了过来，报喜的。

"爹，生啦！"

"生个啥？"

"娃！"

"哦——"

爷爷长长地哦了声，接着又埋头垒起墙来，好像什么都没发生。也怪，我父辈弟兄五个，大伯去台湾没音信，剩下四兄弟都像生男孩儿专业户。我已是爷爷的第九个孙子，他都麻木了。不说生个我多余，至少不值得惊喜。他垒着墙嘟哝了句：

"真邪门儿，又是个男孩儿！"

我爹讨个没趣，办桩没眼色事似的，挠着头不知说什么好。他是想给我讨个名字，因为孙辈的名字都是爷起的。可一提这个，爷爷烦了："不长眼！没看我正忙着吗？"爹不敢再多嘴，帮着搬坯、和泥、垒墙。忙活了阵儿，爷爷不知是被他的殷勤感动了，还是觉得有必要起个名字，才漫不经心地给我个代号：

"就叫他九儿吧，先这样叫着。"

"中、中啊，就先这样叫着。"

爹点点头答应下来。总算没白跑，孩子有名了。直到我满月那天，爷爷才给我起个正经名字。他是按家谱的字序起的，我属"承"字辈儿。比如大堂哥叫唐承贤，三堂哥叫唐承训，四堂哥叫唐承义，七堂哥叫唐承业，而我只需在"承"字后加个字即可。爷爷捻着胡子推敲了会儿，斟定出个"文"字来。

他的胡子很好看，全白，有一拃长，直溜溜垂在清瘦的下巴上，不浓密，根根疏朗，颇有飘逸之态。他给我取出个名字后，又捻着胡子批讲了几句。

"就叫唐承文吧。"他说，"子孙嘛，不企求他当大官发大财，能识文断字，把咱家的文脉传承下去，便是好子孙。"

那年头缺吃的，我不知是饿得没力气，还是生得脾气好，很少哭。爷爷觉得有点不对劲儿，婴儿哪有不哭的？他把我大爷叫过来进行判断。大爷呢，虽然跟我太爷念过两年私塾，能溜几句之乎者也，却压根儿不开窍。太爷见他呆里呆气，无奈地感叹道："唉，此子乃朽木不可雕也。"

然而，大爷可不把自己当"朽木"。在文盲居多的乡村，他总算识些字，陶陶然以"读书人"自居。他一贯穿件长袍子，刻意显出"读书人"的身份，全村唯独他这打扮。但啥年代了，还穿这个，仿佛前清秀才。他和我爷在院里坐了半天，仍没听见我哭一声。爷爷越发起疑，不安地问：

"大哥，你说这孩子！是不是……傻呀？"

大爷是斯文性子，火烧屁股都不急。有次在地里干活，忽然下起大暴雨，满地人慌忙往树下跑，他照样慢腾腾地走，还说："跑什么来着？难道前边就没雨了？真乃荒唐也。"就这德行！此刻，他微闭着眼摇头晃脑。不知是默背"之乎者也"呢，还是揣摩"傻"的问题。默想了会儿，他才睁开眼咳嗽了声，像是清下嗓子准备发表高见。谁知，却说出句等于没说的话：

"这孩子么……无从捉摸也。"

我爷心里更没底儿了。直到我长到两岁多，他仍不放心。有天，他想对我测试一下，又把大爷叫来鉴定。刚过罢中秋节，我妈见大爷进了家门，赶紧拿出牙儿剩月饼招待。大爷接过去嘬了一小口儿，剩余捏在手里头。

院里有张砖头支起的石桌，上面摆几样东西，比如书本铅笔小鞭子酒瓶盖啥的，让我抓。这是种民俗文化，让幼儿抓东西预测命运。比如抓本书或铅笔，预示读书做官的命。若抓小鞭子，便是赶牛耕田命。抓酒瓶盖儿呢，就糟透了，八成是吃喝嫖赌的败家子儿。

意外的是，我木愣着脸半天没动手。这就有点傻相了，抓个耍货都不会。妈妈急得连连催促："抓呀！快抓呀！"我仍没动手。

大伙不由紧张起来，疑是生个弱智傻瓜，互相递着眼色不敢吱声，整个院子的空气都凝固了。

突然，我忽地窜到大爷身边，一把夺过他手里的月饼，猛啃了一大口，顿时大伙惊呆了。占卜场合很神秘，每个举动都似乎预示着什么，妈妈的脸刷地吓白了。大爷长长叹口气：

"哎！不祥也。这孩子八成是个……吃货。"

妈妈沮丧极了。生个啥不行啊，偏生个"吃货"！她窘得揪着围裙边儿，咂着嘴说不出话来。愣了会儿，垂头丧气地回到屋里。不料，我爷突然大笑起来：

"哈哈，这孙子不傻，还挺聪明哪！"

大爷直摇着头说"不然也"。他认为，孩子生来不知抓东西，只惦着吃，断然成不了大器。我爷不这样看，说人嘛，若吃不饱肚子，饿得命都保不住，还痴想着成啥大器，再娶个皇上女儿当老婆，不成迂阔蛋了？他说，这孩子知道先填饱肚子，而后再去弄别的，可见很聪明，至少不憨不傻。

事实上，我是饿得慌才去抓吃的，纯属生理本能，无所谓聪明或愚钝。却引发俩爷一场辩论，仿佛两大学派。当然，这是妈妈后来告诉我的，那时我才两岁多，还没记忆能力。

我有记忆的第一件事，是我爹打我妈。

我爹唐振汉是铁匠。打我记事起，很少见他笑过，总是阴沉着脸，就像铁匠炉子总有一肚子火。他见天在铁炉旁烟熏火燎，脸被熏成黑铁色。那脾气也像刚出炉的铁，一碰冒火星。平时，他倒是知道疼我妈，可一不顺眼便发火甚而大打出手。其实事后他也反悔，火气上来又照打不误。就这火性，没治。

我妈被他打怕了，久之摸出些应对法子。大体有两种：一是躲闪逃跑，二是找我爷撑腰。她嫁到唐家不久，我太奶卧病在床不能自理。她伺候了三年多，擦屎端尿的活儿都干了。太奶很感动，多次给我爷交代:"晏清啊,这媳妇嫁到咱家受苦啦,不能亏待她。振汉脾气暴,动辄就打就闹,你得给她撑腰呀。"

我爷牢记着这句话,凡见我爹闹起来,不由分说一顿呵斥。我爹呢,看见他爹就蔫儿了,于是我妈找我爷撑腰最有效。但有时他不在场就没了辙,只剩下跑和躲的法子。

那天后晌,不知为何又吵起来,父亲骂得很凶。我妈见势头不对而爷爷又不在家,赶紧往大门外跑。她的法子很妙,跨出大门先把铁锁栓反插上,阻断我爹撵出来,赢得躲藏时间。我和哥哥正在门外玩耍,这事经多了,见妈妈跑出来便知发生了什么,跟着她一起跑,直跑进南园里。西墙角有堆玉米秸秆,妈妈呼呼啦啦扒个窝,慌忙钻了进去,再把秸秆重新掩起来。还在里头催我们俩说:"快走开!别让你爹看见,也别告诉他。记着!"

我吓哭了,哥哥木讷地点点头。走出南园不远,一群小伙伴正在街上玩耍,哥哥随了进去。我小,玩不到一块儿,哭着回到家里。爹迎见我就问:"看见你妈没?" 我噙着两眼泪,凭他怎么问,就是不告诉他我妈藏在哪儿。直摇着头说,没看见。

爹见我泪涟涟的,忙抱起我去寻找。他跑了大半个村子,把村边的打麦场、沟边的羊圈窑、饲养园的马厩都找了个遍,询问很多人都说没看见。他抱着我跑出一身汗,到底没找着。只得又折回大门口,正碰上哥哥在玩耍,爹又瞪大眼问了句:"看见你妈没?"

哥哥心眼儿实,见老子一瞪眼就吓傻了,怯怯地指了一下南园那儿,等于招供了。父亲转身跑向南园去,我吓得哇哇直哭,生怕搜出妈妈来。可怪,他把那堆玉米秆翻看一遍,居然没找着。正要朝哥哥发火,忽然有个小伙伴说,刚见我妈回家啦。父亲没顾上追究哥哥迟报的错,抱起我又撵回家里去。

刚跨进大门,却见我爷在院里站着。爹猛一怔,扑腾把我放在地上,没了脾气。我爷朝他怒瞪着眼,劈头盖脸训斥起来。他是怒骂带挖苦，把我爹贬斥得无地自容：

"逞啥能！除了会打铁还会打老婆，就这本事？"

我爹不敢再找我妈的碴子，灰溜溜走了出去。刚到大门口，偏碰上我哥回来。他顿时恼火至极，怪我哥没及时通风报信，害得他瞎跑半天不说，没着着老婆又遭老爷子一通怒骂。他恼羞成怒，一把拧住我哥的小胳膊，朝他屁股上狂揍。铁匠的手像铁巴掌，把我哥打得唧哇乱叫。

哥哥委屈极了，哭着回到家诉说起来。妈妈得知他把躲藏的事供了，气得直咬牙："你这臭嘴！不叫你说、不叫你说，你偏说。挨打？活该！"

哥哥越发委屈，他在门外挨爹一顿打，进家又挨妈一顿骂。爷爷在旁边看了会儿，扑哧笑了。他平时都护着孙子的，此刻没同情我哥，反数落他几句："你看你，比九儿大三岁。你爹抱他一路都不说，知道护着娘。你咋一问就说哩？该打呀。"

爷爷说着转过脸，朝我眯起眼打量了会儿，忽又大笑起来，捣着我的小脑袋说："哈哈，这孩子透灵，这孩子透灵！"

我妈委屈得两眼泪，听见公爹赞赏儿子，忽又噙着泪笑了。对她来说，孩子就是她的存在价值，肯定孩子也是对她的认可，足以抵消一切委屈。她抹把泪，转身走进厨房做饭去了。

打这之后，爷爷像是偏爱上我了。有时赶庙会，孙子们都想跟他去逛逛，但爷爷带我去的最多。每次他都给我买几个肉煎包子，这就占个大便宜。每个煎包子是五分钱的定价，统算下来得花一毛多钱哪，平时可是吃不着。

3

　　大约五岁那年,有次去唐僧寺赶庙会,爷爷便是带着我去的。还有大爷,就我们爷儿仨。

　　唐僧寺距洛塬村十来里路,出村往西走四五里,翻过道沟就累了。路过姚家屯的时候,坐在一家门口的石板上歇了会儿。那家院内长棵石榴树,正好果子熟了,满树滴溜溜的红,枝梢压得接近地面。我家也有棵石榴树,从没见结这么稠。倒不是树不旺,主要是家里孩子多,没长熟就偷去大半儿。

　　爷爷突发了闲兴,想跟大爷打个赌。说大哥呀,你是读过相宅书的,就"相"下这处宅子,看这家的人丁旺不。大爷一本正经地捋着胡子高谈阔论起来,什么青龙呀白虎呀朱雀呀玄武呀,都是风水学那一套。据说风水学总分"形峦"和"理气"两大派,不知大爷属哪派。他左看右看了阵儿,得出结论说,这处宅子占着龙脉的,地气有旺劲儿,指定后世子孙也旺着嘞。

　　我爷眯着眼坐在那儿,任大爷云里雾里地高谈阔论,逗他玩儿似的。听着听着,他忍不住笑了,一睁眼迸出句话:"大哥呀,你是把书读死啦!"他认为,相宅讲究一德二命三风水。得先看他家人的德行,德不厚,风水再好都白搭。他说:"依我看呢,这家人不旺,没准儿还会绝后哪!许是祖上作过什么恶,把旺气断啦。"

　　大爷不以为然,哥儿俩抬起杠来。

　　这时,偏巧有个婆娘走过来,顺便一问,果然验证我爷说准了。那婆娘说,这家原是大户,起初靠坑人起家,又在村里强取豪夺兴了业。后来出个败家子抽大烟,他先后倒腾过三任老婆,还偷过别家婆娘。可怪,偏没生个娃,如今只剩他个孤老头子。村里人说，他家是作孽太多呀，落个"绝户头"。

大爷扑腾一屁股蹾在石板上。他想不通，咋跟书上说的不照呢？其实，我爷压根儿没掐没算，只是见满树石榴垂近地面没人摘，由此推断家里没小孩儿，否则能长住？可这么简单个现象，大爷居然没看透，只管死搬着相宅书念瞎经。我爷又感慨了句：

"大哥呀，你真把书读死啦。"

大爷恼丧地嘟噜着脸，甩下长袍袖走开了。我爷拉住我的小手，说走，撵上你大爷，别让他迁迁阔阔走岔啦。

庙会在条老街上，地面铺满青石板。街道约莫一丈多宽，两三里长的样子。两侧统是老式店铺，上门板那种。店外摆满眼花缭乱的杂货摊儿，多是农具、灶具、袜子、裤头之类，都是小生意。最大的摊位是卖布匹的，属国营供销社来设的点。撑个蓝布篷，搭起钢管货架子，上面摆满各色布匹，一卷一卷的。那时没人买得起成衣，统是撕块布料自家缝，都穷。

赶会人挤挤扛扛，地摊儿的布边踩出了脚印。不全是来买东西，多是凑热闹。庄稼人见天在地里干活，单调乏味得慌，赶庙会解解闷儿。尤其年轻小伙子，春心躁动着的，短时又讨不来老婆，趁庙会来偷看些俏姑娘。倒没打算咋的，顶多瞟几眼，心里得儿得儿蹦几下，舒坦了，得劲儿了。

满街吵吵嚷嚷，叫卖声讨价声嬉笑声一糊片。最是卖大力丸、老鼠药的人嗓门大。干这行当的嘴巴忒滑溜，能把驴粪蛋说成神仙丹，通百络解百病，信不信由你。那一串儿说词押韵合辙，就像听河洛大鼓书似的，引来成群闲逛庙会的围观者。反正闲着没事，听他喷着唾沫星耍嘴皮子，也蛮有趣儿。

忽然，爷爷被个算命老头叫住了："哎哎老哥，给小孙子来一卦？这娃面相不凡，大富大贵嘞。"爷爷是研读过《易经》的，他注重卦辞的义理，认为里头有深奥的智慧。但对"象"和"数"不很在意，觉得太玄乎，多会流入江湖术士的混饭工具。他看这老头便属"混饭"那类，一笑说："谢你吉言啦。人一辈子有很多变数，遇事把'变'的机理拿捏住了，便好了，还算什么卦？"

算命老头戴顶瓜皮帽，鼻梁架副小眼镜。他见我爷不屑算卦，又说："不算卦，抽个签也行。来来来，抽个签儿！"

爷爷又笑着摆下手，更不屑这个。他认为，那些签词似是而非。谁读，都像跟自己沾点边儿，或想啥便读出啥，说白了是种心理安慰，好像得句什么神秘暗示，就能溜进神的后门。可神是至公至明的，不会给人开后门，否则就没了膜拜它的理由。爷说："抽啥子签嘛！命运说到底得靠自己把握。就怕对自己都读不懂，却去读那神经兮兮的签词，顶用？"

算命老头见他要走，慌忙扯下他的衣袖。小眼睛一眨巴使出另个招，故作惊讶道："哎哟，这孩儿可是有大灾呀，得想法破下。来来来，得破破、破破。"

我爷不高兴了。心说这货，不让你算卦就咒人有灾，叫啥话！他一翘胡子冷冷问了句："你吃这门饭的，读过《易经》没？"那老头猛一怔，愣住了。他只是略懂些算命术，记些押韵合辙的顺口溜，糊弄口饭罢了。《易经》那般深奥的书，没些真学问啃不透。爷爷见他回答不上来，有话了：

"你呀，哈哈。"爷说，"你不探易理源头，不懂卦爻内在机理，不知阴阳五行错综变化，还算啥子卦啊？真是的！"

算命老头见碰上高人了，缩下脖子没了话。爷爷牵着我的手一甩胳膊，说走，甭听他胡扯。那人盯着我爷的背影，仰起下巴怔在那儿，小眼镜滑到鼻尖儿上。

街半腰有座青石牌坊，四柱三门格式，顶上有三重檐五滴水，形式属间柱"冲天式"那类。石柱、梁坊、匾额、雀替的雕刻都很精致。搞不清是表彰功勋、科第、德政还是贞节，也不知哪朝哪代的。它周围是片开阔地，逢庙会成了牲口市。地上被马蹄子扒出层虚土，散着牛驴骡马的粪便，跟牌坊混在一起，咋看咋不搭。可乡下就这回事，它有着古老文化的遗留，又冒着土儿巴叽的生活气儿。

牲口市旁边是卖猪崽、羊羔、鸡子的。大牲畜一般都安分，拴那儿不嘶不叫。羊羔们会时而咩咩几声，声音颤颤的绵绵的。猪崽叫得最欢，买主们拎起后腿一端详，杀它似的，叫声揪心撕肺，半条街都成它的了，一片唧唧哇哇乱叫。

爷爷瞥见只鸡子怪怪的。猛看像母鸡，秃尾巴小鸡冠。他拎起来一细看，不对。看出是只公鸡，拽了长尾巴又烙掉雄冠充母鸡卖，能涨些价。他冲卖主一笑问了句："你这鸡子，公的还是母的？"卖主见他看出了门道，生怕当众戳破，狡猾地一挤眼儿，忙把鸡子夺过去："拿过来吧，公鸡母鸡都不识啦！"我爷哈哈一笑走开去。

庄稼人喜欢逛牲口市，大集体日子，私家不可能买大牲畜，但喜欢看。爷爷走过去摸摸这头驴脖子，拍拍那匹马屁股。不光看体态，还掰开牲口的嘴唇看牙齿，由磨损程度来判断年龄。我由此才知道，掌握牲口年龄得看牙齿。

牲口市上有钉马掌的。那马绑在木桩架里，防止尥蹶子。然后把蹄子扳在小凳上固定住，先拔掉旧铁掌，切下厚厚一层趾甲骨，换个"U"形新铁掌。钉掌人歪着头左右一看，确保摆正不歪斜才能往上钉。铁锤一下下砸着钉子，叮当叮当响，夹着肉肉的扑扑声。

那天，爷爷打算买头小猪崽。

逛罢牲口市才转到猪市上。有好多卖猪崽的，他先是一家家挨着看，时而拎起一只猪崽来，或揪住耳朵或抓起后腿。猪崽唧唧哇哇尖叫不停，把我的耳朵都刺麻了。

爷爷看中头黑猪崽，浑身肉墩墩、圆滚滚的胖。开始讨价了。

那讨价方式不是用嘴说,而是用指头摸。他撩起衣裳襟,买卖双方把手伸进去,在衣襟下摸起指头来。我不知咋摸的,只听俩人边摸边说,跟打哑谜似的。

"我出这个,你看咋样?"

"哎呀不行,我是要这个。"

"要不我出这个,你看行不?"

"你再加点,我也让个步。这个,行不?"

"得!我这人干脆。那就……这个吧。"

俩人相视一笑抽出手,成交了。爷爷按指头摸出的价码付了钱,拎起猪崽后腿放进竹篮里。有十来斤重,沉甸甸的。

刚走不远,猛瞅见芹奶在摆地摊儿。地上铺块白土布,摆些针头、丝线、簪子、顶针、雪花膏啥的,属小本生意。她坐在随身带的小方凳上,眼巴巴盯着过往的赶会人,好像买家不多,半天碰不上一个,愣坐在那儿。

芹奶是本村人,时常到我家串门,多是跟我爷闲聊。她丈夫家姓陈,赶着乡亲辈分我叫她芹奶。说起来,这女人够苦的。丈夫早年不在了,如今已守寡多年了。听妈说,芹奶年轻时忒俊俏,可丈夫又黑又丑还满脸麻子。我很好奇,俏佳人咋嫁个丑男人呢?妈妈好像忌讳这个,白我一眼说:"小孩子问这干啥?爬一边玩儿去!"

我不敢再多问,也就一直糊涂着。

我只知道,芹奶两个女儿早出嫁了,儿子笨得像木瓜,娶个儿媳也不咋样,又生下一群娃儿,日子很紧巴。她是逼得没了活路才做点小生意,赚些零花钱。她身边放个蓝布兜,装着两个黑窝头,不用说是赶会的口粮了。小本买卖没啥赚头,还得嘴上再省点。

她看见我爷眼睛猛一闪亮。我东张西望看热闹,没在意爷爷和芹奶咕哝些什么。没说几句,便匆匆走开了。

那天，大爷买了卷麻秆箔，说是灶伙房漏顶了，打算翻新下。瓦房得用麻秆箔铺底摊泥，少不得这个。赶罢庙会，爷爷拎着装猪崽的竹篮，大爷扛着麻秆箔，一步步走出老街口。猪崽卧在篮子里不动也不叫，偶尔唧一声。麻秆箔有丈把长，大爷扛在肩上悠悠起伏，一路咯咯吱吱响。

走到街东头一棵老柿树下，我爷突然把竹篮往地上一放，说："大哥你且看着这个，我得拐回去一趟。九儿怕是饿啦，得给他买点吃的。"大爷说："行啊，我在这等会儿，正好喘口气。"

爷爷拉着我返回庙会上。

有家卖肉煎包子的，地上竖根粗笨的木桩子，撑起白帆布大伞篷。下边放个圆柱火炉，汽油桶做的，半腰开个加炭送风口，火炉冒着熊熊蓝焰。炉上支个平底圆煎锅，吱吱啦啦响。煎包子刚翻过来，表面一层金黄的薄锅巴，油光光的，焦脆脆的。主人端起半碗水沿锅边浇一圈儿，嗞！冒起团儿白热气，散着喷香的味儿。那味儿，馋得我直流口水。

以往赶庙会，爷爷只给我买三四个煎包子，他舍不得尝。这次一下子买了十五个，分给我五个，其余全送给了芹奶。

芹奶只捏起两个，推说吃不了恁多。爷爷硬塞到她手里，说吃不了带回去给娃儿们。芹奶忙摆着手："噫噫！这可使不得、使不得，你家恁多孙子哩，咋能都给我嘞？"爷爷一急迸出句话："咱俩这情分，有啥使不得？"

芹奶朝他飞了一眼，没再推辞收下了。我眨巴着眼，搞不懂"咱俩这情分"是啥情分。芹奶接过包子，两手激动地发着颤。十个肉包子啊，怕是她做一天生意都赚不来的。他俩咕哝了会儿，我都没听清说什么。只知返回老柿树下时，大爷劈口问了问：

"买几个包子，咋去恁大时候嘞？"

"哎呀！买包子人太多，得排队哪。"爷说。

"八成……又去找他芹奶了吧？"

"啥话！哪儿的事啊？"

大爷冷冷一笑没再吱声。我有点莫名其妙，分明大爷猜对了，为何爷爷不肯承认呢？多年之后，我回想起来才搞明白，当时爷爷是有意把大爷支到一边，再拐回去跟芹奶偷偷约会，背个脸儿。大爷显然意识到这个，却没挑明戳破。

庙会离家十多里路，我是头回出远门，一路快活极了。太阳慢慢落下山，月亮爬上了东山头。我发现，那月亮好像老跟着我走。在小顽童眼里，这是很怪个事。我好奇地问爷爷：

"月亮咋老跟着我呢？"

"它知道你想它嘞。"

"那，它也想我吗？"

"当然喽，要不咋老跟着你呢？"

爷爷是逗我玩儿，我却认真地点点头。俨然听懂了长学问了，以为确是那回事，还傻傻地望着月亮发了会儿呆。望着望着，猛想起中秋节快到了，将要吃到月饼啦，顿又很是振奋。不过，家里钱窄孩子多，每年只能分到一牙儿月饼。我奢望着，今年最好能多分些，起码分半块儿，而不是一牙儿。

4

很失望，那年仍是分了一牙儿月饼。

我真羡慕云儿。她跟我同岁，家里只她和妹妹两个孩子，自然能多分些。那天去铁匠铺玩耍的时候，她还捏着半块月饼。就是说，她过节吃剩的月饼，比我正式分配的还多，羡慕不？

铁匠铺在村北边的窑洞里，人们习惯叫"铁匠窑"。我爹是主匠师傅，云儿她爹抡大锤打下手。她爹长得粗壮结实，可也有点憨厚老实，村里人都叫他"大瓜"。他是芹奶婆家的侄子，不用说也姓陈。但我从不知他大名叫什么，只管跟着叫"大瓜叔"。

大瓜叔着实挺厚道的。他见我老瞅着云儿手里的月饼，便对云儿说："那个，啊！给九儿掰点儿。"云儿也蛮大方，吭哧给我掰下一半儿。月饼是甜面馅儿，搅拌着冰糖核桃花生仁那种，咬一口嘎嘣脆，哏牙的甜香。

铁匠窑里有土坯垒起的火炉，安着风箱，炉前木墩子上放个大铁砧。我一指甲一指甲掐吃着月饼，边看着我爹握着火钳，把锻件插进炉膛，不时翻动一下。大瓜叔坐在破麻包片上拉风箱，炉膛呼呼蹿动着蓝焰儿，锻件渐见烧红起来，时而听见炭块燃炸的劈裂声。

这天是打造把铁铲。锻件烧得红透了，像块融化的冰能滴下水儿。我爹把锻件钳出来放在铁砧上，操起小铁锤，"嘭"地在锻件上猛击一下，示意大铁锤朝这点砸。接着在铁砧边上"咣咣"敲两声，像是说"开始砸吧"。大瓜叔抡起大铁锤，朝那个点"咚"地砸下去。这样一次次循环着来，小锤"嘭"地一击再"咣咣"两声，大铁锤"咚"地砸一下，很有节奏感，颇像四步舞曲的鼓点。

"嘭，咣咣，咚！嘭，咣咣，咚！"

锻件跟面团似的，在铁锤下伸展开来。火色渐退渐暗，不大会儿冷变成瓦蓝色，就得插进炉膛再次煅烧、再次锻打……反复多次之后，铁铲渐见成了型。接着进行修饰，就不用大铁锤了。父亲挥起小铁锤这儿敲敲那儿打打，歪着头端详几眼，哪儿不合适再敲几锤。直到修饰满意。最后放进水桶里淬火，刺的一声，水桶腾起股蓝烟，夹着烧铁味儿。成了，新铁铲诞生了，完美地呈现在眼前。

我感到神奇极了。平时，我对父亲是怀有暗恨的。他脾气暴躁，老是打骂我妈，真可恨。此刻眼看一块生铁疙瘩，在他手下变成了铁铲,当儿子的也很是沾些自豪气。我瞟了云儿一眼,心说你看,我爹能耐大不?能把生铁疙瘩弄成铁铲!

云儿一直哭丧着脸。清早,她爹又跟她妈吵架了,闹得很凶,吓得她这时仍缓不过劲儿。她怯怯地站在窑门口,时而瞟下他爹的脸。像是说:"爹呀,还跟我妈吵架不?我害怕呀,好害怕。"

铁铲打造出来算一功活,该歇了。

父亲取下胸前的皮革护罩,拿起根旱烟袋,摁满一锅烟丝,操起火钳夹块儿红煤炭,点着,往木墩子上一坐抽起烟来。大瓜叔仍不得闲,他扫去地上的铁屑,接着往炉膛内加几块炭,又把淬过火的水桶提到窑门外,再换桶清水来。打下手么,小杂活都归他了。

我见风箱很好玩儿,趁机去拉几下。箱内是真空吸着拉不动,便招呼云儿搭把手。她凑过来一起抓住拉杆往外拽,滋溜拉出一段儿。没防住用力过猛,扑通仰倒在地上。这下把她逗乐了,嘎地笑出声来。我在地上打个滚儿,她爬起来仍笑得抿不住嘴儿。

她一快活把父母吵架的事给忘了,只管和我拉着风箱玩儿。正玩得开心呢,父亲叭叭磕下烟锅站起来,该干活了。他嫌我障事,抬腿朝我屁股上猛踢一脚:

"臭小子,滚一边儿去!"

他就这德行,从不会跟我来温柔。孩子拉下风箱多大事啊,犯着踢一脚?我被他踢得往前猛一扑,实贴贴倒在云儿身上。那年龄还没性别意识,她也不觉得男孩儿压身上害羞,反倒嘎嘎大笑起来。我爬起来揉揉屁股,没趣地闪到一边。刚才,我对父亲是生了敬意的,这一脚踢没了,顿又暗恨起他来,哪有这样当爹的?

大瓜叔提着桶水走进来,慌忙去扶女儿,不慎把桶撞在木墩上,哗啦溅了一地水。父亲俨然以师傅自居,冲他劈口呵斥:"看你那窝囊样儿,提一桶洒半桶!"

大瓜叔平时话不多,像闷葫芦。他咧咧嘴没吭声,继续干着打下手的活。他捅了几下炉膛，把新锻件插进炉子里，接着开始拉风箱。锻件是生铁疙瘩，好大会儿才能烧透。父亲暂时闲着没事，操起小铁锤朝铁砧子"咣咣"敲了几下，接着拿大瓜叔开起涮来。

"大瓜呀，昨晚老婆又没让上床吧？"

"嘿嘿，你尽是哪壶不开提哪壶。"

"哈哈，我猜对了不是？"

"嘿嘿，你尽是、尽是……"

"没准儿，老婆又把你蹬进尿盆了吧？"

"嘿嘿，你尽是、尽是……"

大瓜叔憨笑着，结结巴巴应对不上来。他老婆叫秀花，我称秀婶儿。她本是芹奶娘家的亲侄女，后来嫁给了大瓜叔。也就是亲侄女转嫁成了侄媳妇，乡下人管这叫"侄女随姑"。

听妈说，秀婶儿是从邻村改嫁过来的。她前夫叫马之骏，当年全县有名的土匪头，但他只劫富户不欺穷人。抗日年头，他跟鬼子对着干。有次在我村打了场血战，双方死了很多人，马之骏也战死了。那场仗很有名，后来记入了县志，称"洛塬村之战"。

秀婶儿年轻时很漂亮，把马之骏的魂勾跑了，发誓这辈子非她不娶。秀婶儿知道他本质不坏，更爱慕他是条硬汉，终于成了亲。婚后俩人恩恩爱爱，马之骏对她百依百顺，她想要什么都设法满足，甚至不惜为她拼命……马之骏死后，秀婶儿对他爱得死去活来，发誓死都不改嫁。

她为他守了几年寡。可芹奶心疼侄女，才二十多岁，这样下去不是事，总得有个男人才行。正巧婆家侄子大瓜还光棍一条，虽没大能耐倒老实可靠。女人嘛，不就找个靠谱男人过日子吗？但秀婶儿放不下马之骏，芹奶好说歹说才勉强认了。

然而，结婚当晚就闹出了事。秀婶儿心里系着前夫，根本无法接纳后夫，死活不肯上床。光棍汉怎耐得住？火了。秀婶儿一赌气,当夜跑到她姑家去。芹奶劝半夜不济事,清早跑到我家来,找我爷想法子。说来蹊跷,我爷对芹奶有求必应,凡事都愿出手帮忙。可新娘不肯跟新郎上床叫啥事?芹奶一求上门,我爷连这破事也替她包揽。他不知使的什么法子,把事摆平了,秀婶儿终又回到大瓜叔家。后来,终究跟后夫上了床,不然怎会生出两个女儿呢?

上床就上床罢了,却没完。秀婶儿心里仍装着马之骏,逢年过节都去给他上坟。这很别扭,大瓜叔再憨再实也会长点小心眼儿,你是我老婆心里却装着另一个男人,耍冤大头咋的?于是,每逢秀婶儿去给前夫上坟,几乎都会吵一架,没个完了。

昨天是中秋节,秀婶儿又去给前夫上坟供月饼,不用说又吵了架。每吵一架,秀婶儿都会给后夫个惩罚——拒绝上床。本来就不情愿你还找碴子,那就滚蛋吧。久而久之,这事传得全村人都知道:秀花一去给前夫上坟,大瓜便坏菜,准会几夜沾不着老婆。

此刻,我爹便是拿这事开涮。大瓜叔涨红了脸,边呼哧呼哧地拉着风箱。炉火熏得他浑身汗水淋漓,光着膀子往下淌,纷纷滚进大肚皮的肉褶里,又被拉风箱的肚皮一缩一鼓挤出来,再淌到肚脐下。他是窝着一肚子气的,那气似乎充进了风箱,又吹进了炉膛,燃作怒放的烈焰。

父亲不全是拿他开涮,实际也替他鸣不平。大老爷儿们,娶个老婆不让钻被窝,岂不太窝囊?父亲说着又抡起小铁锤,朝铁砧子上咣咣敲了几下,冲大瓜叔吼道:

"你真窝囊!不让上床就没法儿啦?"

"那……有啥法儿嘞?"

"揍她一顿,看老实不!"

"噫噫,那咋能……打嘞?"

"她是你的女人,咋不能打?"

父亲吼得窑洞嗡嗡响。我吓得缩下脖子,云儿气得咬着牙,恨我父亲挑事儿。我也恨他这做派，不光打我妈，还教唆别人也去打老婆，真可恶。再说秀婶儿嫁个老憨丈夫，也确实没过上好日子。打我记事起，就见她老是病蔫蔫儿的，特瘦，脸皮苍白没血色。眼看瘦弱成那样，父亲还鼓动大瓜叔去打她，怎下得去手呢？

然而，大瓜叔果真下手了。

他本是绵羊性子，可心实。我爹一鼓动，他回家当真发起了驴脾气。秀婶儿呢，她有种很怪的病，精神一受刺激就闹鬼。不知大瓜叔怎个打法，弄得她又闹起鬼来。每逢她一闹鬼，全村人都跑来看热闹，挤满半条街。

我曾见秀婶儿闹过几次鬼，乡下说法叫"鬼附身"，很吓人。这次是被马之骏的"鬼"附了身，只见她披头散发，疯疯癫癫地蹦跳着嘶叫着。不可思议的是，她平时少气无力，疯起来却能蹦尺把高，还嚷叫着满口鬼话，让人听了浑身起鸡皮疙瘩，瘆。

"大瓜呀，你这孬种！"这话从秀婶儿嘴里说出，却是马之骏的口气，"秀花本来是我老婆，给你生两个孩子。可她给我供块儿月饼，你还骂她打她，真没良心呀，我跟你拼啦！"

马之骏死后，就埋在我们村北的沟墒里。秀婶儿怕惹人说是非，上坟都是偷着去的。多了，哪能瞒住呢？久而久之成了公开的秘密。村里人一听马之骏的鬼话，便猜着是上坟惹的祸。乡下人看来，女人改嫁了还念着前夫是大不对。但也感到惋惜，本来俏佳人配英雄蛮好一对儿，偏又改嫁个窝囊废，鲜花插在牛粪上。哎！够委屈她的。

这场鬼闹大了。

秀婶儿一疯起来，她姑芹奶就慌了手脚。也怪她，不该把侄女撮合给大瓜，弄成这样。她慌慌张张跑过来解劝，千说万说劝不住，反讨了那"鬼"一通恶骂："作孽呀！你当姑的乱点鸳鸯谱，硬给自家侄女配个烂汉子。这会儿还来充好人，滚！"

芹奶吓得脸色变白。她没招了，赶紧又跑到我家搬救兵，让我爷去解围。民间说法，凡阴鬼兴妖，必须找个强悍男人才能镇住。在芹奶心目中，我爷就属有胆有种的硬汉。把他搬来，能不能驱鬼另说，至少壮个胆。

我爷还真不怕鬼。他坐在桌旁抽着烟，听芹奶一说来了劲儿，颇有些一怒为红颜的豪气。说："马之骏这货！在阴间不安分，还来阳世兴妖哪！"接着把烟袋锅朝桌上咣咣一磕，"走，我就会会那死鬼去，看他能咋的？哼，这货！"

他把烟袋往裤腰带上一插，咚咚咚冲出大门去。芹奶是缠过小脚的女人，跟在他屁股后头撵不上。秀婶儿家门口站满了人，爷爷不由分说拨开围观人群，直指着披头散发的秀婶儿一顿臭骂。当然他骂的不是秀婶儿，而是附在她身上那个阴鬼：

"马之骏，你不人物！"爷骂道，"说起来，你活着算条硬汉，但死后不地道！你撇下个孤寡女人才二十多岁，她不改嫁咋整？可多年过去，你还死缠着她不放，动辄就来闹，还是爷们儿吗？"

这话把那鬼激恼了。"他"也指着我爷的鼻子对骂起来，骂他当初管闲事，诱导秀花跟大瓜上床，把个俏婆娘毁了。那鬼越骂越凶："你唐晏清才混账哩！若不是你装孬使计，秀花能跟大瓜上床吗？我恨你，恨透了你！"

在场的人都吓傻了，缩着脖子不敢吭声。我五叔唐振武在旁边站着，听见那鬼把老爹骂得很难听，忍不住了。他是村里出了名的"二杆子"，一怒，跑到秀婶儿家拎出根铁火棍。那火棍烧得通红，显然刚从煤火炉里拔出来。他抡着铁火棍，直朝秀婶儿冲过来。但也不是冲秀婶儿来的，而是跟那死鬼斗法，威胁道：

"你走不走？要不走，我就扎死你！烧死你！"

围观者吓得跑散开来，生怕被铁火棍烫着。这也属民间驱鬼的法子，拿把长刀或铁火棍啥的，对闹鬼者使劲挥舞，用威慑驱散阴气。也真神，那火红的铁棍一舞，果然吓得秀婶儿哆嗦起来，顿时止住叫骂，使出了妥协的口气：

"我走我走，但你得给个说法！"

五叔见阴鬼软下来，很是得意，当了回大英雄似的。没防住，我爷却猛拽下他的胳膊："滚过去，你瞎咋呼啥？"五叔被拽得打个趔趄，铁火棍哐啷掉在地上。我爷转脸冷冷一笑，冲那死鬼说道："想要个说法？中啊，就给你个说法！"他朝我五叔一努嘴："去，把大瓜叫出来！"大瓜叔在家门后圪蹴着，吓得不敢出来。五叔一把揪住他的耳朵拎起来，拖拖拉拉拽到大门外。还没站稳，爷爷就发话了。

"我说大瓜呀，你听着！"爷说，"秀花虽然嫁给你啦，可她跟马之骏有情分呀，去上个坟有啥不可，唵？"

"可她如今是我的女人，还、还……"

"是，她是你的女人。但旧人一死，嫁给新人就不能念旧情啦？这是哪家规矩？唵！"爷说，"我告诉你大瓜，马之骏是条硬汉，比你强！他敢跟日本鬼子拼命，你敢不？甭说秀花忘不了他，我也敬他几分！每次去那沟里割草，我走到他坟头，都要添把土哪！秀花就不该去表个心？记住，她再去上坟的时候，你不能挡！记住没？"

"记、记住啦，可……可是……"

"甭可是啦。再挡，我拐杖敲你的头！"

话刚落音，秀婶儿扑腾坐在地上，不闹腾了。说："这还像句人话！你唐晏清说到这份上，我走，我走。"她仍说着鬼话，"唐晏清！你要够哥儿们，就给口水喝。我喝口水就走！"

芹奶听见这话，慌忙端来碗凉开水，走到秀婶儿身边蹲下来，用胳膊肘托起她的头，咕咚咕咚灌进她嘴里。果然，她的头往下一耷拉，迷瞪了会儿渐渐醒过来。她睁眼一看，竟不知发生了什么，茫然地问："出啥事了？咋这么多人哩？"人们叽叽喳喳嚷起来，都说鬼走啦，鬼走啦。

这时，我二伯唐振德打旁边走过。他是村支部书记，压根儿不信闹鬼这一套。他挥下手让大伙散开："有啥好看的？这是种病，闹啥子鬼嘛，迷信！"他说着往前走着，撂下句话："回头，我让雪莲给秀花看看，兴许就治好啦。"

他说的"雪莲"是我姑妈。

姑妈是夏州市中医院副院长，还是颇有名气的中医大夫。二伯当众提到她，固然想帮秀花治病，也有点炫耀的意思。他吆喝了几句，人们才渐渐散去，一场闹鬼风波平息下来。爷爷回到家，正碰见我爹在当院站着，顿时两眼冒火。他一步冲过去，朝我爹后脑勺叭叭扇了两巴掌。

"傻蛋！你没事打老婆，还教大瓜也去打老婆！"爷怒斥说，"这一打热闹啦，你傻眼了不是？唵！傻眼了不是？"

我爹龇牙咧嘴捂着后脑勺，没敢吱一声。打这之后，我多天不想搭理父亲，恨他挑唆大瓜叔打老婆，甚至有点看不起他。很长一段日子，我没再去铁匠铺玩耍，云儿也没去。

5

那段日子里，我老去南沟玩耍，多是跟云儿一起。偶尔带上她妹妹朵儿，但她比我们俩小三岁，玩不拢，后来就不带了。

三伯唐振礼在那儿做瓦盆。沟塄有很大一片场地，摊着半场黏土，预备晒干后压碎做瓦盆的土料。另半场摆些瓦盆坯子，等候晾干送炉窑烘烧。沟下有两孔破窑，一孔放成品半成品，另一孔是制作坊。我和云儿走下沟坡，三伯正捧个瓦罐坯子走出来，软绵绵问了句：

"九儿不是？来这弄啥哩？"

他眼皮天生的松弛，老耷拉着，把眼睛挤成细眯眯一条缝儿。说话也像吃了剩面条，呜呜哝哝黏儿巴叽，还带着浓重的鼻音，像是从鼻腔里哼出来的。他开口问了两句，一听也全是废话：明明看清我是九儿，还用问是不是吗？再说顽童除了玩耍，还会来弄啥？可他就这么个人，没劲儿。

他把瓦罐坯子倒过来，罐口朝下扣地上，拍拍泥手转身走回窑里。窑内是架木制轮车，围着轮车垒起半圈儿土台子，旁边放堆踩熟的胶泥。三伯用细钢丝割下一块儿，放在轮车的制作盘上，然后往土台上一坐，操起木棍搅动轮子飞快旋转，开始制作了。

他两手齐下，分别伸出中指和食指摁进胶泥里。那胶泥在他手下旋转起来，渐成圆凹槽。随之换种指法，捏住胶泥的凹槽边，使出往上的提劲儿。胶泥槽噌噌往上长，一圈圈儿越来越高、越圆、越薄，慢慢鼓出圆肚来。接着往上收了口，把胶泥翻卷下来，吱溜溜几下子，卷出了罐口的边儿。

我看得发呆。那双手跟玩魔术似的，眼看一疙瘩红泥巴，吱溜溜变出个瓦罐来。轮车止住转动，三伯又扯起那根细钢丝，往瓦罐底上一兜，坯子和轮盘割开了。他跳下土台子，捧起瓦罐坯子往外走，我和云儿又尾随出来，像跟屁虫。

三伯把瓦罐坯子放到晒场上，拐到烧窑上看下火候。里面正烧着一窑盆罐坯子，得随时观察火势。烧窑上圆下方像个土馒头，窑门上有个观火孔。他弯下腰伸长脖子朝里瞅了会儿，见火势差不多，才又走回作坊窑里去。我们俩老跟在他屁股后头，他嫌碍事，随手切下块儿胶泥巴塞我手里，等于打发了。

"给，捏泥人儿去吧。"

我高兴极了，给块儿泥巴就高兴极了。以往，我只能玩尿泥，就是往土窝儿里撒泡尿，下手揉成软泥巴。那尿泥掺杂着细碎的烈姜石子，疙里疙瘩还稀里糊涂，不筋道。捏泥人呢，不是掉胳膊便是掉腿。胶泥筋道多了，它是从深层挖出的沉积红黏土，晒干，压碎，碾成粉末，放进沉淀池里反复搅拌，沉去粗杂料。等细泥浆凝结成块，再一锨锨挖出来，脚踏进去扑哧扑哧踹半天，才踩出这样的胶泥来，也叫熟泥。

不必说，胶泥比尿泥好玩多了。整个儿像面团，细腻腻、柔绵绵的筋道，能拉出烩面似的长条条，还扯不断。我拿起那块红胶泥，撒腿就往外跑，并招呼云儿："走，捏泥人儿去。"

爬上沟坡，我俩乐颠颠儿跑向村子里。

路过村西头池塘边，正见大爷挑着水跨上青石阶。他个古板老头，生活也刻板得很。见天除了到池塘挑水，便是去地里拾柴火。他种了十多棵桐树，不停地浇呀浇，指这发大财似的。做饭从不烧煤炭，常年用柴火，图省些买煤钱。他见我拿着红胶泥把玩儿，知是从三伯那儿弄的，很感可惜得慌，随口发句感叹：

"唉！作孽呀。"他担着两个破瓦桶，扁担咯吱咯吱响着，说，"多好块儿胶泥！能做个小尿罐儿嘞，给糟蹋啦。"

他说话慢条斯理，木愣着脸没表情，好像从没激动过。他低着头挑着水，慢悠悠一摆一趟往前走。我才不把他的话当回事呢，朝他背后耸耸鼻子，转身跑向南园去。

我很喜欢南园，总觉里边忒好玩儿。

园内没什么花草，更没奇石佳树。见年种些日常吃的菜，还有棵楝树和杏树，就这些。围墙是我出生那天新垒的，都五年多了，墙头已长出毛毛草。从大街往里进，还得穿过条窄胡同，实在没啥大气象。说白了，它就是个小菜园儿。

园门是很原始的那种。几根带树皮的榆木棍，砍砍削削钉成长方框，横加两道木撑。框内插编些排筏似的荆条，拧个铁丝鼻儿挂把破铁锁，就算园门了。准确说不能叫"门"，应叫荆扉才对。不有句"白日掩荆扉"的诗吗？就这叫法。

但它是我童年的乐园。

眼下是满园秋色。杏早卸了，叶子照绿着。楝树挂满一串串籽儿，手镯珠子那般大，油光光白亮。楝籽是好东西，皮儿能滋润皮肤，核儿能榨油。冬天，妈妈每晚都煮锅楝籽水给我烫手。还真行，我的小手一冬不糙不裂，总是细腻腻的，光滑滑的。

秋天的韭菜一茬茬割，仍一茬茬长，只是不如春夏肥实，还稍微泛些儿黄。丝瓜秧攀爬在杏树上，挂出几个瓜棒子。瓜皮已枯绉了，秧上仍开着嫩黄的花儿。颇像老妇扮俏，头上插朵鲜花装嫩。豆角、辣椒、茄子竞相展览成绩，红的白的紫的，一律闪着鲜亮。菜地里数冬瓜最显赫，个头像一袋面那般大，白糊糊的。我过去搬了下，试图向云儿展示力量。没搬动，反沾了一身白毛刺，不逞能了。

我特别喜欢莙荙菜。根生的丛叶，掰去一茬长一茬。叶片厚厚的阔大，茎能掐出水儿。爷说这菜性凉、味甘，能清热解毒和补血，每年都会种些。若用莙荙菜炖粉条再加些红烧肉，放嘴里柔滑滑的，香喷喷的，总也吃不厌。

也因着莙荙菜叶子阔大，虫儿喜欢往上爬。

最常见的是瓢虫。它半粒豆大，背部像小葫芦瓢，硬壳，红色，点缀七个小黑斑。昆虫学称"七星瓢虫"，乡下人叫它"花小姐"，多美的名字！我有时去捏它玩儿，它从不惊慌也不闪躲，颇有温文尔雅态，真像阔家小姐。但太老实，任你咋拿咋捏都不反抗，这就不能老调戏它了，欺人家老实不是？我更喜欢静静地凝视它，像绿叶上镶嵌的小珍珠，红闪闪发着亮，蛮好看。

时而，叶片上还有"花豆娘"光顾。它的学名很好听，叫"斑衣蜡蝉",可灰不拉叽的样子,颇像半老徐娘。远不及"花小姐"靓丽也没它温文,还刁滑了点。你刚想伸手捉玩儿,它慌张地爬开去,急了还会飞起来。一飞,露出翅根底下的鲜红色,跟灰褐色的翅膀构成强烈对比,出彩了,有看头了。

我最讨厌黑臭虫,乡下人叫它"臭梆梆",真没叫错。它臭呀,臭得呛鼻。一抓,满手臭气半天散不去。我看见它都恶心得慌,可它还臭烘烘爬到菜叶上,在那儿扭动着屁股显摆呢,配吗?

偶尔,土鳖虫也会爬到茖莼菜上。它长得黑不溜秋,猛看像屎壳郎。在我看来,它也不配往菜叶上爬。土头土脑的,屁股在菜叶上一撅一撅,难看死啦。它是住在土窝儿里的,属钻土打洞的家伙,从洞里钻出来跟偷鸡贼似的。我对它没好感,有时用小石子把洞口塞住。可它真能钻,会打个偏门拱出来。在洞口窥探一阵儿,看是否仍有人跟它过不去,怯怯的样子,估摸还有点生气。我乐了,心说这贼头贼脑的家伙,就难为你一下,咋的?

我对蝴蝶是比较失望的。它五颜六色的艳丽,在园子里翩然飞来飞去,好可爱哟!但你爱它,它不爱你,还耍弄你嘞。忽儿飞到黄瓜或丝瓜花上,忽儿落到豆角秧或辣椒叶上。你跟着追吧,刚见它站住脚,走过去没套上近乎呢,它又飞了,捉你个冤大头。有时,我和云儿分头两下堵,照样扑个空不说,倒把蝴蝶惹烦了,它索性落在杏树枝头上,不飞了。可不飞是不飞,逗你眼巴巴看着够不着,气得没法子。逮不着蝴蝶,反弄得我和云儿互相埋怨。

"笨!飞到你手边没抓住。"

"你更笨,碰着你鼻子又飞啦!"

这天,我们俩是拿着红胶泥来的。急于捏泥人儿,没心思再逗虫们玩儿。那胶泥真好使,想捏啥样成啥样。不大会儿,捏出一群有胳膊有腿的小泥人儿。云儿手巧,捏的泥人像模像样。我笨,捏得歪歪扭扭,只能说大体像人样。但不管像不像,都当成自己的孩子看。童年是很向往成人世界的，懵懂又好奇，忒想去模仿。

我们俩有了很多"孩子"，便模仿着成年人来事，玩起了"过家家"游戏。你有了"孩子"，就得当爹当妈对吧？自然有了家庭分工：我当爹，云儿当妈。那时还不知当爹妈意味着什么，更不知夫妻是咋回事，只管懵着来。还玩得忒正经，跟真有那回事似的。

我俩把"孩子"放在楝树下，挨个排出一溜儿。云儿认真地当起"妈"来。女孩儿，天生带着母爱的根性，即使"过家家"也做得很细心。她摆摆这个胳膊，拍拍那个肚子，或抚摸下泥人的小脑袋。忽又担心"孩子们"会受冷，怕感冒，又去采几片莙达菜叶来，当被子盖在小泥人身上。接着哼起哄睡的曲儿：

"小宝宝，快睡觉。嗷嗷，快睡觉。"

楝树下长满荒草，多是格巴皮。纤细的秧子像黑铁丝，一节节长着须根，紧紧抓在地上。云儿哄"孩子"睡觉，我蜷伏在草地上。那草滑滑的，生命力很顽强，刚把这片草尖儿压下去，那片又挺起来。我侧卧着，手指绕住纤秧拔下几根草秧子，根须发出吱儿吱儿的断裂声。很微细，耳朵贴近地面才能听得见。

草丛里爬出只螳螂来，好大一只。它的两条长臂像大刀片，带着尖利的锯齿。细长的脖颈顶个豆粒般大的脑袋，眼睛凸长在额头两边，圆鼓鼓的，亮晶晶的。看去像两只大灯泡夹个小脑袋，挺吓人的。但我不怕，只管去抓它。云儿也被惊动起来，把一堆"孩子"撂在那儿不管了，跟我一心抓起螳螂来。这"妈"当的！有头没尾。

螳螂拖个大肚子，笨。很容易就抓住了，它不甘心地狂舞着长臂"大刀"，试图猛砍却使不上劲儿。我捏住它的小脑袋，拔根草秧子让云儿挽个圈儿，套它脖子上一搐，拴牢了。再往杏树梢上一挂，它有种悬空的紧张。翠绿的翅膀全面张开来，牵着秧儿极力奋飞。两片"大刀"乱舞一气，四条纤细的长腿前扒后蹬。颇像表演空中杂技，使出了浑身本事。哎哟，好玩儿极了：悠悠然若风送秋千，翩翩然似腾云轻扬……我当然知道，它是在拼命挣扎，其实也蛮可怜的。脖子里勒根绳子吊在树上，就像……那是好玩儿的？

忽儿，园里飞来几只蜻蜓。薄薄的翅膀像水晶片，透着清晰的网状脉序，只需轻微翻动，便悠然飞来飞去。那才叫好玩儿，比大肚子螳螂有趣多了。我于是不再折腾螳螂，把它从树枝上取下来，解开，放了。心说不再逗你玩儿，还放你一马，咱够哥儿们吧？

但蜻蜓不是好捉的，机警着嘞。它头上长着三只眼，一对儿灵敏的触角，预警系统特发达。每只眼里还有无数"小眼"，都跟感光神经连通着，构成360度全扫描的视角。不管你从哪个方向来，它都能看得清。想捕捉它？难呢。

不过办法是有的。大孩子们捉蜻蜓，都是拿根酸枣树的枝梢，用它密密麻麻的尖刺扎蜻蜓。就像张带刺的网，蜻蜓一碰上便逃不脱。有时，挥一下能扎住好几只。

围墙头上扎有酸枣枝儿，防鸡子进来叨菜的。我模仿着大孩子们的玩法，踮起脚拔下两枝。一枝自用，一枝给云儿，接着追起蜻蜓来，企图网几只。但很遗憾，我们俩个头太矮而蜻蜓飞得太高，够不着。追半天没网住一只，蜻蜓们仍悠然地飞。我俩没捕着蜻蜓，反把菠菜韭菜踩倒一片，糟了，惹祸了。

突然，我妈走进园里来。

她挎个大竹篮，打算采些豆角黄瓜菠菜啥的，说是我姑妈从省城回来了，打算晌午炒几盘菜。妈妈一进门，发现园子里的菜被踩倒一片，发起火来。我撒腿冲出园门去，顺着小胡同窜向大街。妈妈急着摘菜没顾上追打，我暂时逃过一顿揍。

我自知惹了祸，好端端一园子菜被踩了，还了得？我直窜到村北边的羊圈窑里，躲到晌午不敢回家。害得姑妈到处寻找，幸亏放羊的铁栓伯给她透个信儿，才把我从羊圈窑里拉出来。我一进家门，妈妈看见我又来了气，势将再补顿揍，却被爷爷拦住了。

"孩子嘛，有不贪耍的？那菜，踩了割了得啦，打个啥？"他说着朝我一翘胡子："去，吃饭吧。"

就这么淡淡几句话，了事。爷爷对孙子们很宽容，尽可顺着顽童的天性来，轻易不加干涉。他不光是疼爱孙子，还有个教育理念在里头。在他看来，对孩子不能过分苛责，否则会压制了自然天性。爷爷常说，孩子嘛，该打不打不对，老打也不对。你把他打得怯怯懦懦，长大没胆没性，能成啥器？

爷爷越宽容，反让我越发惭愧。打这之后，我仍时常去南园玩耍，却没再捕过蜻蜓。任它飞来飞去，自由自在。

6

姑妈是回来给秀婶儿看病的。

在我眼里，姑妈是很漂亮个女人。三四十岁了也不胖，身材细挑匀称。瓜子形脸盘儿，留头乌黑的短烫发，看去很清爽、利落的样子。她并不怎么刻意打扮，可穿什么都是雅致的范儿，以至搞不清是衣裳扮靓了她，还是她衬靓了衣裳。她从不浓妆艳抹，顶多施些儿淡粉，仿佛素面，脸儿天然的嫩白。村里人说，这闺女像在水里泡着的，早晚都水灵灵的、嫩濯濯的。

爷爷老说她长不大，这岁数还像个傻丫头，没心没肺的。她儿子俞波已十多岁了，爷爷仍叫她"憨妮儿"。当然有宠爱的意思，爷爷五个儿子只她一个女儿，娇呀。

爷爷叫"憨妮儿"不是说她憨。憨能当上名医副院长吗？是说她单纯。但这般年纪还单纯，有点说不通。准确说是善良，这就说通了，姑妈着实很善良。人呢，你善良得一"很"，便显得单纯了,是这理儿吧?

姑妈一成名医,村里人就老去找她看病。这没说的,干的就是这行当。麻烦在于,乡亲大远跑来还得管饭。自然灾害年头,城市商品粮供应很紧巴,自家人都吃不饱,管几顿饭可不轻松。再者,乡下人到省城医院就蒙了,手续都不知咋办。她个名医副院长,还得跑上跑下办手续。有时一结算发现钱不够,没准儿又得贴些钱。可她从没嫌弃过,就这心性,善。

姑妈一直挂念着秀婶儿的病。

她从医学角度分析,认为"鬼附体"是种癔症,患者多是有迷信思想的农妇。她们极易接受神秘的心理暗示,加之身体虚弱,遇上精神刺激便会发作。每次回来,她都会带几大包中草药,说是给秀婶儿调理下,但从不要钱,不用说又是她自掏了腰包。她说,秀花太可怜了,怎忍接她的钱呢?

吃罢午饭,姑妈去了秀婶儿家。我打心底里喜爱姑妈,每见她回来总喜欢跟着她跑前跑后。这会儿见她去,我也去。

秀婶儿把姑妈让进屋里,当然顾不着搭理我,小屁孩儿随你去。也好,我才不喜欢掺和大人的事呢,更想跟云儿玩耍。正巧她妹妹朵儿也在家,又多个玩伴儿。

院里有棵皂角树,很老了,树冠遮蔽半个院。主干有一搂多粗,离地半人高分出几个老枝杈。一枝横空半卧在院当中,缓缓扬向天空,贴着瓦房顶伸展开来。深秋天,皂角长熟发了白。有尺把长,成串挂在树枝头。我搂住那根枝干,蹭着肚皮攀爬到房顶上。房顶垂着很多皂角,伸手能摘得着。也亏小孩儿身量轻,瓦片踩不烂。

云儿和朵儿爬不上去,只有仰望的份儿。我拧断皂角蒂儿,摘个扔下来,摘个扔下来。她们俩在树下盯着,落个拾起来,落个拾起来。这让我很得意,自觉有多大本事似的,能爬到房顶上!心说你们俩小毛妮儿没这能耐吧？只会拾不会摘!

我在房顶上摘罢皂角，还可露一手再爬下来。下树比上树轻松得多，吱溜溜几下便落了地。只是，肚子磨破了一层皮，痒刺刺地疼。但我羞于说这个，反挺着胸脯充英雄：瞧我能耐大不？能上去还能下来，一点儿不咋的!

我走进屋里的时候，秀婶儿的病已看过了。

屋里靠窗放张破桌子，桌面的黑漆都裂了缝。据说是大瓜叔娶秀婶儿时做的，还做了个木床和板箱，也就这三大件木制家具。其余家当，便是些坛坛罐罐了。

桌上放着碗鸡蛋茶，里面三个荷包蛋，甭说是特意招待姑妈的。对秀婶儿家来说，这是很破费的，平时哪舍得这样大手呢？三个鸡蛋折成钱，差不多能称斤盐呢，豁出去了。

那时吃鸡蛋算得上奢侈。在我家，也就爷爷能隔三岔五吃个煎鸡蛋。孙子们眼巴巴看着。妈妈教导我说："先孝敬爷爷。你小着哩，将来有吃的在后头嘞。"这话倒没错，可"后头"是哪年哪月呢？好在，煎锅上总会沾些儿鸡蛋沫，我老是用指甲一点点抠着往嘴里抿。虽不够填牙缝，却比没指望的"后头"现实，至少能尝到点香气儿。

此刻，我直直地盯着那碗荷包蛋，眼馋得流口水。朵儿不懂事，哼哼唧唧闹着要吃，秀婶儿狠瞪了她一眼。她委屈地噙着泪，指头抠着小嘴唇。

姑妈不忍心吃了，把碗里的鸡蛋夹出来，分给我们仨各一个。我惊喜极了，居然捞到个囫囵鸡蛋！刚才在院里爬树摘皂角，我两手黑乎乎的。可顾不得小手脏不脏，抓住便往嘴里塞，就这了。

姑妈正在聊她和姑父那些事。

抗战年头，村里驻了一连国民党兵。连长二十多岁，叫俞寒。他看上了我姑妈，起意把她带到部队去，说是能当个卫生员。姑妈才十八岁,她并不热乎当兵,倒是想去找大哥,也就是我大伯。她以为,到部队就能碰上大哥。这想法很幼稚,部队恁多当兵的,往哪儿找去?可她就那么天真。

姑妈说,大哥最疼爱她,而她对大哥也感情最深。她多次问连长,到部队能见着大哥吗?连长一心带她走,说能,还承诺帮她找大哥。就为这个,她当了兵。连长为她费了不少心思,果真把她安排进了部队医院。

后来的事不用说了,连长成了我姑父。

结婚很久,姑妈仍没找着她大哥。其实,姑父确实尽力了,也打听着了,还通过信。但部队不停地南征北战,哪能碰着呢?直到抗战结束,她也没见着大哥。接着打起内战来,这儿国军那儿共军,异地部队根本见不着面,有时通信都很难。一九四八年年底,她收到大哥最后一封信,是他临去台湾时寄来的,此后音信就断了。

多年后,姑妈还时而嗔怪姑父,说找的大哥在哪儿啊?姑父很愧疚,诱骗她上当了似的。这没法子,他只能极力表白,说虽没见着大哥,可他是真心爱她的。还说,他愿拿一生的爱去弥补这个亏欠,证明他的真诚。

"放心吧,我会爱你一辈子,直到死!"

姑父多次这样表白,发誓为她不惜牺牲一切。后来,他们俩所在的部队起义投诚编入解放军。新中国成立后,大量兵员转入地方。姑妈要求到夏州市工作,说离家近便于照顾父亲。姑父俞寒是南方人,为了服从心爱的妻子,宁远离家乡转业到北方来……姑妈说起老公很称心,满脸幸福的样子。秀婶儿听着也很感动,不停地夸着姑父好。

"你真遇上好人啦,福分呀。"秀婶儿说。

"我脾气倔,他啥事都让着我。"姑妈说。

"噫!你看你看,姐夫多好。"

"他怕我生气,老是想法哄我高兴。"

"你看你看,姐夫心好,脾气也好。"

"他还做手好吃的南方菜,忒精细。"

"噫!你看你看……"

说着说着,忽又扯起我大伯的话题来。姑妈说,一九六一年遭遇自然天灾,台湾趁机抹黑大陆,说饿死多少人啥的。大伯忧虑家人,不知通过什么渠道,打探到她的工作单位,从香港转来封问候信。怕老家偏僻不便接收,把信寄给了她。唐家人一直不知大伯死活,这封信是天大个安慰。虽见不着人,至少知道还活着。

那年头,收到台湾来信了不得,有私通海外的嫌疑。我爷不敢声张,蒙着被子睡了一整天。他铮铮硬汉从没轻弹过泪,这次却闷在被窝里痛哭一场,被头都被泪水打湿透了。

姑妈一直密藏着那封信,从不敢对外泄露。这会儿猛一激动,不小心说漏了。她意识到不对头,朝门口瞥了一眼。转脸赶紧叮咛秀婶儿,千万不要说出去!就这句话,她反复叮了几遍。

"我是提起大哥伤心呀。一伤心,嘴就把不住啦。"姑妈说,"秀花你想,我苦找大哥多年啊!我是……我是……"她说着哽咽起来。秀婶儿不知说什么好,直甩着手感叹:

"哎!你看你看……"

她不管是赞赏或同情,或悲伤或无奈或遗憾,都似乎找不着合适词儿,统用"你看你看"来代替。好像是个万能词汇,搁哪儿都管用。秀婶儿是很感性个女人,听着姑妈讲述感动得两眼泪。时而揪起蓝印花布袖子,朝脸上抹一把。

姑妈看病送药仍不肯收钱,秀婶儿过意不去,拿出一把皂角相送,说洗衣可好使嘞。这倒是,我妈也常用皂角洗衣服。但姑妈在城里不用这个,多是用肥皂或洗衣粉。碍于婶儿个面子收下了,转脸全留给了我妈。此后,她又给秀婶儿送过多次药,照样分文不取。

一年多过去，秀婶儿果然健壮起来。

之前，她虚弱得脸色苍白，如今渐见红润起来。她原本长得细白靓丽，这下又活脱脱个俏佳人，也没再犯过那怪病。此后日子好起来，更绝了那病根儿。

有年正月十九赶庙会，镇上组织民间艺术会演，各村都出节目。洛塬村表演跑旱船，秀婶儿还扮了船娘子。这是她的拿手戏，当年出嫁前就扮这个，很出彩。也正是在庙会上表演跑旱船，她把马之骏迷住了，才发誓非娶她不可。

那天，秀婶儿抹上浓妆脂粉，长发盘起插花高髻，俊俏的脸蛋儿越发漂亮。再穿上彩绸表演服，身段更显纤纤的娇柔，还有几分妩媚。难怪土匪头子看上她呢，谁长只眼都会动心。

旱船是用竹竿绑的架子，周边垂圈儿绿布裙。船板用黄布绷面，四根船柱缠满红绸和纸花，顶盖覆着艳丽的彩绸。秀婶儿坐在（实际是站着）船舱里，走着轻盈的碎步，宛若在水中荡漾漂移。那纤纤柔姿随"波"起伏，时而颠簸打旋儿。她沉浸在角色里，仿佛又唤起了当年的美人自信，重现出压寨夫人的风采。那是她曾经风光过、浪漫过、优越过的姿态，是深刻在她骨子里的风韵。

我在芹奶身边站着，她不时发声叹息，像是触动了伤感。想想也是，当年恁俊俏个侄女，把名震全县的马之骏都迷倒了，后来却改嫁个窝囊废男人……这会儿，她见侄女又现出当年的样子，怎会不勾起些伤感呢？

旱船周围有帮乐队伴奏，锣、鼓、钹和唢呐齐鸣，咚咚呛嘀嘀嗒不停。船头有个挂长髯的老翁领航，头戴毡帽，身着老生古装握着划桨。他弓着步左闪右摆，把旱船领出多种表演套路。时而是"水溜溜"，时而是"绕八字"，还有"跑圆场"和"双进门"啥的。花样多了去了，我都搞不清。

旱船后尾还有个小丑，扮演者是我五叔。

他头上扎束小发辫儿，插朵小红花，鼻梁抹着白粉，手里摇着破芭蕉扇，绕着旱船跳来蹦去。时而猫着腰扭秧歌，时而歪着脖子打转转。还不断跟船娘子打情骂俏，努努嘴巴、伸伸舌头、抛抛媚眼儿，逗得大家哄堂大笑，把我的肚子都笑疼了。

回村路上，我模仿着五叔耍小丑。爷爷绷起脸说，你可不能学你五叔呀。他从小贪耍不读书，屁股打烂都不学。如今啥屁本事都没，只会耍小丑！若照他学，可就学瞎啦。

转而，爷爷夸起姑妈来。说她当兵后先学识字，后到医学院进修，还自学很多医书才修成了名医。爷说你看，秀花疯了多年，都让她治好啦。若不是她肯读书能有这本事？当时我已六岁半，暑假后就该上学了。爷爷拍拍我的小脑袋说：

"你该上学啦，得用功读书呀，孙子！"

7

入学前，哥哥先教我写了"唐承文"三个字。说："你上学就不能叫九儿了，得叫这个。"我佩服极了，心想他不光会写自己的名字，还会写我的名字，真了不得。

但问题来了。哥哥叫唐承厚，在堂兄弟中排行老五。可他已上了三年学，家人怎么还叫他"五儿"呢？哥哥说不清了。只说，反正在家叫这个，到学校叫那个。弄得他糊涂着，我也糊涂着。

入校后，我惊异地发现，哥哥居然跟我是同班。这时才知道他留级了，而且连留三年，这使我对他的佩服大打了折扣。原以为他了不得，其实不咋的，很不咋的。

哥哥在一年级还行，不管语文或数学，新生们不会的他都会。

升到二年级就蔫儿了，比如开始学乘除法，新生们都会了，他还不会，进而又一步步落了下去。

老师是大爷家的长孙女，我叫她萍姐。有时急起来，萍姐搗着哥哥的脑门说，你咋恁笨哩？九儿比你小三岁都学会啦，你愣是迷瞪不过来！爷爷也没法子，说萍啊，甭跟五儿急啦。他木疙瘩脑子不开窍儿，急有啥用？就让他跟班走吧，识几个字得啦。

我入学就当了班长，云儿是副班长。这使我很是自豪了阵儿，但不久就露出了狼狈。云儿考试总是第一名，我排第二。班长的本事不如副班长，挺没面子的。我生出些小心眼儿，有时她向我借橡皮或铅笔刀，偏不给。谁让你学习恁好呢？就得刁难下！

云儿不光学习拔尖儿，玩游戏也忒灵巧。比如掷石子，全班女生都比不过。她把小石子撒地上，拣起一粒抛向空中，翻手去抓地上的石子，再翻手接住空中的石子。每次都抓得忒准，几乎不落空。那嫩白的小手翻来覆去，像朵翻腾的白浪花。

再就是踢毽子，她能踢出多种花样。先在胸前用直脚踢、盘腿踢，继而两腿向后拐脚踢，或抬起膝盖来磕膝踢。还能踢出些名堂：忽而一条腿向后弯起用脚掌踢，叫单飞燕。忽而两条腿在背后对叉跳踢，叫双飞燕。或两腿同时在背后腾空跪跳，叫鸳鸯拐……这些招式连串下来，毽子始终不落地，在空中嗖嗖地飞。

我试着踢过几次。往往直绷着腿一脚就踢飞了，至多连踢两三下。当然男生不擅长这个，可我玩别的也不行，比如推铁环打弹子啥的，都玩儿不过哥哥，咋努力都不行。

说来也怪，我读书比哥哥强，肢体运动却远不如他。好像上帝是公平的，给你个聪明脑袋，给他个灵巧肢体，谁都甭想占全了。哥哥推铁环滚动得飞快，还不倒。我老是推得左歪右斜，滚不多远就倒了。打弹子呢，他能一次连续打进几个小坑洞，我几次打不进一个。摸树猴更不行了，他真像只猴子，蒙住双眼照能飞快地从这枝攀到那枝。我大睁眼躲闪不及，老被他抓住。

秋天，我们俩经常一起捉蝉。拿根丈把长的细木杆，杆头系根马尾丝打成活结，悄悄伸进树叶里，套住蝉脖子猛一拉就擩住了。这法子，理论上很简单，操作起来是有技巧的。哥哥几乎杆杆不空，一擩个准儿。我呢，不知哪点没弄好，老是杆头刚一伸到树上，蝉儿就惊飞了，几杆擩不住一只。

夏天是逮蛐子。谷子玉米棉花豆角地里都有，田野一片叽叽叫，热闹极了。不过最好是去红薯地，那叶子都平铺着，不遮视线。蛐子爬在叶片上掀动着晶亮的翅膀，很容易发现。哥哥先侧耳细听，目光循着声音射过去，伸长脖子瞅啊瞅啊，突然眼睛一亮，瞄准了。他屏住呼吸猫着腰走过去，大约离两步远，猛一扑就捂住了。再慢慢叉开指头，捏住它的小脑袋，跑不掉了。

我照着他的样子来，可老是引起蛐子警觉。它头上两根触角一挺，腾地蹦到叶子下，我扑上去跪地一捂，空的。那家伙机灵着哩，你在明处没来得及下手，它潜伏在叶下早溜了，逗你白跪磕个头。偶尔，我也会逮住一只。却常常用力过猛，老把蛐子的大腿摁掉。有时，还冷不防被咬住指头。它牙齿忒尖利，能咬出血，我疼得直甩手。

蛐子忒好玩儿。逮回家装进笼子里，挂在树上或房檐下。晌午太热起来，蛐子们比赛着叫，这只刚停歇那只又接上，仿佛"你方唱罢我登场"，满院叽叽声不断。那叫声是翅膀摩擦发出的，蛐子翅膀上有排细硬的音锉，像梳子的齿儿。每只的音锉数量和排列密度各不同，刮出的鸣声也高低和节奏各不同。有趣，好听。多只蛐子汇集一笼，凑出一片和声，宛如多声部的交响曲。

蛐子也好养。喂些菜叶或青瓜李枣，都吃。用心照料的话，大多能过冬呢。寒冬腊月，我把它装进蛐子葫芦里，见天塞片菜叶便能养得住，过罢年照样活着。

蛐子葫芦是爷爷用高粱秸皮编的。他把高粱秸皮剥下来，劈成匀称的秸皮条，不一会儿工夫就编出个小"葫芦"，橙子那般大。白天揣怀里，棉袄捂得一暖和，蛐子贴着你的肚皮叽叽叫。晚上放被窝里，正睡得香呢，它冷不丁高兴了，黑灯瞎火叽几声。你迷迷糊糊的，就像梦里伴着催眠曲，那叫好玩儿。

　　玩着玩着，"文化大革命"开始了。

　　我刚升四年级，就停课闹起革命来。小学生都戴上红袖章，跟着大人学闹样。那时还搞不懂"文化大革命"是啥意思，倒觉得，不上课不做作业不考试，也蛮好玩儿。

　　从此，男生不再摸树猴、推铁环、打弹子或捉蝉逮蛐子，女生也不再跳绳、踢毽子、掷石子。干啥？学造反。老师们都成了牛鬼蛇神，小学生不会写大字报，只能画些老师们的漫画，个个歪瓜裂枣龇牙咧嘴。想象中，"牛鬼蛇神"大概是这样子。往校园墙上一贴就算造了反，感觉也特棒。以往都是老师训学生，这下可以反过来骂他们，翻身了，扬眉吐气了。

　　接着掀起学"毛选"高潮，小学生又派上新用场。统统扛起红缨枪去把路口，见人就让背语录，背不出来甭想走。那天，我跟哥哥和云儿结成一组，到村北大柿树下把路口。朵儿才上一年级，还不够扛红缨枪的资格，拿根小竹竿跟着。偏拦住了芹奶，她是云儿她妈的亲姑姑啊，挺不好意思的。谁知，朵儿六亲不认，愣把竹竿往路上一横，挡住了。芹奶背不出来，云儿教她背了句"阶级斗争一抓就灵"的话，才放过去。

　　陆武魁来了。不知他是故意耍贫嘴呢，还是真没搞懂，把"毫不利己，专门利人"说成"门不离砖，砖不离门"。我们围了上去，嚷嚷着他再背几遍。他一瞪眼吼起来，把我们吓呆了。朵儿偏不怕，揪住他的衣袖说："你背错语录，就是反革命。要打翻在地，再踏上一只脚！"

这是"文革"语言，小屁孩儿都会。陆武魁是村里有名的愣头青，几句惹恼了。他一把夺过朵儿的小竹竿摔地上："我就背错啦！咋的？"正巧我爷走过来，朝他大喝一声：

"耍啥威风？有本事背条语录呀！"

"我偏就不会背，你会背你背！"

陆武魁瞪着眼怼了句。这倒难不住我爷，甭看他六十多岁，脑子照样好使。那时各家都有本《毛主席语录六十条》，他能从头背到尾，有底气的。冷冷一笑说："中啊，你让背哪一条？"

陆武魁压根儿没上过几天学，常用字大半儿不认识，甭说背语录，连哪一条都指不出来。他傻眼了，歪着脖子哼了一声，扭头悻悻而去。爷爷冲他后背奚落了句："你个生瓜蛋儿，八个字都背不下来，还跟我摆阵势，烧啥哩！"

然而后来，陆武魁当上了造反派司令。

他牛气了，见天领着一帮人"破四旧"，不停地砸这砸那。其实，他也搞不清哪些属"四旧"，凡见旧点的东西就掐着腰一指："砸掉，统统砸个稀巴烂！"那帮人便抡起镢头铁锤，砸了。

村里有很多砖券大门，砖雕那种。图式有兰草纹、竹节纹、云头纹、双喜纹、拐龙纹，还有带状牡丹或菊花纹，或负阴抱阳的双鱼纹。有平面浮雕、半圆凸浮雕、高凸浮雕，也有玲珑剔透的镂空雕。在造反派们看来，这些统属"四旧"，挨门砸。那势头没人敢挡，很让陆武魁威风了阵儿。

偏是大爷不识时务，迂夫子碰上了愣头青。

我说过，他家的宅子是四爷建的。四爷开银匠铺发了，不差钱，把砖券门弄得"很文艺"。是双龙戏珠图式，高凸镂空那种。砖料统是精选的，质地细腻坚实，能雕刻到丝发毕现，一鳞一爪都见精致。龙尾翘在拱券外边，大有飞出之势。说是艺术珍品，不过分。

造反派不管这个，见旧便砸。大爷心疼啊，拽住陆武魁的胳膊不让砸。陆武魁根本不把他当回事，一挥手："砸！"造反派们便咚咚咣咣砸开了。顷刻，券门上落下一堆砖碴儿。大爷呢，眼看挡不住的事，拽住陆武魁不松手大骂起来。这还了得！造反派司令是能随便骂的？陆武魁抡起胳膊猛一甩，也凛然大骂了句：

"老梆子！把你打翻在地，再踏上一只脚！"

大爷一把老骨头经不住甩，扑腾瘫倒在地上。好在，陆武魁仅是把他打翻在地，倒没"踏上一只脚"。他见双龙戏珠砖雕已砸成废砖碴儿，气昂昂一挥手，凯旋而去。大爷在地上骨碌半天才爬起来，满脸灰突突的。他拾起几块碎砖碴儿，颤巍巍捧在手里，刷地滚出两行泪，愤骂起陆武魁来：

"这鳖孙！有这砖券门的时候，你爹还没出生嘞。它咋招你惹你啦？作孽呀！"

大爷捧着砖碴儿跑到我家来，想跟我爷倾诉下。走进屋里，他把砖碴儿往八仙桌上一摊，气得不知打哪儿下嘴，酸着鼻子呜哝了句："你看这些鳖孙们，你看这些鳖孙们！"

我爷坐在大圈椅子上抽着闷烟，眼看恁好的砖雕成了废碴儿，也气得烟袋杆瑟瑟发抖。他沉闷了阵儿，才抬头瞟了一眼大爷，少气无力地叹口气："哎！大哥呀，形势走到这步啦，你能挡住？"又说，"识时务者为俊杰啊，砸已砸啦，还说啥去？"

大爷走后，爷爷把我唤进屋里，朝桌上一指："来，把这东西……拿去扔了吧。"又感叹句："哎！你大爷这人，像犟驴，光会尥蹶子不知躲鞭子。没挡住事又挨顿打，不长眼呀他！"

当天晚上，爷爷策划了场秘密行动。

他见"破四旧"来头不小，扛不住，而我家是百年老宅，房檐统统扣着瓦当，刻有四神、翼虎、鸟兽或云纹啥的。按说也算"旧文化"，可瓦当是护椽头的，总不能都砸了吧？爷爷担心的是屋脊上的砖雕，那正脊两端有吻兽，垂脊上有垂兽。比如骑凤仙人或行什、狴鱼之类，都在房顶上明摆着，怕是非砸不可了。可它是祖宗留下的，哪能眼看着毁了呢，可惜呀。

他想出个法子，当晚把我叔伯们召集到屋里来。商量说，这些东西与其让别人来砸，不如趁早拆掉藏起来。大伙一致赞同，说对，得趁早下手，一晚就没法弄啦。

深更半夜，大伙慌忙搬梯子上房。不大工夫，雕砖全拆了下来。藏哪儿呢？爷爷早想好了，南园。他让大伙在南园挖个大深坑，把拆下的东西偷偷运进去，埋了。弄得很悄密，神不知鬼不觉。

没过几天，果然砸起屋脊兽来。造反派挨门至户砸，见我家房顶上光秃秃的，顾不着深究。搞"运动"就那么回事，风风火火地碰上便砸，碰不着便罢。也算侥幸，我家那些屋脊兽躲过了一劫。

很多年后，县文化局听说了，专门派人跑到我家来，把那些脊兽收藏进了文物馆。说是清代文物，全县已不多见，当年多被砸了。但这是后话，按下不提。

且说，那些能砸的"旧文化"砸光了，还有砸不烂的。比如旧书之类，没法砸就得烧。乡下本来没啥书，造反派翻箱倒柜地找。凡见线装本或纸质发黄，便视为"旧文化"。其实，有些书归不到"旧文化"里去，比如描写抗日或解放战争的小说，便不是。但不知从何说起，这些书都被批为"大毒草"了，也得烧。

之前，我爷看出势头不妙，趁早找了几本破烂书交给造反派，说都拿去烧了吧。造反派见他表现积极，没再来我家搜查。事实上，他还偷藏些珍贵书，多是"两进士"祖先留下的。其中有本朱熹的《四书集注》，是他小时候读过的书。爷爷用牛皮纸把它包起来，塞进屋棚上的椽子缝里，躲过一劫没烧掉。

这场火是在村东头点燃的。

那儿有个生产队的牲畜饲养园,当院一大堆沤熟的草粪,像座小山。搜集来的"旧文化"堆在粪堆旁,竹的木的纸的皮的布的都有,统统泼上汽油。同时把地主分子集中起来,在粪堆旁跪了一溜儿,名曰"陪罪"。贫下中农全来观看,站满一院子人。

陆武魁神气极了。他站在草粪堆上,先领着大家唱首《造反有理》的歌。他起劲儿抡着胳膊打拍子,其实他根本不懂节拍,胡抡一气。人们也没怎么看他指挥,只管起哄似的瞎吼。歌声落,全场挥起拳头呼了阵儿口号,陆武魁才铿锵发出一个字的指令:烧!

泼上去的汽油很给力,嘭地燃起冲天烈焰。

此时是夏天,火势借助干燥的空气熊熊猛蹿,夹着噼里啪啦的燃爆声。饲养园内热气熏脸,草粪堆被熏焦一大片。地富分子跪在火堆边,烤得浑身淌汗,衣裳能拧出水。

村里早前有大鼓社。牛皮绷的十面大鼓,配着一套铜锣、铁钹、唢呐和古彩装。还有旱船和舞龙,竹子扎的。那舞龙有几丈长,统身绿布缝裹。头上扎只蟾和一对龙角,龙腮是五彩翅苗,龙眼和舌头活灵活现。这些,都被一场大火烧成了灰。

火堆里有顶花轿最显眼。那是北方不多见的"硬衣式"(本地多用绸帷"软衣式"花轿),完全木质结构。整体像四角出檐的宝塔顶,轿门两侧是对称的双喜字,镂空雕刻。其余三面分上下两截,上半截是透雕的牡丹、荷花和玉兰,下半截统是木板浮雕,分别刻着喜鹊登梅、金龙玉凤和麒麟送子。它很年久了,曾抬过数不清的漂亮新娘,经过数不清的喜庆场面。村里老人都说不准,它是哪辈子启用的,只知旧了再刷遍漆,也不知刷过多少遍,一直红闪闪的油亮。

花轿是银杏木做的,材质细腻坚实,忒耐烧。大火熄灭好久,其他物件都化作灰烬,它烧成黑炭框还燃着,好像不甘跟它曾抬过的新娘、经过的喜庆告别。尤其两根粗实的轿杠最耐烧,在那儿久久地蹿着火苗淌着漆泪，一滴一滴往下滴。

8

那场火烧到大半儿，地主分子张发旺熏晕了。他个六七十岁的老人，在火堆旁跪半天撑不住，咕咚一下瘫倒在地上。嘴里冒着唾沫翻起白眼，像要死的样子。

撇开地主身份不说，单论家境的话，他也蛮可怜的。老婆早年病故，留个儿子据说挺聪明，不料下河洗澡淹死了。我从没见过他的老婆和儿子，只知他有个九十来岁的老母亲。家里就他们母子俩，不用说日子够难的。

那老太太一双小脚，尖尖的像犁铧。老是坐在家门口的石头上，两只干瘪的手捧着拐杖头，颇像干柴棍上长个枯木疙瘩。眼皮松弛得睁不开，脑子也糊涂了，大小便失禁。张发旺下地回来还得做饭、洗衣，料理一切家务，包括给母亲擦屎端尿。而这是成年累月的事，见天少不了。

张发旺倒在火堆旁没人扶。地富分子，谁敢呢？他在地上躺了半天醒过来，陆武魁见他睁开了眼，冲上去又猛踢几脚："不老实的家伙，装死哪！明天接着批斗，看老实不！"他听说明天还要挨斗，浑身猛一抽搐，顿见裤裆渗出一片湿，吓尿了。

我爷回到家半天没说话，脸色阴沉沉的样子。我说过，他跟张发旺有旧怨的。当年为买南园的事，张发旺拿着枪来敲诈，俩人干过一仗。但在我爷看来，那时张发旺在村里横是横，倒没做过大恶，否则镇反时早枪毙了。如今来了运动，批斗归批斗，犯不着往死里整呀。再说把他打死了，撇下他老娘咋整？

爷爷动了恻隐之心，想安抚下张发旺。

当天晚上,他怕人看见惹麻烦,特意跑到我三伯的瓦盆窑里,我也尾随了去。三伯正烧着一窑瓦盆,夜里得加煤观火色。窑堖有个小土炕,晚上就睡那上头。爷爷往土炕上一坐,指使他把张发旺叫来。三伯呢,生就懦弱性子,怕跟地主分子拉扯会引火烧身,吓得打着哆嗦。支吾说,窑上正烧着火呢,不敢离开。

　　爷爷瞪他一眼,转脸问我,你敢去不?我小屁孩儿憨胆大,说敢。爷说那好,你就去把他叫来!我挺着胸脯走出去,背后听见爷爷"呸"了三伯一口。

　　"呸!看把你吓的。地主分子也是人,不是妖!"

　　张发旺被斗得吓破了胆,见谁都点头哈腰,对我也照样。他听说去瓦盆窑那儿,顿时两腿发抖,以为我爷找他算旧账,磨磨蹭蹭不想去。我以为他是"不老实",模仿着造反派的来头,挥起拳头怒吼:"你敢不老实,我就把你打翻在地,再踏上一只脚!"

　　他听见"打"和"踏"字就想尿,仿佛条件反射。却不敢拒绝,颤颤地磕着牙齿说:"我去我去,让我先撒、撒泡尿。"

　　张发旺颤巍巍走进破窑里。我爷在炕上坐着,还没开口说话呢,他先扑通一声跪地上,连说我有罪、我有罪,那年不该去敲诈你,更不该掂着枪去,我给你磕头赔罪、赔罪。

　　我爷被他弄愣了。说这是干啥?当年那茬子事儿,你已磕过头了嘛!在村西头的沟地里,我把扁担往地上一扎,你连磕了几个头,忘啦?可几十年过去咋还磕哩?爷说,起来吧,甭再磕啦。

　　张发旺停住磕头却不起来,继续跪着坦白。说那年领着日伪队长去搜我大爷家的粮,也很对不起唐家。又自扇着脸说,我不是人、不是人!

　　他说的是抗战年头的事。

　　那年那天,村里来了队日伪军搜粮食。张发旺是伪保长,知道我大爷平时省吃俭用,家里囤有粮食,把伪队长领到他家里。大爷呢，眼看躲不过的事，磨蹭着不肯供认有粮。伪队长叭叭扇他两耳光，他才承认有一袋麦。队长叭又扇个耳光："不老实！到底有几袋？"他被扇得"老实"了一步，说有两袋。叭！又一耳光："还不老实！到底有几袋？"他又"老实"一步，说有三袋……大爷就这迂腐性子，伪队长一巴掌一巴掌扇，他一袋麦一袋麦往外吐，结果十多袋麦子掠个精光，还被扇肿了脸。

但几十年过去，我爷把这茬事早忘了，此刻张发旺一提醒，他才"咝——"地抽了口气，想起来了，旧恨复燃了。似乎觉得，刚才跟他少算了笔账，得再补算下才对。他转脸儿改变了态度，没让张发旺站起来，冲他瞪了一眼：

"你这憨儿！说起那件事，真把我大哥害苦啦！"爷爷胡子梢朝地上一指，"那你就……再跪会儿吧。"

张发旺便继续跪着。

我爷两腿往炕上一盘，不紧不慢地说："你这鳖儿，真不是好货，按说挨斗不亏！但有一点，你对老娘还蛮孝顺。看在这份上，我得替你拦挡下。可眼下形势明摆着，你还得挨斗，怕是饶不过去。咋整呢？是这吧。我跟造反派说道说道，批斗归批斗，不能再拳打脚踢。都这么大岁数啦，受得了？"

张发旺跪在地上愣住了，刷地滚下两行泪。这年头，还有人把他当人看，那是天大的感动。他的嘴角嗖嗖地抽搐着，仍机械地重复着那句话："我有罪、我有罪。"我爷都听不耐烦了，说："得啦得啦，起来吧。啊，起来吧。"

张发旺仍木木地跪在那儿，低着头不敢抬眼。我爷见他没动弹，忍不住扑哧一笑："嗨嗨这货！跪上瘾了咋的？"

张发旺这才颤巍巍站起来，低着头呆立在那儿，仍本能地赔着不是："我对不起唐家，对不起唐家。"爷爷见他可怜巴巴又木呆呆的样子，没了说头，朝窑门口一努嘴，稀松地说了句：

"就这,你走屁吧。"

本来,我爷从家里带了副护膝,打算借给张发旺用下。挨斗少不了罚跪,戴上护膝好受点儿。可他一想起大爷丢粮又挨扇的事,不禁又激起些旧恨。这使他改变了主意,没把护膝拿出来。心说这货,只要他死不了,受点皮肉苦也不亏。

第二天晚上,爷爷约陆武魁到我家来。

眼下造反派司令牛得很,怕约不来,他让我五叔去叫。五叔是有名的二杆子,没人敢惹。他曾跟陆武魁打过架,一把揪住陆武魁的裤裆,差点把他的睾丸捏扁。因为这个,陆武魁一见五叔就吓得睾丸犯抽,怎敢耍大呢,果然乖乖地来了。

爷爷坐在大圈椅子上抽着旱烟,没给陆武魁让座,开门见山地说:"张发旺这货,确实不是好东西,挨斗活该!可反过来说,他对他娘挺孝顺,这点倒不懒。你斗归斗,别下手太狠。若把他打死啦,剩他个老娘咋整?得悠着点儿。"又说,"人嘛,你不管赶啥风头,也不管斗谁批谁,总得讲点人情不是?"

陆武魁一听瞪起了眼,指斥我爷是包庇地主分子,几句话就顶撞起来。我爷火了,烟袋锅直捣着他说:"告诉你武魁!你若再踢张发旺一脚,我就让人打断你条腿!信不信?"

陆武魁心里犯怵了。他知道唐家人多势重,不好惹。尤其我五叔那二杆子劲儿,说打断他条腿还真敢。但他不肯示弱,造反派司令呀,哪能孬软蛋呢?他蹦了起来,使出造反派的斗争招式,先"上纲上线"给我爷扣个大帽子。等于占领政治高地,居高临下耍威风。

"我去公社告你,揭发你!"他蹦着吼道:"你当阶级敌人的保护伞,是严重的阶级立场问题!"

这帽子够吓人的。不过,我爷心里早有准备,防着这手呢。他冷冷一笑说:"好哇,告吧。你前面走我后边跟,也去告你,看咱俩谁告过谁！"

陆武魁猛一愣,心说你告我啥呢?他没想到,我爷抓有把柄的。那次,他在村口背语录,把"毫不利己,专门利人"说成"门不离砖,砖不离门",这便是把柄。我爷拿这句话也给他"上纲上线",扣个大帽子压头上。

"知道不?歪曲最高指示就是反革命。"爷说,"我就去告你这个,判你个反革命罪,坐牢没说的吧,啊?"

陆武魁顿时吓傻了,忽地冒出一头汗。那年头,有时说错个字都会治罪的,给他一"上纲上线",没准儿真能送进牢里去。他蔫儿了,扑哧往地上一圪蹴哀求起来,腔调颤颤发抖,跟录音机卡了磁带似的。我爷趁机逼问几句,而陆武魁吓得老实乖乖。

"那我问你,还告不?"

"不告不告,绝对不告。"

"那,你还打张发旺不?"

"不打不打,保证不打。"

"嗯,这还像句人话!"

"可是……可是……"

"还'可是'啥?滚蛋吧。"

陆武魁圪蹴在地上,揪着头发想了想,苦于没了辙儿。心说这老爷子够辣的,还真不好对付。跟他来武的,打不过。来文的,又告不赢。他泄气地挠挠头,只得软不拉塌站起来,"滚蛋"了去。

此后的日子,张发旺果真没再挨过打。当然仍少不得批斗罚跪游街啥的,难受是难受,倒伤不着筋骨。不久,揪斗起"走资派"来。接着又打起了"派"仗,革命群众分成两派咬来咬去。这样子,反把地富分子撂到一边,没了他们的事。

二伯是村支书,忽然成了"走资派"。

村里不停地开批斗大会。他戴顶纸糊的高帽子,上面写着"打倒唐振德"的字样,胸前挂块"走资派唐振德"的牌子。造反派架着他的胳膊押到台子上,使劲一摁,跪下了。直跪到开完批斗会,接着起来游街示众。他戴着纸帽子挂着纸牌子走街串巷,前面敲锣打鼓,后边一队人呼着口号,跟耍猴似的。

我当时很不明白,村支书怎成坏人了呢?后来才知道,从县里到公社到各村的头脑人物,差不多都被打成了"走资派",当然二伯也不例外。按爷爷的话说,形势走到这一步啦。

可是揪斗过几次后,唐家人受不了了。尤其五叔那二杆劲儿,蹦着要去跟造反派拼命。我爷拦住他厉声吼斥:"你逞啥能?给我老老实实待着!敢胡闹,我打断你的腿!"

但接下来越闹越凶。有一天,几个造反派跳上台子,主持批斗会的陆武魁见势头不对,赶紧制止已来不及。那几个人朝二伯屁股上猛踢了几脚,把他踢趴在台子上,蹭得鼻子滴出血来。

这下把我爷激怒了,你咋批都行,怎能打人呢?当晚,他又让五叔去叫陆武魁,要跟他"理论"。还没去呢,陆武魁主动跑上门来。他自知得罪不起唐家,慌忙跑来赔不是。说批斗会是他召集的不假,但他从没指示打人,还当场制止过,没制止住……这倒是事实。在那疯狂的年头,近乎集体理智失控,他也控制不住局势了。

我爷见他很诚恳,憋一肚子火发不起来。他看得清,这事光摁住陆武魁没用,得想个自卫的法子。不然,放任那些愣头小子胡来,二伯可就惨了。

当晚,我爷又紧急开了个家族会。

五服之内的青壮男人都来了,齐乎乎几十条汉子,把屋里挤得满满当当。我爷豁上了,打算用武力对抗。而唐家人早都忍不住了,一大家子百十口人,眼睁睁看着二伯被人揪来斗去,他妈的这还了得?都说,早该动手啦!

屋里嚷嚷开了。五叔蹦得最高,埋怨起我爷来:"都怪你,一直按着不让动。这不，让二哥挨顿打！"我爷啪地拍下桌子站起来，朝他大吼一声："这儿没你的话，滚一边儿去！"

五叔缩下脖子退到墙圪崂里。

大伙被镇住了，互相递个眼色不敢再嚷嚷，全看爷爷怎么铺排。这时，他却绕着桌子转起圈来，弯着腰左瞅瞅右看看。满屋人愣愣地瞪着眼，不知他找什么。迟了会儿，才听见他嘟哝了句："哟呵，怪啦，烟袋弄哪儿啦？"

哦！原来是找不着烟袋了。就这点事儿，几十条汉子忙乱成一团，纷纷找起烟袋来。在唐家人中，爷爷就这威望，他丢根儿烟袋谁都不敢怠慢。可忙乱半天，到处找不着。忽然，爷爷朗笑了一声：

"哈哈，我真是气糊涂啦，骑着驴找驴！"

大伙这才注意到，烟袋在他腰里别着呢，满屋哄地大笑起来。一笑，倒把沉闷气氛打破了。爷爷摁上锅儿烟丝抽着，说："都听着，今天这事呢，我得批讲批讲。"他一开腔，大伙真跟上课似的，都支起耳朵听他"批讲"。他冲着五叔说开了，像是在批驳五叔，其实是说给大家听的。

"你懂个啥？"爷说，"全国都这形势，谁能挡住？北京的大官都挨了批，你二哥算个啥？再说各村村支书都被揪斗啦，咱村没动静，上头能放过？若公社派队人马来助阵，你二哥岂不更惨了？"

"你懂个啥？"爷说，"我今晚把大伙叫来，不是让你们去打架，而是摆个阵势。咋弄呢？批斗会该开照开，你们都站到台子边上，别人喊口号，咱也跟着喊口号。这叫态度，表明咱也支持批'走资派'。记着，只要没人动手打你二哥，你们都站着别乱动。谁乱动，我拐杖敲谁的头！记住没？"

"记住啦，记住啦。"大伙都随声答应。四堂哥唐承义性子急，问了句："那，若有人动手打我二伯呢？"爷爷叭地拍下桌子

站起来,手里捏着烟袋杆一捣一捣地说:

"都给我听着!"他嗓音洪亮,"假若谁敢动手打,你们都上去揍他!狠狠地揍,把他打趴在台子上!"

三堂哥唐承训性子斯文,怯怯地问:"把他打趴下啦,造反派都围上来咋整?"爷爷挺下腰板,咬着牙一字一板地说:"我就不信,打趴下一个,还有第二个敢上来!"

"那,人家会不会说咱……反对革命?"

"你懂个啥?"爷爷又冲我三哥"批讲"道,"革命,让打人了吗?毛主席就说过,要文斗不要武斗嘛。可有人来武的,不听毛主席的话,不打他打谁?"大伙哄地笑了。爷说,"啥事,都得有个说法,叫出师有名。你打他也得有个说法,懂不?"

大伙会意地一笑,说懂啦,明白啦。

但这种场景并没发生。人都不傻,眼看唐家几十条汉子围在台子边上,摆着阵势呢。按说造反派几百号人,足能抵得住。但他们是乌合之众,而唐家人属血缘族群,凝聚力根本没一拼。傻瓜也长只眼,谁当这出头鸟,去跟一大家族力量单挑呢?作死吧你!

于是,接下来又连开几场批斗会,没人敢戳二伯一指头。可批来批去就那点事儿,造反派也渐觉没了意思。批到最后,造反派把二伯轰下了台,当时说法叫"靠边站"。他一靠边儿,让陆武魁当上了村"革委"主任,就这了。

9

我不知省城发生了什么,只听说姑妈和姑父也都"靠边站"了。在我想象中,"靠边站"无非不让当官,跟二伯一样都那回事儿。噫!可不是。城里比乡下复杂多了,闹腾得更厉害。

我从表哥俞波身上感觉到，姑妈的处境很吓人。他是姑妈的独生子，比我大两岁。以往逢着放假，他都会来村里玩些天，可是今年寒假没来。听妈说，姑妈和姑父怕连累儿子，把他送到南方爷奶家去了。我由此觉得，像是出了大事。

那些日子里，大人们说起姑妈的事，都惊怵怵的。我注意到，爷爷吃饭老是咽不下去，时而干恶心。我不清楚姑妈遭遇了什么，把他愁成这样。他见天阴沉着脸，子孙们都不敢大声说话，家里沉闷得让人喘不过气来。

整个寒假里，我和哥哥都变得很乖，生怕大人们心情不好惹了火。见天提个小荆条篮子，跟着放羊的铁栓伯去拾羊屎蛋儿。羊粪是很好的有机肥，南园的蔬菜见年施这个，特见长。

铁栓伯是芹奶的儿子，笨头笨脑的，犁耧锄耙的活儿拿不起来，生产队让他长年去放羊。他对羊的习性摸得透熟，能听出叫声是啥意思。比如某只羊咩咩一叫，他用鞭杆指给我看："瞧，它该拉了。"我赶紧跑过去，那羊果然拉出泡粪蛋蛋儿。

放羊多是在沟坡上，羊屎蛋儿一拉出来，总会顺着沟坡往下滚，得攥着拾。哥哥手脚麻利，在沟坡上跑得飞快。我笨，老是抢不着。常常他能拾一满篮，我半篮都拾不上。铁栓伯见我干急不出活，时而把小鞭子夹在腋窝下，帮我拾几把放篮里。添个堆儿，也使我长些面子，不恁丢脸了。

我对铁栓伯有了好感，以至把他当成忘年的朋友。有事没事，总喜欢跑到羊圈窑里找他玩儿，久之跟羊都混熟了。往羊群一站，这只朝我咩两声，那只舔舔我的手。羊，它也是有情的，好像通人性。

每次拾羊屎蛋儿回来，我都会拎着篮子让爷看。意思是，瞧我多有本事，能拾这么多！爷爷总会夸几句："不错不错，长大啦，都会干活啦。"这对我是很大的鼓舞。咱小不点儿，大人们都不往眼里放，此刻被爷爷认可"长大了"，有存在感了。

姑妈遭遇批斗后，爷爷连夸我的心情都没了。我以为他是嫌拾的羊屎蛋儿少，尽力多拾些。他仍冷着脸，至多说句："送南园去吧。"我委屈极了，还嫌少吗？可我就这么大能耐啊。

那天，我拾了满满一篮子羊屎蛋儿，从没拾过这么多。我兴奋极了，心想爷爷准会大赞一番。我乐颠颠跑回家去，怕撒出来，用手捂住篮子里的羊屎蛋儿。跑了一路，捂了一路。

可一跨进家门，却发生个天大的意外。

爷爷倒在院子里，家人怎么都唤不醒。我爹跪在地上，用胳膊抬起爷爷的头，二伯掐着他的人中穴，三伯和五叔捏弄着他的胳膊和腿。我妈和伯母婶子都急哭了，喊着爹呀你醒醒、你醒醒。闹腾半天，爷爷才慢慢醒过来。刚一睁眼，乍然迸出声嘶喊。那声音像是从心肺里撕裂出来的，凄厉，惨烈。

"憨妮儿啊，我的好闺女呀！"

姑妈出事了。她忍受不了批斗的屈辱，自缢寻了短见，就在昨夜。我吓得浑身一抖，篮子咕咚摔落在地上，羊屎蛋儿滚了一摊。我无法接受这个事实。姑妈上次回来，还给我买了双新布鞋，还给乡亲们看病，还回访了癔症痊愈的秀婶儿……怎就突然没了呢？我脑袋轰地一下，炸裂了似的。

我没见过自缢的场景。倒是听说过，上吊人都伸着长舌头瞪着眼珠子，很恐怖的样子。我想象着，姑妈指定也是用绳勒着脖子挂梁上，舌头和眼珠都憋了出来……天哪！我不敢往下想了。在我眼中，姑妈是很漂亮很完美的女人。而当完美的形象被撕毁，转眼成了可怖的"吊死鬼"，那是种尖锐对立的视觉冲击。我承受不了这种冲击，吓得腿都软了。我颤巍巍蹲下身子，把撒落地上的羊屎蛋儿一粒粒拾起来，泪珠却一粒粒往下滴。

我搞不清姑妈为何自杀，只听大伙不停地骂我姑父不是人、不是人！这使我意识到，她的死与姑父有关。却不知他做了什么，竟把我姑妈逼上绝路。

很久以后，我才明白是咋回事。最初，医院有个家伙看我姑妈漂亮，动了不轨之心，曾几次猥亵都被严厉斥退。"文革"开始后，那家伙当上了造反派头头，趁势寻机报复，把她打成了"走资派"。接着怀疑她是"特务分子"，说她曾在国民党部队当过军医。但她属起义投诚部队，怎成"特务"了？哪儿跟哪儿的事啊。

造反派也意识到证据不足，设法搜索。他们打探到，姑妈曾收过一封台湾来信。有了，这就是证据。事实上那是封家信，与政治毫无干系。但一牵涉"海外关系"就很可怕，有书信联系越发撇不清。姑妈不敢承认，造反派又把姑父抓起来，让他跟老婆"划清界限"主动揭发。那年头，夫妻之间都不能讲人情，说这是检验阶级立场的"试金石"。姑父呢，不知是被人洗了脑，还是对他施了什么逼供手段。居然，他把那封信供了出来。

麻烦了。造反派就凭这个，指认姑妈有特务嫌疑。几个人一咕哝，给她定个"反革命分子"的罪名。那年头，判个罪跟闹着玩儿似的，一下子就把人玩儿惨了，玩儿死了。

但我知道，姑父一贯很疼爱姑妈的，怎会翻脸出卖她呢？小屁孩儿搞不懂这个。咋想，都想不通。可想不通是你的事，它就这样发生了，真真切切地发生了。

姑妈一戴上反革命帽子，不光是精神打击，肉体也受到亵渎、摧残。她的衣服被撕得碎烂，皮肉大半儿暴露出来。很难说，造反派到底是出于"革命义愤"呢，还是猥琐的窥美心理？他们看着漂亮女人嫩白的皮肤，发出一阵阵的浪笑……姑妈是很优雅的女人，哪受得了这个啊，她一下子崩溃了，以至走上了不归路。

爷爷就她一个女儿，比剜心还疼，但他无能为力。二伯遭批斗，他可以动员家族力量来保护。可对城里的女儿，这种力量延伸不到那儿……我很少见爷爷掉过泪,但铮铮铁汉不哭是不哭,一哭,那是山岳崩摧似的悲壮,房顶的瓦片都震得呜呜响。

姑妈是戴着"反革命"帽子走的。

当时的形势,安葬都成个事。城里公墓没资格进,乡下找个墓穴也难。谁愿自家地里埋个吊死的呢?不吉利。那真叫死无葬身之地。按说可以安葬到姑父老家去,她是那儿的媳妇,该的。可唐家人恨透了姑父,发誓不认这个女婿,当然不能归到他家去。

实在没了法子,姑妈被拉回老家来。但出嫁的闺女,回葬到娘家算咋回事呢?会遭人嘲笑的。想来想去,只得溜着村子的地界边儿,找个偏僻荒沟下了葬。那沟,说不清属哪村地盘,属两不管地儿。可背着坏名声又怕人嘲笑,还不敢声张,跟偷着来事似的。仓促弄个薄棺材,连身新衣都没顾上买,趁夜黑慌慌张张一装殓,稀里糊涂找个小沟坳,往土岩壁上挖个窟窿一填,埋了。

小沟坳很少有人去,常年撂着荒。之前,我拾羊屎蛋儿去过两次。那是片巴掌大的沟坡地,陡得存不住羊屎蛋儿,老是滚到沟底去。我难受极了,那么美丽善良的姑妈,落个这样的归宿处。

爷爷被击垮了,一病多天起不了床。

全家人咽不下这口气,可除了愤骂没别的法子。倒是五叔有股二杆子劲儿,非找姑父算账不可。他不敢跟家里人明说,怕惹祸没法交代。又怕独个儿去孤单了点,得找个人陪着去,壮下胆。

五叔想到了大瓜叔。他个抡大铁锤的汉子,浑身力气,打架能派上用场。再说姑妈给他老婆治好了病,分文不取,单凭这个也该陪着走一趟。但大瓜叔是有力没胆儿,一说去城里打人吓得浑身哆嗦,直挠着头哎呀起来。

"哎呀这个……这个,哎呀!"

秀婶儿毫不含糊。她对我姑妈感激不尽,当然也恨透了姑父,极力怂恿丈夫去报仇。说:"雪莲姐是咱家的大恩人呀,得替她出口气。他爹你去，去！"

云儿胆小腼腆，吓得躲在门后不敢露脸。朵儿却嚷叫起来，说我姑妈是反革命分子，咋能为她喊冤叫屈呢？那时一入学就接受阶级斗争教育，学写议论文便是批判"人性论"。她刚上三年级忒幼稚，嚷着嚷着，还呼了句"打倒反革命分子"的口号。秀婶儿气得咬牙跺脚，朝她脑后叭叭扇了两巴掌："小孩子家瞎叽喳啥？滚过去！"朵儿大哭起来，秀婶儿收起巴掌说：

"我才不管啥阶级嘞，就知雪莲姐是好人，对俺有大恩。不替她出口气还算人吗？"

大瓜叔一贯怕老婆，吓得发抖又不敢犯犟，往地上一圪蹴蔫儿了。秀婶儿越发来气，忽又使出当年压寨夫人的威风，朝他屁股上咚地踢了一脚："你个窝囊废！还肉着干吗？去！"

大瓜叔挨了一脚腾地站起来，不圪蹴了。但当着外人面，还不愿露出怕老婆的窝囊样，怕失了大丈夫威严。他揉着被踢疼的屁股，分明不敢抗命却装着嘴硬。

"你厉害啥！我说不去了吗？我说不去了吗？"说着朝门外走，又嘟哝句骨气话："去就去，谁怕谁呀！"

当晚，我不知他们俩怎个打法，竟把姑父的一条胳膊打断了，是被大瓜叔打断的。他心实，帮人打架也使憨劲儿。姑父常年坐机关养得细皮嫩肉，哪经得住抡大锤的铁拳头呢？大瓜叔只抡了两拳，他的胳膊咔嚓就断了。去正骨医院一看，粉碎性骨折。咋对，都接不成原样。从此落个拐把胳膊，一辈子都拐着。

第二天，爷爷才得知这事。他把五叔叫到病床边，五叔吓得不敢抬头，生怕再挨训斥。但爷爷没训一声，只是躺在床上瞥了五叔一眼，接着交代几句话，声调很平静。

"老五啊，你惹祸啦。"爷说，"你把人打成那样，城里造反派能饶喽？去你二姑家躲几天吧。她家在后山沟里，好藏身。城里造反派若来抓不着人,兴许就躲过去啦。"

然而奇了怪,城里始终没人来。那世道乱乱的,各派系见天打来斗去,有些人把命都搭进去了,断条胳膊算啥?你挨就挨吧,谁管得了谁啊。

后来听说,姑父也有意瞒了这茬子事,没让追究。他断条胳膊不说,还被五叔扇肿了脸。同事们问咋回事,他编出套谎言,说是不慎滚了楼梯,摔断条胳膊又蹭了一脸肿。就这样,造反派顾不得他,而他也甘吃个哑巴亏,稀里糊涂挨了顿打。

事后,我照常跟着铁栓伯拾羊屎蛋儿,偶尔还去那小荒沟,却不敢看姑妈那座坟……上初中后,我自觉长大了,才不再拾羊屎蛋儿,也很少再往那沟里去。

10

我是长大了,能挑满满两桶水。

村东头大槐树下有口老井,全村人吃水都靠它。后来人越生越多,渐是紧张起来,见天打水排着长队,时常发生加塞争吵的事。每逢周末,我都会去挑几担水。多是趁大人们下地干活的时候,井台上没人,不用排队。

老井在云儿家门口,偶尔去挑水会碰见她。不知从何时起,我一见她总是窘得慌。怪,幼时跟她一起玩耍,扯扯拽拽都不碍事。如今一对上眼儿,怎就心里乱扑腾呢?有时嘴角还会窘得嗖儿嗖儿犯抽,不知哪根筋在痉挛,止不住。

从小学二、三年级起,我有了性别意识,觉得自己是男生,不能跟女生扎一堆儿。刚入学时,我跟云儿是同桌倒没啥。后来渐觉不得劲儿,以至在课桌中间画条线,胳膊肘都碰不得。打小一起长大的呀，怎就生分了呢？天知道。

上初中后，我的个头蹿高了，座位自然移向后排去，不再跟她坐同桌。个头一长，好像心眼儿也发了叉。我开始朝她身上瞟了，有了偷窥的鬼祟。这有点不吃敬酒吃罚酒的味儿，跟她同桌时胳膊肘都不肯碰。不同桌了，反倒贼溜溜朝她身上瞟。每瞟一眼，总有种莫名的惶惶不安，暗愧自己挺没出息的。可你想有点出息，强装骨气不偷看，眼珠子却不听话，稍不留神又滚向她那边。

瞟着瞟着，我发觉她很漂亮。皮肤细腻腻的嫩白，小圆脸尖下巴，鼻梁挺出个精致的小鼻尖儿。配双水灵灵的大眼睛，玲珑了，秀气了。好像以点带面，把整张脸都趁俊了。更迷人的是，她一笑，嘴角旁挤出两个小酒窝，豆粒般大。但那一丁点肉窝窝儿，似能把我的心吸进去。看一眼，心里咯噔一缩，跟着抖。

我纳了闷儿，此前怎没意识到她漂亮呢？可一有这意识挺恼人的，心乱了，跑神了。白天老往她身上瞟，晚上有了跟她缠绵的梦……不说了，那梦见不得人，害臊。

接着就自己捉弄了自己。每去老井挑水，我一走近她家门口，心就咚咚狂跳，直怕揣不住会蹦出来。可心里发着慌，偏又特想往那儿去，愣是无法自制。以至挑水已不是挑水，成了见她的借故。有时，家里实际不缺水，但不缺是不缺，不去耐不住。

我渐渐发现，云儿似乎也有这想头。起初去她家门口挑水，仅是偶尔碰个面。谁知"偶尔"了几次，有互动了，不偶尔了。后来我一去挑水，几乎都能碰见她，还老是赶在那个点儿。不知刻意还是巧合，但她总说："哎哟真巧，咋又碰见你了？"事实上，女生比男生更早熟，她心底涌动的青春潮，估摸比我翻的浪更大。只不过，女孩儿诡秘善伪装，正说叫含蓄。

老井有几十丈深，钢丝绳用长辘轳才缠得下。那辘轳五尺多长，铁轴箍个木滚筒，直径尺把粗。两端安着拐把铁柄，架在井口的青石基座上。我和云儿分站两边，摇着铁柄转几十圈才能打上一桶水。半晌时分，井台上静悄悄的，只听见吱咛咛的转轴声。

好大一棵老槐树罩着井台，阳光从枝叶缝里筛下来，斑驳的影儿洒在青石板上，也花花搭搭投在她脸上。树影随风拂动，她的脸儿时明时暗。一明，亮亮的洁白。一暗，嫩嫩的粉润。

水桶从井里绞上来，灌了满满一桶水。云儿身纤力薄提不动，多由我去提，让她扶住辘轳把。绳索钩着水桶吊在井口，我抓住提手一悠，蹾在石板上。咚，溅起一片水花儿，井里荡起嗡嗡回声。那回声很空灵，缭绕悠长。

我们俩老是"碰巧"凑在一起，渐渐都明白了咋回事，只是不说透。起初还羞答答的，碰面一多把脸皮蹭开了，不羞不涩了。无须再玩"碰巧"的把戏，索性公开约定。周末打完水后，她总会问句：

"你下周还来吗？"

"来，仍这个点儿。"

"我也来，都这个点儿。"

青春异性一有这勾当，心里甜丝丝的又乱乱的。就像筷子搅进拔丝苹果里，急想尝那甜头，却越搅丝越乱，黏黏糊糊扯不断。上课也安不下心来，我老掐算着：今儿离周末还剩三天，明儿还剩两天……难耐了。只觉得，日头咋跑得恁慢哩？

真好，放暑假了。初中生不苛求下地干活，正可去挑水，每天都能逮着见她的空儿。妈妈担心我身子骨嫩，怕挑水累坏了。但劝都劝不住，只好说："那你慢点，别慌张。"我偷着乐了，正想跟云儿多黏糊会儿呢，慌个啥？便说："妈，你放心吧，我绝不会慌张。"

整个暑假里，我见天都去打水。半晌时分，大人们下地去了，村里空落落的。天还没燥热起来，槐树荫罩着井台，也不晒。我们俩搅着辘轳总有说不完的话，钢丝绳一头往下溜溜地兜，一头往上吱吱地拧。悄悄话也像辘轳上的钢丝绳，兜个没完，拧个没完。

可是有一天，我吃罢早饭去挑水，井台上站满了人。怪了，平时都该下地干活的，咋还愣在这儿呢？我挑着两个空桶发呆，忽见云儿慌忙跑过来，冲我惊叫道：

"出事啦！你五叔跟陆武魁打起来啦！"

我猛一愣，扁担从肩上滑下来，空桶咣当砸在地上。我赶紧冲向井台，却没看见五叔和陆武魁，像是打完架走了。只剩一群旁观者，在那儿叽叽喳喳。

起因是排队加塞。倒不罕见，全村上千口人吃水，就一眼老井，经常发生排队斗口角的事。可五叔偏是插在陆武魁前边，二杆子碰上二愣子，人头不对。陆武魁干"革委"主任批这个斗那个，得罪不少人，结果把自己搞臭了，前不久被轰下了台，村里又把我二伯扶了上去。这一折腾，他正恼恨唐家人呢，偏碰上五叔排队加塞，便对呛起来，闹大了。

也怪五叔太二杆子，恼上来，一脚把陆武魁的水桶踢到井里去。这还了得，俩人扭打起来。五叔下手特狠，上次跟陆武魁打架时，差点把他的睾丸捏扁，这次抓起扁担抡过来，声言要劈了他的脑袋。这更狠，睾丸一毁至多绝了育，脑袋一劈可就要了命。

陆武魁他爹见势头不对，赶紧跑上来拦挡。他刚把儿子推开，谁知扁担不长眼，本是打陆武魁的，偏抡到他老爹的后脑勺上。那老头一蒙，扑通倒在井台上。还好，没伤着颅骨，把头皮捣个大口子，流出一摊血。

我赶到时，陆武魁已送老爹去卫生所包扎，五叔自知理亏，溜了。围观的人们在那儿议论纷纷，都在指责五叔不是，没一个人说他好。人心是公平的。尽管陆武魁当造反派头头做过恶，但一码归一码，这场事分明是五叔的错。都说，你加塞惹了火，把人家的水桶踢井里，你又抡起扁担耍恶棍，你又把人家老爹头上打个大窟窿……说来说去，五叔一点不占理，做得过分了，太过分了。

人多嘴杂，说着说着把家族都连带上了。说五叔是仗着唐家人多势众，欺人哪。更糟的是，二伯也跟着背了黑锅。说陆武魁曾批斗过他，怀疑是他暗地指使五叔干的，找碴子报复呢。你看你看，刚上台就算老账，得势不饶人啦。

唐家人被骂得狗屁不是。我看着青石板上一片血迹，愧得不敢抬头，生怕碰上人们火辣辣的目光，那目光能刺穿胸背。是哩，陆武魁他爹已七十多岁，被五叔打得头破血流，甭说别人嚼舌，我也看不下去，自感没脸立站。我灰溜溜挤出人群，挑起空桶回了家。那天一直没再去打水，生怕被人捣了脊梁骨。

第二天，井台上又轰起一场热闹。

我爷出场了。他意识到五叔犯了众怒，这是无法容忍的。爷说，咱唐家是书香门第啊，祖祖辈辈知书达礼，方圆十里八乡有声望。如今让全村人指指戳戳，把祖宗的脸都丢尽啦，还了得！

他把五叔绑在老槐树上，麻绳捆得结结实实。树下黑压压一片人，整个村子轰动了。他拿着赶马车的牛皮鞭子，有五尺多长。我赶到井台时，他正把鞭杆儿递给我爹，让他抽打五叔，说自己老了没劲儿。我爹呢，打我妈倒舍得，打亲兄弟下不去手。他耍个滑，说打铁把胳膊扭伤啦，抡不起来，还装出龇牙咧嘴的疼样。爷爷搞不清真假，瞪他一眼，转脸又把鞭杆儿塞给三伯，让他抽打。

三伯吓得浑身哆嗦。他老实懦弱，既不会耍滑又不敢抗命，接过鞭杆儿挪了几步，两腿颤巍巍跟筛糠似的。冷不防被青石阶绊了一下，打个趔趄摔倒在井台边上。爷爷见他吓成这样，气恼地骂了句："看你那熊样，真没用！"

三伯的腿抖得越发厉害，眼看弄不成事。爷爷泄气地朝台下扫了一眼，见孙子们都在井台下站着，试图让他们上来执鞭。又一

想,不对。指教晚辈打长辈,算哪门子事呢?不成体统。他愣了下,从三伯手里一把夺过鞭子:

"拿过来!看我的!"

爷爷一攒劲儿亲自下手了。他赶过多年马车,村里有名的车把式,此刻又亮出了绝活。他咬着牙,抡起鞭子左右开弓。那长长的皮鞭一甩,像箭一样,唰地直飞出去。鞭梢儿猛一兜,铁钩似的,顿见五叔的衬衫撕道裂缝。接着扬起鞭杆,皮鞭嗖地向上飘起,又像长蛇,舞出一条弧线。鞭梢头在空中一绕,嗖地兜出个鞭花,爆起声脆响。叭!活像炸响的鞭炮。我直惊异,爷爷七十来岁个老人,哪来的爆发力啊?他多年不赶马车,鞭法还那样娴熟、稳准、凶狠。

大热天,五叔穿件粗布短袖白汗衫,鞭子叭叭一阵响,汗衫抽裂成了碎布条,渗出道道血红。我吓傻了,扭过脸不敢看。但五叔够硬气的,每抽一鞭子,他疼得咧下嘴,却咬着牙不叫一声,硬是不肯装熊求饶。甭说,这点真像我爷的儿子,骨气,有种。

周围人看不下去了,纷纷上来劝阻。爷爷越打越恼火,谁都劝不住。我妈和二伯母三伯母都看哭了,忙上去拽住他的胳膊哭喊着:"爹呀爹呀,不敢打啦、不敢打啦。老五他再坏,也不能往死里打呀!"爷爷猛一甩胳膊,把三个儿媳甩得跟跟跄跄,只管继续抽打。忽然,芹奶从人群里冲了出来,朝他大吼一声:

"你咋恁狠哩!亲骨肉呀,心就不疼?"

怪了。三个儿媳哭喊着拦不住,芹奶一声吼把我爷镇住了,鞭子吧嗒掉在地上。他有胆有识个硬汉,怕过谁啊?却经不住芹奶一声吼。世界很奇妙,动物界有生物链一物降一物。人间有红尘缘,指不定谁能制住谁呢。

爷爷拾起地上的鞭子,喘着粗气立定下来,朝人群扫视了一圈。他眼里喷着火,人们戛然静下来,都怔怔地愣在那儿。突然,

他大喝一声：

"唐家人都给我站过来！"

他的声音洪亮震响，腔口根本不像七旬老翁。人们惊呆了，摸不透他来哪一出。唐家人对我爷都敬畏得很，听见喝令不敢怠慢，慌忙从人群里挤出来，齐刷刷地在井台边站了一大溜儿。爷爷握着鞭杆，直指着台下的唐家人教训起来，就像集体训话。

"都给我听着！"爷爷教道，"咱唐家人多，不假。但人多不能仗势，更不能欺乡邻！"他说，"我这辈子，有事不怕事，没事不惹事，凡事都讲个理。今天哪，我打老五，就因为他不讲理，耍横哪！你横个啥？好像很人物不是？啊呸！你把人品丢啦，大伙瞧不起你的人品，再大能耐都狗屁不是！"

"都给我听着！"爷爷把鞭杆头指向台下的唐家人，从左到右扫了一遍。接着说，"今天，我把话撂在这儿。以后谁敢再仗势欺乡邻，耍霸道不讲理，都跟老五一样，我就打他个皮开肉绽！不然咱唐家还有声望吗？还有脸在人前站吗？"

他说得句句铿锵响亮，井里回荡出嗡嗡震响。台下一片肃静，围观者都眨巴着眼没了话。此后，村里没人再拿这事说唐家不是。一场风波，就这样平息了。

但没完，爷爷还想给乡亲办件大事。

打架是排队打水引发的。上千口人靠一眼老井供水，见天排着长队挤挤扎扎，难免不发生口角。可明摆着个事，没人撑头管。反正没渴死过人，只管凑合着过。五叔打了场架，把爷爷的心气激发了。他决计再抖一把老骨头的劲儿，打井。

他先跟我二伯商量。二伯对打井没的说，可发愁钱的事。说大队部的电话费都不能按时交，村干部的出差费都报销不了。各个生产队呢，账上也都仨核桃俩枣，顶多添置些权箔扫帚，买头驴都紧巴，哪儿弄钱打井去？

爷爷想出个捐款的法子。全村几百户人家，每家挤点儿，估计能凑够数。但山沟人的见识，平时嚷嚷着要打井，一说掏腰包就蔫儿了，谁比谁都抠儿。说到底是穷，不抠儿也不行。但爷爷是刚烈性子，认准的事不回头。他让自家人带头捐款，拿最大份儿。二伯又挠头了，说咱家也不宽裕呀，大份儿是好拿的？爷说："村里人推你当支书，是抬举咱唐家呀。咱不多贡献点，白抬举了。"

大伙见唐家带头捐了款，还拿最大份儿，心里都掂量着。打井是全村人的事，再穷再抠儿，不挤出点儿好意思？于是都跟着集了资。爷爷把捐款的用项逐笔列账，记得一清二楚。

打井从收罢秋动工，直干到寒冬腊月。下雪天，大伙冻得受不了，爷爷又把自家的老酒拿出来，让大伙喝几口，暖下身子再干。大伙没的说了，下雪天都没停工。

新井打成那天，放了挂长鞭。趁着喜庆劲儿，爷爷把打井的账目全盘公布出来，一笔笔分毫不差。爷说，井打成啦，账也得算清楚。不管干啥事，先得把屁股擦干净，这是正理儿。

我不知道唐家捐了多少钱，只知升高中的时候，妈妈见我没件像样衣服，叹口气说："唉！本打算给你做身新棉衣，出村上学体面些。可就攒那点儿钱，全让你爷捐去打井啦。"

我上高中报到那天，便是穿着破棉袄去的。

也因为上高中，我跟云儿发生了冲突。当时实行推荐制，洛塬村仅有一个名额。我被推荐上了，把她挤掉了。这对她是很大个打击，惹得她不愿搭理我，当然也不再一起打水。

正好新井在我家门口，老井在她家门口。闹出这场生分之后，我们俩打水也各一方了。她在老井，我在新井。

11

得说,我上高中是沾了二伯的光。论学习成绩的话,云儿实际比我强。二伯是村支书,把推荐指标给了我,这对我是个难得的机遇。但对云儿呢?这个这个……啊!没法往下说了。

新生是过罢年入学,推荐学生年前就定了。云儿痛哭了几场,春节都闷在家里没出门。我去高中报到那天,她又蒙着被子睡了一整天。从此不再搭理我,而我也没法面对她,咋说呢?

不过上高中后,我们俩也很少有见面机会。正好赶上邓小平二次复出搞整顿,教学抓得很紧。周六傍晚才能赶回家,周日歇半天,后晌就返校上晚自习。云儿呢,她得干活挣工分也没闲空儿。这样整学期下来,几乎没碰着面。

放暑假后,学校搞勤工俭学打草绳,每天能挣五六毛钱,我干了一假期没舍得歇。因为这点钱对我来说太重要了。

那年头,上高中吃饭都拮据得慌。很少吃麦子面,多是粗杂粮。每周从家里背袋红薯再拿瓶咸菜丝,早晚餐主要吃这个。午饭能吃顿炒菜,也就炒白菜或萝卜丝那些,每份毛把钱能吃得起。偶尔吃顿肉菜呢,每份两三毛钱哪,可是得掂量几掂量。这就说清楚了:打一天草绳,约等于挣五份素菜或两份肉菜呢,舍得歇?

整个假期我没回过村。开学后不用说了,仍是周末在家待半天,难得碰见云儿。即使偶尔遇上,她也会躲闪过去。你上你的学,我下我的地,才不稀罕搭理你呢。

不觉一年过去,我都没见着云儿。

时间能淡化一切。后来听妈说,云儿的心情好转了,下地干活有说有笑了。人都这样,面对无法改变的事实,只能自我消解。据说云儿也想开了,她对人说:"高中毕业照样回家当农民,多读两年书能咋的?"这么一想,也犯不着怄气。

她说对了,我的前途确实不怎么光明。那时不兴考大学,高中毕业仍得回村当农民。照这说,上高中真没大用处。可为这个得罪了云儿,挺不值的,越想越不值。

好在,次年推荐高中生时,二伯意识到对云儿不公,有意把名额关照给了朵儿。也算个弥补的法子,把事情摆平了。

不过公正地说,即使不关照也该轮着朵儿。她跟她姐一样,数年级里最拔尖儿的,再不推荐就说不过去了。也奇了,秀婶儿生下两个女儿个顶个漂亮不说,还都忒聪明。村里人说,这是老天有眼啊。见秀花命太苦不忍心,才送她两个好女儿,有后福嘞。

朵儿比我小三岁,也一直低三个年级。我至今搞不明白,当时怎把级差打乱了,上下年级大合并。她是三年级,跟四年级合并;我是六年级,跟五年级合并。合来并去,初中毕业时只比她高一届。"文革"年头真个乱了套,啥怪事都有。

春节前几天,朵儿拿到了高中录取通知书。

高中是两年制,村里只有我们俩在校生,上学来回都厮跟着。那年龄段相差三岁,感觉不一茬人似的。我总以大哥自居,不必说对她得关照下。比如每周背袋红薯去,朵儿走不远就累了,我都会替她背一程。扛两袋红薯可不轻,但你当大哥得有大哥样,对吧?

红薯背到学校是蒸着吃。全校几百名学生,各自备个小网兜儿,顿顿装几个生红薯送到食堂,放进大木笼里,开饭时都蒸熟了。笼盖一掀,熟红薯还烫手呢,大伙纷纷围上去,慌忙翻找各自的小网兜儿。几百双手挑来拣去,稍迟一步,就翻得少皮没毛了。

女生总能抢在前头。她们往笼边一围,男生都不好意思挤进去。你是男生啊,往女生堆儿里钻,像话?得有点绅士风度,或者不绅士也得装绅士。但装绅士是有代价的,你往后一让,就得吃少皮没毛的红薯了。谁落到最后，那蒸红薯已抓成了糊涂渣，也得吃。好歹是顿饭呀，不吃咋整？

　　想不到的是，朵儿使上了劲儿。她利用女生的优势，每次都会挤到前头，顺便把我的网兜也抢出来。这给我带来极大便利，既装了绅士，还能吃到囫囵红薯。常常，我看着有的男生抓一把蒸红薯渣往嘴里填，欣欣然窃喜。心说我有小女生帮忙，你没，怪谁？

　　不过，朵儿也就能帮上这点忙，犯不着太在乎。我在乎的，仍是她姐云儿。说实话，我对朵儿的关照，多半儿也是想讨好云儿。总觉对不住她，通过帮助她妹妹弥补下亏欠，只能这样了。

　　我老帮朵儿背红薯，对云儿是有打动的。她仍不肯搭理我，仅是偶尔会冲我撇出一丝微笑。那笑，跟蒙娜丽莎差不多，嘴角微撇，不冷不热，猜不透笑里藏着啥意思。但她总算笑了，这对我是个很大的鼓舞。心想，还得继续努力，对她妹妹更殷勤些才对。

　　有一次，朵儿去学校捎袋玉米。秀婶儿倒不把我当外人，直说："九儿呀，朵儿她小扛不动，一路就靠你啦。"我正想给朵儿献殷勤，借此讨好云儿呢，爽快答应："没事儿，这算啥！"

　　那袋玉米可不轻，我往肩上一扛，忽儿压得打个趔趄。恰好云儿在旁边站着，她本能地慌忙扶了一把。对，我认准她是本能的举动，没别的用心。但她无心，我却浑身忽地一热来了劲儿，顿感袋子不沉了，至少这阵儿不沉了。

　　云儿扶了一把仍没搭理我，转身摘下墙上挂的草帽，拿起小锛锄下地去了。她是去剔谷苗，这活倒不累，可酷暑天蹲在地里可不好受。谷苗跟猪毛似的，得仔细瞅准壮苗留下，用小锛锄一撮儿一撮儿剔。浑身淌汗不说，还瞅得头晕眼花。我想到云儿去干这活，而自己坐在凉爽的教室里，心里说不出的滋味儿。

　　不久又放暑假了。我本想还留校打草绳，整个假期能挣二十来块钱哪，收入相当可观。谁知，全国闹起"反击右倾翻案风"来，大批"旧教育制度回潮"。校长整天挨批,没心思再组织打草绳。不用说这笔收入没指望了,我只得回村干农活,挣些工分。

那天后晌是摘棉花,在西北坡的地里。

社员们来到地边一字排开,腰间系上包袱各把一垄。我系包袱的当儿,忽见云儿在身边站着。我猛一愣,本能地趔下身子想躲开。可是,她好像无意躲闪,只管低着头往腰后系包袱。我窘住了,不好意思躲闪了。人家女孩儿都不介意,我男子汉扭捏个啥?不大方。

云儿的包袱是用块印花老土布做的,蓝底儿,印着白兰花。她在腰后系出个蝴蝶结,包袱角四下一拽,齐整整像花围裙。我瞟她一眼,偏碰上她也在偷瞟我。俩人一对眼儿,我的脸红了,她也红了。

青春期心理很敏感。她嗖地抛来一眼,那目光像是带着钩儿的,能把我的心钩出肉丝儿来。老实说,我忒想跟她搭讪,说不想是装蒜。如果时空能够倒转,我真想重新回到上高中之前,再度跟她一起搅着辘轳打井水。我很怀恋那段日子,真的很怀恋。

我俩互相瞟了眼,都红着脸摘起棉花来。表面很平静,好像什么都没发生。哪儿呀,我心里咚咚狂跳,满地棉花也恍若生了动,一朵朵在眼前腾腾乱蹦。

棉花开得正盛。枝叶密密实实,十分浓绿,花朵像雪疙瘩,满眼像一片绿海翻着白浪,迢迢涌向天边。天蓝得可爱,飘着悠然白云,把一派绿叶白花映得分外明丽。绿的更绿,白的更白。

云儿手巧,能双手齐下,同时摘两朵。棉朵从壳里抽出绵绵白絮,嗖嗖攥进她的手心,又噌噌飞入包袱里。洁白的棉絮在她手上缭绕纷飞,猛看像一双玉腕舞纱袖。我笨,一手捏住棉壳,另一只手摘花朵,还老是弄不利索。那棉絮丝丝瓤瓤,不是被棉壳儿卡了,便是被棉枝儿挂住,瞎慌张揪拽不到手里。摘棉花是每人把一垄，我苦苦赶不上去，不多时便被云儿甩在了身后边。我急想赶上去跟她搭讪的，可手笨，干急不出活儿。

我不由揣测，也许她有意把我甩掉，而我自作多情了？但不是。她时不时扭头看一眼，或直起腰站一站，好像有点等我的意思。后来，她见过我迟迟赶不上，索性把手伸进我的棉花垄里，帮着摘了阵儿，这让我大感意外。心想，有门儿了。

我终于赶了上去。

生产队干活习惯磨洋工，谁都不愿多出力。大伙弯下腰摘一阵儿棉花，站起来打一阵儿哈哈。还不断有人佯装去解手，下到沟里半天不上来，在那儿摘吃红柿子呢。这倒好，我赶上云儿后，磨洋工的社员们都被甩远了。周围前后不见人，只有我和她。

我直起腰喘口气，见她正朝我抿着嘴笑。这才明白，难怪她一股劲儿往前摘呢，原是有意把大伙撇远点，方便说话。女孩儿的心哦，诡着呢。但毕竟多天不搭腔，猛一照面不由窘得慌。我挠着头冲她笨拙地一笑，嘿嘿。她白我一眼迸出两个字：傻样！

我越发窘得慌，稀里糊涂搭讪了几句，连自己都不知在说什么。而她其实也找不来得体的词儿，只好顺着我的话头往下溜。结果都说得没头没脑，多半儿是稀里糊涂的敷衍。

"你看这棉花，长得真好。"我说。

"是啊，真好看。"她溜。

"你看这朵，又白又大。"

"可不，像雪疙瘩！"

"你看这满地棉花，就像绿海翻着白浪。"

"嗯嗯，真像一片浪。"

说罢她抿着嘴笑了，我也笑了，都觉挺没劲儿的。一年多没约会，就说点这？她羞涩地瞥我一眼，低下了头。我不敢正视她，本能地把目光转向别处，仰着憨脸儿，也不知傻愣个啥。

棉秆儿长得有半人深，云儿身子扎在棉垄里，叶梢掩没到胸口那儿。她腰间系块儿蓝底印着白兰花的包袱，在绿叶缝里透出点点的蓝、点点的白。那印花跟棉花是一色白，以至影影绰绰分不清，到底是布上印的兰花呢，还是地里长的棉朵？

云儿穿件紫红色上衣，毛绒绒的布料印着白方格。衬衣领洗得洁白，翻卷在罩衣领外边。那上衣，一半没在花丛里，一半浮在绿叶上，紫底白格映衬得越发分明。她留着两条短发辫儿，绑着黄皮筋儿，像柳穗那种黄，往乌黑的辫梢儿上一扎，忒鲜艳。她的脸儿被满地棉花映得分外白嫩，透着粉嘟嘟的红。眼下是头茬花，满地棉叶很是翠绿，又袭了她一身清丽气。

我俩面对面尴尬地呆立了会儿。她低头抚弄着棉花朵，忽然朝我飞来一眼。意思是："有话就说呗，愣啥？"我特想表白句："这一年多……很想你，真的很想。"可这话，憋到嘴边却说不出口。情爱这玩意儿，你得黏黏糊糊才能蹭出温度。久不搭讪，好像嘴都冷冻住了，连说个"想"字都难启齿，或没了勇气。

我窘得手脚没处放，只得弯下腰故装摘棉花。恼人的是，两手激动得止不住颤抖，跟患了帕金森症似的。越窘越抖，那棉朵也越发摘不利索，撕撕拽拽扯不干净。她看我笨拙得可怜，忍不住扑哧一声笑了，脱口讥诮了一句：

"笨！花都不会摘。"

她说着给我做示范，噌噌摘了几朵，很干净利落。手到处，那铁黑色的棉壳里不挂一丝絮，只剩白花花的分瓣膜。

头茬花摘过后，棉枝上仍挂着成串儿花蕾。有的是青皮疙瘩，像情窦未开的少女，矜持地咕嘟着嘴儿。有的青壳裂开了缝儿，露出粉嫩嫩的白絮瓣儿。它含苞待放，仿佛等着一双温柔的手来抚摩。又似青春萌动的女子，微启齿唇含着羞涩的笑。

12

真好,我跟云儿亲密如初了。

暑假开学后,每逢周末返校,我都提前跑到她家去。说是帮朵儿背红薯,其实是想跟云儿多聊会儿。不过,返校是歇了晌就起身,正赶上她下地干活,扯不上几句。有时迟到一步她已下地了,没了想头,我背起红薯袋子便走,心里凉巴巴的。

周末放学回家,我都跟朵儿一路。常常先到水囤边等齐,再厮跟着回村去。水囤挨着学校办公房,是一层"工"字形布局的平顶房。绕过西墙角不远,便是女生住处。朵儿她女孩子起身慢,磨磨叽叽打理一番才出门。多是我先到,坐在水囤口的青石台上等一阵儿,才见她姗姗走来。

水囤储的是雨水。地下水源奇缺打不成井,只能吃这个。雨水免不了卷进些碎杂物,讲不得干净。有时打上桶水,上面浮着羊屎蛋儿,不知打哪儿漂来的。但你权当没看见,有水吃就不错。

女生住的是天井院,属北方特有的民居。大概是穷极逼出的法子,没钱建房,下憨力挖个大方坑,四壁掏出几孔窑洞,住进去好歹能遮风避雨,就这了。

不过也有它的好处,冬暖夏凉。那坑挖得方方正正,青砖镶起圈儿窑脸,安上门窗,颇像地下四合院,也蛮好看。但它有缺陷,潮。女生们得经常晒被褥,坑院里扯几根铁丝绳,见天挂满花花绿绿的被子、床单和衣服。倒是五彩缤纷,却实在说不上好看。

我一直搞不明白,为何让男生住地上的红瓦房,而让女生住天井院。也许天井院更严实?七八米深的方坑,一条斜坡甬道。那甬道门关严起来,毛贼天大本事都下不去。女生嘛,防骚扰要紧,是这理儿不？那就住坑里吧，潮是潮，安全。

　　转眼到了收罢秋，又个周末。下午自习课一结束，我照常到水囤旁等朵儿。可直等到太阳落山，屁股把青石板都暖热了，仍不见她来。怪了，即使她有事走不开会打个招呼的，不可能让我老等着。我坐不住了，感觉有点不对头，得去看看。

　　天井院是女生宿舍，男生不便下去。坑边垒着一圈儿青砖墙，半米高的样子，类似楼房顶上的女儿墙，起挡水防堕作用。我附在墙头朝下连喊几声，没人应。忽然有个女生从窑洞跑出来，仰着脸回句话，说朵儿前几天就走了。我惊讶地一愣："她……怎么走了？"

　　"听说，她姐出事啦！"

　　"出、出啥事啦？"

　　"说是翻到沟里啦，都摔、摔……"

　　啊！那个"摔"字后边的话没说出来，我脑子已轰的一片空白。以至记不清，我是怎么走出校门的。只记得，踉跄地走到甬道口，冷不防被核桃树撞了下。当时没感觉，走到半路才觉热辣辣地疼，发现额头划了一道子，浸着血。

　　云儿是周一傍晚出的事。

　　那天，她去地里盘谷茬。天上刮着西北风，烈烈的。收工回家路上，她扛着锄走到西沟边，发现沟沿挂个老南瓜，秧子已干枯了。她蹲下身去扯瓜秧子，想把老南瓜拽上来。不料没把锄放稳，一斜向沟里倒去。她一手扯着南瓜秧子，另一只手慌忙去抓锄把，身子猛一忽闪又被风刮得趔趄了下，竟一头栽进沟里……那沟十多丈深，岩壁直刷刷的陡峭，她咕咕咚咚滚到了沟底。

　　沟边走着一溜儿收工回家的社员，跟她前后相差不几步。可事发太突然，眨眼间谁都没防住。大伙反应过来已晚了，咋喊咋叫都呼不应。沟半腰有酸枣树，梢头挂条红纱巾。都认得，那是云儿的红纱巾——刚在她脖子上围着的。红纱巾在酸枣枝上飘着，在空寂的沟谷里飘着,在瑟瑟的秋风中飘着。

大伙明白发生了什么,赶紧顺沟坡冲下去。这时云儿还有体温,却没了救。肢体摔得很惨、很惨……不忍细述了。

沟底平时很少有人去,空荡荡的阴瘆。沟地撂荒多年,杂草有没膝深。秋天,已发枯的杂草在风中瑟瑟晃动。云儿躺在枯草丛里,身下压着疙疙瘩瘩的烈姜子儿,那烈姜像枯骨白刮刮的,冷硬硬的。而这儿,竟是她的断魂处。

大伙慌乱围过来拼命呼唤,根本不相信她会死。恁漂亮个姑娘,刚才还腼腆地笑着,脸上两个甜甜的酒窝儿,怎会一眨眼没了呢?哭喊声在空谷中回荡,一波波回荡。可事实很无情,她唤不醒了,永远唤不醒了。

把云儿从沟底抬上来,停放了五天才安葬。

一般说,年轻亡者不该放这么多天。但有个习俗,成年人死后得"配阴婚",为这个折腾了几天。六年前,邻村有个男子不知害什么病死了,当时二十六岁。有人来撮合这桩阴婚,秀婶儿不情愿,觉得年龄不般配。那人如今应是三十二岁,云儿还不满十八岁啊!可撮合人说,年龄是按亡故时计算的,这样相差不到十岁,说得过去。

这有点不靠谱。年龄是从出生时算起的呀,咋能一死就不长岁了呢?照这说,找个死去千百年的小伙配阴婚,是否也"说得过去"?可有人说,人一死就不长岁了,按骨龄说也对。秀婶儿被弄糊涂了,拿不准对方到底算二十六岁呢,还是三十二岁?

芹奶见侄女没了主意,出来打个圆场。说秀花呀,这事越说越没法儿整。眼看闺女停丧在地,非要找个年龄相当的茬儿,哪有现成的?清楚不了糊涂了,大差不差算啦,不然拖到啥时候?乡亲们也帮着解劝,说云儿不是在阳世,成群小伙子随便挑,碰个阴茬儿难呀。再说又不是过日子,好歹配个阴婚总比孤魂强。就这样,稀里糊涂配个阴婚,让云儿跟那个说不清是二十六岁还是三十二岁的男人合了葬。

我回到村里时丧事已办过了,在昨天。

对这场阴婚,我无法想象也不忍想象:一个十七八岁的女孩儿,配个死去几年的老病鬼。当她躺进那个地穴里,四壁是黑咕隆咚的黄土坑,含着砂石、烈姜、蚯蚓、蝼蚁,旁边伴具骷髅,会是怎种阴瘆可怖……我不敢往下想了。再想,就像把自己的灵魂塞进那具僵冷的尸壳里,亲身体验死后的感受,太恐怖了。而这种心理后果,也验证了人性中一个情感法则:恐惧死亡,悲悯逝者。

我直抱怨朵儿,这等大事怎没言声呢?她解释说,那天夜里,她刚躺下入睡,芹奶的孙子陈铭恩跑去告知了噩耗。当时她吓迷了,连袜子都忘了穿,慌慌张张赶回村里,哪顾得上告诉我呢?这倒是,她着实顾不上。

我遗憾至极。那天跟她一起摘罢棉花,事隔三天就开学了。后来的日子里,只在我去帮朵儿背红薯的时候,偶尔跟她碰个面,顶多搭讪几句。她匆匆下地干活,我匆匆返校上课,一直没能再单独约会过……谁会想到呢,那次摘棉花竟成了最后的约会。而那块儿地,也成了我们俩的诀别地、伤逝地。

更遗憾的是,上周日返校时,我去她家偏迟了一步,她刚下地不大会儿。若早到几分钟还能见一面,这机会也错过了。后来听秀婶儿说,那天云儿临出门下地还问了句:"九儿咋还没来哩?"

秀婶儿不知道这话意味着什么。云儿情窦初开个姑娘,也不可能给母亲透露那心事。但我明白,她指定在等我,下地钟声催得紧,等不及才冒出那句话。我能想象得到,那天她是带着遗憾下地的,也成了我永远的遗憾。因为没了弥补的机会,除非梦里。

说来也怪。以往去高中上学,妈妈总给我装瓶咸菜丝,生的。那天她突发奇想,说把咸菜丝炒一下,吃着香。可一炒咸菜丝耽搁了，没赶上见云儿。这又是个遗憾。那天若是不炒咸菜丝，也许还能再见上她一面。即使挡不住永别，至少多一回相见……于是后来，我再不让妈妈炒咸菜丝。

妈妈也不明白咋回事，还问："咋的了，炒咸菜丝儿不好吃吗？"我没法回答，那种青春的萌动，我和云儿对母亲都羞于说出口，更甭说别人了。天底下只有我知道，她知道。那段懵懂的恋情，她带进了坟墓，我藏在了心底。

那晚我整夜未眠，枕巾被泪水打湿了一片。第二天，生怕妈妈看见我眼泡虚肿，觉察出不对头。我躲躲闪闪跑向村外去，想找个偏僻处放声哭一场，痛痛地哭一场。

街上仍在议论这件事。

我走到池塘边，几个女人在那儿叽叽喳喳。她们亲眼看着云儿摔到了沟底，此刻仍愧悔不已。玉凤姐说，我跟她差几步远，迟钝下没拉住，后悔死啦！铁蛋婶儿说，我瞅见她锄没放稳，若跑上去扶一把也没这事，可慢了一步！梅兰嫂说，我脑子忽闪了下，觉得沟边风太大。可没反应过来，她就刮下去啦……我不禁打个寒战，只觉得从头顶灌下一身凄冷。活泼泼个生命啊，秋风一扫，没了。

池塘泛着微波。云儿时常到池塘边洗衣服，蹲在那块斜石板上，拎起湿淋淋的衣服摆几摆，摁在青石板上搓呀搓……我又依稀看见她池水中的倒影。风儿吹起一池微波，把那个影儿撕碎了。

我在田野小路上绕来拐去，不知该往哪儿走。但不管走到哪儿，处处都闪动着云儿的身影。在村西边的凹腰地里，仿佛看见她还在盘谷茬儿。在烈姜沟口的拐把子地头，恍若看见她在拔豆秧。在红岩岭的小路边，好像看到她在打地畦儿……鬼使神差地，我走到了西北坡的棉花地，也就是跟她一起摘棉花那块地。

这时节，棉地开出最后一茬花，可摘头茬花的她不在了。我心里忽一酸，顿觉眼前空寂寂的，整个世界都死气沉沉的空寂。我被一下子掏空了，包括内心的苦痛也空了。之前预想着，走到这儿会触景生情号啕一场。但没，像是被灭顶之灾打晕、打木了，以至到了崩溃的状态，连哭的劲儿都没了。

我走进那行棉垄，也就是她前不久蹚过、摘过的棉垄。我确认没看岔，是这一垄！那天，她没在齐腰深的棉垄中，穿件紫红底、白方格上衣，两条短发辫扎着黄皮筋儿……她摘过的棉壳还在，我仔细盯准了几个，那是她给我示范时摘的。空壳里的分瓣膜已发黑了，仍在棉枝儿上挂着……我忍不住摘下来，紧紧攥进手心里，似觉还留着她的手温。我埋下头吻了好一阵儿，这时才意识到，我已是挂了满脸的泪，一点点、一点点地滴在棉壳上。

那几个棉壳硬硬的、冷冷的，觉得透着凄凉，准确地说是凄美的悲凉。我小心翼翼地装进衣袋里，丢了魂儿似的走开去。我把她摘过的棉壳带回家，掖在枕边的褥子下，藏了很久、很久。

第二章 梦落芳华

老家庭院竖着几根木桩，缠满苞谷辫儿连缀的玉米棒，黄灿灿的籽儿，在阳光下闪着点点金星。几只鸡子绕着木桩觅食，它们看着掉下的玉米粒足够叨，喜得咯咯嗒嗒。

孙子在都市看惯了街上跑的狗和猫，很少见到鸡子。甚至天天吃鸡蛋，都不知蛋打哪儿来。他好奇地追来撵去，闹得鸡子扑扑棱棱满院跑，嘎嘎乱叫。

三秋大忙，我得下地搭把手。从省城回来一身整洁，干庄稼活就拿捏了，也不像干活来头。我打开衣柜，想找身旧衣换上。衣柜是我结婚时置的，拉手都生了锈，里面有些以往捎回的旧衣，大多不合身了。翻腾半天才找出两件来，还能穿。

翻着翻着，我突然发现个旧笔记本。绿色塑料皮皱巴巴的，纸质泛了黄。这是高中毕业的时候，朵儿赠送的。几十年过去，仍在柜子底下压着。我随手翻看几页忍不住笑了，那是我当年的日记，满纸书生气。倒是唤起些青春记忆，也蛮激动。

我换好衣服从屋里出来，孙子得知往地里

去，乐了，不逮鸡子了。我逗他说：去地里干活呢，你会？他不自量力，说会。没等我正式批准，他已撒腿跑到大门外。

村外是无际的旷野，统属丘陵地貌，满眼起起伏伏沟沟岭岭。村落三面临沟，周边形成个半岛似的塬台地，往北不远便是洛河。那些沟狭长陡峭，两侧壁岩陡立，伸出道道岩梁，甭说都是雨水冲刷出来的。经年的雨水卷着黄土泥沙，流向洛河汇入黄河，久之冲成这样。难怪叫"洛塬村"呢，因地势来的。

说到洛河，你很容易想到"洛书"。传说古时从洛河爬出只神龟，背上的甲壳图便是"洛书"，它是华夏文明的源头嘞。又传说，伏羲的女儿宓妃貌若天仙，溺死于洛河成了洛神。东汉才子曹植多了情，写下篇千古绝唱《洛神赋》。序文标明"秣驷乎芝田"，说在芝田喂马时看见了洛神。芝田是个古地名，就在我县境内的洛河边。

我是说，洛河很古老了，那些冲沟也古得没边儿。你无法臆测，究竟何年有洛河，又是何年冲成的沟壑？只能笼统地说，估摸有亿万年。天哪！沧桑了，洪荒了。沟沿全是红黏土，裸露着白光光的烈姜石。随手抠下一疙瘩，谁知它经了多少世纪风雨，又在哪个地质年代形成的？它古老得让你敬畏、战栗。

孙子惊奇极了，跑到沟边看稀罕，我赶紧拽他一把。四十多年前，云儿便是被刮到沟里摔死的，吓人得很。孙子挣开我的手，转身跑进大田里。这倒放心了，任他撒欢儿去。

他打小生长在省城，对这片土地说不上感情，好奇罢了。但我必须教他记住，这儿是他的根。他的祖祖辈辈在此生生不息，他的血液里凝着这方水土的精气神。而这是他必须明白牢记的，不然也会像他见天吃鸡蛋，却不知蛋打哪儿来。没根没源哪成呢？

那天是犁秋地。哥哥在前边扶着犁，我跟在后头打圪垃。多天没下过透雨，地很板结了，犁铧掀起干硬的土疙瘩。我把它逐个砸碎，否则地就耙不实会跑了墒，耩麦还会绊耧脚。这活不算重，可我多年没干过庄稼活，抡木榔头已累得够呛。

当晚，我早早上了床。一轮秋月刚爬上东房头，满院明净。我又翻看那本旧日记，高中毕业后的生活片段，在字里行间历历闪动。它复活了我沉寂的记忆，伴着故乡的月。

1

庄稼活最忙是焦麦头天。

太阳火辣辣的热，麦穗焦干了，稍一下手迟，籽儿就会炸裂到地里。庄稼人管割麦叫"抢收"。不抢，麦籽就会被太阳剥了皮喂了地，你眼睁睁收不到篮里，吃不到嘴里。

"文革"年头乱乱的。高中两年学制本该年底毕业，不知怎么说来着，我和朵儿都推迟半年才毕业。也就是七四、七五那两届，上了两年半高中，随后招生时间由寒假改暑假了。我是六月初毕业的，正赶上割麦。

夏日夜短，四点来钟天便亮了，就得起床趁凉快去赶活儿。我高低睡不醒，照做着孩子气的梦。忽然，猛听父亲一声吼："快起来！都大人啦，还是孩子？焦麦头天不知紧忙！"

梦断了。我迷迷瞪瞪意识到，自己不再是"孩子"了，至少在父亲眼里已不是。其实我还不满十八岁，差两个月。可你生在农家，身子骨再嫩也会当大人使唤，顶个劳力去干活，闲养不起呀。

那时农民都困在土地上，全靠挣工分吃饭。父亲患上了肺气肿病，打铁呼吸煤烟落下的。稍干些活就喘不过气，挣工分没了指望。就靠哥哥干活养家糊口，我一毕业又多个劳力，哪能睡大觉呢？起床后，父亲已把镰刀磨好了。他下不得地，只能起早把镰刀磨锋利,让我和哥哥割麦省点劲儿。

割麦是累死人的活,少说累个半死。

我慌慌张张擦把脸,空着肚子往地里跑。奔到地头,朝手掌"呸呸"吐把唾沫,抖抖镰把,接着弯下腰撅起屁股,左手揪住麦秆,右手挥起镰刀,刺啦一把、刺啦又一把,一把把地割。清晨的麦田散发着湿湿的土腥气儿,夹着麦籽儿的清香,还有麦秆儿淡淡的、甜丝丝的味儿。这气息挺惬意,但你别急着陶醉,后边有苦头呢。

麦秆儿含着清晨的潮气,润润的,绵儿绵儿的。它不脆,割着就费了劲儿。秸秆里有小气泡,爆出叭儿叭儿响。每"叭儿"一声,都意味着多费劲儿。你浑身的力气,就这样一叭儿一叭儿耗了去。

麦田望不到边,每人把两耧往前割,也就是六行麦子。割几十镰才往前挪一小步,你重复着刻板动作,一小步、一小步往前拱。从太阳没露头,直到它跳起一杆高。这时左右一看,望不到边的麦田啊,几十号人忙活半天,才割出一窄溜儿。

回家吃早饭的时候就难受了。腰酸、背沉、腿困,直坐不起来。这时有凳子都不愿坐,忒想圪蹴在地上,大小腿叠加撑住屁股。重心往下移,腰椎减些压力,些微好受点儿。

吃罢早饭,腰酸疼没缓过来,仍得咬着牙去赶活。眼看麦头焦了一地,耽搁不得。此刻,太阳不跟你玩温柔了,光芒毒辣起来。你撅着屁股背朝天,割不上几镰就汗淋淋的。活像蒸笼篦上摊块湿麻布,衬衫湿漉漉贴在脊梁上。却不是"蒸"的滋味儿,感觉是烫,是烤。但你不敢脱衣服,连袖子都不敢挽,否则麦芒会扎进肉里去。汗水成股在脸上淌,也不敢慌着擦,万一抹进眼里就难受了,就像盐酸滴在伤口上,越揉越疼。

我刚走出校门,捏笔杆的手细皮嫩肉。不到半晌,镰把就把手掌磨出大水泡。一破，绽出鲜红的嫩肉芽儿，疼得钻心。可你没法子，至多把毛巾缠手上，好受点儿。腰是没了救，感觉像断了似的。一挺，疼得龇牙咧嘴。这时最大的奢望，是躺到柿树底下打个盹儿。那树下一地烈姜子、土坷垃、碎石碴，乱草丛里爬满蚂蚁，可你不会在乎。浑身散了架似的，还顾上这个？

晌午回到家，妈妈见我手上的嫩肉芽儿浸着血，心疼地闪出两眼泪。儿是娘身上的肉啊，哪能不心疼？可没法子呀，你不挣工分便分不来粮，吃啥？

妈妈还盘算着哥哥的事，该成家了。乡下孩子结婚早，二十出头都成了家，哥哥的媳妇还没影儿。他是个老实疙瘩，见人连句乖巧话都说不成，谁愿嫁个没嘴葫芦呢？好歹拉扯了几门亲事，对方都提出要"三转一响"（自行车、缝纫机、手表和收音机），当时兴这个。置办下来得好几百块哪，父亲看病吃药的钱都拿不出来，哪儿弄这么多钱去？你弄不来，别怪人家不客气，都吹了。

也不是说，没"三转一响"都混不上老婆，看谁呢。比如我七哥（堂兄）唐承业也穷得叮当响，根本买不起那些能转能响的。可他穷是穷，脑袋灵，忒会来事。没转没响就把个大姑娘勾住了，那姑娘还蛮漂亮。对方父母嫌他穷，死活不认，却挡不住女儿铁了心。相识不久俩人就干上了那事，父母见女儿的肚子一天天鼓起来，慌了。甭说"三转一响"，半转半响都没捞着，稀里糊涂把闺女打发了。结婚不到半年，扑哧，生个胖小子出来了。

我哥唐承厚没这心眼儿。你穷，脑袋还不灵，难了不是？你笨，只得以钱补拙了。乡下人没啥活路钱就靠挣工分，能分点钱粮，一点点积攒着买"三转一响"。也因这个，妈妈抚摸着我割麦磨破的手，无奈地叹口气："哎！孩子呀，不是娘不心疼。可你哥的事儿……咱不挣些工分咋整？"

这一说，割麦便不是割麦，成了挣工分为"三转一响"添堆儿,进而为哥哥找老婆奠定物质基础。问题严重了,意义重大了。再苦再累都没的说,我揉揉酸疼的腰,还得割麦去。

那麦地半月才割完,接着该打场了。

地里的麦秧运到麦场上,堆得像座山。清早起来就动手摊场,把一个个麦捆解开、抖散、摊匀,溜边溜沿摊满一场。夏天日头毒,表层麦秆半天就晒干了。接着翻场,把压在下面的麦秧翻上来暴晒。这得趁晌午的日头正烈,有利于麦秧晒干。可顶着烈日翻场,麦秧是晒干了,场上的人也快晒干了。从浑身毛孔里渗出油腻腻的汗珠儿,衣衫能拧出成股的水。

歇过晌,开始放碌碡碾场了。驴拉着石碌一圈圈儿地转,时不时拉出一泡驴粪蛋儿。急着碾场呢,拉屎也不能停。好在驴不像人顾脸面,拉着屎转着圈儿,两不耽搁。约莫小半天工夫,麦秧碾成了碎末末,亮亮地、滑滑地摊了一满场,散发着麦秸淡淡的清芳气儿。

接下来就得攒场了。大伙操起桑杈挑走碾碎的麦秸,籽儿抖落在了场地上,混着白花花的麦糠皮儿。接着拿起木锨刮板,七手八脚一阵忙乱,粮糠拢成了堆儿。

太阳渐渐压向西山头,没了毒辣的热,洒下一场柔和的夕晖。这时真好,风来了,是细溜溜儿的风。人们赶紧戴上草帽,纷纷操起木锨忙活起来。干啥?扬场。

老农们一律站在下风头,围着粮糠堆儿操起木锨,排出弧形的半拉圈儿,把粮糠一锨锨迎风扬起。嗖嗖嗖,粮糠抛出一道道弧线。糠皮很轻薄,随风飘向远处,沉甸甸的麦籽直落下来。麦籽与糠皮分开了,远处是糠,近处是籽儿。

扬场是技术活,不是谁都能干的。我好奇地掺和一把,刚操起木锨扬了两下子,招来老农们齐声呵斥:"这孩子!咋弄的?麦籽儿扬丢完啦!"我不知错在哪儿,蒙蒙的,愣住了。五叔扭过头瞪我一眼，说了句更刺耳的话：

"看你笨的，跟你哥学学去！"

我泄气地放下木锨。哥哥笨头笨脑的，他读书压根儿不开窍，五叔却让我向他"学学去"。好像我比他更笨，有点伤自尊。但扬场是有技巧的，我显然不入门，否则不会遭白眼。怎没人呵斥哥哥呢？看来自己真的不行，活该伤自尊了。

我只好谦虚点，乖乖走到哥哥身后，看他咋扬。发现，他先把木锨端起来，往后悠一下，顺着惯性的力，均匀地加大力量向前推送，粮糠从木锨角抛出去，嗖地散开来，在空中撒开薄薄一层，像飘带，像薄纱，像长虹。随风一刮，自然筛出了籽和糠。而我是使劲儿朝远处猛抛，麦籽和糠皮混成一团，疙里疙瘩扔出去，糠皮裹着麦籽一股脑甩没了。难怪招呵斥呢，农夫们心疼那些麦籽啊，都被你抛没了。挨几声训斥，不屈。

哥哥读书是不开窍，可干活一点不笨，还勤快，能吃苦。这使我为他感到委屈：庄稼人么，有双勤劳能干的手，娶个媳妇不愁没过头。气人的是，咋没个女孩看好这点呢，就因买不起"三转一响"？我直想骂那些跟他"吹了"的姑娘，真他妈的白眼妮儿。

二伯也替哥哥的婚事发愁。

忽然有个机会，公社煤矿给村里分个招工指标。挖煤不算好活，但却不是谁都能去的。月工资四十多块哪，干庄稼活哪能挣这么多钱？当村支书的二伯想到了我哥，正愁缺钱定不下媳妇，让他去矿上挣些钱，倒是个法子。那天，他跑到我家商量这事。万没想到，一片好心把我爹惹火了。他个直杠脾气，梗着脖子吵起来。

前不久煤矿出场大事故，死了十来个矿工。我爹恼火这个，说俺家再穷，也舍不得孩子去挣钱啊！言外之意，好像二伯低看他了，不把他孩子当孩子。二伯讨个没趣，说："老四呀，你这叫啥话？我是好意啊。"

"我就这话！宁不穿裤子，也不舍孩子！"

"得得，不去就不去，算我没说行不？"

我妈正在厨房和面，手上沾着面糊跑出来。冲爹说："你看你，二哥是好意，咱不想让五儿去就算啦，吵啥哩？"爹从不把妈当回事，红着脸瞪她一眼："滚过去！女人家，哪有你的话？"

恰巧，七哥唐承业正在爷爷屋里说话。他那胖小子快满月了，来求爷爷取个名。这代孩子属"昌"字辈儿，爷爷琢磨出个"唐昌实"的名字。说："孩子嘛，不求他大富大贵，能踏踏实实做人做事便好，就求个'实'吧。"刚说到这儿，忽听院里一阵吵嚷。爷爷走到屋门口咳嗽了两声，便把二伯和我爹镇住了，都瞪着眼愣在那儿。

爷爷已听出些眉目，判定我爹不对。明明老二是好意，老四你不承情就罢了，咋能反咬一口呢？若在以往，爷爷指定会把我爹训一顿，可自从他患上肺气肿后，爷爷知道这病是要命的，不忍再数落。他没搭理我爹，朝二伯挥下手说：

"老二呀，你走吧，甭跟老四一般见识。"

二伯转身朝大门外走去，刚到石榴树那儿，突然被七哥叫住了："二伯，你等等。"二伯扶着石榴树站住。七哥本是跟二伯说事的，却把脸转向爷爷，得先向他请示。

"爷，煤矿招工的事，五哥不去的话，我去行不？"

爷爷不由一怔说："你刚得个娃儿，还没满月呢，咋能干这个呢？"他话里显然有话："下井挖煤会出事丢命的，留个吃奶孩儿咋办？"七哥听出了爷爷的话音，坦然一笑说："没事的。挖煤是有危险，但事在人为，看谁呢。"意思是别人干可能会出事，而他不会。

七哥是三伯家的孩子。二伯刚被我爹怼呛过，不由多个心眼儿，生怕又会遭到三伯怼呛。对他来说，五儿和七儿都是亲侄子，这个去了怕死，怎好让那个去顶命呢？他绷着脸说：

"七儿啊，挖煤有危险。你得想想，再想想。"

我爹听着别扭了。心说二哥你明知有危险，五儿去舍得，七儿去却舍不得。都是亲侄子啊，不一般远近咋的？但这话说不出口，他哼了一声。七哥意识到不对头，赶紧向我爹赔着笑脸打个圆场。

"四叔，你别介意。"他说，"挖煤确实有危险，你不想让五哥去，能理解。但二伯是为他的婚事着想，也没错。这样吧，我去就是啦。若能挣些钱，五哥订婚的话，我还能支持点不是？"

按说这话很得体，安抚了叔又对得住伯，都照顾到了。可我爹听着越发不对劲儿。好像自己怕丢儿子，却把侄子豁出去，反过来帮他娶儿媳，不扇当叔的脸吗？他瞥了七哥一眼，甩出句硬邦邦的话：

"哼！你四叔再穷，也不花你的血汗钱！"

说罢仰起下巴朝屋里走去。七哥一愣，心说我这话没啥错呀，咋的了？二伯拍下石榴树叹口气："哎，你四叔这人，真个倔驴！"

七哥苦笑了下不知说什么好。他是有胆有识个人，可家里兄弟姊妹多，三伯没大能耐，供他读到三年级就辍了学。但他忒有灵气，小屁孩儿就能想出些鬼点子，常常把大人们都耍了，属于比较捣蛋那种。村里人都说，这孩子没能多上几年学，可惜啦。

爷爷见我爹倔倔地走了，没搭理他，只管捋着胡子琢磨七哥的事。那煤矿刚发生过矿难，他也犯踌躇。当然矿难是有概率的，哪能都出事呢？可心里总有些不踏实。他又冲七哥追问了句：

"七儿啊，这事儿……你想好啦？"

七哥很自信，说不就下井挖煤嘛，只要多长个心眼儿，处处留意便不会出大差。他回答得很干脆："我想好啦，爷！就让我去吧，你放心，没事儿。"

爷爷这辈子从没怕过事，见七哥不怯不忤的样子，反倒捻着胡子笑了。他眯起眼打量着七哥，顺口迸出句话："行啊你，有种！像你爷的孙子。"

这就等于答应了。爷爷家法严，对子孙闯事业却很放手。他常说，别把孩子老是当鸡娃儿暖着，翅膀永远长不硬。只管让他闯去，不经摔打咋长本事？他冲二伯说："振德呀，就让七儿去闯下吧。是骡子是马，拉出去遛遛！"

当晚，三伯跑进爷爷屋里来。他说话没刚没性，总像喉咙里塞着棉花。一进门，冲我爷抠着鼻子吭吭哧哧地说：

"爹呀，不敢让七儿去煤矿呀，那活儿太、太……"

没等他"太"完，爷爷拧着眉毛呵斥起来："看你那窝囊样儿！让孩子去闯荡下能咋的？老把他困在家里，也像你一辈子没出息，就会捏个瓦盆不成？唵！"

在爷爷的五个儿子中，他最瞧不上三伯，嫌他怯懦没胆儿。好像"竖子不足与谋"，他翘起胡子朝门口一指，便把三伯打发了："就这，回去给七儿准备下行李，送他去煤矿吧。还愣啥？去呀！"

三伯咂咂嘴，像是还想说点啥，可也没敢再说啥。他下意识地捏下鼻子尖儿，哼哼唧唧地走了出去。

两天之后，七哥去煤矿上了班。

他一走，我爹有种说不出的难受。羞愧、懊恼，还是赌气？好像都有。他一憋气便拿我妈当出气筒，动辄找碴子发火。有时鸡蛋里挑骨头，比如饭菜咸啦淡啦，刷碗往地上溅水啦，就这些鸡毛蒜皮的事儿，他都会骂咧咧暴跳一通。我妈早被他降下了，不敢顶撞，只管任他狂吼乱骂。说实在的，我鄙视父亲这做派。你有火没处发，拿自己老婆抖威风，还算爷们儿吗？

后来发现，父亲老是半夜不回家。

起初，我以为他是心气不顺，找人闲聊解闷儿去了，没当回事。妈妈恨透了他，赌气说："管他哩，死到外边才好哪！"但他老是夜不归宿就不对头。这夜，我和哥哥分头去寻找，可跑了半天不见他的影儿。忽然我想起了铁匠窑，会不会在那儿呢？找找去。

父亲患上肺气肿后，一年多没打铁了。那窑门常锁着，里面的炉子、风箱、铁砧都布上了蜘蛛网。铁匠窑在村北边的沟垴里，我沿着小斜坡走下去。拐过弯儿，果然听见窑洞里叮当响。我一下子惊呆了，他的病在一天天加重，呼吸都很困难。打铁是吃力活，病蔫蔫儿的身板怎能撑得住啊！这使我感到震撼，没错，是震撼。

父亲仍在为哥哥的婚事着急。他拒绝哥哥去煤矿冒险，又想不来别的法子，就靠这点手艺挣些钱。他似乎在跟二伯赌气："我不让儿子去挖煤，照样能娶上媳妇！"我揣测他会这么想，就这性子。倔，又倔得有骨气。

以往，他打铁是为生产队干的，本人落些工分。这会儿是为自己挣钱，性质变了，属"资本主义尾巴"，逮着吃不消，只能深夜偷着干。那窑门紧闭着，显然是为了遮住灯光，有意藏住"尾巴"。

眼下正是盛夏，窑内本来闷热得很，燃着一炉火又密封着门，能闷死人的。我顺着门缝往里瞧，见父亲穿个三角裤头，浑身汗水顺着两腿往下淌。他钳块红铁敲打了阵儿，冷却下来再插进炉里回烧，这时才能站着喘口气。他的胸脯起伏分明地张大，那是肺气肿患者的呼吸，似乎不是脏器的自然律动，而是靠胸肌极力扩张挤压出的喘息。一呼一吸，都显得很吃力、短促。

说实话，我平时恨父亲。他老对我妈无端发火，动辄还大打出手。我恨他这点，甚至觉得他不爷们儿。可是此刻，我心里不由一酸，忽觉父亲很可怜。他是豁上了命，在担当一个父亲的责任啊！还怕人知道，连对家人都不肯吐露，宁憋着气独自承担。我直悔错怪了父亲，心说这还"不爷们儿"的话，怎么着才叫爷们儿呢？

炉膛的锻件烧红了，父亲把它钳出来放在砧子上。他吃力地抡起铁锤，每砸一下，胸脯都短促地鼓几鼓。也就是喘几口气，才能聚起抡锤的劲儿。他咬着牙一锤锤地砸，溅起一片片火花。就像带着赌誓，一句句砸在铁砧上——嘭的一声："我要挣钱，给儿子娶媳妇！"又嘭的一声："我必须挣钱，给儿子娶媳妇！"……是的，我感觉他是在赌气，仿佛"为儿子娶媳妇"成了他的信念，成了誓死的兑现。由此才拼命地挥起一锤又一锤，重重地砸在锻件上。

嘭！一片火花。嘭！一片火花。

2

那年底，我当上了大队秘书。干这个得有文化才行，村里高中生极少，我算个"文化人"呢。原任秘书也是高中毕业，不久前去部队当了兵，二伯趁势让我顶个缺。这不能叫任人唯亲，咱正好是这块料，对吧？

上班当天，我有了串儿钥匙和手电筒。

大队秘书是打杂的差使。村里人外出办事都得开证明，主管这个。此外开广播机、扫地抹桌子、值班守电话都归我了。那串儿钥匙，管着大队部所有的门、柜和抽屉，有十来把。凡事处处都得开锁，不然怎么打杂呢？比方孙猴子当个弼马瘟，他去喂马总得开下厩门吧？就这意思。

但话说回来，大队部是全村首脑机关啊，那门那柜不是谁都能开的，我能。那一把把钥匙，就像一串儿权力系在裤腰带上，挺自豪的。乡下孩子丁点见识，钥匙链银光闪闪，腰上一挂像是添了珠光宝气。村里一般人哪有这么多钥匙呢,但我有,不一般了。

手电筒有尺把长,装有四节干电池。普通百姓都是用两节手电筒,我居然用四节的,也颇感"不普通"了。夜里,大街上黑灯瞎火,长电筒的光芒异常强亮,能贯穿整条街。站在街西口刷地一扫,直射向村东边的远山头,俨然整个世界都被我普照了。我把反射镜朝向天空,刷地一道白光直刺苍穹,把黑锅底似的夜空捅个窟窿。光柱万丈,我也很感豪情万丈。

然而,长电筒不是白给的。第二天晚上,村里召开干部会,两个队长迟迟没来。二伯冲我下道命令:"去,把他俩叫来!"接着补充句,"拿上手电筒照着路,跑快点!"我才明白,难怪配个长电筒呢,原来是让我晚上跑腿用的。它亮,路道照得明,便于跑得更快点。

但混个这差使也不错。

那年头没别的出路。甭说农村娃,城里孩子都得下乡当"知青",在土窝里摸爬滚打。当秘书可以半脱产,除农忙天,多半儿在大队部值班,不必下地干活照能挣工分。在那茬人看来,可是够令人羡慕的,何况还有点小权力。比如谁找我开证明,起码递支烟吧?严格说这也算腐败,占了抽不掏钱烟的便宜。但便宜是便宜,却让我染上了烟瘾,至今戒不掉。由此说,搞腐败真没好处。

朵儿对我羡慕至极。她仍在上高中,再过半年就毕业了,也想谋个差使。多次提出,让我向二伯求个情,也把她安排到大队部来。这想法倒不错,但对我是件难事。难在,二伯很严谨个人,甚至有点古板。他时常绷着脸,好像面部肌肉硬化压根儿不会笑。我看见他就犯怵,而他也不拿我当回事。有一次,我斗胆替朵儿求个情,刚说几句,他一瞪眼截住了:"孩子家,哪儿恁多闲事?嗯!"

我缩下脖子不敢再吱声,没戏了。

朵儿仍不甘心,每逢周末都到大队部来,说是找我闲聊,实际是瞅机会跟二伯套近乎,试图毕业后讨些关照。她碰见二伯就忙着让座、倒茶、帮他挂衣服啥的,慌得一塌糊涂。小时候,她时常跟着芹奶到我家来,见我二伯也叫"二伯",倒没啥不对。需要指出的是,此刻叫得分外亲热,好像比亲侄女更亲,就腻了点儿。

"二伯,您坐。二伯,您喝茶。二伯,把大衣挂这吧?"

大队部是座破宅院,几间旧瓦房。办公室四壁土坯墙,粉层白石灰都发了黑。屋顶的木板棚也沤糟了,表面糊层废报纸。夏天,屋里闷热得很,顶多往地上泼些水降温,凉快不到哪儿。不过,屋里再闷再热,总比顶着烈日割麦、打场爽得多。于是朵儿坚定地说:"只要不让我下地干活,来这儿干啥都中!"

突出政治年头,村里搞了份"抓革命、促生产"的油印简报,不用说写稿、刻蜡版、印刷都是我的事。那天,我正在印简报,朵儿又来了。一时闲着没事,帮我摆弄起油印机来。

油印机盒子分两半儿摊在桌上,半是油墨板,半是印刷网。我把油墨滴在胶滚上,先在油墨板上推匀,再往印刷网上滋溜一推,印出页简报来。甭看操作简单,用力或推速不匀效果差远了。朵儿试着推印了几张,页面模糊不清都成了废纸。她咧嘴一笑,只得把胶滚还给我,不逞能了。

桌上放着刻字的钢板、蜡纸和刻字笔。她捏起笔杆捻动着,我以为帮忙刻字呢,不是。她歪着头思索了会儿,忽又冒出个新想法,说让我再给二伯通融下,安排她来刻蜡版也成。她说:"只要能进大队部,就干个这差使,我也不嫌小!"

可她"不嫌小"的事,托我办却嫌大了。我踌躇几天不敢跟二伯开口,生怕再挨训斥。有一天,不知二伯遇到什么高兴事,走进办公室乐呵呵的。我见他脸色不错,趁机把朵儿的想法说了出来。他一听,脸色刷又紧绷起来。

"啥？刻蜡版？"他歪着脖子一仰脸，冲我甩过来句话，"这活儿，你独个儿都干得没啥干。再多个人，不浪费劳动力嘛！"说着叭地拍下桌子，我的脖子吓得猛一缩，不敢再说半个字。

朵儿毕业后，没能安排到大队部来。

不过，村里对高中生挺看重的，让她当了小学民办教师。按说也不错，不用下地干活也照能记全勤工分。但朵儿是不安分的人，喜欢出些风头。在学校跟娃娃们打交道，耐不住寂寞。她多次对我撇着嘴说："唏！干个教书匠，真没劲儿。"

她仍想当个村干部，好像大小算个官儿，比教师的地位高了点。我只觉得好笑，高出这一点儿都看见了？她说："那可不，人不都想往高处走吗？能高一点是一点。"

但大队部不是想进就进的，没空位子往哪儿安排？朵儿见没了指望，只得当她的教书匠了。不过，她仍不断来找我闲聊。说是闲聊，来往一多就不闲了。那年龄都青春萌动着，我渐渐意识到，她对我有点"那意思"。女孩儿的心诡着呢，不诡，老找你干啥？

摊开说吧，我在高中有点小名气，曾在县报上发表过几首小诗。高中生都有文学情结，甭看狗屁小诗，足能博得同学们仰慕一下。那几首诗，朵儿居然能背下来，算得上我的粉丝了。

这就说到那个笔记本。

高中毕业那天晚上，天上浮着淡淡的云，月亮在云缝里时隐时现，弄不清是月穿云还是云追月。朵儿约我到水囤旁的梨树下，月光从枝叶间洒下斑驳的影儿，罩出一片朦胧。怕人看见，她没说几句话，忽然掏出个笔记本塞我手里，又趁势朝我手上捏了下，转头跑开了。我傻傻地愣在那儿，心说不就赠个本子嘛，跑啥呢？

事后我才迷瞪过来，笔记本不是随便送的。女孩子心细，这点事，不知在心里翻腾多少遍。尤其捏那一下子，怕是鼓着很大勇气才使出来。我意识到，她是有种暗示在里头，但我无法呼应她的暗示。只管装糊涂，收下便是。

在我眼里，她一直是个小妹子。平时帮她些忙，多半儿是因为她姐的情分。而且云儿刚死几个月，我心里的痛还缓不过劲儿，也不可能把朵儿放心里。倒是，那笔记本蛮不错。塑料皮包装，里面夹有几页彩图。以往我可用不起这个，顶多买个硬纸皮小本本。一套上塑料皮再加彩页，顿觉上个档次，也挺欢欣的。

实际说来，我对云儿也搞不清是什么情分。

那时很懵懂，搞不清叫不叫"爱"。只是觉得，她在与不在，我见与不见，那身影总在心头挥不去。直到她死后，我才意识到那是爱。或者说，她的死给我的心理后果验证了爱。因为我痛切地感到离不开她，她仿佛成了我生命的一部分。她突然没了，我顿觉身心都掏空了，甚至整个世界都空了。不是爱是什么？没错，对爱的真切体验，其实不是在相伴的缠绵时，而是在别离的寂寞中。

她走了，永远见不着了。但她一直活在我的心灵深处，以至结构进了我的潜意识，以至诱导着我的情感指向。在后来的择偶意向中，她似乎成了我的审美样板。心心念念，总想再找个像她那样的。也因为这种潜在的神往，我把目光转向了朵儿。她姊妹俩长得酷似双胞胎，这对我有种直观的、微妙的打动，即便她是那个她的影儿。

我进大队部后，哥哥见天下地干活，挑水由我包揽了。多是趁社员下地后去打水，当然是去新井，离家近。早前跟云儿一起打水是在老井，她死后没再去过。那儿留下我们俩太多的记忆，我不愿再踏那老井台，生怕勾起伤感。

朵儿在学校教书，打水也是避开人多排队，总在半晌课余时间去。蹊跷的是，她家离老井近，却时常来新井挑水。不知她怎么看见我的，也老是碰到一块儿。女孩子的心哦，诡就诡在这儿。

我也喜欢跟她一起打水。却搞不清，到底是喜欢她呢，还是把她当成了云儿的替代？事实上，虽然她们俩长得很相仿，性情却大不同，根本替代不了。比如，早前去老井打水，云儿总谎称"碰巧了"。有次我故意逗她："你咋老跟我碰一块儿呢？"她是很文静腼腆的性子，红着脸反问了句："你说呢？"此刻我又拿这话逗朵儿："你咋老跟我碰一块儿呢？"她却是大咧咧的直率，把水桶往地上咣当一放，怼出句火辣辣的话：

"我就想跟你一起打水呀，不行吗？"

"行、行啊。我是说，咋这么巧呢？"

"嗨！我见你来就来啦，有啥巧的！"

我被她怼呛住了。掏心说，我更喜欢云儿那种带羞的含蓄，有品头。就像坛密封的老酒，慢慢撕开一道缝儿，挤出一丝气儿，那是捂得浓香浓香的味儿。若直通通戳个大口子，咕咕咚咚倒个底儿朝天呢？倒很豪爽，可就是一下子冒了气淡了味儿，没品头了。

新井跟老井一样，都是双把辘轳。之前跟云儿一起打水时，她脖颈上有颗痣，褐红色。我在这头摇着辘轳把，时不时瞟见那颗痣，总觉得像颗宝石镶在白皙的脖颈上，忒好看。此刻，我又忍不住朝朵儿脖颈上瞟。她那儿没长痣，便觉有点不对劲儿。好像应该长的却没长，少点啥似的。

这很荒唐。云儿脖颈上长颗痣，凭啥朵儿也得长颗不可？实质是，我把云儿完美化了，好像她任何一点都不可或缺。其实，即使朵儿也长颗同样的痣，她仍不是她。每个人都是独特的生命体，不可能全然复制。尤其我跟云儿发生的故事，更无法在另一个女子身上重现，永远不会的重现。

不过，朵儿也有她的可爱处。她比云儿活泼得多，凡跟我一起打水，像个话篓子又说又笑个没完，我都插不上嘴。云儿话不多，老是听我瞎掰。她爱笑，多是含着羞涩的微笑。朵儿呢，常会放声大笑，有时笑得钢丝绳哆哆嗦嗦，老槐树上的雀儿惊得乱扑棱。

可是有一天,她忽然不说不笑了,大半天闷着头搅辘轳。我发现她脸色不对,一问才知她爹妈吵架了。那天是马之骏的忌日,她妈每年都去祭奠。大瓜叔老是介意这个,又大吵了一架。

朵儿对母亲这点很反感。也不奇怪,谁当女儿都会维护父亲的婚姻情感,而对母亲另一个恋人本能地排斥。即使那个男人不在人世,心里仍会有阴影。这是种自然的直觉情感,不归理性。她在那头边搅着辘轳,边抱怨着母亲:

"我妈真死心眼儿!那男人死几十年啦,还老想着他!"

我苦笑下没吱声。坦白说,我原来对秀婶儿也这看法。是啊,那男人死去多年了,还老想他干嘛!现在我理解了。云儿已死去两年多了,我不也怀恋着她吗?真爱情感哦,它是种精神关联,属于灵魂的存在,不随肉体存亡而生灭。就像不可思议的量子纠缠,不是时空能够隔绝,也不是生死能够了断。

但这话没法给朵儿挑明。我总不能说:"甭管你爹咋想,你妈爱谁就谁吧。"这叫啥话?更不能说,"其实我爱的是你姐,也不是你。"越发弱智了,傻瓜都不至于。我含糊地支吾了句:

"感情这事……复杂着呢,你不懂。"

"你懂!那你说说,怎个复杂法儿?"

我没法下嘴了。恰好水桶搅出井口,我伸手把它提起来。早前跟云儿一起打水时心里轻快,水桶一悠就过来了。此刻心情沉沉的,感觉水桶也重了点。我趁势打句岔:"哎哟这桶水,不轻呢。"

3

转眼已收罢秋,庄稼地犁耙出来了。黄土细腻腻的,踢一脚能荡起尘烟儿。旷野的树都染了霜打的色,枝杈上的叶子渐黄渐枯挂不住，零零落落飘下来。路边、沟沿、小土坡的荒草也都枯白了，丛中冷不丁开朵小黄花，留些儿残秋的余味。

该耩麦了。社员们吃罢早饭，成队扛着耧牵着牲口，架子车上装着麦种子，叮叮当当赶往地里去。牲口不够用，还得派些人去拉耧。他们手里拎根麻绳，边抡着甩着往前走，边打着诨儿骂着俏。庄稼人很乐观，农活虽苦虽累，一路嘻嘻哈哈笑不到头。在他们朴实的笑脸上，洋溢着一种快乐智慧的哲理气质。

耩麦的关键是摇耧。技术活，一般人干不了。拿捏不好播不匀，麦苗出来就露了馅儿，这儿稀稀拉拉，那儿疙疙瘩瘩。要么耧脚走不直，长出的麦垄曲里拐弯。出丑了，庄稼人会嘲笑的，谁耩的麦啊？狗撒尿似的！

五叔是摇耧好把式，全村数着的。比如，每亩地耩多少斤麦，你说个数，他定好耧眼尺寸，拿捏好摇耧速度，敢保耩下来一两不差。这就叫把式，不服不行。

那天，队长专门把头叫驴安排给五叔拉耧。那叫驴很强壮，拉起来跑得快能多出活。大瓜叔在前头牵着驴，五叔在后边摇耧。摇耧是有套路的，两手端平，发力全在胳膊上。右手提，左手摇，屁股和腰不能摆。五叔直挺着腰扎起架子，眼睛盯着正前方，这样才能确保走直线。他摇得节奏匀称，用力轻重恰到好处。耩出的麦垄跟绷条线似的，亮出了绝活。

半晌，拉耧的人们得稍歇会儿，往地边一坐，统统看起五叔摇耧来，就像观赏艺术表演。五叔得意了，正可趁机露一手。他边吆喝着驴，边催促着大瓜叔："走快点，再快点！"那叫驴本来有力气，一吆喝越发拉得起劲儿。摇耧的节奏跟行进速度是一致的，否则种子播不匀。就是说驴走得越快，五叔摇得越急。他端着耧柄嗖嗖嗖左摇右摆，两脚噌噌噌碎步慢跑，荡起一溜烟儿。出彩了，有看头了。

耧斗里吊个小木球，功能是防止漏孔堵塞。随着摇耧，小木球不停地摇摆，搅动麦籽匀称地播撒出去。小木球敲击着耧斗板，发出急促的"咔嗒咔嗒"声，就像快节拍的梆子伴奏。不光有看头，还有了听头。观看的人们拍起手来，直为五叔叫好。那"咔嗒咔嗒"声紧凑、匀称、脆亮，回响在空旷的田野上。

可是大伙正拍手喝彩呢，驴惊了。

那叫驴是有想头的。它跑得快，原来不是被五叔吆喝得紧，而是前边的耧里套着匹母马，正发情呢。叫驴嗅着股异味儿，难耐了，躁动了，突然猛蹿起来，唔儿呱唔儿呱地狂嘶乱叫。

也怪大瓜叔反应迟钝，没及时勒住缰绳。耧架子被驴拉得东倒西歪，荡起满地尘烟。五叔正得意地炫耀技术，没防住，忽地被耧柄带趴到地上，满脸埋进土窝里啃了一嘴土。他被驴拖出几丈远，以至裤腰在地上蹭得拉下了肚脐，露出半个屁股。这怪他，你稳稳当当摇耧得了，显摆个啥？这一烧躁，出丑了不是？

好在大瓜叔是抡大锤出身，脑子笨是笨，手腕特有劲儿。他死死拉住缰绳，把驴脖子拽得朝后扭个弯儿，猛力一推，耧杆夹着驴扑通一声翻倒在地上。他用膝盖压住长长的耧杆，把驴夹得四腿腾空，干弹蹬爬不起来。

满地人哈哈大笑。五叔从地上爬起来，脸都气歪了。他噗噗地吐着嘴里的土，一把夺过大瓜叔手里的鞭子，咬着牙朝叫驴身上猛抽起来，还骂骂咧咧的。抽一鞭子："我日你娘的！"接着又一鞭子："我日你奶奶！"他一鞭鞭抽，一声声骂。可你骂啥不行啊，偏要发誓跟驴它娘它奶干那事。女人们在地边听着，恶心得直拧眉毛。

我本来挺为五叔自豪的，这下弄得很没面子。心里话，咋有个这样腌臜的叔嘞？而他仍不解气，鞭子越抽越猛，叫驴疼得浑身抽搐，鼻孔一掀一掀冒着白气。这怪它咎由自取，你老老实实拉耧罢了,起啥花心啊?没贪着色又挨顿打,真不划算。

偏巧,我大爷从沟边走了过来。

他背着一捆柴火,里头夹插些纸箱片旧瓶子烂绳头啥的,一根麻绳扎着。他不光是拾柴,破破烂烂都看得金贵,凡见他认为有用的东西都拾起来,插进"捆"里去。大爷这辈子,就记住个"省"字,以至省到折磨自己的地步。见天吃两顿饭,烧柴火(不舍得买煤),油灯捻不能太粗,怕灯头大了废油。这样确实能省不少,属全村有名的殷实户,而这是他一点点抠出来的。抠儿,成了他的生活信条,他的生活方式。

大爷仍穿身青灰色长袍。"文革"初年,造反派把他家的砖雕门都砸掉了,却没把他的长袍"革"掉。他跟我太爷识过些字,其实根本不开窍,反自认是读书人。在他看来,似乎长袍属文人仪服,脱了还叫读书人吗?他见五叔把驴往死里打,看不下去了,开口训斥起来。那训法也不失"读书人"气度,慢慢腾腾,斯斯文文。

"孔子曰,人指畜,性本善。"像是先立论而后推理,大爷接着说,"人呢,都是指靠畜生过活的呀。就说这驴,它不拉耧就没法耩地,不耩地就不长庄稼,不长庄稼就没饭吃,人还咋活?故而,对牲口也得善待呀。可你这样打它,性不善呀!"

大伙愣住了,惊异大爷会背"孔子曰"。在没文化的乡下人看来,这是很有文化的。我也瞪大了眼,因为从没听说过这句话。"文革"年头,教科书都扫除了"孔子曰",压根儿不知此语出处。

很久以后,我才知此语出自《三字经》,不是"孔子曰"的。而且原句是"人之初",大爷却说成了"人指畜",即"人是指靠畜生过活"也。这话弄得驴唇不对马嘴,可大爷凭着想当然的理解,居然能自圆其说。单论这点,真得佩服他一下。

大爷说罢，朝五叔甩下长袍袖子，翘着胡子走开了。他的背已驼得像弯弓，还患有高血压和心肌梗死病，背着柴火累得喘不过气。刚走出几步，发现一片破烂的塑料薄膜，在他看来也是"有用"的，便又弯下腰拾起来，塞进柴火捆里去，还自言自语感叹道：

"哎！凡物皆有用，不可弃也。"

不久，全国掀起"批儒评法"运动，把法家捧上天，儒家成了大坏蛋。那年头，凡搞政治运动都"上挂下连"。想不到的是，大爷那句话被陆武魁抓了辫子。他当"革委主任"被轰下台后，一直对我二伯重新上台有怨气。正想找碴子呢，偏巧大爷说句"孔子曰"，有把柄了，说他是村里最大的"儒"，要揪出来当"火靶子"。

二伯不安了。他被政治运动搞得胆小慎微，虽然说句"孔子曰"没啥大不了，可被人揪住"上纲上线"就不得了。他赶紧敲打下大爷，警告说："记住，以后不能再说孔子曰！"

大爷老年痴呆，木愣着脸半天反应不过来。还问："说句'孔子曰'咋啦？"二伯见他呆里呆气，急得直跺脚："你呀，运动苦头没吃够？还说咋啦！"

大爷老糊涂了。他对"批儒评法"的词儿都搞不懂，但一听"运动"二字不由打个哆嗦。"大跃进"年头，村里办起大食堂，各户的粮食都收集起来合了伙。他家攒的粮食最多，嫌合伙吃亏不肯拿出来。结果挨了几场批斗，没扛住，终把粮食全折腾走了。"文革"初年，他护着大门的砖雕不让砸，又没拦住，反挨了造反派一顿打……他是被"运动"搞怕了，听见就发怵。这会儿猛一愣，一屁股坐在门口的石墩上，呆坐了半天没动弹。

过完年不久，大爷又弄出件稀奇古怪事。

他去供销社买了一百条麻袋，装粮食那种。公社化年代，只有生产队需要这么多麻袋,一般农户用不着。那时,人们脑子里都绷着阶级斗争的弦儿,引起了营业员的警觉,私人买这么多麻袋干啥?她赶紧向供销社主任报告,主任慌忙向公社书记汇报,书记当即指令公安特派员展开调查。说是要抓住"阶级斗争新动向",不能马虎。

特派员叫牛山虎,长得黑胖壮实,一脸枣疙瘩。警帽老是斜戴在头上,像是帽檐小脑袋大,箍不住。他出门办案总是骑辆自行车,带支手枪斜挎在身上,挺唬人的。常常,谁家小孩儿一哭闹,大人们便会拿他威吓:"乖乖!牛山虎来啦,还哭不?"小孩儿顿时吓得咬住嘴唇,不敢再吭声。

实际上,牛山虎为人挺和气的。他到大队部后,把自行车靠墙一扎,走进办公室跟我握下手,也没坐,站在桌对面说明了来意。我大吃一惊。他得知当事人是我大爷,拍下我肩膀说:"没事的,小伙子。我是来问下情况,你带个路就行啦。"

我陪着他走进大爷家。大爷正在院里整理干柴垛子,他刚从地里又背回一捆来,正往垛子上撂。我和特派员走到他身后,他不知是耳聋没听见,还是脑子迟钝没反应过来,只管边继续撂着柴火,边自言自语嘟哝着,仍是那句话:

"凡物皆有用,不可弃也。"

他的背驼得很低,脑袋跟特派员的腰是平行的。我在背后叫了声大爷,他一扭头,猛见身后竖着四条腿,不由打个愣怔。他的脖颈也很僵硬,仰脸都显吃力,一点一点地仰起来。刚仰到一半儿,正好平视到特派员腰间的手枪。坏了,他吓得打个趔趄惊叫起来:

"天哪,枪!枪!"

我赶紧扶他一把,然后搀到屋子里。他往床沿上一坐,浑身仍瑟瑟发抖。他对枪有种特别的敏感,像是战乱年代留下的后遗症。在他兄弟中,我二爷是在北伐战场上中弹伤亡,四爷遭人暗害也是被枪打死的。而他，当年日伪军进村抢粮时，伪队长拿手枪顶着他的脑门，把他吓软吓迷了。结果挨了几十个耳光，粮食全被掠了去，没剩一粒……这会儿，特派员例行公事地讯问几句，语调很平和。可他被那支枪吓傻了，跟个木疙瘩似的，只会啊啊应几声。

"大爷，您叫什么名字？"

"啊。"

"大爷，今年多大岁数啦？"

"啊。"

"大爷，您是否去镇上买过麻袋？"

"啊。"

特派员没法问下去了。他见大爷老实巴交、呆里呆气的样子，咋看，都不像搞啥"阶级斗争新动向"。纳闷儿了，既然没"新动向"，买恁多麻袋弄啥？进而推断，他家一准儿有很多粮食，否则不会买一百条麻袋。于是又问了句：

"大爷，您家里粮食很多吗？"

这话问砸了。大爷一听问粮食，而且是挎着手枪的人来问的，顿又吓迷了。以至产生了幻觉，把特派员跟日伪队长混淆一气，以为又是来抢粮的。他扑通一声跪倒在地上，连连作揖哀告：

"长官长官，我家真没粮食，真没呀……"

说着咕咚一下瘫倒在地上，翻起了白眼，连叫几声没反应。特派员吓愣了，忙吩咐我去叫村医抢救。他骑上自行车直奔大队部，去给公社医院打电话派救护车来。

村医陈义礼很快赶到了。他才三四十岁，按乡亲辈分我称呼他礼爷。他蹲下身子，先摸下大爷的脉搏，然后翻开眼皮看下瞳仁，摇着头叹了口气："唉！怕是不行啦。"

家人慌忙赶过来，呼天唤地叫了阵儿。忽然，大爷睁开了眼睛，目光猛一闪亮，却说不出话来。他挣扎着"啊啊"了几声，伸出一指头朝屋里的墙上指了一圈儿。家人不知他指什么,还没反应过来,却见他脑袋一歪,断气了。

公社救护车赶到时已没了救,却哇里哇啦响着把全村人惊动了。院子里站满了人,都感到太突然,说刚见他背着柴火回来,咋一转眼就断气了呢?礼爷解释说,他平时血压高,准是受了啥刺激,一冲动犯了急性脑溢血。脑子一出血,就没救了。

"没法子。"礼爷甩着手说,"这病,谁都没法子。"

特派员忽地冒出满头大汗,顺着歪戴的警帽檐往下淌。明摆着,大爷是被他"刺激"死的,而他也很冤枉,却又怕说不清。这场合,我是唯一的现场目击者,顿显重要起来。当时公社没派出所,只有一个公安特派员,很牛的,各村村支书见他都点头哈腰。此刻不牛了,冲我露出乞求的眼神,连声叫起"老弟"来,让我作证。

"老弟,你可看得清。我刚问几句,他就……老弟,我没说错吧?"他擦着脸上的汗表白,"刚才,我可没说一句难听话呀,半句都没!还不停地喊着他大爷、大爷……老弟,我没说错吧?"

但不管怎么说,大爷是没了气儿。家人乱成一团,特派员无法抽身,毕竟死者跟他有关,哪能一拍屁股开溜呢?他把大奶叫到另一间屋里,想做些解释,对死者亲属有个交代。还没开口呢,大奶就哭诉起来,把买麻袋的根底全盘端出,说得一清二白。

是这样。大爷确实攒些粮食,都是勒着裤腰带省吃俭用,从牙缝里抠出来的。不抠不行呀,他这辈子经历的战乱、灾荒太多,有时一斤盐、一碗米、一把面都能难死人。在他眼里,破破烂烂都很金贵,积攒下来留些防备,用时总比没有强。尤其得多攒些粮食,遇到乱世能保住命。粮食,是活着的命根儿。

他越来越老了,还患有高血压和冠心病,生怕哪天一蹬腿没了。不由担心,积攒的粮食留给孩子,万一又被人折腾走了呢?不如把粮食兑换成钱,攥到手里才保险。他把粮食桌了大半儿,换成一把钱。后来又想,还不对。民国时期物价飞涨,钞票成了废纸。他背着成捆的钞票去赶集,买不住几个白馒头。这又多层顾虑:万一人民币也不算数了呢?想来想去,攥把钱不如变成实物保险。于是,他去买了一百条麻袋。这东西平时用不着,可遇到难处能变成钱、变成粮。而且好收藏,短时还沤不烂。

听着大奶的诉说,特派员惊得一愣一愣,警帽一抖一抖,直抖到斜挂在后脑勺上。他是来追查"阶级斗争新动向"的,眼看人都死了还"动"个啥?他终于弄明白了,哦!这老爷子"查"到底,就是怕世道不太平,虑算着自己的日子。生存,是最本质的生命诉求。至于阶级斗争朝哪儿"动向",他小老百姓管不了恁多。

大奶是明理人,擦着泪对特派员说:"我知道,老头子的死不怪你。他是经历的磨难太多,把胆吓没啦,经不住折腾了呀!"

大爷被安葬之后,家人估摸着,他指定还攒些钱。却不知藏在哪儿,连大奶也不知道。忽然,大伙想起他断气前朝墙上指了一圈儿,会不会藏在墙缝里呢?他从不往银行存钱,因为他曾亲身经历过,世道一乱银行也会倒闭,存的钱都打了水漂。为周全计,他每攒把钱都塞进墙缝里,这是最保险的法子。假若银行倒了,只要墙不倒,那钱仍在坯缝里夹着,妥妥地踏实了。

屋子四壁是老旧的土坯墙,麦秸泥裂着道道土坯缝儿。大伙把墙缝细查一遍,果然抠出些钞票来。多是小额碎币,拾圆票面没几张,一律拧成皱巴巴的小细卷儿。他还不敢往一处放,这缝塞一卷儿,那缝塞一卷儿。都塞得指头抠不着,须用长棒往外扒。我的天!这点可怜巴巴的零碎钱,真不知他动了多少脑筋。

大爷入殓那天,照例请来个阴阳先生,择吉时下葬,再掐算下阴魂藏在哪儿。民间习俗认为,人死后的灵魂仍躲在家里舍不得走,过七天才会离开,叫"出魂"。也不知他怎么"掐"的,说大爷的魂藏在屋里的木棚上。家人赶紧把棚口的梯子搬开,意思是确保棚上安静，不准任何人上去，怕惊了魂。

  偏在"出魂"的头天晚上，忽然刮起阵狂风。树梢折得咔嚓咔嚓响，伴着呜呜叫的风，颇似鬼哭狼嚎。大奶正准备上床睡觉，一股风从窗户钻进来，吹灭了煤油灯。接着听见棚上扑扑腾腾响，也许是老鼠被风惊起的动静，很可能是。大奶不由神经兮兮，疑是那鬼在棚上折腾。她重新点着油灯，怯怯地盯着棚板，骂起大爷来："这死老头子呀！你活着不安生。死啦，就别再折腾我啦，行不？"

  第二天，这事在村里传开来。乡下人迷信这个，尤其婆娘们更信。有的说，昨晚听见鬼在呜呜哭叫，可瘆人啦。还有的说，那鬼在她家房顶上跑了过去，瓦片踩得哗啦啦响。越说越神，越神越有人信。

  但问题来了。那鬼为何乱跑乱叫呢？人们纷纷揣测起来。有人说，他看见刮折不少树枝儿，叫人起来拾柴火吧？烧柴能省下买煤的钱。也有人说，或许他对攒的那点粮、那点钱不放心，担心被风刮跑再回头看一下？不过都是瞎猜，没准儿。

  大奶却认起真来。在举行出魂仪式时，她在当院烧了炷香，向天堂的亡灵祷告了几句。说老头子呀，你放心走吧。如今是太平日子，咱的粮食都在，钱也没有丢。

4

  大爷走了，村里没"大儒"了，但不耽搁"评法批儒"。县里举办宣讲员培训班，要求各村推选两个人去参加。这活没文化拿不下来，全村就我和朵儿两个高中生，派上了用场。

  朵儿压根儿不屑当教书匠，这下混出头了。那天，我们俩背着铺盖去县里报到，她一路又说又笑，时而哼几声小曲。就像心里沸腾着气泡儿，抑不住咕嘟咕嘟往外冒。

　　培训班在老县城的党校里，统统是多年的旧校舍。屋地铺满高粱席，当间留条通道。被褥往席上一摊，睡觉就这了。学员的碗筷都是自带的，多是搪瓷碗。碗底系根细线绳，在窗沿下挂了一溜儿。晚上，窟窟窿窿的玻璃窗挡不住风，亏是收麦前的天气，倒不冷。

　　伙食也不错。尤其午饭，每人两个白馒头、一碗炖菜，在乡下除了逢年过节，这饭菜日常可是吃不上。朵儿饭量小，一份吃不完，总会分给我个白馒头。起初我不好意思接收，她脱口迸出句话：

　　"甭推啦！咱们俩谁跟谁呀？"

　　我被这话触动了下。记得那次摘棉花时，云儿帮了我一把我道声谢，她白我一眼："说啥呢？咱们俩谁跟谁呀！"此刻，我又听见朵儿说出这句话，心情就复杂了点。感觉甜甜儿的，还有点酸酸儿的。

　　党校离火车站不远，顶多一里路。县城搬迁多年了，老县城街上仅有几家小店铺，没啥可看。见天吃罢晚饭，学员们便到火车站溜达会儿，我和朵儿也相约一起去。初夏的傍晚不很热，站台上总有细溜溜的风，也挺惬意。

　　高中毕业至今，我仅去新县城拉过一次化肥，再远的地方就没有去过了。朵儿还不如我呢，连县城都没到过。她头回出远门，也是头回看见火车。所以她约我散步不说散步，总说，咱还去看火车吧？

　　陇海线上的列车来了去了，实在没看头。但你是从偏远的山沟里走出来的，从旧瓦房里、泥土路上和煤油灯下走来，看着站台上的楼房、电灯、柏油路都有种新奇感。火车咣咚一声刹住了，咻地放出股热蒸汽，带着燃油味儿。它跟乡下的土腥味儿很异样，还有工厂那些烟囱的煤气、锅炉的热蒸汽、管道漏出的化学气味儿,也都是山沟里嗅不着的。老实说,我对城市的最初感知,便是这些有别于乡村的混合气体。觉得它就是城市的味道。

对山沟孩子来说,火车就是远方。一列列绿皮车厢从遥远、广阔的天地奔来,从我们俩压根儿没去过、没见过的地方奔来,仿佛载着一大溜儿陌生的世界。车厢上挂着起止站牌,朵儿对那些地名都很向往。比如看见"西安—上海",她便说,咱能去上海看看该多好,那地方很大吧?或看见"兰州—北京",她又会说,咱啥时候去北京旅行一趟,在天安门前合个影该多美!这话,听着跟对儿情侣似的,不然能成对儿去浪漫吗?

但我已不觉突兀。毕竟拉拉扯扯几年了,彼此都有点"那意思",只是没说透。她说着碰下我的胳膊,诡秘一笑抛个媚眼儿。我会意地挠下头,说是,世界这么大,真想去看看。

也就是在这次培训班上,我们俩明确了恋爱关系。

那晚在站台上散着步、散着步,突然就不"散"了,"步"到一堆儿了。站台尽头有棵无花果树,硕大的树冠低低的,周边枝叶垂下半人高。像把伞,圆溜溜遮下一片浓荫。我们俩没商量甚至没任何暗示,心有灵犀似的双双一弯腰,滋溜钻进了"伞"底下……接下来发生的事就不必细说了,你懂。

奇怪的是,我拥抱她的当儿,眼前老闪着云儿的影子。很模糊,忽而闪一脸儿,忽而掠一影儿。这使我有种错觉,似乎拥抱的不是朵儿而是云儿。甚至起疑,我到底爱的是她们俩哪一个呢?要么是双重情感的叠加,或是对云儿那份情感的嫁接和延伸?说不清。

无花果的叶片阔大、略疏,灯光从叶缝泻下来,阴影斑驳朦胧。我看着朵儿越发有些恍惚,总觉眼前浮动着云儿的影子。这种潜意识激荡起一种冲动,一种能量。好像两份情爱叠加释放,爆发出加倍的猛劲儿。我把朵儿紧紧搂在怀里,动作显得很笨拙，恨不得把她勒进肉里去。她被挤压得近乎窒息，以至"勒"得叫了起来：

"哎呀搂恁紧，我都喘不过气啦！"

一阵缠绵过后，朵儿顺势靠在树上，露出狂拥后的疲惫。我也松弛了下来，稍一冷清，忽觉这个发生得很陡然，甚至有点猝不及防。很怪，不知怎会有这种感觉。后来琢磨，也许是我对云儿的情未了，而对朵儿还没全然接纳，就稀里糊涂蹚进了她的爱河。似乎铺垫不够或缺个转折的过渡，才感觉唐突了仓促了？也许是。

灯光泻在阔大的叶片上，泛起油亮的绿光。偶尔能瞅见几颗无花果，还很青涩，才算盘珠子那般大。这树怪，它其实是开花的，可你看不见，植物学叫"隐头花序"。那花是隐在果子里的，你吃到它的果，其实也是在品尝它的花。我不由觉得，和朵儿这场爱也像无花果似的，没见开花就结个果，尝到果时再品下花。

我很想知道，她是何时爱上我的？

我还想知道，她看上了我哪点好呢？

到这份上已无须含蓄。朵儿坦白说，她在高中就暗恋上我了。可是见我一直冷冰冰的，才隐忍着没法说出口。这是实话，我当时也隐隐感知到了。只是，那时我心里一直系着云儿，对她故装不在意。此刻我也没必要再"装"下去，索性挑明问了句："那，当时你爱我什么？"她也不再"隐"了，回答得很敞亮，就像长在无花果里的花儿，一下子掰开给我看。

"我爱你有才气，诗写得忒棒。"她说。

"还有呢？"我接着追问。

"嘿嘿，长得帅呗。"

"还有呢？"

"你人品好靠得住，心里踏实。"

"还有呢？"

她被问得不耐烦了，好像我故意刁难似的。于是略显生气地责怪道："爱上个男人，不就看他的人品、相貌、才干吗？有这几点就足够，你还让我说什么？真是的，烦人！"

我讨个没趣，不过也挺感动的。哥哥因买不起"三转一响"，拉扯几个对象都吹了。朵儿从没提过这些，她爱的是我自身品质，没任何外在附加。这是对个体生命最本质的肯定，是对我自身价值的充分尊重，也是最能让人动情的……站台上的列车呼啸而过，铁轨碾出咕咚咕咚的震响。脚下的地面在颤抖，我的心也在颤、在抖。

培训班很快就结束了。

从县城返回家里，我床头还掖着几个棉花壳，也就是云儿亲手摘的那几个。跟朵儿定情后，保存这些显然不合适，万一被她发现怎么解释呢？挺尴尬的。但我舍不得扔掉，便又另找个隐蔽处藏起来。它是我心底的隐秘，永远的隐秘。

朵儿是急性子，刚确立关系就催着订婚了。说直点，这场爱从头到尾都是她追的我，追者总比被追者更主动。好像追上了不套牢，还会被别人抢走似的。我感觉她是这心理，至少有点。

乡下订婚是有讲究的，可不是俩人扯上就算数。那年代，乡下人对自由恋爱还看不惯，跟不正经似的。尤其女孩子，咋能自己去勾搭个男人呢？太"浪"了。即使两相情愿也得找媒人撮合下，叫"明媒正娶"，否则不明不正。就像有些工程招标的把戏，私下已事先勾结好了，再走道公开程序。挂牌一吆喝，俨然明了，正了。

朵儿她妈比女儿更心急，慌忙物色媒人。她想到了芹奶，这主意不错。芹奶是她亲姑又跟我爷有深交，两头都说得上话。

那天，芹奶踮着三寸小尖脚走进我家来。

爷爷正在编柳条篮。他有套编织绝活，能编出各式篮、筐、篓或簸箕啥的。不管是用绞编、勒编还是砌编法，样样都拿手。屋里放了一堆剥过皮的柳条，他编的篮子是勒编那种，也叫"系货"。把细麻绳缠绕在柳条上，每缠一下都绕扣紧勒。当芹奶走进屋里时，篮子已编成了，爷爷正往篮边上缠藤皮条。那藤皮刮得细薄匀称，白花花像软面条。用它固定住篮子口的木夹板，同时装饰了篮边。

我从大队部回来，正好走到爷爷的窗台下，听见芹奶正在说"提媒"的事。透过窗纸的窟窿眼儿，我窥见芹奶手里捏着藤皮条，一根根递给爷爷缠篮边，还不停地聊着话。

我听出来，爷爷是替孙子操心，但不免有些多虑。芹奶呢，她是想撮合成事，极力摆着朵儿的好，说她俊俏啦聪明啦啥的。但爷爷的眼光很尖深，把朵儿看得透彻。对芹奶说："没错，这闺女是顶聪明，长得也蛮秀气。可就是……好像，功名心太强了点。"

"这好呀！孩子求功名有啥不好？"

"好是好，可心太急就不对喽。"爷说，"凡事过犹不及呀。就像这勒编活儿，你把绳勒松了不密实。用力过猛哩？又会把绳勒断，是这理儿不？"

"不过，"芹奶咂咂嘴说，"我看他们俩挺般配的。"

"般配是般配，可就是——"爷又多虑一步："我这孙子呀，他性柔，朵儿性刚，就怕日子久了合不来。"

"噫，这不正好嘛！刚柔一搭配，齐了不是？"

"齐是齐了，可就是阴阳颠倒啦。"爷说，"这家呀，男主阳女主阴叫配位，男柔女刚就错了位。你看咱村，凡是家里女人太强势，大多过得不安稳，老吵架。就这理儿。"

芹奶捏着藤条皮打个愣怔，结结巴巴地说："那、那……要不掐个八字，看他们俩合不合？"

"哈哈。俩孩子都到这份上啦，还掐啥八字啊？"爷爷大笑道，"我是随便说说，也许多虑。婚姻讲缘分，既然他们俩情投意合，可能是有缘。那就，随缘吧。"爷爷是家里的绝对权威，他认可的事,别人都没二话,我和朵儿的婚事就算通过"明媒"了。

从此,我妈和秀婶儿成了"准亲家"。她们俩本来很要好,打这之后来往更勤了,谁家有事都跑得忒快。

那些日子,我妈正准备织布。她已把纺线"拐"好了,就是把一个个线穗子兜开,缠到工字形的木拐子上,盘成一绺绺线圈捆儿,叫"拐线"。接下来就该浆线、络线、经线、穿缯啥的,有些活独个干不了,秀婶儿时不时过来搭把手。

那天是"浆线"。

妈妈熬了一锅稀面糊,倒进大铁盆里,把拐好的棉线放进去,揉搓成黏糊糊的样子,这就有了韧性,织起布来不起毛不断线。秀婶儿来到后,帮着洗去棉线上的面糊,拧出来放在石板上捶了阵儿。然后一缕缕抖开挂到线杆上。那线抽抽搐搐的,秀婶儿拿根短面杖穿进线圈里,两手握着嘭嘭往下猛抖,一排棉线拉抻开来,直溜溜挂在浆线杆上,像瀑布。

糨糊是用麦子面做的。在盆里揉搓,浆做成糊,还揉出了软面筋,蒸熟泼上蒜汁儿,好吃着嘞。接近晌午时分,妈妈把面筋蒸熟了,切下半块塞到秀婶儿手里,她搡着不肯接收。妈妈换个说法:"这不是给你的,是给朵儿的!"这一说变成另外一层意思:"我是给俺未来儿媳的,你推个啥?"秀婶儿趁势拉近亲情,故作撇下嘴嗔怪道:

"你哟,真没出息!儿媳还没过门呢,就疼她了?"

妈妈抿着嘴,满脸笑眯眯的。第二天,浆线晾晒干了,妈妈又忙起"络线"来。她把线圈套在竹风车上,另一头摇起木络子,那线一圈圈儿绕到了络子上。整个儿"络"下来,纺线缠满了几十个木络子。刚络完,秀婶儿又跑上门来。她知道该经线、绑缯和穿缯了,这些活得再搭把手。

半晌,妈妈在院里拉起一条绳子,上面挂了一溜儿铁环,下面对应摆出一溜儿缠满纺线的木络子。在络子两端,又分别钉了一排小木橛儿,预备往地上挂线用。秀婶儿一走进家门,便帮着忙起了"经线"的活儿。

她从络子上抽出些线头,依次往每个铁环里穿一根,形成一排溜儿细线"流"下来,像道雨丝帘。她把线头撮在手里,绕来拐去挂到络子两端的木橛儿上。不大工夫,地上铺出几道绷直的棉线束,又像紧绷的白纱巾,也像白丝带。

妈妈忙着"绑缯"。她把织布机的木辊和缯卸下来,搬到院子里。将缯弦分布匀称,再一根根重新绑定,然后开始"穿缯"了。缯是分前后两排,把一根根线头交替穿进缯弦孔里。那孔跟针眼儿似的,穿起来很费眼力。妈妈和秀婶儿坐在那儿,一根根地穿,时不时揉下眼,还不停地拉着家常。手不闲,嘴也不闲。

拉着拉着,扯到我和朵儿的婚事上。

依习俗,我们俩"明媒"后,还得互换下手巾才算正式订婚。所以村里人管订婚叫"换手巾",俩妈都热急着这个。秀婶儿说:"九儿和朵儿都不小啦,赶紧把手巾换了吧。"妈说:"中啊中啊,我也这么想。手巾一换,心都定了不是?"

刚说这儿,我爹从屋里咳嗽着走出来。他的肺气肿病很重了,轻易下不得床。却舍不得花钱,死活不肯去医院诊治,仅喝过几副草药汤。后来连草药也不再吃,硬熬。他喘着粗气靠在屋门框上,冷不丁冒出句没头没脑的话:

"换手巾就换手巾,但不能结婚!"

秀婶儿惊得大瞪眼,心说俺闺女都许给你家啦,却不让过门,啥意思?我爹是老封建思想,还固执得很。依传统礼俗,娶媳妇也得长幼有序、先哥后弟才对。他是说,老大还没定下媳妇,老二咋能结婚呢?可秀婶儿急着嫁闺女,生怕耽搁成老姑娘。一急,也脱口冒出句没头没脑的话:

"那，五儿若一辈子打光棍，九儿就一辈子不结婚？"

这话说岔了。我爹正愁哥哥定不下媳妇呢，偏戳住了他的心病，气得他猛烈咳嗽起来。妈妈白了秀婶儿一眼："你看你，说这叫啥话？"秀婶儿顿觉失口，忙自扇了两个嘴巴："呸呸，看我这臭嘴！"妈妈反倒不好意思了，转脸又数落起父亲来：

"也怪你多嘴！俺女人家闲扯呢，你瞎叽喳啥？"

爹瞪了妈一眼没再说什么。他病重之后跟换个人似的，很少再跟我妈发过火。他恼丧地拍下门框，咳嗽着回到屋里去。

缯穿完了。妈妈拿来些细竹竿，秀婶儿把线头绾成活扣，一层层卷到织机辊上。每卷一层夹根细竹竿，分明了层次不至粘连。那织机辊缠得满满的，抬到机上即可织布了。

收罢秋，我和朵儿换了手巾。

当然手巾不能空着，双方都得包些赠礼。女方包个笔记本或钢笔就行了，男方得包礼金。一般是六十或八十块钱，多者有上百元的。那年头乡下人拿出几十上百元，可不是小数。

我爹备了六十块钱。妈嫌少，她是很有骨气个女人，说包一百块。咱再穷，不能落个抠门儿。可爹舍不得又怕跟妈闹别扭，宽让步说："要不，再加二十块行不？"他真的变了。若以往，根本不把我妈放眼里，此刻却低声下气商量。妈妈不忍难为他，随口嗔怪了句：

"你这死老头子，真抠门儿！"

这话又岔了。我爹已病到这份上，对"死"字特忌讳。但他嘴角抽搐了几下，仍没对我妈说二话。长长地叹了口气，闷着头边走回屋里，边独自嘟哝了一句话，听去很凄伤：

"是，我是该死啦、该死啦。"

我看着父亲的背影难受极了，尾随进去想安慰下。却见他正在打开床头柜的锁，双手颤颤地抖着，钥匙抖得插不进锁孔里⋯⋯他

从柜子里拿出一百块钱,拾圆票面整十张。又嘟哝了几句:

"我不是吝惜钱呀。孩子订婚是大事,攒钱干啥?不就办这事吗?可五儿那笨样,定媳妇不花大钱能成?"转脸又对我说,"九儿呀,别怪爹偏心,我是可怜你哥呀。不给他多留些钱,咋整?"

我知道,这钱是他扛着病打铁挣来的。他吃药都不舍得花,宁往死里熬也得给孩子攒把钱,多半儿是为哥哥打算。但我不怪他偏心,绝不怪。人在红尘都难免有势利心,程度不同而已。唯有父母心最纯粹——哪个孩子低能没本事,偏疼爱哪个。这是父母的天性啊,我怎能怪爹偏心呢?

明摆着,爹是不想跟妈斗气又怕对不住我,才咬着牙拿出这么多钱。他把钞票给我递过来,手抖得越发厉害。还说:"就依你妈说的,包一百块!按说订婚这大事,不算多。"

我忍不住闪出两眼泪,随手又抽出四张来。说爹呀,这钱都留给哥吧,我拿六十块就够了、足够了。

5

换过手巾,朵儿往大队部来得更勤了。之前来往过密怕人说闲话,如今黏糊一块儿都没事。在乡下人看来,女子订过婚就算准夫妻,即使有点"浪",也没啥不正经。

我见天值夜班,起早得开广播机。冬天夜长,她有时跟我唠到深夜才走。广播室有台黑胶唱片机,夜深人静时打开机盒子,黑胶片安到转盘上,摇动拐柄上满发条,长臂唱头往上一放,唱针在音槽间微微波动,音乐出来了。

起初只有几张京剧样板戏唱片,老听就腻了。后来,表哥俞波从省城弄来些旧唱片,有歌曲、豫剧还有相声。"文革"年代,这些统属"封资修"货色禁着的，只能夜间偷听。朵儿经常待到深夜，便是偷听这个，还聊些闲话。

七哥唐承业在煤矿上班，也老回来听旧唱片。

我和朵儿订婚后，值班室仍铺套旧被褥，粗布床单洗得起了毛。这天晚上，七哥特地捎来条新床单，说是在煤矿上奖励的。床单是涤棉布料印着牡丹花，比老土布漂亮多了。可这是他下井挖煤奖的呀，我怎好意思接收呢。七哥很有堂兄范儿，大咧咧地说：

"嗨！朵儿夜里不断来呢，得换条新床单不是？"

这话是好意，可有点不对味儿。像是说，我跟朵儿夜里会"不断"干那事，新人用旧床单不得劲儿。但我还没结婚呢，处对象就上床毕竟不正当，见不得人。我的脸忽地红了，七哥忙补了句：

"没事没事，都年轻人嘛。"他冲我挤下眼说，"男女黑灯瞎火扎一堆儿，哪能耐得住？很正常、很正常。"

他本意是替我打圆场，反把话挑明了。但掏良心说，我跟朵儿根本没那事，真没！再说了，大队部人来人往也不方便呀。可七哥压根儿不信这个，反以为我是装蒜。狡黠一笑："嘿嘿，我是过来人啦，能让你糊弄住？"

说着，他朝床上扫了一眼，试图查验出点什么，以证明他的推断有事实依据。我越发窘得慌，好像自己成了审查对象。心里说，你七哥不老实，没订婚就把女方肚子搞大了，反怀疑我也不老实。难道你偷过鸡摸过狗，别人也偷过摸过不成？我想辩解几句。可刚张开嘴没出声呢，他忽一挥手，忙把我的嘴堵住了：

"打住打住。当哥的跟小弟说这个，多没来头！"

我暗自叫苦。明明是他以己度人，却摆出他当哥的大度，不屑跟小弟较真。可我打小就习惯于服从他，而他也居高临下惯了，说"打住"便打住。我只有遵从的份儿，还落个他有来头，我没来头。

是的，我打小就很敬服七哥。他忒有兄长的担当，每见我被小伙伴欺负，总会挺身给我顶门事。在众多堂兄弟中，也数他脑子最管用，我遇事老找他讨主意，总觉他有使不完的妙招，而他也着实能帮我拿事。于是这会儿，即使被他误解也只得忍了。当然啦，对他送的新床单也只得收了。因为你服他呀，没法子。

七哥确有些实本事。去煤矿上班不多天，就当上了采煤班长。三年多下来，不久前又升个采煤队长，有些矿工下井多年都混不到这份上。如今又领个年终奖回来了，这是他领的采煤队产量最高、全年安全无事故才获得的荣誉，看来混得还真不错。

七哥喜欢听豫剧，我翻出张《花木兰》的老唱片，常香玉的拿手戏。他坐在床沿上边听着，边聊起挖煤那些事。

挖煤是粗笨活，七哥能使出巧劲儿。他说，笨活不能出笨力，得瞅窍门儿。比如拉煤筐，有些作业面煤层很薄直不起身，得爬着拉。有些煤层在高坎儿上，爬上爬下累得半死。他想出个法子，让拉筐人前后一溜儿排开，操起铁锨钯子顺着坡势往下扒。就像运输流水线，这样不用再一筐筐拉，省力不说，效率也提高不少。

其实，这法子说不上多高明。可一般矿工累死累活，只会沿袭着老干法下憨劲儿，把简单、重复的劳动僵化成了刻板动作。七哥是动了脑筋的，使出了巧劲儿。由此，矿领导才让他当了采煤班长，说这孩子有灵气，是块儿料。

矿工是不好管的，几任班长都弄不住。井下黑咕隆咚的巷道，一群黑乎乎的男人，没日没夜挖着煤疙瘩，闷啊。他们找不来别的乐子，就谈些男女间的臊事儿。比方来，谁说得越露骨越下流，大伙听得越上瘾，靠这个解闷儿。有些小伙子听着听着，裤裆会硬邦邦顶起来。可遇上磕磕碰碰的事，动辄破口大骂甚而撕拽扭打。领班的也这来头，见谁不服管就骂娘，重则拳打脚踢。矿工们也都习惯了这日子，给个说法叫"矿井文化"。七哥说，你别笑矿工粗野,把谁放到那环境,都照样儿。

我没笑,是笑不出来。我想象着:几百米深的矿井下,巷道崎岖窄狭黑灯瞎火。犬牙交错的石壁上,渗着石灰岩层的溶洞积水。满脸煤灰的矿工拉着荆筐,挥着钢钎镢头,挖运着数亿年计的森林化石,真像是坠入了原始洞穴。

"但矿工不是原始人。"七哥说,"他们在井下是有些粗野,回到地面都是文明进化了的人,顾尊严的。"他打个比方说,原始人为争吃块猎来的肉,可能把脸扇烂都不是事儿。但现代人你扇个耳光试试?他宁肯少吃块肉,也忍不了一耳光。于是,他当上采煤班长后先立了个规矩,不准打骂人,说得让伙计们有脸面,否则还活得像人吗?

他又想个法子,让每人每月凑两块钱,隔三岔五去小饭馆撮一顿儿。顶多摆几盘小凉菜,花生米拍黄瓜啥的,喝瓶红薯干老白酒。虽然羊毛出在羊身上,酒菜也很不咋的,但有了集体温暖感。大伙哥儿呀弟儿呀一吆喝,跟亲兄弟似的。由此,他带的采煤班没发生过打斗的事。这样干活也来了劲儿,挖煤总是全矿最多的。

七哥不停地喝着茶。下班前,他又跟伙计们喝了场酒,渴。我不由问:"你都当上采煤队长啦,还跟矿工们吆五喝六的?"

"矿工咋的?都是人!"

"我是说,你都当队长啦,还……"

"队长又怎的?不比谁高贵!"

七哥接着说,当采煤队长最操心安全。按说有安检员,他只管采煤就行了。但安检员多是检测瓦斯浓度、通风设施、电线破损、冒顶透水啥的,对些细微处注意不到。比如,有些巷道旮旯不通风,瓦斯窝在里头出不来。浓度一大,若矿工不留意进去小便,尿不完就会窒息。这是安检员注意不到的,他注意到了。其实法子也很简单,他在洞口安个小鼓风机,就防住个大隐患。七哥说,甭看这类小事，往往会因疏忽而酿出伤亡事故。

也因为处处谨慎，他带班从没发生过伤亡事故。按说煤矿是高危行业，允许一定的伤亡率，不超过"率"便属正常。但七哥不这样认为，他把每个生命都看得天大。

"这是良心呀。"他指着胸口说，"你领着一班儿弟兄，下井前都活蹦乱跳的，转眼抬个死的上来了，咋交代？按死亡率是说过去，可他撇下一家老小，眼看可怜巴巴的，良心过不去呀！"

我坐在床边听得发呆。不知何时，那张唱片已播完了，缓缓地停止了转动。唱机的盒盖上还放着一张黑胶片，预备着替换的。可我没了听的心绪，也没再换。两张胶片就像一双圆大的黑眼睛，瞪在翻开了盒盖的唱机上。

临近春节的时候，表哥俞波回来了。

他高中毕业后，到偏远山区当了"下乡知青"，已三年多了。春节放假，"知青"们纷纷返城回家探亲。表哥没往省城家里去，在县城下了火车，直奔我家来。

"文革"初期，姑妈因大伯那封信被姑父出卖，蒙冤寻了短见。自此表哥恨透了他父亲，下乡当知青至今，父子俩很少来往。遇到休假，他多是到我家来，久之把我家当成了他的家。

我打小也很服气表哥。他绝顶聪明，从小学到高中都属"学霸"那种。城里孩子见识广，能给我讲很多乡下孩子没见过、没听过的新奇事。时不时地，他还会带些文学书来，多是世界名著，在农村根本见不着。我的作文写得不错，老师同学说我有才气。哪儿呀，实在是多读过几本书，吃些文学偏饭，也算有点老底儿。

唐家人都可怜表哥。十多岁妈就不在了，又跟老爸处得很生分，孤苦啊。每次到我家来，他都会去母亲坟上待一阵儿。家人见他从坟地回来，心里酸楚楚的。表哥是在桐柏山区插队，那地方穷，劳动日值两毛多钱。但他每次回来，都会给外爷带些吃的。一个缺失母爱又敌视父亲的孩子，外爷是他的情感依赖。

这次，他破例给我爷买了个水烟袋。

表哥知道外爷嗜好吸烟，担心毒害身体。他专门翻看过一本书叫《烟谱》，书里说"含水在口，故烟性虽烈而不受其毒"。据说乾隆年间就时兴抽水烟，慈禧也嗜好这个。他对我爷说："外爷，您也改抽水烟吧。它不损身，比抽旱烟强。"

我越发惊服表哥的学识，这么稀奇古怪的书都读过。我拿起水烟袋摸摸捏捏，仿佛沾了满手文化。水烟袋是铜制的，值十来块钱呢，对他可不是小数。我爷惊愕了，说你在穷山沟干活，能顾住吃喝就不赖，哪儿来这么多钱啊？表哥得意地一笑，俨然大款神气：

"哈哈，给你说吧外爷，我有钱啦！"

表哥是以"反革命儿子"的身份去插队的，比别的知青低半截。村里把他安排到砖厂劳动改造，是最苦最累的活。别的知青抗着不去，他不敢。"反革命儿子"还挑活啊？作死呢。但几年下来，他学会了烧砖技术，混到了"大师傅"级别。能拿高工分，还能领些特殊工种补贴。这水烟袋，便是他挣的补贴钱买的。

表哥讲起他做砖的经历来。他说，砖场没一样省力活。掘土、和泥、搬坯子，样样把人累半死。那土是红黏土，很坚硬，抡镢头会把手虎口震裂。和泥呢，你得一锨锨地剜、铲、捣，还得下脚踹上老半天，直到把生泥弄成熟泥，干下来能把腰累断。

更苦的是制砖坯。长条形的木模子分三节，先往地上撒层细沙，再往模子里填泥巴。那泥巴可不是一"填"就行的，你得把一疙瘩泥举过头顶，狠劲儿往模子里摔。叭！溅起的泥点儿乱飞，这样才能填实。因为砖头有八个角，一个角填不实，制出的砖坯就不方正。表哥说，摔泥巴得使出全身的劲儿，累得胳膊腿都抬不起来。

"妈的，那真不是人干的活！"他说。

"你不会求队长换个活吗？"我问。

"不，我宁累死不求人，就这德行。"

"你一直干这个？"

"也不是，后来转成烧窑工啦。"

"烧窑？那可是技术活呀！"

表哥说没错，烧窑是技术活，稍有差错就把一窑砖毁啦。所以烧窑师傅忒牛气，不出笨力还被人敬着。他也想干这个，便留意琢磨门道。发现，一般人是试摸着来的，干多年才成烧窑师傅。而他是先弄清原理，就上手快了。比如烧青砖，坯子烧结后是红色，得在窑内"转锈"，也就是化学还原反应。红砖属高阶铁氧化物，加水后把高温变成蒸气，还原为低阶铁氧化物，便成了青灰色。这就得把窑炉封严实，否则低阶铁会重新氧化，弄成"花脸儿砖"。

我听明白了，他是有了理论自觉，入手就抓住了关键。他连烧出几窑青砖，成色都很漂亮。老师傅都被他镇住了，说这小子咋弄的？上手就摸住了门儿！表哥说着跷起二郎腿，得意地抖动了几下子，把破竹椅抖得吱吱响。

"哈哈，我也成烧窑师傅啦！"他说，"这不，除了拿高工分，还能挣些补贴钱哪，不然能买起水烟袋？"

爷爷却乐不起来。他觉得，外孙太委屈了，受这么多歧视和磨难。不必说水烟袋是血汗换来的，当外爷的心疼啊！他把烟管、吸管、水斗、烟仓、通针、手托抚摩了一遍。这些构件统是黄铜制作，造型很精致。椭圆形的水斗上，还凹刻着花鸟草虫图案，刀工很见精细。他仔细端详了会儿，心里仍有些伤感，语气沉沉地说：

"这玩意儿不赖。我抽两口试试，看咋样儿。"

表哥慌忙往水斗里注了水，我往烟锅里摁上烟丝。爷爷燃着吸了几口，水斗发出咕噜噜的声响，近似布谷鸟的叫声，挺悦耳的。但爷爷却"悦"不起来，他仍心疼着外孙，觉得他太破费。说："我原以为，这些钱是你爸给的呢，谁知是这样挣的。唉！难为你啦。"

表哥很有股倔劲儿,提起父亲就来气。事实上,父亲确实给过几次钱,他都倔着不肯接。有一次,父亲把钱寄到插队的村里,他硬是如数退回,一分不留。他曾说过句决绝的话:"我永远不认这个爸,也决不原谅他!"此刻听见外爷一提到父亲,顿又来了气。他叭地拍下大腿,甩出句硬邦邦的话:

"我才不要他的钱哪,给都不要!"

爷爷抽着水烟没吱声。他也恨透了姑父,至今没来往过。但他"咕噜噜"了阵儿,反劝起外孙来。闷闷地说:"这事呢,我也扭不过劲儿,到死都不会认这个女婿!但说回来,我可以不认女婿,你不能不认爹呀。"

"我不是不认,实在无法接纳啊!"表哥忽地闪出两眼泪,声音颤颤地说:"外爷您知道吗?我一看见妈妈那座坟,就恨透了那个爸!您让我认他?我做不到呀,外爷!"

表哥性子倔强,也刚烈得很。他小时候,有一次挨了俺村里孩子一顿狠揍,头上起个大血疱,回家却不吭一声。爷问:"打成这样咋不说哩?"他答:"我打不过人家,还说啥?"就这秉性。下乡插队苦成那样,他照样能忍,也从没给他依赖的外爷叫过苦。这不,还充着"有钱"的样子,破费买根水烟袋。

但表哥走后,爷爷一直没用那根水烟袋。

他抽惯了旱烟,感觉那味儿过瘾。更在于,旱烟袋是我姑妈生前给他买的。见天握着摸着,就像把女儿攥在了手心里。他永远忘不了、放不下死去的女儿,尤其需要这种感觉。有一天,芹奶也劝他抽水烟。说外孙用心买回来啦,不用,岂不负了孩子一片心?再说抽水烟比旱烟强,少伤身体不是?但她不知道,爷爷是宁伤身体,也不能撇掉女儿的情。他对芹奶说:

"这烟袋是雪莲留下的,它有灵气呀!"

爷爷抚摩着烟杆上系的烟丝包,不禁又闪出老泪来。那烟丝包是姑妈亲手缝的，裱是海蓝色绸缎面料，裡是灰色底卡布。两面分别绣着白莲花和不老松，统用彩色蚕丝，看上去亮滑滑的。绣法也很讲究，属编绣针法。戳纱、打点、铺绒、网绣、夹锦等等，一针一线都很细密。不用说姑妈倾注了大心血，它是一颗女儿心。

那图案分明有寓意。姑妈叫雪莲，甭说白莲花象征着她。不老松呢，当然是代表老父亲。这就有层深意在里头：女儿是父亲的贴身小棉袄啊，就像烟丝包上绣的两面图，白莲花紧贴着不老松。

6

我爹已病到垂危了。入冬后，妈妈连夜纺棉线，赶织些土布准备后事。她弹了几十斤棉花，一把把撕成长方片，薄薄地摊匀，用高粱穗秆卷起来搓成棉花卷儿，接着动手纺棉线。

纺车是老榆木做的，年久得很了。坐架、轮子、摇柄都发了黑，铁锭子磨成了细尖尖儿。打我记事起，妈妈就用这架老纺车。白天忙不完的家务活，晚上赶着纺棉线，熬到三更半夜。冬夜冷得伸不出手，纺车搬到灶火屋，暖和些。我怕被窝凉不肯去睡，蜷缩在灶台的墙角里打着盹儿。

墙上挂盏墨水瓶做的小油灯，发着昏黄的光。妈妈坐在纺车怀里，右手摇柄，轮弦带动锭子嗖嗖旋转。她左手捏着棉花卷儿，从锭子上抽出线头，手臂慢悠悠向上扬起，拉出长长一段儿线。接着倒转摇柄，捏着线头曲臂回送，把棉线缠到锭子上。纺车一轮轮地转，锭子一圈圈儿地缠，渐渐纺出个线穗子，猛看像白萝卜。

灯光里，妈妈的身影投在泥墙上。她臂影缓缓轻扬，活像皮影戏的仙女舞长袖，在墙壁上柔曼地拂动。油灯头像豆籽，把臂影夸张地放大拉长，占了半面墙。

纺车的历史很久了。据史载，春秋战国时就有，它给我的感觉也很原始古朴。我在灶台上打着盹儿，听着车弦拉出的嗡嗡声和老榆木轴拧出的吱吱响，颇像老人深沉的吟唱，也仿佛讲述着它古老的故事。那是种很沧桑的韵味儿，还有点幽幽的空灵。

夜深人静，灶台旮旯里暖烘烘的。我终于撑不住，迷迷糊糊睡着了。这时纺车声又像催眠曲，我恍若躺在妈妈怀里渐入了梦乡，感觉柔柔的、暖暖的。

然而，长大后就不是这感觉了。

童年跟成年的视觉印象大不同。妈妈用的仍是那架老纺车，灶台、油灯、泥巴墙还都是那样。可你长大了，童稚的想象被成熟的理性排除了，取代了。这时看到的灯是灯，墙是墙，泥巴是泥巴，哪来的仙女舞长袖啊？

我也懂事了，知道妈妈是为一家老小的穿戴，才熬到深更半夜。她重复着这种单调、机械、苦酸的劳作，一年又一年。锭子磨成了细尖尖儿，纺线仍缠不到头。不知不觉，她脸上渐渐爬满了皱纹，头上生了白发。

我注意到，妈妈成年累月摇纺车，右手的大拇指关节明显凸起，像干瘪的老木疙瘩。右手腕向外侧斜撇着，呈畸形的弯曲。她是纺了大半辈子线，手都扭曲变形了。此时我已二十出头，听着妈妈深夜的纺线声，远不似当年那种催眠曲悦耳。更像车弦上拉出的泣诉，或榆木轴里拧出的幽怨和哀愁。

而这才是纺线的真实。没错，农妇们提起纺线都厌烦透顶，甚至恐惧。成辈子握着纺车柄摇啊摇，谁受得了？她们恨不得砍断车弦，把纺车扔到山沟里。我至今仍记得清，村里婆娘广传着一首顺口溜，妈妈也多次哼唱过。这里不做任何改动，原汁原味照录于下：

纺线车，嗡嗡转。

铁打锭子拉大弦，

一坐纺到三更半。
肚里饥，身上寒，
枕头冷似冰凌蛋，
做梦照样纺不完！
恼上来，砍断弦，
纺车扔到深山涧。
去她娘的，
这辈子再不摸纺车，
这辈子死都不纺线！

但话是这么说，哪能呢。妈妈已年过半百了，还得抬起扭曲变形的手，握着车柄摇啊摇。有啥法子呢，没钱买洋布，全家老小穿衣挂衫统靠她纺线织布。不纺不织，日子怎么过？

深夜，我见妈妈老打呵欠，几次催她去睡。可妈总说，不困，再纺会儿。我料定她不肯松手，父亲的病眼看撑不了多久，得紧赶着纺线织布，生怕万一跟不上用。我盯着她变形的手，心里揪抓抓的难受，又很无奈。

我坐下来陪妈妈闲聊会儿。忽然，父亲咳嗽着来到厨房门口。他抬腿跨门槛都很吃力，扶着门框站在屋外边。病重以来，他对我妈彻底没了脾气，反知道心疼了。他睡得早，醒来听见还在纺线，忍不住起来催妈妈去歇息。

"九儿他娘，不早啦，赶紧去睡吧。"

他从被窝里爬出来，不知睡迷糊了还是懒得穿衣，只披了件棉袄，下身穿条秋裤。腊月天啊，病蔫蔫的怎受得了？我妈吓了一跳，纺线到这么晚又累得没好气，劈口冲他吼了声：

"你来搅和啥？还穿恁薄，憨了，你！"

父亲冻得浑身哆嗦。他满心好意讨个没趣，咧咧嘴没吭声，裹起棉袄又走回屋里去。接着一阵剧烈咳嗽，听着揪心撕肺。我可怜爹，不由嗔怪句妈。说你看，俺爹都病成这样啦，咋能再怼呛他哩？妈妈被触痛了，随口抱怨句：

"他欺我一辈子呀，看见他就没好气！"

妈妈摇着纺车，诉说起父亲的不是来。说你爹是红脸汉，脾气像犟驴，动辄耍大男人威风。见我稍不顺眼就骂，火上来就打，吓得我生怕出错，左右都不对。妈说，你爹还忒抠门儿，把钱看得像金豆儿，总对我藏着掖着。可谁没个小花销？我想买点啥，他都抠到指甲缝儿里。你看我跟他过这一辈子，叫啥日子？

妈妈动情地闪出了泪花。还摇着纺车说，你妈命苦呀，九儿！我还没出生，你外爷赶马车翻到沟里丧了命，我脱胎就是个没爹孩儿。你外婆懦弱立不住舵，舅舅们管不住老婆，都把我当丫鬟使，十来岁就逼着学纺线。嫁到唐家仍是苦日子，纺线织布、缝缝补补没个完。你看我这双手都成啥样啦？从小至今摇纺车，落下的呀。

妈妈抹把泪说，幸亏你爷是个明白人。他知道我委屈，时不时给点零花钱。凡见你爹发脾气，他都会护着我，把你爹训一顿。说起来，我也算有福气，遇上个明事理的老公爹。若不是你爷在那儿撑着，我都没法活下去啦！

妈妈诉说到半夜。车弦声沉沉的、闷闷的，带着幽怨味儿。煤油灯燃尽两瓶油，灯芯不时烧结出焦捻儿头。像凝结的泪珠，在车弦声里落下来，点点滴滴。

棉线到正月底才纺完，接着又是浆线、经线、络线、穿缯、织布那些活。而这时，父亲已病得卧床不起了。

那些天，父亲老说梦见我奶牵着他的手，带他到什么地方去。奶奶是抗日年代死去的，当时他不满五岁，记忆很模糊。但他梦里的影像却很清晰。有时，病痛难忍到昏迷状态，便会嘶喊起来："娘啊，我的娘啊！你接我走吧，接我走吧。"

每每听见这嘶喊声，我总有种阴森森的神秘感，疑是冥冥中的人生轮回。我有时觉得，人生轨迹就像画个圆，从零开始的原点出发，携着红尘负担跑个大圆场，最终仍归到那个零点。我听着父亲声声呼唤，由不得又这样想：他从娘肚里生出来，学会的第一声呼叫是娘，最后的呼叫仍是娘。仿佛赤条条来到世上一遭，终极归宿还要回到娘怀里。

父亲开始交代后事了。

他最不放心的仍是哥哥，生怕他定不下媳妇。多次对我哥说，五儿呀，你太老实干别的不行，就学门手艺吧。但不能学打铁，我就是干这行当落下的病，不妨学个木匠或泥瓦匠也成，咱有手艺就不愁定媳妇。哥哥点点头说："中啊，就学泥瓦匠吧。木匠活细道，我笨，怕学不好。泥瓦活粗粗的，肯下功夫就不难学。"

我和朵儿订婚后，秀婶儿几次催着办婚事。父亲原本坚持我哥成家后再办的，可眼看哥哥的媳妇还没影儿，只得改变主意。说九儿啊，你老大不小啦，婚事该办就办吧。意思是，尽早生个孩儿也好。他虽然看不到了，可对我妈是种安慰。

"这辈子，我对不起你妈呀。"爹说，"我老跟她发脾气，很少体谅过。她这辈子苦啊，让她尽早抱上孙子，心里也甜点儿。"

爹把一个小木盒子交给了妈。那里面，居然放了一千二百块钱！他对妈说，这钱是咱们俩多年积攒的，后来我偷着打铁又挣了些，都在这儿了。平时，我很少给你零花钱，可我也舍不得花呀。就说偷着打铁去集上卖，我赶一天集，连个馒头都没买过。眼看俩孩子的婚事都没办，不攒些钱咋整？

爹给妈交代说，先留出一千块钱，预备着给俩孩子办婚事。肯定不宽裕，可我就这么大能耐，只有这么多。再拿出二百块，留给你零花吧。我知道这对你不济事，可孩子成家事大，咱得先顾那一头呀。但他疏忽了，他治丧还得花笔钱呢，没预算在内。不不，他不是疏忽，办后事总得有棺材和寿衣吧？这个，他也有交代。说把旧棚板抽下来做副棺材，寿衣呢，旧衣服洗干净就行了。

"反正是埋进土里的，穿好穿赖谁见了？"爹对妈说，"孩子结婚事大，咱玩不起排场，总得讲点体面呀。"

不久，父亲发起高烧来。时常昏迷不醒，呼吸急促、微弱。村医礼爷诊断了下，说是肺气肿已濒临垂危，什么药都没救了。他建议物理降温维持，用湿毛巾给他擦身子。说这样会缓解些症状，稍微好受点儿，也就这点法子了。

我不时给爹身上擦一遍。见他瘦得皮包骨头，小腿肚都没了。两条腿只剩几根棱柱似的胫骨，和左右凸起的腓骨，一层薄薄的肉皮儿包着。这时，我老想到他偷着打铁的情景：大热天，铁匠窑紧闭着门，里面炉火熊熊，他挥着铁锤浑身淌汗，气喘吁吁……我于是想，假若他不硬撑着打铁，也许身体不会垮这么快？或把这些钱花到治病上，也许会好起来，可他不顾死活，宁以缩短生命为代价，为孩子积攒下这么多钱……我给他擦着身子，泪水止不住淌下来。

接着给他准备棺材。他交代是用旧棚板，这哪行呢？棺材板的厚度有定制的，一般是底板二寸，围板三寸，盖板四寸，简说"二三四"，厚葬者是用"三四五"的，或更厚些。旧棚板才一寸多厚，实在说不过去。我也不忍这样"薄"了父亲，说把那些钱拿出来置办棺材和寿衣。可妈坚决不同意，定要留给我和哥哥结婚用。说这钱你爹有交代，不能违了他的意。

妈妈也明白，旧棚板做棺材不行。她拿出留给自己的二百元，让我去镇上定了口棺材，是"二三四"那种。棺材有桐木、柏木和楸木，最便宜是桐木。而同类木材的价格还有大差，若四面统是独木板，就贵了，合拼板便宜些。我定的是桐木合拼板，二百块能买下来。此外，妈妈还攒些零碎私房钱，全挤出来买了套寿衣，是绸缎料。

妈又给爹做了双新布鞋。

她做的是"千层底"那种,光做鞋底就花不少功夫。先在案板上铺张纸,把碎布片一层层铺上去,每层刷满糨糊。大约叠粘三四层,晒干后叫"布袼褙"。妈妈依照父亲的脚的尺寸,把布袼褙剪成鞋底样儿,一层层裹上白布边儿,再用糨糊叠粘起来,然后把正反两面裱层新布,看去新崭崭一色白。

那鞋底忒厚实,针尖儿根本扎不透。妈妈每纳一针,都得使锥子扎个眼儿,再用顶针往里顶,针线才能穿进去。穿进去又拔不出来,还得用钳子夹住朝外拉。哎哟我的妈,每纳一针都费这大劲儿。

妈妈纳的鞋底很精致,针脚密、勒线深、间距匀。横看竖看,都是直绷绷匀称称的行。她连熬几夜,才纳出一双鞋底子。我有点不解,说这鞋是往土里埋的,何必费恁大劲儿呢?妈说:"这是打发你爹上路的鞋啊,得尽心。"

"你不是恨我爹么,还这样用心?"

我开句酸楚的玩笑。妈妈长叹口气:"唉!我是恨他。可再想想,他这辈子也够苦的。"她纳着鞋底,诉说起我爹的苦来。

妈说,你爹他命也苦啊,四岁多就没了娘,靠奶奶拉扯大。那年遭大旱又碰上蝗灾,蚂蚱满天飞。麦子不够蚂蚱吃,老百姓都断了炊,成群结队去陕西逃荒。那时你爹才十多岁,一路要饭到汉中,给家地主打短工。那家人起初待他还不错,后来村里抓壮丁,地主骗他说再找个好活儿。他憨呀,稀里糊涂去了,谁知是顶替地主儿子的名分,被抓走当了壮丁,去修炮楼。

幸运的是,长官见他身小力薄,搬砖扛石顶不下来,让他给铁匠师傅干些杂活。那师傅是好人,可怜他这个苦孩子。干到半道,趁夜黑带着他偷跑了,又逃到别处教他打了几年铁。也算歪打正着,他学会了打铁手艺儿。后来,他一直在村里打铁,咱家也跟着沾点光。技术工定的工分高，见年能多分些粮，还能领点补助钱。妈说："那千把块钱，都是他拼着命挣的。这辈子也不容易呀，他！"

妈妈不停地纳着鞋底子。每穿透一针，都拿起小钳子把钢针拔出来，扬起胳膊边拉出长长的线，边说："我得做双好鞋。你爹苦了一辈子，不能再让他苦着走。"我被这话打动了，觉得妈对爹恨归恨，到底有夫妻情的。我忽然萌发个遐想，问了句："假若有下辈子，你还愿跟我爹过不？"妈妈猛一停顿，踌躇了好大会儿没吭声。她把针头插进头发里噌噌抹了几下，才迸出句话：

"我只说这辈子的事儿，不想下辈子。"

我听出话音来。是说，此生她跟我爹好歹就这了，没想再续来世缘。这使我当儿子的有点尴尬，也很感慨。夫妻啊，它是一生缘分，有时又是冤家。锅碗瓢勺碰下来，恩怨爱恨酸甜苦辣啥味儿都有。抑或是婚姻的宿命？那就只说这辈子吧。至于下辈子……不想恁多也罢。我咂咂嘴不知该说什么好，苦笑下说：

"妈您早点睡吧，别再熬夜啦。"

父亲是收麦前走的。丧事办得很寒碜，待客都摆不起桌，仅蒸了几笼馒头，炖了一锅大碗菜。也就白菜豆腐海带粉条那些，稍多加些肥肉片，有点肉味儿。

那天，忽然收到姑父五百块钱。

这很意外。自从姑妈含冤去世后，唐家跟姑父断绝了来往。他不知怎么得知了消息，专程跑到洛塬村来，没敢进我家门。他知道我爷跟芹奶有交情，把钱交给她代为转送。这时，长达十年的"文革"已结束了，他被重新启用，刚当上夏州市人事局局长。是坐着吉普车来的，撇下钱就匆匆走了。

五百块！这对姑父不是小数，他月工资才几十元。看来，他对唐家是有情义的，否则不会送这么厚的礼。但唐家人无法原谅他，当然也不会接受这个。爷爷还对芹奶发了火，抱怨她不该接钱。

"我也不想接呀。"芹奶委屈地说，"可他往我手里一塞，扭头上车走啦。我一双小尖脚，撵不上汽车呀。"

爷爷把钱塞给表哥，撂下句骨气话："这钱是你爸的，你拿去花吧。唐家再穷，都不沾他当官的边儿！"

表哥却来得更绝，一把抓过钱扔地上："我不认他这老子，也决不花他的钱！"

大伙都愣住了，没法弄了。以至退钱也成了问题，怎么退给姑父呢？儿子都不愿搭理他，指派谁去？后来想个法子，通过邮局退回去。那天，爷爷让我去镇上办了汇款手续。那是新崭崭一沓子钞票，整齐齐装在信封里。我原封不动交给柜员查点，没摸一下。

7

父亲走后我结了婚，是在一九七七年夏天。

这也是父亲的遗愿，寄望早生娃给妈添个喜。妈呢，果真热急着抱孙子，结婚不久就探问："朵儿有没？"我起初很坦然，说没。但她老问这个，就坦然不下去了，好像干急不出活，多笨似的。

转眼入了秋。有一天，朵儿忽然感到头晕恶心。我吓坏了，以为突发什么病。妈妈一听两眼顿放光芒，急问："是不是有了？"我莫名其妙："有、有什么了？"她白我一眼："你呀，傻孩子！"

果然，朵儿开始出现妊娠反应。从生理上说，怀孕指定蛮痛苦的。反复头晕、厌食、恶心、呕吐，怎会好受呢？可她揉摸着肚里没成形的胎儿，很享受的样子。渴望做母亲的天性，把生理痛苦和心理愉悦达成了一致。于是，痛并快乐着。

妈妈忙活起来。整天动着心思，儿媳吃啥好呢？秋天，柿子熟了。她去地里拾些柿蒂，呈枯肉色、有四瓣硬壳那种。回家后取些灶心土，一起煎成汤药水，过滤后加些白糖让朵儿喝。说是古传土法，能缓解恶心呕吐。她还会取些生姜、韭菜和生菜捣成汁儿，也顶点用。看着朵儿喝下去，她脸上露出舒坦的笑。就像汤汤水水灌进儿媳肚里，让胎儿洗了个药水澡，当奶的也跟着舒服。她时不时瞟下儿媳的肚子，看鼓起来没有。朵儿觉察到了，咬着嘴唇不敢笑。

那肚子还没鼓起来，妈妈又为婴儿做准备了。她把旧衣裳撕成许多小方块，预备尿布。办罢父亲的丧事，家里还剩些白粗布，妈妈用土法染上色，做棉尿垫和小褥子。她去池塘捞些稀淤泥，均匀抹在棉布上，放在阴凉处沤成灰褐色。漂洗干净后，煮锅泡着干石榴皮的开水，把棉布放进去边煮边搅，捞出来晾干成了淡黄色。剪成方块摊上新棉花，缝出一摞小褥子和棉尿垫儿。妈说，这土法染的棉布好呀，垫到毛孩儿屁股下，棉能吸水，土能杀毒，还能睡得香嘞。

可是有一天，忽然传来个惊人的消息。

中断十年的高考制度要恢复了。说是一个多月后开考，也就是春节前。"文革"中上大学实行推荐制，实际没门路轮不着。我从没敢奢望上大学，梦都没做过。这消息，就像赶夜路一片黑咕隆咚，蓦然眼前闪出条灯火灿灿的路，冷不丁来个惊喜。

那天，朵儿咯噔一下不恶心呕吐了。倒不是没了妊娠反应，而是突然兴奋转移了注意力。但生理规律终是挡不住，次日又反应起来。该晕晕，该吐吐，还那样儿。

恢复高考，是一茬人的命运大转折。当时没复习大纲，课本都找不齐，我俩就忙着复习起来。朵儿仍呕吐得厉害，有一次没来得及躲闪，喷吐到作业本上。这很糟糕，可她根本控制不了。

高考很仓促。那批考生多年没摸过课本,从着手复习到上考场一个多月,跟撞运气似的。很幸运,我"撞"上了。

一九七七年全国考生五百七十多万,仅录取二十七万,不足百分之五的样子,考个中专都难呢。我被录入省农业高等专科学校,属大专,已很不错。它意味着,我可以脱离农业户口,吃上商品粮了。当时农业户口和吃商品粮是个大跨越,犹如两个世界,它改变了我的命运走向。

但朵儿落榜了。

她一直妊娠反应不断,进考场仍头晕恶心,哪成呢。以实说若不恢复高考的话,她已有个满意的婚姻,又怀个心爱的宝贝儿,日子苦点没啥的。然而,她在高中属拔尖生,有些不如她的女同学考上了,她落了榜。这一比有啥了,心理不平衡了。

她的情绪低落到极点,直悔不该怀孕。是,高考失利确实跟这个有关。追根问责的话,该怪肚里的胚胎才对。你说你,在娘肚里安安生生发育得了,把人折腾得恶心呕吐干吗?这一折腾,复习高考耽搁了。朵儿懊丧不已,我想安抚她一下,还怕说错冒犯。于是小心翼翼顺着她的心意说,结果仍把她触恼了。

"要不怀上孩子,我不会考这么差!"她说。

"是是,要不是这个,你肯定会……"

"真倒霉,刚怀孕偏赶上高考!"

"唉,谁会想到这一出呢?"

"都怪你!成天催着生、生!"

我哑了,没想到把胚胎的罪过转嫁到了我头上。按说也不冤,确实跟我有干系。但反过来说,怀孕是俩人的事,她也有对半儿责任是吧?可她很情绪化,偏激起来全成我的错。再想想,高考对她打击太大,得体谅才对。我没再多嘴,而她却难受得痛哭起来。

妈妈听见了,不由分说把我数落一通,以为我跟朵儿斗气了。

她关切的是那肚里的孙子，怕伤了胎气。响午，她特地做碗香喷喷的鸡蛋面，让我给朵儿端去。朵儿蒙在被窝里怄气，没动一筷子。良久，她忽地坐起来，直通通冒出句冷定的话：

"我想好啦，明年还参加高考，一定！"

我没理由反对，很多落榜生都这打算。难得的机遇啊，谁都不甘轻易错过。可一掐算，明年高考时她正坐月子，咋考试呢？我有种不祥的预感，生怕她会贸然行事。比如，打胎。

我暗自倒抽口气。倒不全是想保胎，多半儿是顾虑母亲的感受，她急盼着抱孙子，做了那么多准备。打掉？对她来说是无法承受的。我把放凉的面条端回伙房，妈妈似乎意识到什么。她看着我的脸色，怯怯地探问了句：

"朵儿她……说啥没？"

"没……没说啥。"

我没敢提朵儿的想法，刻意瞒着。可是接连几天，她的情绪异常焦躁，动辄发火。妈妈莫名其妙，老问我咋回事。我很明白，朵儿内心严重冲突着。对她来说，生孩子还是考学，确实是个两难的抉择。胚胎是她身上肉，刮了，对母爱本能是摧毁性的挑战，这使她陷入焦虑状态。但我无法跟妈妈挑明，敷衍说，可能是妊娠反应。

那些天，妈妈总是看着朵儿的脸色说话，走路都蹑手蹑脚。她设法调剂着饭菜，还给朵儿赔着笑脸。有时实在忍不住，才趁趁摸摸提醒句："朵儿呀，可不敢有啥想不开，伤了胎气咋整？"

我真可怜妈妈，为抱孙子这般低声下气。好多次，我背着妻子安抚妈妈："朵儿年轻不懂事，别跟她一般见识。"妈妈摆摆手："没事儿，只要给我生个孙子，我啥都能忍。"对她来说，传宗接代是个天大的事，甚至是她的信仰。她所忍受的一切就为生个孙子，可胎儿能否保住还两说呢。弄得我见天提心吊胆，生怕对不住母亲。

然而，我担心的事情发生了。

那天下午，我正在汇总《年终分配决算报表》，大队秘书兼管这个。就是把各生产队的报表汇总起来，统一上报公社。正好到年底，干完这宗活才能交手续。报表复杂得很，分几类表式，八开纸摺起来有半尺厚。比如粮食分配一项，各生产队都得先扣除公粮、余粮、储备粮、生产粮、饲料粮、种子粮，剩下是人口粮再细化到各户。你去汇总吧，每张表都密密麻麻的数字，全靠算盘珠子拨拉出来，指头都磨出了茧子。

我正埋头打算盘，朵儿忽然走到门口，掀起棉门帘说了句："我去镇上转转。"我随口应付句："你去吧，散散心也好。"却没防住被蒙蔽了。她料想到我会阻挠，刻意打个马虎眼儿，吧嗒放下棉门帘转身走开，独自去公社医院做了人流手术。

傍晚我回到家时，院里异常寂静。朵儿刚从镇上回来，家人脸上都霜打了似的。我打前堂屋走过，听见爷爷在屋里长吁短叹，突然咣咣磕了几下烟袋锅，我心里猛一抖。转而迎见妈妈从厨房出来，阴沉着脸，眼圈湿湿地发红。她拿着两个鸡蛋，瞅见我忽地闪出两眼泪，指下我的屋子，悄声说了句：

"你去看看朵儿吧，她把孩子……刮啦。"

我脑子轰地一下炸了。这时恼火的不是把孩子刮了，而是觉得自己被耍了。孩子是俩人的，咋能单独来事呢？我感到做父亲的权利被无视、被剥夺，突然有了愤怒的冲动。我气呼呼闯进屋里，真想揍她一顿。

可是，却见朵儿趴在床上，脸埋进枕头里呜呜哭泣，枕巾湿了大片。她浑身剧烈抽搐，两手紧揪着被子角。我惊呆了，心里忽儿一软。因为我看到个事实：她其实比我更难受、更痛苦。作为母亲，她刮掉长在自己体里的胚胎，刮掉跟她血脉贯通的生命，刮掉她隔着肚皮抚摩过无数遍的成长体，那种痛苦远大于父亲。至少说，她有刮宫的切肤之痛，你没。

我怔怔地不知该怎么办。朝她发火？她比你更受伤。安抚她？我憋着满肚子火做不到。我恼得咬牙切齿，却横不下心出手。愣了会儿，我攥着拳头狠跺一脚，扭头冲了出去。

我得去安抚下妈妈。如果说，朵儿受伤害有她对半儿责任，而我妈被伤害是全然无辜。她为胎儿倾尽心血，得到的是绝望。她朝思暮盼的孙子，刮成了一团模糊的血肉。怎种痛呢？我在院里踌躇好大会儿，没勇气面对妈妈。忽然，妈妈从厨房探出身来朝我招下手，我才木木地走进去。却见案板上放着一碗红糖茶，里面有两个荷包蛋。妈妈眼里噙着泪怕我看见，背过脸擦了一把，从背后指下那碗红糖茶，少气无力地说：

"把这个给朵儿端去吧。女人做那手术，跟坐小月子一样。身子虚，匮血，得喝红糖水补补……"

我真想给妈妈跪下，让她扇几耳光。可她没怨一声，连流泪都不愿让我看见，还给儿媳煮碗红糖茶。这使我越发难受，明知她一肚子苦水，可婆婆对儿媳又怪不得，只能把苦水憋肚里。我不知该怎么安抚妈妈，是啊，说啥呢？

爷爷在屋里半天没出来，一直抽着闷烟。不过，吃晚饭的时候，他已显得很平静，似乎郁闷也化成了轻烟。他这辈子，什么坎坷都经历过，久经沧桑的心就像一潭止水，有了凝重的深度，投来什么都能容纳，都能化作平静。

吃罢晚饭，爷爷把我和妈叫到堂屋里，指下桌对面的长板凳，说坐，都坐那儿。我妈阴沉着脸坐下，两手夹在大腿间，搓着手默不作声。我气呼呼站着没坐，爷爷呵斥道："站着干吗？遇点儿事就闪腰岔气，犯得着？"他是在敲打我也有意让妈听，接着冲我发问："可知道，我叫你娘儿俩来说啥？"

"知道，是说朵儿刮……"

"不不，刮就刮啦，还说那有啥用？"

"但孩子……没啦。"

"是，没啦。可你再说说，孩子还能回来？"

我一愣，心说孩子是回不来了，这口气咽不下去呀。我气得攥着拳头说："我憋气呀，爷！恨不得揍她一顿。"爷爷扫我一眼，不屑地撇出句话："哟呵，你娃子长能耐啦，敢打老婆啦，啊哈？"他说罢不慌不忙摁上锅烟丝，噜儿噜儿抽了几口，带着揶揄的口气说：

"好啊，有本事你去揍她吧。"爷说，"这样子，孩子刮没啦，老婆打跑啦。两省心，清净了不是？"

我一下子泄了气，软不塌坐到板凳上，摊开两手问了句："那，咋办？"爷爷咳口痰吐在地上，挪脚趋了几下，突然抬高嗓音迸出句话："咋办？眼看挽不回的事，那就——认啦！"

我又一愣。心说把我和妈叫来，敢情就说这两个字：认啦？爷爷见我眨巴着眼，扑哧吐了口烟。说："九儿呀，这世上有很多无奈的事，你得知止而后定。眼看无可挽回就认了，甭一头撞墙上，不济事又碰破头，那叫不明智。"

爷爷说着抿起嘴唇，挤出一缕薄薄的轻烟，好像"挽不回的事"也随轻烟淡了去。他把脸转向我妈，又不紧不慢地劝了几句。这么大个事，却被他说得稀松平常。

"九儿他娘呀，想开了说，这事没啥大不了，不就刮个胎么。"爷说，"这孩子呢，也许投错胎啦，本不该是咱唐家人。凡事都有缘，是你的便是你的，不是你的也留不住。那就随缘吧，啊！随缘吧……哦哦，朵儿吃饭没？"

"吃啦。我给她煮了碗红糖水，熬了锅小米粥。"

"这就对喽。"爷说，"当婆婆得有肚量，最忌嘴松话碎。心里有怨气，嘴上别冒泡儿，婆媳就相安无事啦。"他抽了几口烟，接着又劝我妈说,"那胎打就打啦,别再怄气伤了身。弄个这头麻那头乱,日子还过不?"

我惊异地看着爷爷,多大个事,被他轻淡淡化没了。桌上放个青花瓷碗,当烟缸用的。爷爷抽完一锅烟,朝碗边上轻磕了几下烟锅。那当啷当啷的脆响带着缭绕余音,就像静夜听琴。

半年后,朵儿也终于考上了。

她考入省财会高等专科学校。一九七八年考生更多,除一九六六年以来的往届高中生,又多了当年的应届生。十二届高中生扎堆儿赴考,全国统共录取四十余万人(包括中专),占比百分之七的样子,考上大专已很不易。而夫妻双双录取更少见,全公社唯我们俩一对儿。

但妈妈高兴不起来。她急盼着抱孙子呢,朵儿一上学指定会再推迟几年。家里又少个劳力,还得供两个人上学,日子越发紧巴了。但这话当婆婆的说不出口,哦!儿子考上学高兴,轮到媳妇就难受了?她还得摆出高兴的样子,忙着给朵儿上学做准备。

七八级是秋后入学,比七七级晚半年。我放暑假回来,妈妈正给朵儿缝制新被褥。我去上学带的是旧被褥,妈说,你是男孩子,出门在外能凑合。可她是女孩子呀,得顾个体面不是?

布料是卖鸡蛋钱买的。家里养七八只鸡能攒几个钱呢?有了被褥的表和里儿,买棉花就挤不出钱了。妈妈想个法子,把给孙子预备的小褥子和棉尿垫拆掉,翻出些棉花来,看够拼对一套新被褥。但这是她给孙子缝的,撕了毁了,等于撕了她的心,毁了她的希望。

她用剪刀挑开线头,把布缝嘎地撕一段儿,嘎又撕一段儿。那嘎嘎声,我听着直觉是妈妈的心被撕裂了、撕碎了。可她始终没抱怨一声,仅轻叹了句:唉,白忙活一场。

8

我上大二的时候,哥哥才成家。他个老实疙瘩,好端端的姑娘都攀扯不上,最终娶个哑巴媳妇。不过,嫂子长得倒蛮秀气,还挺精灵的,比哥哥的脑子管用。她不哑的话,也指定看不上哥哥呢。这也是种缘分:笨脑子配个哑巴嘴,谁都甭嫌弃谁。反过来说,一个嘴巴能语,另个脑子管用,取长补短凑成对儿,过日子也不耽搁事。

清明节到了,我得回家给父亲上坟。

原打算跟朵儿一起回去的,可她说课程太紧怕误学业。其实是借口。我明白,她妈清明节仍会去给前夫上坟,没准儿又会跟她爹闹别扭,她烦这个才不想回去。那就不勉强了,我独个回去便是。

清明节头天后晌,我赶回了老家,太阳已压在西山头。哑巴嫂子正在院里喂鸡子,见我跨进家门,惊喜地"啊"了声,忙接过我的提包送进屋甲。甭看她不会说话,心里透灵着呢。

转而,她又走进自己屋里,迟了会儿才出来。我看得明白,刚才她头发有点乱,着意去梳理了下。顿见一头乌黑的长发,光溜溜盘在脑后,整齐利落多了。她穿件红呢子束腰半大衣,还是结婚时那件,仍带着新娘的鲜气儿。她是见小叔子从省城回来,忒在意干净整齐,怕我笑话。

近年来,二伯、三伯和五叔家都建起了新家园,先后搬出了老宅子。我家因父亲常年有病又早逝,没能力建新房,仍留在老宅里。爷爷可怜老四家,也留恋老宅,便跟我家一起生活。我和哥哥结婚的新房,都是破房抹层新泥巴,旧棚板糊层印花纸,便算"新房"了。

老宅已很破旧。伯叔们搬走后，有几间房空着。嫂子把它利用起来，养了百十只鸡子，都开始下蛋了。她从屋里出来，又端起饲料盆去喂鸡子。

我和朵儿整学期不回来，被褥放在柜子里。妈妈不在家，我走进自己屋里先把床铺打理下。还没动手，嫂子忽然跨进门来。她掀起竹帘子，指指院里又指指衣柜，嘴里啊啊着比画了一阵子。我意会了，是说，她怕这些被褥捂发霉，前几天刚晒过。这使我感动了下，没想到常年不在家，她还替我和朵儿操着这份心。

我拉开柜门准备拿被褥，她又啊啊着摆摆手。意思是："你不行，大男人咋能干这活呢？让我来！"我惊愕地一愣。她个不会说话的哑巴，什么事理都通达，还很有嫂子样。

哥哥给福庆家盖房子去了。土地分包到户后，乡亲的劳动关系也分明起来。此前，谁家盖房子互相搭把手，主家管饭就成。如今是给工钱明算账，不管饭了。哥哥遵照父亲临终的嘱咐，学会了瓦匠手艺儿，谁家建新房都请他去，靠这挣些钱过日子。

吃晚饭的时候，哥哥才从福庆家回来，浑身沾满泥巴点儿。嫂子忙端来盆洗脸水，又给他拿来一身干净衣服换上。这也让我蛮感动的。坦白说，之前我对哥哥的婚姻很纠结，好端端个小伙子就因老实了点，讨个哑巴媳妇！此刻我有些释然了。嫂子她哑是哑，可对哥哥知冷知热，还不够吗？

第二天清早，妈妈和嫂子忙活着做祭品。

我一觉醒来，听见伙房在炸咸食。油锅吱吱啦啦响，满院飘散着油香味儿。我起床后见油食全做好了，油条、菜角、芝麻焦片啥的，堆满了一竹筐。实行联产承包责任制后，农村不缺吃的了。这些油食不光做祭品，家人也可放开吃一顿儿。

油锅已端下灶台，妈妈和嫂子正在折纸元宝。伙房里摆张小方桌，放着两摞四方方的箔纸。嫂子不会折，妈妈一折一折地做示范。她把箔纸折成梯形，两手捏住两头的尾角，轻轻一拉，就成了鼓嘟嘟儿的纸元宝。哑人没法用语言交流，全凭眼神。嫂子着实透灵，手也忒精巧，不几下就学会了，折得有模有样。

每年上坟，我总是带三份祭品。奶奶一份，父亲一份，另一份是姑妈的。姑妈不在十多年了，我妈每年上坟都惦着。表哥俞波当"知青"那些年，妈妈总给我交代，说你姑妈待你不薄，波儿离家远回不来，你就替他尽孝吧。

恢复高考后，表哥俞波考上了清华大学。这不意外，他本来就属"学霸"那种人才。下乡插队的日子里，他在砖厂干活累得半死，晚上还偷空读些书。机会总给有准备的人，恢复高考那年，他考了个全省的理科"状元"。年初才去学校报到，离家一千多里路，清明节回不来。妈妈又特意嘱托我，今年你姑妈平反啦，多给她烧些纸钱，不能让她再受委屈啦。

姑妈是去年年底平反的。

夏州市中医院为她补开了个追悼会。不少同事都流了泪，追忆起她当副院长的一堆好处，说她漂亮啦善良啦敬业啦啥的。而这也挺让人心酸的，当年批斗她的时候，咋不说这些呢？那时全场挥着愤怒的拳头喊口号，恨不得把她乱棍打死。如今一转身，都成了她的同情者，还流出了同情的泪。想想，够寒心的。

不过十多年过去，说这些挺没劲儿。那年头，近乎集体理性失控，大伙都跟着疯了，说谁去？但我相信，此时人们的眼泪是真实的，因为我不怀疑人性。不管世道怎么个变法，人性变不到哪儿去。否则你就读不懂《诗经》，那诗里透出的人性形态，古今无大异，才有了心灵沟通的可能。于是我相信，当人们从狂热返回到人性常态，自在的良心便不会沉默，那些眼泪也是真实的。

半晌时分，我拎着供品篮子，先去祭奠了奶奶和父亲。两座坟都在村南边，出门不远便是。姑妈的坟在偏僻的小荒沟里，绕来拐去有四五里路，走到已近晌午了。

我走近沟边，远远看见铁栓伯在放羊。

这老头，整辈子总是放羊。似乎只会干这活，不会干别的。过去给生产队放羊，土地分到户后羊群也解散了，自家又喂了群羊。清明时节很暖和了，他仍穿件破棉袄，两手抄在袖子里，腋窝儿夹根小鞭子。他短胖个儿，脸上布满木刻似的皱纹，活像根桩子竖在那儿。

他一辈子不想啥事，好像只管吃饱不饥就是。脑子也像实木疙瘩，没个窟窿眼儿。有次，他老婆气上来骂他："你个木头人，还不如头驴！"他没脾没性，木愣着脸嘟噜句："那你嫁给驴吧，让驴日去吧。"就这般木脑子，还有点半吊子。

小时候，我老跟着他拾羊屎蛋儿。那时他手脚还灵活，能在陡坡上跑来跑去，不时帮我拾一把。这点，我至今仍很感动，便想跟他打个招呼。可他一老，越发木木的痴呆。就那样抄着手夹着鞭杆儿，活像尊木雕。我瞟他一眼没再搭理他，只管下到沟里去。

沟坡上覆层干草皮，刚钻出些嫩芽尖儿。姑妈坟头也覆了层枯草，像毛毛儿毯裹个土馒头。枯草窝里冒出几朵小黄花，我认得它叫猫眼儿草。独杆儿，挺挺的敷层粉白，小圆叶片肥厚嫩绿能掐出水儿。花儿细碎，却嫩黄得耀眼，看去很清丽的样子。我不由冥想，难道是姑妈的精灵幻化？总觉它是有灵性的。

忽然，我有个意外的发现。

姑妈坟前有堆刚燃过的纸灰，还扔了一片香烟头，有十多支。我知道，堂兄弟们也都年年来给姑妈上坟。但程序很简单，也就摆供、焚香、烧纸那点儿事，顶多抽半支烟工夫，不可能待这么久。怪了，谁会坐这儿抽十多支烟呢？我捡起个烟头看了下，是"红塔山"牌，一般人吸不起的。这使我更感意外，会是谁呢？

祭奠罢走上沟坡，铁栓伯仍在沟边放羊，正可向他询问下。这时，我简直有点无耻，刚才没把他当回事，此刻觉得他有用了，才又笑呵呵走过去叫了声。他木木地没反应，甚或认不出我了。这使我颇感泄气，好像"铁栓伯"白叫了。

不过还好，他看见了那个抽烟人，只是没认出来。这倒好办，亲戚圈里的人不多，说个特征便能猜个差不离。可他老糊涂了，对话都很费劲儿。我刻意用简短的疑问句，以便他好理解。而他木愣着脸，回答比我问的更简短。

"那人长啥样儿？"我问。

"就那样儿。"

"他有多大岁数？"

"看不出来。"

"他是咋来的？"

"坐车来的。"

"坐的啥车？"

"谁知道啥车，反正四个轱轮。"

我哭笑不得，白问了。可是又一想，眼下能坐"四个轱轮"的人很少，这倒有点价值。唐家亲戚都是穷百姓，坐不起这个。我忽然想到了姑父，唯独他是当官的。作为省城人事局一把手，可以配专车。而且那些烟头是"红塔山"，也只有他能抽得起。

但我难以置信。自从姑妈死后，姑父没再来过我家。一是怕招惹政治麻烦，二是怕碰见唐家人。他很清楚，我家对他是怀有深仇的。我爹去世时，他送来五百块钱都被坚决拒绝，还敢来给姑妈上坟？找啐呢。

不过，我知道他至今仍是单身。以他的身份和地位，再讨个老婆不成问题。据说不少人给他介绍对象，都被他拒绝了。从这点看，也许他仍眷恋着姑妈，别的女人进不到心里？我由此揣测，抑或是姑妈平反之后，他也感到了良心不安，特地来祭奠一下表达愧意？这倒有可能，很有可能。

我想进一步确认下。当年，他曾被大瓜叔打折条胳膊，对接后落个拐把子。这是个明显特征，正可拿这个印证。我问铁栓伯："您可看见，那人的胳膊是直的，还是弯的？"而他真是糊涂得没治，说出句让我哭笑不得的话：

"那胳膊在袖里装着，谁知是直是弯！"

我苦于没法跟他对话。转而，我记起姑父是秃顶，四十来岁就全秃了。他一辈子胆小怕事，好像脑顶的头发都怕掉个树叶砸住，率先溜光了去，只得把周边的长发支援上来几缕，紧贴在头顶上，不至于秃得闪亮。我抓住这个特征进一步询问："您可看见，他头顶是不是秃啦？"铁栓伯又木愣着脸嘟噜了句：

"谁知秃不秃。反正一溜儿黑，一溜儿亮。"

我扑哧笑了。这老头糊涂是糊涂，却"糊涂"出了趣儿。没错，几缕长发抿在头顶上，看去确实是"一溜儿黑，一溜儿亮"，蛮形象的。我据此判定：那人指定是姑父。"文革"前，姑父时常来我家，料想铁栓伯应该认识的，只是老年痴呆记不起来了。于是，我朝他大声提醒了句：

"你忘了？那是我姑父呀！"

他猛一愣，呆滞的眼神忽然闪出亮光来。我观察过一些痴呆老人，多是对眼前的事糊涂，早年的事忘不了。尤其是些感触深刻的事，猛一提醒会被瞬间激灵，记起来了，不糊涂了。铁栓伯就是这症状。当年姑妈死得太惨，无疑对他有种深刻刺激的印记，此刻一经触碰，他木木的脸突然有了表情，脱口愤骂了句姑父：

"那鳖孙，不是人！"

"他咋不是人啦？"

"没良心，还算人吗？"

"可姑父他……"

"哼，那畜生！你还叫他姑父！"

我惊愕地愣住了。可不，丈夫出卖妻子还算人吗？铁栓伯已老年痴呆了，几乎没了思维能力，还记着这个。而我却对"那畜生"称姑父，好像对不住良心，至少有点道德情感的麻木。我自愧地低下头，沿着沟边走去。

沟里很空落，不见人影不闻鸟语，满沟野草野花一派荒凉。我耳边久久萦绕着铁栓伯那句话："没良心，还是人吗？"那声音，似乎绕过道道沟梁，一波波儿在深谷回荡。

9

七七级是春节前毕业，我分回了本县老家。它属夏州市管辖，须到市人事局办个转派手续，再签往县里去。这使我有些踌躇，姑父在那儿当局长，万一碰见了呢？挺尴尬的。

我搭上公交车一路忐忑。偏是前排坐个秃顶的中年乘客，巧合了，我不由联想到秃顶的姑父。刚下过场大雪，市内路面结满冰疙瘩。公交车格格登登颠簸不停，那秃脑袋也摇晃不停。越晃，越提醒我联想，心理学叫"他暗示"。我老琢磨着："碰见姑父怎么面对呢？是啊，怎么面对呢？"

其实是多虑。报到地点在办事大厅，一楼。局长办公室多是在楼上某层，哪能碰见呢？再说你个穷学生也轮不着局长接见呀，可我还臆想着如何拒绝被接见，真把自己当根儿葱了。

夏州市下辖五区六县，分配到本市的毕业生多了去。办事大厅排着长队，服务窗口忙得一塌糊涂。我站得腰酸腿困，才轮着我，把毕业证递进去。女职员埋头瞟眼毕业证，翻看下分配方案，提起笔噌噌几下子，填写张派遣证扔出窗口，了事。我一路的设想是，迎见姑父得高仰起下巴，斜眼蔑视，摆出对他局长大人不屑一顾的高傲姿态，以彰显唐家人的凛然骨气。没想到，一个柜台女职员把我打发了。而且，人家连眼皮儿都没抬，这真滑稽。

但我已很满足。乡下孩子，能回本县当干部就不错。当年参加高考时，我最大愿望是挣份工资吃上商品粮，就这点想头。当我拿到从窗口扔出来的派遣证，心里热乎乎的。它意味着，终于可以挣工资、吃商品粮了。

高中毕业那会儿，我看见公社的农业技术员都羡慕得很。他不断到村里来，骑辆崭新的"永久牌"自行车，镀光轮圈擦得铮亮。左腕戴块"上海牌"手表，也铮亮。上下都闪着刺眼的芒，把我的心刺得发痒。不由想："多会儿，咱也混到这份上该多牛！"这便是我的野心，也就这点野心。

但这不现实，很不现实。那技术员是推荐上大学的，他父亲是副县长才摊上这好事。我个草根百姓家的孩子，哪能轮着呢。

派遣证是半张纸，印好的格式填写上歪歪扭扭几个字。那女职员笔迹实在不咋的，跟她漂亮的脸蛋儿很不相称。但对我来说，这张纸分量可不轻。我捧在手里仔细端详了阵儿，确认没写错，小心地折叠起来装进衣袋里。又摁了几下，确认不会掉出来才放心走出大厅。还庆幸手续办得顺溜，且没碰见姑父，真好。

回到县里后，我被安排进了农业局。

恢复高考后，七七级是首批分配的高校生。很多单位都缺人手，本科生还没毕业，全县农业口只分到三个大专生，都留在了局机关。这是我没想到的。原以为，我也会派到乡下去，跟那个农业技术员一样。甚至想过挣到工资后，也像他那样买辆自行车，再买块手表。然后……没"然后"了。当时只想到这两样，没敢奢望更多。

春节前几天，农业局把电话打到村里来，通知过罢年上班。我惊傻了，没贪没想留在了县城！我握着话筒愣了会儿，怀疑是做梦。可扫了眼屋里的桌子、柜子、洗脸盆架，仍是我在村里当秘书时那样。这才确信是真实的事情，不是梦。

我兴冲冲跑回家里。妈妈正在剪窗花，准备过年的事。朵儿刚放寒假回来，在旁边跟着学剪纸。她对这个消息没任何感动，只是稍微一怔，又埋头剪起窗花来。

实际上，她对我毕业分配很泄气。因为有比头：她们学校的七七级毕业生大多留在了省城，次些的也都分到了地级市。我却回到县里来，低了半截似的。昨晚，她还为这事嘟噜到半夜，此刻当着妈妈的面，她不便再说什么，撇下嘴露出一脸不屑。

我满心喜气被她"撇"没了。人跟人的机遇大不同，她学的是财会专业，各部门都需要财会人员，就业面宽，在城里不愁找单位。可我是农学专业，不面向农村往哪儿派？

她抱怨我选的专业不对头，这使我很委屈。高考填志愿时，曾跟她商量过的呀。当时她的想法跟我一样："不管啥专业，只要能录取，吃上商品粮就不错。"这是她的原话，怎又反怪我不对了呢？但她不是健忘，不是。环境能改变人，想法也会随着处境改变。哲学术语叫"存在决定意识"，这话真没说错。

高中毕业那会儿，她最大想头是当村干部。高考时，她又向往起高中老师来。说若能考上学，能去公社高中当教师该多好！可一去省城上学，好像脖子老仰着看高楼大厦，眼头也抬高起来。甭说去公社高中，连县城都看不上眼了。

妈妈不知底细，直为我去县城上班瞎高兴。笑眯眯地说，咱祖祖辈辈都是庄稼人，你能吃上皇粮还进了县城，有出息啦！她不停地剪着窗花，心情一好，手法越发娴熟精巧。我和朵儿都憋着闷儿，只听见嚓嚓的剪纸声。

妈妈正在剪张"福"字窗花，镂空贴画那种，用的是"掏剪法"。她剪出的阳纹线线相连,阴纹线线都断,该留住的线条不断头,剪断的纸片也不掉落。"福"字周围是菊花图案,从里往外一瓣套着一瓣剪,瓣瓣相随,层层错落。纤细处,花丝若鹭鸶羽毛,还有锯齿样的毛边儿,显出剪纸艺术独有的刀味儿和纸感。这是绝活,没多年功夫练不出来。

见年,妈妈都会剪些"福"字窗花。她压根儿不识字,可老剪这个,渐渐琢磨出些朴素的理。她边一刀刀教着朵儿学剪纸,边说:"你看这福字,半边是'衣',半边是'一口田'。人啊,你有衣穿,再有口饭吃便是福,对不?"

朵儿心不在焉地应付着:"嗯嗯,对对。"

妈妈剪出张大圆窗花。她捏着纸边一抖,那剪纸生动地展开来。她对朵儿说:"你看这窗花又大又圆,里面套个大'福'字。今年呀,九儿到县城上班啦,我老婆子高兴啊,剪个特大号窗花。期盼着,朵儿毕业也能分到县城。安个家,夫妻团圆就是福嘞。人这辈子啊,能团团圆圆、平平安安过日子,比啥都强。俺这话对不?"

"嗯嗯,对对。"

朵儿稀里糊涂点点头,继续埋头剪着纸。她对妈的话压根儿没听进去,倒是对学剪纸还挺用心。但她毕竟手生,剪出的窗花差远了,猛看像点样,细瞅粗糙得很。妈妈下手刀刀稳准,线条有的细如发丝,有的尖如麦芒。不光在技法上,还得有静气才行。朵儿一门心思奔前程,哪有这份静气呢?

我上班半年后朵儿也毕业了,是在夏天。

她压根儿没打算回县里,想留省城。多次跟我商量,说能留省城的话,再想法把我调过去。这想法不错,可从县城调往省城难呢,找不来"关系"没门儿。何况还得掏"城市增容费",几千块呢,哪儿弄去?这样子,若是长期调动不成,两地分居就麻烦了。

但朵儿是很执着的性子，拿定的事甭想拗得过。再说了，她确实沾个专业的光，估计留省城问题不大。放弃这个机会回县城，我也觉得有点可惜。那就随她罢，走一步说一步。

果然，她留在了省城，分配到一家市属企业。当时企业照样缺财会人员，无须找关系便接收下来。这让我很是羡慕，还有点忌妒泄气。真个"人怕投错行"，同是大专毕业，分配去向天差到地。可社会本来就存在着机遇不均等，没法子的事，你羡慕忌妒恨都白搭。

但糟糕的是，财专同学的分配仍有大差。有些同学安排在省市行政机关，她却被甩到了企业。那时仍是计划经济年头，人们的目光远没转向市场，觉得进机关比去企业体面。其实工资都一样，也都是做财务。可人总想在他人眼中活得像点样子，至少不丢份儿。而且很难从这种思维模式中退却，甚而把某种攀比无限放大，好像这点比不上别人，简直没了活头。想不开了，钻牛角了。

那天晚上，朵儿找我哭诉了一场。她已拿到派遣证，死活不肯去报到。说有位同学也是分到企业，后来到人事局一活动，改派到了市直机关。说她也得"活动"下，争取改派。但这不是轻易个事，省城无亲无故的，找谁"活动"去？

朵儿想到了我姑父。

她专程从省城跑回来，便是想拉上我去找姑父。说他是人事局局长，不就一句话的事？她拽住我的胳膊，撒娇地说："你跟我走一趟呗，求你啦行不？"她脾气倔，很少对我这样温柔过。看来人真的有点用处，你一有用对方就温柔了。夫妻也不例外，对不对？

但我这点用处不好使。唐家人恨透了姑父，我去领派遣证都怕碰见，哪能去投他的门子呢？哦对，姑父那条胳膊是被朵儿她爹打断的，这更麻烦。我说，你爹把人家的胳膊都打断了，如今去求他帮忙，怎好张嘴呢？

朵儿也明白这个，可她想不来别的门路才逼出这法子。她说，我不是不愿去企业，假若大伙都一样也没的说。可他们能留机关，偏把我分到企业。我的学习成绩门门优秀，凭啥这样安排？我绝不认这个命，宁蹭破脸皮，非争这口气不可！

她说着呜呜啼啼哭起来。她一哭我心软了，没法弄了。答应她去攀附姑父吧，向仇家告怜还有骨头吗？拒绝呢，眼看她泪汪汪的，真不好铁着脸下嘴。而这涉及家族情仇，不光蹭脸皮，还意味着对家族的背叛。我承受不了这份压力，搓着手思忖了会儿，只得使出个缓冲的法子：

"是这，我回家商量下。因为……你知道的。"

第二天，我独自回家，有意让朵儿回避下，生怕弄僵了她在场不好立站。我一路盘算着，到家后不能对爷爷开口，否则他没准会抡起拐杖揍我呢。当年，他把五叔绑在树上吊打的情景，如今想起来仍怵怵的。我的想法是，先给妈妈透个口风，让她慢慢给爷爷渗透。这样有个缓冲余地，免得弄不好挨拐杖。

在我心目中，妈妈是很柔性个女人，从没跟人吵过架，对谁都忍让着。她老被我爹欺负，就吃了性柔的亏，好欺。我也想利用下她的柔弱，料想她即使不高兴，不至于发大火令我招架不住。

我回到家已近晌午，妈妈正在伙房擀面条。很意外，我刚把找姑父的想法一露口，没防住她操起擀面杖，朝案板上猛敲了几下，震得调料盒蹦蹦抖跳，接着迸出一声怒吼：

"说啥？找那畜生求情？犯贱了你！"

我惊愕地倒退两步，意识到想错了，把妈妈低估了。我只想到她柔弱的一面，忽视了她内在的刚烈。是的，妈妈本质是很有骨气的。她对啥事都能忍，唯独容不得儿子没脊梁骨！她发了通火又赌气地擀起面条来，那擀面杖裹着面皮砸在案板上，咚咚震响。

我更不敢给爷爷开口了。不光怕挨拐杖，自己心里的坎儿也过不去。以实说我鄙视姑父，向自己鄙视的人乞助，我做不到。

我沮丧地回到了农业局。

朵儿很失望。我预想她会大吵一通，但没。她在局里等了半天，大概预料到这个结果，做好了另一手准备。她显得很冷静，仅是怼了几句难听话便拎起行李箱，气呼呼冲出房门去。我拽住箱子拉手，说帮她送上火车。她猛一甩手，把我搡得打个趔趄。

"不用！反正你指靠不上，我的事自己来！"

我以为，她见找姑父"活动"没了指望，认命去企业报到了。嚄！可不是。她是女强人性子，一旦认定某个目标，较起劲儿来比男人更男人，敢豁出去。她回到省城后，居然独自去找了姑父。这使我大感意外，甚至超出我的想象力。我无法想象，她爹曾打断过姑父一条胳膊，见面怎么开口呢？且不说姑父如何反应，她这种心理障碍怎么跨过去的呢？我真服她了。

朵儿从省城回来后，给我讲了找姑父的事。

她起初也挺为难的。是啊，老爹把人家的胳膊打断了，见面咋说呢？她犹豫了两天，绞尽脑汁想出套措辞来——为她爹、也为自己开脱的措辞。说那天，她爹根本不愿打姑父，是被五叔强拉去的。而她也激烈反对这事，结果没拦住……没错，这是事实。当时她爹真的不想当打手，朵儿也真怀着"革命义愤"，坚决反对为姑妈报仇，还呼了声"打倒反革命分子"的口号。不过还有个细节：她妈极力怂恿她爹去打姑父，还扇了她两巴掌——当然这个不能提，得隐去。

但她准备的措辞没用上，实际情况大出意外。

她颤颤地走进姑父办公室，先自报了家门，说是唐家的媳妇。不亮出身份，凭啥跟唐家女婿拉扯上呢？这时发生了戏剧性的一幕。十多年了，唐家没人登过姑父的门。他大吃一惊，忽地站了起来，慌忙绕过桌子说："你坐，坐！我倒杯茶。"

朵儿惊愕地愣住了。依礼，她是晚辈，该抢上去倒茶才对。可她傻了似的愣在那儿，姑父端着茶杯转过身，见她仍站着没动，又让道："坐，坐呀。都自家人客气啥？"

这话起了作用。"自家人"把距离拉近了，朵儿一下子不紧张了，才挤出一丝微笑说："谢谢姑父。"姑父压根儿不认得她，攀谈过几句才知道，朵儿的娘家是本村的。他又信口问了句："你父亲是谁呀？"朵儿猛一紧张，就怕提到父亲偏被问着了。她嘴角抽动了几下，才极不情愿地说出父亲的名字。姑父惊骇地大瞪眼：

"啊！大瓜是你……你爹？"

朵儿脑子里轰地乱了。她怯怯地瞟了眼姑父，目光落在那条打断的胳膊上，越发慌了。她急于为自己开脱，可脑子一乱说得颠三倒四。姑父呢，也没在意朵儿说什么。对他来说，挨那顿打是很丢脸的。而此刻，打手的女儿突然站在眼前，怎种狼狈呢？

他一屁股蹾在藤椅上，脑袋往椅背上一仰，怔怔地盯着屋顶的吊扇，不用说是勾起了痛苦的回忆，根本没心思听朵儿在说什么。这时出现个滑稽的对话场景：她说她的，啰里啰唆为自己开脱。他想他的，心不在焉地打着岔：

"那天，俺爹真的不想来，可是……"

"不不，问题不在这儿。"姑父摇摇头说。

"那天，我拦着不让爹来，可是……"

"不不，问题不在这儿。"

"俺爹对不起您，把您那胳膊……"

"不不，问题不在这儿。"

朵儿老是说半句被打断，弄得一愣一怔。心说问题不在这儿、不在这儿，在哪儿呢？姑父闭着眼拧起了眉毛，猜不透在想什么。大热天，吊扇呼呼旋转，他秃顶上的几缕长发吹得蓬然翻动。那脑袋里的想法，似乎从稀拉拉的头发梢上冒出来，一波波儿向外播发。散向周围，散向墙角旮旯，整个屋子都弥漫着"猜不透"的诡秘。

忽然，他腾地端坐起来，随手抿抿吹乱的头发，往光溜溜的头皮上摁了摁，把目光投向朵儿。这时，他才意识到走神了，如梦初醒似的问了句："哦哦，你刚才说啥来着？"

朵儿是大泄气。敢情，那些开脱话一句没听见？她只得再重复一遍。刚说半句，又被姑父一挥手打断了："你不必解释啦，也不用解释。这个这个……啊！"

朵儿越发蒙了，搞不懂"啊"意味着什么。心说坏了，姑父八成对她爹仍怀恨在心，连解释都不愿听。她顿时有种绝望的预感，鼻子忽儿一酸。可是姑父却叹了口气，沮丧地自言自语起来，又像是说给朵儿听：

"是，我这胳膊是你爹打折的。但我不怪他，也不怪你五叔，谁都不怪。"他挤出一丝难堪的苦笑，又嘟哝了句："我害死老婆，小舅子打断我一条胳膊。你说这……怪谁去？"

说着说着，他陡然激动起来，咚！朝桌面上猛砸了一拳，近乎失态地吼出句话："我对不起你姑妈，对不起唐家人呀！"

显然，这是个积极的信号。因为他在自责，而自责本身就有弥补过失的心理倾向。当然会有利于朵儿争取到他的帮助，至少会激发他促成的努力。但姑父是很谨慎个人，遇事很少说过头话，总会留些回旋余地。他又习惯地抿下覆在秃顶上的头发，对朵儿说：

"你先回家吧，等我想想……再说。"

朵儿摸不着底儿了，不知他"再说"会怎样。直到这会儿，她仍不安地问我："九儿你说，姑父是啥意思？他会帮忙不？"

我预感到姑父会帮忙，也许会。因为父亲去世的时候，他送来五百块钱，分明是想表达歉意。但唐家人一直不肯搭理他，而他也瞅不着机会。偏偏朵儿求上门来，巴不得呢。

几天后，果然接到了改派通知。

朵儿被安排到了市国资局。在本次分配中，派往国资局的学生都属本科毕业，仅她一个大专生，不用说是姑父给了特别关照，甚至不惜顶着"以权谋私"的压力。朵儿高兴极了，摊上天大个幸运。但我高兴不起来，总觉是利用姑父的亏欠心理，勒索了次关照。实质是以姑妈的惨死为代价换来个幸运，一个悲惨的幸运。

我一直不敢跟爷爷透露这件事，但已瞒不住妈妈。那天，我正在屋里整理床铺，妈妈忽然走进来。她得知朵儿"改派"了，怀疑是背着家人去找了姑父。我不敢坦白撒了个谎，说朵儿原本是分到国资局的，领派遣证时弄岔了，核对后又纠正了过来。她半信半疑：

"你说这是真的？"

"当然是……是真的。"

但这个谎言太拙笨，极易戳破。派遣证是几证对照着发的，怎会弄岔呢？幸亏妈妈不懂外边的事，好糊弄。我不敢正视妈妈，直觉那目光很尖厉，足能刺透脊背。

我把脸转向窗外，正好扫见窗户上贴个大"福"字，也就是妈妈过年时剪的那个。半年多过去，风刮雨潲，红窗花已褪了色，"福"字的连丝也多被刮断了、撕裂了。

第三章 峥嵘岁月

三秋时节，正午的日头仍燥燥的。鸟儿在树上热得栖不住，扑棱棱从这枝飞向那枝，似能扇些儿风好受点。蝉儿没招了，薄薄的翅膀兴不起风，闷得声嘶乱叫。那叫声，打磨锅似的嚓嚓刺耳。不知打哪儿来恁多蝉，树树闹成一片。

时而，池塘传来几声蛙鸣。这没来由：你青蛙多在夜里鸣唱，像是排的夜班戏，大白天吼什么嗓子啊？再说了，你是在水里泡着的，不饥不渴，不热不燥，凑啥份子嘛，还嫌不热闹咋的？

孙子嚷着去捉蝉。也怪我给他说过，小时候捉蝉忒好玩儿，逗得他好奇耐不住。可我老胳膊老腿的，只剩了嘴上功夫，躺在床上懒得动。他大不高兴，嘟着小嘴跑到院里去。这下"懒"不成了，生怕他捣蛋惹乱子，我慌忙撵出来。他正往楼梯上爬，真吓人，滚下来可吃不消。但我拦不住，只得把他抱到二楼上。

楼上也是三间屋，当间屋子跟下边客厅一般大，放些陈年旧物。比如旧纺车、织布机、犁耧锄耙和木锨啥的。改革开放多年，播种收割渐是机械化了，也没人再纺线织布。这些破东西没了用又舍不得扔，闲置在那儿。

纺车的锭子早生了锈,犁耧锄耙都起了铁屑,杈和木锨也磨得短腿缺角。它们已成记忆符号,早不属于孙子的时代,甚至他不知为何物。但我得说,他的文化基因就是从这犁耧锄耙、这杈和木锨、这纺车织布机里来的,哪能从记忆里删除呢?

如今,娃儿们的玩具也洋气多了。我童年玩的摸树猴、抛石子、捏泥人、逗小虫等游戏都几近消失,统被现代机制玩具取代了。这些洋玩意儿,据说有助于开发智力,当然好。但说回来,当儿童不再接近土气儿,心灵是否会被机器重新塑造,进而疏离了自然?这次,我带着孙子回故乡,发现他玩得忒有趣儿。且不说有多大意义,让童真的心灵放归自然贴近大地,好像也没啥不对。

屋里有个旧书柜,年代久了,据说两位进士老祖宗曾用过。老榆木做的,属小结构组合那种。整体不见钉子,统用铆榫对接。材质已发了黑,本色纹理仍很清晰。我记得,幼时柜里还摆些线装书。"文革"年头幸亏爷爷护得紧,老书柜和部分线装书没扔进火堆里。当时爷爷说,这是咱祖祖辈辈的文脉呀,没了它,唐家还是唐家?

看着这些古董,我的心绪宁静下来,似觉身上也清凉了些。现实是热的,历史是冷的。当你去品读历史,就像穿越时空隧道,从火热的当下穿回淡凉了的过往,它是能冷却些燥气的。有句话咋说来着?哦哦,心静自然凉。

老书柜旁有张八仙桌,上面端放个蝈蝈笼子,俗称"蚰子笼"。但不是一般常见的蚰子笼,特大,差不多三尺长、尺半宽的样子。用柳条棒制作的,刷着红漆。孙子好奇地惊叫起来:

"小房子、小房子!"

他说对了。蚰子笼确实像"小房子",准确地说更像微式神殿模型,房顶呈现起翘、出翘的飞翼之态。房檐下的斗拱逐层向外挑出,形成上大下小的檐托。底部是厚重的基座,看去很有些庄严气势。

笼子是我爷生前做的，家人把它看得忒珍贵，至今保存得不坏。小孙子嚷着要玩"小房子"，可这是他高祖的遗产啊，哪能当儿戏呢。我哄他说，笼子里装了好多故事嘞，喜欢听不？

1

蛐子笼是我爷的绝活儿，花了两年工夫，也就是他临终前那两年。当时我刚从农专毕业，在县农业局办公室当秘书，干些爬格子写材料的文字活儿。

说来蹊跷，农业局局长方智达曾在我村驻过队，是在一九七五年秋天，帮助搞"批林批孔"的。我写过两篇批判稿，文笔还行。孰料，几年后又落到他手下。他对我仍有些印象，安排工作时说了句话：

"这小子文笔不错，留到办公室写材料吧。"

谁会想到呢，他一句话把我摁在了稿纸堆里，半辈子没爬出来。至今回想起来，也许是"命"吧？我只得认了，自己可能就是"刀笔吏"的命。

当然，"刀笔吏"是个古老说法。远古年代，公文都写在竹木片上，撰稿人必是用笔写，纠错使刀刮，便有了"刀笔吏"的雅号。后来不知从何说起，它成了诉讼师爷的专称。但这是宋代以后的叫法，且不管它。只说，写材料真不是好活。见天捏笔杆儿，指头肚都磨出了茧子。农业局办公室主任姓尤，是我遇见的第一个"刀笔吏"。写了半辈子材料，都写怕了，凡见写稿子心里先发怵。自嘲说，他是"恐稿症"。

他老坐着写个没完，久之堆了一身脂肪，白胖。圆嘟嘟的脸不见皱纹，看去有点娃娃相。下巴的赘肉像白馒头，说话时嘚儿嘚儿地抖，挺好玩儿的。他喜欢跟人开玩笑，早晚乐呵呵的。一笑，那"白馒头"拉成横着的椭圆。可一听见局长说："老尤呀，你得再写个稿子哪。"他猛一紧张，满脸肥肉嗖地拉长下来。那"白馒头"随着往下一沉，顿又拉成竖着的椭圆。不笑了，郁闷了。

我一到办公室写材料，他最是得意，总算找个替罪羊。可公文写作不光是文字功底的事，还得熟悉全面情况，否则拿捏不住。我刚毕业个书生，短时上不了手。他等不及，恨不得立马把稿子全推我头上。麻烦了。摊上这差使，见天文山会海，这讲话稿那文件写不到头。像张狗皮膏药把你粘住了，甩不开，蹭不掉。

哥嫂生个女儿快满月了，早该回去看下的。我几次给尤主任请假，他都说："是是，当叔的，应该回去看看。"可说是说，他仍不断给我摊派稿子，弄得我一直脱不开身。这老滑头！

直到侄女满月后，我才逮空儿回了趟家。

那天，不用说得带件礼品回去。我打算买身婴儿套装，在商场转来转去拿不定主意。难在，想讲体面又嫌价贵，两下统一不起来。说到底，钱窄。

按说大专毕业的月工资四十二元，买件体面的婴儿装能挤得出。可刚毕业底子薄，还得攒钱武装下自己呢。县城干部多是穿皮鞋戴手表，我光着手腕穿着老布鞋。在乡下倒没啥，村里人都这样。然而，人的追求分着社会层面的，周围群体是参照系。眼看人家的手腕和脚上都闪着亮，你上下都不亮，随不上"群"了，寒碜了。

商品粮供应有粗粮和细粮，我把部分细粮票调换成粗粮票，落个差价，每月能省出些儿钱，攒着买手表和皮鞋。但粗粮吃多了，胃里老翻酸水。这没法子，顾脸面就顾不得胃。我在商店转悠半天，手里攥着钱，捏捏，舍不得。它是从胃酸水儿里拧出来的呀，狠狠心想豁出去，可是再捏捏，仍是揪揪挤挤大方不起来。

柜台里摆着各式婴儿装,我伸长脖子一件件探看。不是看款式,重在看标价。每看个价码,都不由估摸下兜里的钱。最后,买了套婴儿夏天穿的薄衬衫,盒装的。那盒像十六开本书大,也很薄。

我赶回家已近晌午了。

爷爷正在屋里剥柳条。他做了一辈子柳编生意,农闲时编些柳货,指这卖钱维持生计。如今年迈体衰,柳编活是干不动了,家人也不指望他挣钱。但他闲不住,总要找点事干干。昨天去地里采了一大捆柳条,这会儿把一根根绿皮剥下来,弄成白刮刮的柳编料。

我以为,他是打算编柳货再赚点钱。哪儿呀,爷爷翘着胡子说:"我都这岁数啦,今儿脱了鞋,明儿不知道还穿不穿,挣啥子钱啊?"他已九十多岁,好像随时准备着死,一切都无所谓了。而当他想到明天就可能会死去,今天指定是另种活法。

爷说,他打算做个蛐子笼。

我不解地眨巴着眼。小时候,乡下孩子都喜欢逮蛐子,爷爷老给孙子们扎蛐子笼。如今日子富了,农家娃都玩起了洋玩具,没人再逮蛐子玩儿,还做这个何用呢?

"是啊,娃们都不玩儿这个啦。"爷爷剥着柳条说:"可他们不玩儿,我玩儿,找个乐子不行吗?"

"行、行啊。但行是行,只是……"

我怕扫了爷的兴,说半截噙住了。心说他想玩儿就玩儿吧,闲着也是闲着。我坐下来帮他剥了几根柳条,权当陪着玩儿。能讨老人高兴,也好。

忽然,哥嫂屋里传出婴儿的啼哭声。这女孩儿天生不安分,老是哭闹不停。她出生在小满节那天,爷爷就给她起名叫"小满"。说小满是夏熟庄稼已灌浆饱满,有旺长气象。转而又说,不过按《周易》正四卦讲解,小满属震卦"六五爻",卦象有雷声上下震动的凶险。我不懂这个,忙说,有凶险还起这名字?

"你急啥？我没说完哪。"爷说，"易理有个法则，知敬畏而持中道。也就是保持警戒心，凡事都要把握个'度'，不走极端，否则物极必反。这人生呢，也不要企求大满，欲望过分膨胀必会走向反面，所以小满即是圆满。这名字不好吗？"

"嗯好，好呀。"我似懂非懂地点点头。

天近晌午，我起身往厨房去。看饭菜做好没，得给爷爷端饭呢。这是唐家多年的老规矩，每逢吃饭，头碗必先端给爷爷。由孙子们轮流着端，等他动了筷子大伙才能开饭，我打小就这样。

多天没回家，妈妈知道我爱吃韭菜鸡蛋饺子，去地里割了把韭菜。那韭菜长得肥嫩，能掐出水儿。也亏嫂子养了群鸡子，不光蛋能赚些钱，鸡粪也使上了劲儿。韭菜得了鸡粪的力，长得忒壮实。妈说，甭看你哥娶个哑巴媳妇，精着哩，是把过日子好手嘞。

妈妈仍盼着抱孙子。见我结婚几年没生孩儿，不由得有些着急。每次回家总会探问："朵儿有了没？"可朵儿是女强人性子，生怕养孩子拖累了事业，总想拼个样子再考虑生孩子。她怕冷不丁怀孕，床前老备着避孕套，每次做爱都先问句："那个，戴了没？"

我夹在她们婆媳之间，常常两下为难。这头问"有了没"，那头问"戴了没"。以至弄得我不愿回老家，生怕妈妈问这个。此刻，她包着饺子又忍不住问：

"朵儿有了没？"

"还、还没呢。"

"噫！咋还没哩？"

"哎呀，这个这个……咋说呢？"

我结结巴巴说不成囫囵句。妈妈再次失望了，她黑丧着脸包了会儿饺子，忍不住唠叨起来。

"我知道，你和朵儿是在奔前程。可不管奔啥，都得过日子不是?"妈说,"人啊,多大能耐都得两脚踏地,飞不到天上去。就说你哥嫂,虽没大能耐,见天粗茶淡饭热乎乎的,这又生个千金,小日子过得蛮有滋味儿。你两口儿倒好,整天贪这图那,生孩子都没空儿。那日子,就比你哥嫂过得舒心?我看不见得。"

接着又唠叨起两地分居的事,说不是过日子来头。依她的意思,让朵儿也调回县城,离家近好照应。当然她是乡下妇人见识,却不知县城人都想往省城挤,朵儿怎肯倒流回来呢?即使日子窘迫点,至少觉得体面些。

吃罢午饭,我要起身赶回县城。

哥嫂给我拾了一篮鸡蛋。我正抠得紧,细粮都省下调成粗食票。带些鸡蛋回去倒挺实用,正可补下抠损的身子。但哥嫂没啥活路钱,就靠卖些鸡蛋维持生计呢。我好歹有份工资,怎好意思接收呢?我把鸡蛋篮子放地上,转身朝大门外走去。

哥哥忙拎起篮子撵到大门口。他个没嘴葫芦,连句送人情话都不会说,只会在那儿推来搡去。倒是哑巴嫂子在旁边比比画画。她"啊啊"着指指我的肚子,又指指我的脑袋。我搞不懂她想表达什么,但妈懂,当起她的"翻译"来。

"你嫂子是说,让你补养下身子。"妈妈翻译道:"她说,你经常用脑的,缺了营养能行?得补养补养才对。"哥哥这才跟着妈妈学舌,随口溜了句:

"对,得补养补养!"

我朝嫂子摆摆手,说自己有工资不缺吃的。还夸张地挺挺腰板鼓鼓肚子,以示吃得很饱。哑巴嫂子又"啊啊"着指指我的脸,又指指我的腰,还做了个叉腰的动作。我更搞不懂了,一愣。

"你嫂子心疼你嘞。"妈妈接着翻译:"她说,眼看你那脸瘦得颧骨凸大高,腰细得一把粗,还说吃得好哪,不补养下能行?"随着她的话音,哥哥又溜了句:

"对，得补养补养！"

我傻眼了。还真是，自己只顾紧抠着攒钱，腰包没鼓起来，先把身腰"抠"细了，以至让哑巴嫂子都看着心疼。这很尴尬，好像自己成了残疾人可怜的对象。我嘴角抽搐了下，挤出一丝窘笑。

事实上，我远比哥嫂手头宽绰。只不过在城市圈儿里混，跟人攀比体面才"抠"成这样。而城里人所攀比、所追求的东西，却是哥嫂不敢想、也不去想的奢侈。这使我更无法接受他们的馈赠，心不安，理也不得。

我推搡着鸡蛋篮子不肯收，说让哥嫂变卖些钱买衣服吧。我注意到，嫂子仍穿着结婚时的衣裳，哥哥的解放鞋也露出了脚指头。妈妈把我的话又比画给嫂子。她意会了，边露出很知足的样子，边又"啊啊"着比画了阵儿，意思更复杂些，我越发搞不懂。

"你嫂子是不让你操心。"妈妈翻译道："她说，他们两口儿冬天有棉衣，还有毛衣毛裤，不冷；夏天有衬衫还有薄裤，不热。柴米油盐都不缺，日子过得好着哪。"哥哥又跟着溜了句：

"是，俺过得好着哪。"

哥嫂都一脸真诚的笑，很有幸福感的样子。对，是幸福感，说幸福必须带个"感"字才对。因为它没有物化的标准，多半儿是自我的感受。富家豪宅或穷家陋舍，内里是否幸福冷暖自知。我从哥嫂那种自足的笑脸上，似乎读出了一种朴实的哲理气质。

哥嫂执意要送篮鸡蛋，我实在推辞不下，只得半推半就接过去。掂量下有二十来斤，心里也沉甸甸的。这是哥嫂的生计呀，指靠卖鸡蛋换些活路钱，而我有工资反让哥嫂接济，叫啥事儿！

我估摸着，这些鸡蛋折成钱，去购我送的那种婴儿装，能买三四套。我越发羞愧得慌，直觉得给侄女买的礼品薄了，太薄了。

2

爷爷是头回用柳条做蛐子笼。

他干了一辈子柳编活,技法主要是勒编、绞编、砌编那些。但这些技法,做蛐子笼统统用不上。它是靠榫眼、榫头、卯榫来结构,属精细木工活,比柳编复杂得多。

编柳货多是采用秋条,柔韧性强,绕柱啦缠边啦勒线啦,绵绵的才行。蛐子笼统统是直木棒结构,不绕不缠,所以爷爷采的是夏条。它没秋条柔韧,脆。倒有个好处:秋条得浸泡后才能剥皮,夏条的皮无须浸泡即可剥去,省事儿。

柳条剥光后,先得晒干才能制作。那天,爷爷见柳条晒干了,用麦秸秆扎起捆,准备收藏到屋里去。忽见七哥唐承业闯进院里来,拎着两个崭新的蛐子笼,兴冲冲嚷道:

"爷,我给您买了两个蛐子笼!"

爷爷把柳条捆蹾在地上,转眼看见七哥一手拎个圆笼子,竹制的,刷着红油漆。形状像鸟笼,竹棍扎得更密实。另手拎个方笼子,木制的,罩层桐油呈木质自然色。整体有四棱八柱,属横卧长方式那种。立面是竖柱,顶和底是方格子。爷爷眯起老花眼打量了下,见两个蛐子笼一圆一方,做工都很精细,闪着油亮的光。

七哥在镇办煤矿混出头了,当上了副矿长。改革开放后,乡镇企业试行效益和奖金挂钩,他的收入高涨不少,有钱了。近日他到外地出差,正巧碰见市场上卖蛐子笼,知道爷爷喜欢这个,掏高价买了顶好的。他提溜着蛐子笼晃了晃,得意地炫耀说:

"爷您看,这笼子美吧?嘿嘿。"

七哥明显发胖了,满脸厚墩墩儿的肉。一笑,眼睛眯缝成两条缝儿,这点很像三伯的遗传。可是爷爷看着他买的蚰子笼,没一丝儿高兴,反迸出句不冷不热的话:"美是美。但再美,那是别人做的。"七哥热心碰个冷脸,腮帮子嗖地紧绷下来。不解地问:"爷呀,不管谁做的,有的玩儿得啦。省得您再动手做,不好吗?"

"好是好,可你买来笼子,能买来乐子吗?"

七哥不晓得,爷爷不是图个笼子,而是找个乐子。换句话说,笼子是个制作结果,他是图个制作的过程。眼看快入土的人了,任何结果都带不到土里去。爷说:"我只剩一呼吸气儿啦。哪天咯噔一断气,纵有万贯家产也都撒手而去。还买这干啥?"

我听着心里一酸,直觉挺悲观的。可再想想,这话也有深刻处,至少给人一种提醒:不管你执着什么,别忘了生命的限度。人生有了这种悲观垫底,才不至走向痴迷的贪婪。爷爷活到这份上,更不在乎拥有什么,那会陷入"撒手而去"的绝望。只有把目光转向过程,灵魂才能得到救助。可七哥却买个现成的笼子,等于掐掉过程直接塞个结果,不讨好了,没意思了。

"你倒是一片孝心,也难得。"爷说,"可你买个现成的,笼子有了,乐子没啦。"

七哥听得似懂非懂,仍固执地说:"不管是做的还是买的,有的用不就得了?"爷爷沉着脸白了他一眼:"你啊,光知道朝有用上想,没用就做不得?"

"可没用……做它干啥?"

"这叫无用之用!懂不?"

七哥挠挠头,搞不懂"无用之用"啥意思。爷爷常说,人啊不能功利心太重,那会活得很累。见天累得气都喘不匀,就不叫生活,只能叫拼死地活着。依他的主张,最好是腾出些闲空儿,适当玩味下生活,也就是做点"无用之事"。这虽然没啥实用价值,好像跟现实有点"隔",其实更贴近了真实的人生。于是,他对七哥

只求"有用"大不以为然,也不屑解释。只管扎着柳条捆,并朝他一翘胡子,淡淡说了句:

"你买这笼子不赖,送屋里去吧。"

七哥本是讨好爷爷的,兴冲冲跑来弄个稀松巴凉,跟花钱办个没眼色事似的。他泄气地拎着两个笼子,提提溜溜送到爷爷屋里去。迎门口有张八仙桌,他把笼子放在桌子上。转念一想,不对。明知爷爷不稀罕这个,摆门口反碍了眼。他把笼子又提起来,放在屋门后的醋缸盖上,这儿倒不碍眼。只是,有股酸酸的味儿。

七哥走后,两个蛐子笼一直闲置在那儿,爷爷很少摸过,只管做着自己的。前天采柳,昨天剥皮,今天晒干,明天制作,见天都有事干。自觉活得挺充实,也蛮有趣儿。他把晒干的柳条扎成捆,靠在堂屋的墙角里,接着开始构思蛐子笼的结构样式。他打算,正儿八经画出张设计图纸来。

爷爷打算做个有创意的蛐子笼。

他本意是找个乐子,但找乐子也得玩出创意,否则就变成重复劳作,没了趣儿。我对爷爷这种状态感到鼓舞,因为他还有创造的激情,证明还有灵动的生命活力。当这种激情和灵动不再,怕就只剩衰老痴呆那点事了。

他先找来本线装书,叫《营造法式》,宋代李诫编写的。据爷说,这书是两进士祖宗传下的古版本。装订线都磨断了,页面散发着霉腐味儿。书里绘有很多古建筑图式,看去还很清晰。我后来才知道,爷爷设计的笼子结构图,就是参照这些图式来的。

夏天,屋里闷得像蒸笼。爷爷照能坐得住,全在心静。他不停地翻看着那本书,并拿把方角尺用铅笔勾勾画画。那些建筑图式的结构很复杂,他研磨多天才把设计图纸拿出来。一框一线都画得极认真,标着严格的尺寸。这就有了谱,做起来不会出大差。

接着开始动手制作了。

爷爷用的工具很简单，几根钻孔的钢锥，几把开榫的小刀。那活儿做起来很精细，比如榫眼和榫头得一点点挖、剔、削、刻，弄得严丝合缝才行。这活儿，没静气拿捏不住。他跟坐禅似的，屋里静极了，只听见刀刻的吱吱声。

开始制作后，芹奶时常来搭把手。她比我爷小三岁，也九十多了。我至今搞不清，他们俩到底是什么情分。只知爷爷四十二岁那年，我奶就没了。芹奶呢，四十来岁便守了寡。打我记事起，老见芹奶常来我家串门。也怪，俩人跟比赛着活似的，这岁数都还硬朗。

那些日子里，芹奶几乎见天来。

俩人对坐在那儿，就像合作着玩儿。爷爷拿把刀剔榫眼、削榫头或挖卯榫。这活儿芹奶干不了，只能拿把锥子钻衔接孔。柳条棒上有铅笔标好的点，她照着一个个点钻出一个个孔。时而，爷爷会挑剔芹奶几句，说孔眼钻歪了偏了啥的。芹奶又会嘟囔几句："看你能的！不就做着玩儿嘛，瞎捏个啥？"

"你玩儿、你玩儿也得用心不是？"爷爷一本正经地说，"咱还能活几天？可这笼子是要留世上的呀。你做着不用心，弄得七扭八歪，毛里毛糙，岂不让后人笑话？"

他俩不停地摆弄着柳条棒，边扯些闲淡话。活到这把岁数把一切都看淡了，包括死亡。有时，俩人甚至拿死亡开玩笑。爷说："我近日老咳嗽，没准儿哪口痰喀不出来，就憋死啦。"芹奶忙说："噫！你可不能撂下我走呀。"说到死，俩人都愿自己死在前头，把生留给对方，好像进天堂也争着买门票。

"我大你三岁嘞，轮着我先走。"爷说。

"看你多精！凭啥把我挤后头？"芹奶说。

"嗯，我先走，你留后。"

"啥呀，你留后，我先走。"

争着争着，芹奶忽觉不对头。说你个老男人笨手笨脚的，我走啦，谁给你炸咸食哩？爷爷一想，也不对，自己撒手解脱了，把她撇下岂不熬煎得慌？这一说，俩人又把话颠倒了过来。爷说："那，你就先走吧。我送你上路后，再走不迟。"芹奶说："我才不先走嘞，把你甩后头，落个不顾伴儿？"

"嗯嗯，还是你先走，我留后。"

"哪能呢？我留后，你先走。"

好笑了。刚才是争着先死，转而又让着后走。本是沉重的话题说成了稀松，却又显得自然而然。这也好，人总是要死的，逃避不了就把它当成常态，反有了从容地面对。正说着，我妈突然走了进来。手里拿个黑瓷碗，打醋的，准备调蒜汁儿来拌面条。她听见屋里让着"先走后走"啥的，掀起竹帘问了句：

"你们俩打算去哪儿呀，说得恁热闹？"

爷爷打个愣怔，芹奶赶紧抿住了嘴。俩人对视一眼，都忍不住笑了。这才意识到有点荒唐，活得好好的，咋都争着去死呢？爷爷顿觉不得劲儿，这把岁数还玩儿那浪漫，老不正经似的。偏又被儿媳撞见，挺没来头的。他淡淡一笑，跟我妈打个马虎眼："嗨嗨，哪儿都不去，在这儿胡侃哪。"

我妈没在意，只管走到门后去打醋。去年秋天卸的柿子，一半儿晒了饼，一半儿酿了醋。饼是甜的，醋是酸的。不过细品品，那酸里仍含着丝丝的甜。

笼子做工很精细，得一点点精雕细刻。爷爷依着设计尺寸，把白花花的柳条截成长短不等的短棒，分类摆放在那儿。他也不刻意赶活，今儿削几根榫头，明儿开几个榫眼。芹奶钻着衔接孔，一根根往上对接，这根儿是梁，那根儿是柱，都弄得严丝合缝。爷说，干这个不能急，慢工才能出细活儿。

整个制作下来，爷爷花费了两年工夫。我每次回老家，看半天没大动静，可下次回来，明显有了长进。就像看朵花，盯半天纹丝不动，再度来已分明绽放，远不似前度那样。

这天，表哥俞波从美国回来了。

他大学毕业后，分配到省城的夏州大学教书，后来去美国访学一年。出国前，他来跟爷爷告辞时，蛐子笼刚制作出个基座。恰在他回国前几天，爷爷完成了全部制作。

蛐子笼在八仙桌上放着，正对屋门口。表哥掀起竹帘进来，先是惊讶了下。早前，爷爷也给他扎过各式蛐子笼，从没见过这样的。表哥入眼一看，哪是蛐子笼啊！整体看去像座殿堂模型，有种宏大的气势，把他惊得目瞪口呆。

"外爷，这还是蛐子笼啊？"

"还是，不过换种玩法儿。"

"哎哟，这还叫玩儿？"

"还叫玩儿，只是认真了点。"

爷爷说罢得意地捋着胡子，又眯起眼微微一笑。没错，他确实是玩儿的心态，却又是极认真地做，等于认真地玩儿了一把。

表哥身材瘦高，站在桌前高出大半截。他探着腰往下俯视，入眼看见"模型"的房脊。那是三根重叠的木棒，直绷绷横在笼子顶端，就像衣服的钩边，强化了脊线的装饰意味。两边是木棒排列的斜坡，呈弧形伸向房檐。屋脊处的椽头都收藏进脊木里，对接严丝合缝，使顶坡向屋脊过渡不露痕迹。颇像中国书法的起笔、收笔和藏锋，透出内敛、沉稳、温文尔雅的气质。

表哥是见过大世面的，也读过很多书，对古建筑略懂一二。他体察到，整个笼子从造型风格到结构特点、工艺手法都蕴含着中国文化元素，包括中国哲学思想的渗透。做工也极精细，一铆一榫都不马虎，足能说得上艺术精品。他猛一激动，叭地拍下桌子迸出句话：

"这笼子太美啦！"他说，"若去参展，准能获大奖。若去拍卖，也准能卖个大价钱哪！"

爷爷抽着旱烟猛一怔，呛得咳嗽了几声。他捏着烟袋杆，偏起头朝表哥左看右看，眼神怪怪的。表哥不安起来，疑是自己说错了，却不知错在哪儿，傻傻地愣在那儿。爷爷朝他打量了会儿，接着摇了摇头冒出句话：

"波儿呀，你在国内念念大学，又去国外留留洋。敢情就学了两个字：名和利？"

表哥的脸忽地拉长了。他存心是逗外爷高兴，不小心露出功利尾巴。也不怪，他年轻气盛，旺涨的生命力总会向外奔突，也需要些热闹。爷爷这岁数更喜欢清静，心态也渐向内敛，越老越精神化了。这是他走近人生尽头，有了对人生的完整感悟才实现的。好像生命已被心灵征服，被漫长的时间河流净化，还原了本真的清澈。在他看来，真正属于个体生命的存在感，不是在他人的奖赏中，而是在自我的肯定里。他没搭理表哥，喃喃自语了几句：

"活到这岁数，我啥也不图了，跟谁都不争了。"爷说，"我都土埋住脖子的人啦，什么名啊利啊，眼一闭我都管不了，也不操那份心。只想把真心喜欢的事做好，起码给自己交代过去。我尽力了，做到我能做到的最好了，这就够了。"

说话间，他抽完了一锅烟，把烟灰磕进桌上的青花瓷碗里，敲出钢啷钢啷的响声。那余音清脆空灵，就像古琴伴着泉吟在幽谷回荡，悠悠然飘向白云深处。

3

爷爷去世时已九十七岁，是在春天。

能活到这岁数的人一般没大病，顶多犯个感冒咳嗽。他见天清早起来，先去地里转悠一圈儿，吃罢午饭稍睡会儿，后响搬个小方凳，去门口大槐树下看下棋。逢见本村或邻村有社戏，唱几场看几场，一场不落。时或有朋友来串门，聊上大半天。就这么随遇而安赶着日头过，不急不忙个活法。

那天，他又去邻村看社戏。总共唱三场已看过两场，这是最后一场。家人劝他别再去，生怕接二连三跑腾受不了。他说没事儿，前两场都看啦，还差这一场？

看罢戏回来，太阳还没落山，他又搬起小方凳去门口看下棋。看着看着，忽觉有点头晕，得回家歇会儿。他走进屋里，坐在桌旁的大圈椅子上缓了口气。

桌上放着蛐子笼，春节后刚油漆过，红闪闪发亮。他不经意发现，笼子被老鼠啃了下，漆面露出几点斑白的牙印。看来放桌子上不妥，挂起来才对。屋梁上有个大铁钉，他拎起笼子想挂上去，不料脑子轰地蒙了下，身子打个趔趄。他赶紧抓住椅子扶手，瘫倒在大圈椅子里，顿然没了知觉。是晕厥。

幸好抢救及时，病情基本稳住了。但折腾这下大损了元气，我当晚赶回家时，爷爷仍昏迷着，次日清早才醒过来。家人以为没大事了，他却叹口气说：

"唉，我是该走啦。"

接着说，他昨夜一直胡梦颠倒，忽儿迎见我太爷太奶和奶奶，忽儿碰见我爹和姑妈，还有死去的其他亲人……大伙听得很丧气，跟死人见面意味着什么呢？虽说是梦，弗洛伊德称之为"潜意识心理过程"，没啥大怪。但对老年人来说，这梦就敏感了，好像不祥之兆。伯母婶们都闪出了泪，揉着眼背过脸去。爷爷刚强惯了，不待见哭鼻子。他想安抚下儿媳们，语气仍带着老公爹的威严。

"哭啥？人嘛，都有这一天。"爷说，"我活到这岁数够份儿啦，哭啥？去去，都坐那儿、坐那儿。"

儿媳们后退几步，坐在八仙桌旁的板凳上。二伯、三伯和五叔仍站在床边。突然，爷爷从被窝里伸出手，指了指桌上的旱烟袋。二伯以为他想抽烟，忙把烟袋递过去。但不是，他接过烟袋抚摸了会儿，久久没吭声。

烟袋是我姑妈生前买的，他用了二十多年，几乎见天不离手。那铜烟锅、乌木杆、玉石嘴儿都被他摸得发亮，有种腻腻的、肉肉的质感。他抚着摸着，头往枕上一仰微闭起眼睛，眼角倏地滚出一滴泪。大伙以为他又在怀念女儿，生怕打扰他的思绪，都屏住了声息。可是，他忽然睁开眼，冲着床边的二伯指派道：

"去，把你芹婶儿叫来。"

大伙都知道，他跟芹奶交情最深，村里这茬人都走光了，只剩他们俩能说得来。以为他是躺在床上耐不住，想找芹奶闲聊会儿。二伯没多想便随声答应下来，转脸又指派我去跑腿：

"去，把你芹奶叫来。"

我走进芹奶家，她正坐在院里的老椿树下梳头，旁边放个搪瓷洗脸盆。她拿把桃木梳子，频频朝盆里蘸些清水，噌噌往白发上梳几下，直到梳得溜光盘在脑后，横插上一支银簪子。然后从香脂瓶里蘸点雪花膏，往脸上擦拭几把。她清贫一辈子，可早晚都打扮得整洁利落，不失贫妇雅致。

那棵椿树很老了，主干上长着疤疤瘌瘌的枯疙瘩，冠顶有几根枯枝已发黑脱了皮，干巴巴指向天空，很沧桑的样子。阳历四月天，依然萌发出满树新芽尖儿。你看着它的沧桑，更感动枝头的春意。

我说明爷爷的病情，芹奶猛地打个愣怔，脱口说道："你看你看，我说昨晚咋老做噩梦哩，应验了不是？"我不由起疑，难道有情人之间，真有心灵感应不成？芹奶的神色很平静，好像对这天早有准备似的。她仰起脸面向天空，凝望着老椿树上的枯枝梢，黯然地长叹一口气，淡淡说了句：

"让你爷等着，我晚会儿就去。"

可是直到半晌，芹奶迟迟没来。我又跑一趟，发现她正在炸咸食，萝卜丝拌面糊那种，说我爷喜欢吃这个。但爷爷已吃不下硬食，她却执意再做一回。我劝阻不住，只得由她了。

她的背已驼得像弯弓，眼也昏花得很。她把葱、姜、萝卜切成丝，眼睛贴近刀背才能看清刀茬，胸脯几乎伏贴在案板上。下锅油炸时，生怕看不清成色炸煳了，她两眼尽可能地往锅口凑近。锅里爆着油星，溅到脸上跟针扎似的。她孙媳在旁边站着，几次凑上来想搭把手，都被呵退了。她坚持要亲手做，又叹口气说：

"唉！也许……这是最后一回啦。"

半晌时分，芹奶才拎着炸好的咸食，另手拄着拐杖，小尖脚一拧一拧朝我家走来。那咸食用白麻布兜着，她颤巍巍地走，麻布兜儿在手里提溜溜地摆。

芹奶跟我家隔条街，至多四百米远。她小脚尖尖的，颇像圆规在地上拧。每"拧"一步，往前挪出几寸路，走进我家胡同口已累得喘不过来气。胡同有二十来米长，她扶着墙喘喘息几次才走到头。

我家门口有三级台阶，红石板铺的。台阶旁竖个石磙，她把拐杖和麻布兜合到一只手里，另手摁住石磙才爬上去。门槛高了点，她的腿抬不起来。幸好我妈出门迎见了，忙搀扶她一把才跨进去。

爷爷已咽不下硬食了，却不忍负这份情。他一丝丝扯下来塞进嘴里，再一点点嚼碎咽下去。多半儿是吃给芹奶看，还强装吃得很可口，连声说真香、真香。

家人都识趣地走了出去，有意让他们俩单独聊会儿。

多年来，说起爷爷和芹奶的情分，晚辈们心里都犯嘀咕。孤男寡女老这么来往，算咋回事呢？可他们俩就这样不明不白大半辈子，如今活到这份上还说啥去？睁只眼闭只眼算了。

五叔最恼火这个，好像芹奶在他父母间插了一脚。尽管我奶去世几十年了，他仍很介意，似乎誓将亡母的婚姻专利捍卫到底。他不敢跟我爷叫板，暗地里老骂芹奶是"骚老婆子"。此刻一走出大门，他又撇着嘴哼了一鼻子："哼，咱爹真是的！都到这地步啦，还惦着那骚老婆子！"

二伯瞪他一眼："说啥哪？这话是当孩子说的？"五叔打小惧怕二伯，从不敢跟他顶撞，梗着脖子辩解了句："我当面不敢说，背地冒口沫咋的？"二伯气得跺下脚，又冲他发句狠话："沫也不能冒！没屁，就别放！"

五叔被镇压住了。有屁，也不敢放。他咧咧嘴，乖乖地跟着二伯朝胡同外走去。望着他们俩的背影，我越发好奇。打记事起，大人们对爷爷和芹奶的事都忌讳着，尤其当着晚辈的面从不提。我仍记得，小时候跟爷爷去唐僧寺赶庙会，头回发现他跟芹奶有点"那个"。当时还听见爷爷说了句悄秘话："咱俩这情分，有啥使不得？"可直到今天我仍搞不清，他们俩到底是啥情分儿。

这对我来说一直是个谜。

送走二伯和五叔，我转身回到院子里。路过爷爷屋门口，不禁朝里边瞧了一眼。恰被妈妈发现，她走过来扯下我的衣袖，压低声音呵斥道："看啥？后屋去！"

走进后厢房，妈妈往床边一坐，拿起针线纳起鞋底子。屋里的小方桌上有盘瓜子，我坐下来随手嗑着，边探问起爷爷和芹奶的事儿。妈妈迟钝了下，抑或见我已二十多岁，怕是瞒不住了。而爷爷眼看临近人生尽头，也没必要再瞒下去。她先感叹了一声：

"唉！他们俩，这辈子有缘没分呀！"

妈妈接着闲扯起来。她说，过去有个旧婚俗叫"替相"。谁家孩子长得丑，怕女方相不中，就找个帅小伙去冒充。女方相中后，定下婚约就不能反悔，绝不能。直到出嫁进了洞房，即使一掀盖头发现不对已晚了，生米做成熟饭了，就这规矩。

芹奶便是这样嫁来的。她丈夫长得很丑，相亲时怕女方看不上眼，就让我爷去"替相"。妈说，你爷当年可英俊嘞。他看社戏往台下一站，姑娘们都眼珠子贼亮。那帅气劲儿，你芹奶哪有相不中的理？指定两眼也放光，喜滋滋没得说。

妈妈从没见过芹奶那个男人，据说是害痨病死的。她听人说，那男人长得黑瘦，还一脸麻子罗圈儿腿。芹奶很漂亮，数村里挑尖儿的俏婆娘。这就坏事了。妈说你想，俏新娘喜滋滋入了洞房，掀起盖头一看傻眼了。眼前不是她相中的英俊郎，变出个丑八怪，不气死？

芹奶死的心都有。她曾上过吊跳过河，偏是命大没死成。闹出这么大乱子，我爷不安了。他本心是成全别人，孰料把个良家姑娘害惨了。爷爷老说，这是他一辈子最大个亏心事。啥子"替相"嘛，坑人呢，作孽啊！

芹奶恨透了我爷。若非他"替相"能嫁个这男人？可生米已做成熟饭，爷爷也没了法子，只得给芹奶赔不是。再后来，凡见她有啥事都尽力帮一把，否则对不住良心。说来蹊跷，我奶死后不久，芹奶她男人也死了，偏就遭遇成一对孤男寡女，两个苦命人。芹奶生下一男二女，剩她一个单身女人养活，够可怜的。爷爷呢，拉扯六个儿女也艰难得很。可是见芹奶有啥难处，他照样尽力帮忙。自然灾害年头，宁让自家孩子饿着肚子，也尽量接济她一把。

芹奶渐是有了感动，以至遇事都找他想法子。我爷是敢做敢当个主，不怕事。只要芹奶求上门，没不答应的。连她侄女（秀婶儿）被前夫"鬼附身"让他去跟鬼斗，都敢。有天晚上，陆铁蛋打寡妇主意，翻墙对她使坏。这家伙赖得很，全村没人敢惹。爷才不怵呢，抓起锨把揍了他一顿，打得他躺床半月爬不起来……久之，芹奶对我爷不光是感动，还打心底信服。说，他"很男人"。

我妈也说不清，爷爷跟芹奶是啥情分。只知道，她一嫁到唐家，便见他们俩这对孤男寡女来往不断。芹奶有啥过不去的事，我爷便替她兜着，几十年都这样子。

"可他们俩有缘没分呀。"妈说，"你看，俩人大半辈子丝丝瓤瓤的，能说没缘？可苦苦熬到头，还是孤孤寡寡各是各，没分呀。"

我听得发呆，捏着瓜子忘了嗑。直怪，既然俩人丝丝瓤瓤情不断，又何必孤孤寡寡各是各呢？当然了，世上有情人难成眷属多了去，但多半儿是有婚姻制约，没法子。爷爷和芹奶都丧偶多年，法定约束已事实上解除了，再撮个家不正好？妈妈白我一眼说：

"别瞎扯！你懂个啥？嗑你的瓜子吧。"

那年代，寡妇改嫁会被人捣脊梁骨的。妈说，芹奶的儿女们嫌丢人，婆家人嫌丧门风。爷爷这头呢，儿女也很难接受"后娘"，觉得不光彩。再说了，爷爷有六个孩子呢，谁当后娘都没好处。他不愿让儿女们受委屈，宁肯自己守孤独，苦了几十年。

我嗑着瓜子很无语。直觉得，这事就像芹奶的"三寸金莲"一样怪。好端端双脚，干吗缠成畸形呢？活受罪还难看死啦。可今人看着丑，古人视为美，谁把脚放开就丢大人了。连马皇后不小心露出大脚，朱皇帝都挡不住被人吐槽。还说啥去？人啊，他都是也只能是活在特定的时代生态里。今天嘲笑的荒谬，却是昨天的常态。

我听着爷爷和芹奶的故事，心里酸楚楚的。我不停地嗑着瓜子，那仁儿品着满口香，还有点甜丝丝的味儿。可地上却是留下一片苦涩、残破的皮儿。我把它扫了去，荡起一缕尘烟儿。

芹奶跟我爷聊了很久，接近晌午才走。

我和妈妈一直没去打扰。听见芹奶从屋里走出来，才赶紧跑过去。妈妈挽留芹奶吃饭，她摆摆手说："不啦，俺家的饭做好了，等着我嘞。"妈妈没再坚持，本来就是句人情话，明知她不会留下的。因为,这不是她的家。

芹奶摆手的当儿,那只手紧揪着衣袖口,好像袖管里掖着什么。我和妈妈都注意到了,但都没太在意,只管把她送到大门口。我搀扶她下了石阶,目送着走进胡同里。

芹奶一手拄拐杖,另手仍揪着衣袖口。那双小尖脚一拧一拧往前走,仿佛带着满身故事,在地上"拧"出一串儿长长的省略号,从胡同这头到那头。

后晌,爷爷时睡时醒。家人在床边守候到深夜,见他没大异常,以为是看戏累着了,歇歇就会缓过劲儿,便各回自家去。二伯临走,爷爷还惦记着蛐子笼,让他挂到屋梁上,生怕老鼠再咬了。

可是大伙走后不多时,爷爷突然糊涂了,以至认不出我来。连说几声:"爷,我是九儿呀!"他木呆呆没反应,似乎已经失忆。但他迷迷糊糊还记着蛐子笼的事,冷不丁问了句:

"蛐子笼挂起来没?"

"挂起来啦,您放心吧。"

"记着,把它保管好,别让老鼠咬。"

"记着嘞,会记住的,爷!"

我莫名其妙地敷衍着,他又昏迷了过去。我慌了,忙把妈妈、哥哥和嫂子都叫过来,呼喊了阵儿。爷爷才被唤醒过来,却又迷迷糊糊问了句:

"蛐子笼挂起来没?"

"挂起来啦,您放心吧。"

"记着,把它保管好,别让老鼠咬。"

"记着嘞、记着嘞,爷!"

他接连昏迷多次,醒来都重复着这句话。我也重复着敷衍多遍,就像两个机器人单调、刻板的对话模式。我甚至感到滑稽,祖孙俩唱的是哪一出呢?后来才明白,这是一种生命的临终状态,他的脑细胞已死亡殆尽,仅剩一点点记忆残留物。也似乎对什么都放下了,唯有这点放不下。

妈妈见不对头,忙吩咐我去叫村医礼爷来诊断,又让哥哥去叫叔伯们。大伙赶来时,爷爷呼吸已很微弱。桌上的花瓶里插着鸡毛掸子,礼爷拔根鸡毛放他鼻孔那儿,发现还有气息。家人急急呼喊起来,爷爷吃力地睁开眼,朝大伙扫视了下又微闭起来,又含糊不清地嘟哝了句:

"蛐子笼……蛐子笼……"

说着,他的头往枕上一歪,没了气儿。礼爷翻开他的眼皮看了下,见瞳孔已经扩散,不行了。家人大惊失色,说白天一直蛮精神的,临睡前还很清醒,咋突然不行了呢?礼爷说,这叫"回光返照"。大伙才猛然顿悟过来,哎呀!咋没想到这个呢?

其实,大伙都知道有"回光返照"一说。可知道归知道,昨天他还去看戏、看下棋,今天又跟芹奶聊半天,谁会想到这上头呢?满屋发出一片哭喊声。

礼爷从医多年,亲眼见过很多老人离世,却极少见过这样的。活到九十七岁,没病没痛没给子孙添麻烦。临走还连看三场戏,观了一盘棋……他怔怔地发了阵儿呆,不由感叹句:

"这老爷子,不知行多少善才积个这果,善报啊!"

屋里充满肃穆气氛。我搞不懂"回光返照"是咋回事,它的医学原理或生理机制是什么?也因为搞不懂,我总觉有种神秘感,不由胡猜乱想,也许是上帝着意安排,给人生一个完满布局,让他临走再清醒阵儿,对牵挂的人、未了的情、放不下的事有个交代?但这没法验证,只有天知道。

丧事办得很简单。爷爷生前有交代,说人嘛,死啦埋啦就完啦,别再摆样给活人看,图那虚荣有意思?他说,子孙对他都很孝敬,而他也很知足,后事从简就是了。心到,神鬼都没得说。

但入殓的时候，突然发生个意外。

依丧葬习俗，盖棺得放件随葬品，一般是他的心爱物。大伙没商量，都想到了他的旱烟袋。是，没什么比这个更心爱了，几十年没离过手，应让他带走才对。可意外的是，烟袋找不着了。大伙翻腾半天，只在枕头下找到个烟丝包。怪了，烟丝包一直在烟袋杆儿上系着的，咋分开了呢？

忽然，妈妈心里猛一激灵，想起昨天送芹奶走时，见她一直揪着衣袖口，会不会是掖着那根烟袋杆儿呢？她没敢声张，忙把二伯叫到另间屋里，五叔也尾随了进去。没说几句，就听见五叔发了火：

"不行！这咋能……那骚老婆子！"

"闭嘴！你嚷个啥？"

二伯一声怒斥把五叔压制住了。妈妈压低声音对二伯说，八成是我爷有意把旱烟袋赠给芹奶了，临终了个情？而这让五叔越发恼火，他一直对芹奶很抵触，更容忍不了这个。固执地说，得把烟袋夺回来，决不能留给那"骚老婆子"！

我妈明知五叔是"二杆子"不接他的话茬，只跟二伯理论。她的意思，是说我爷中年丧偶，不愿为难儿女孤身几十年。芹奶呢，本来看中的是我爷，谁知"替相"调个包，跟丑男人窝囊一辈子。想想看，孤男寡女相处几十年，有情有义却没名没分，怎个苦呢？

"我当儿媳的不该多嘴。说得对不对，二哥你做主。"妈说，"咱爹跟芹婶儿的情分，谁不清楚？从根儿上说，芹婶儿出嫁时，本是奔咱爹来的呀。可意中人见天在眼前晃，却眼巴巴看着够不着。她苦熬了大半辈子，最后只落他根烟袋杆儿。咱再去把它夺过来？二哥你掂量下，看合适不？"

二伯思忖了会儿，觉得我妈说得合情理，又把五叔摁住了。说："老五你别瞎咋呼！就这样办，啊，就这样办！"五叔不敢跟二伯犯犟，气呼呼梗梗脖子，认了。

当然这事不能公开，透出去算咋回事呢？二伯当下敲定：对外都装糊涂，不再提烟袋杆的事，权当没发生。只把烟丝包放棺材里，那是雪莲生前绣的，系着父女俩的心呢，也该让它陪伴到天堂去。

真奇了怪，芹奶三个月后也走了。

但这不是巧合，不是。生命需要精神支撑，心灵需要情感滋润，尤其人到老年更是。我琢磨着，爷爷和芹奶双双活到长寿，多半儿也在于这种精神依赖。一对儿老人，就像两根朽木支起的A形架，互相借力才有撑劲儿。这根倒了，那根指定撑不久。也好像冥冥中有种神秘的"缘"，命定了这样的悲欢离合。依着芹奶的初心，她本是奔我爷来的呀，抑或人间无奈，魂随他去？

不必说，烟袋杆儿是让芹奶带走了。她家人也明白咋回事，同样心照不宣，悄悄放进她棺材里。我有时遐想，假若天堂有灵，那对儿烟袋杆儿和烟丝包，还能系在一起吗？

4

爷爷床头有个旧板箱，黑漆的，边角都磨得发了白。清理他的遗物时，发现里面是半箱干烟叶，一束束扎着捆儿。家人见没啥金贵东西，只管闲放在那儿。

后来我有了儿子。朵儿在市里上班顾不过来，我在县城又照看不上，刚断奶就送回老家去了。婴儿行头大了，尿布、棉垫、童装、小被褥啥的一大堆。妈妈见这么多片片块块乱扔不是事，得找个地方归整起来。她想起了那个旧板箱，正好派上用场。

箱子里的烟叶已发了霉，而今日子宽裕了，乡下人都抽起卷烟来，没人再抽这个。妈妈打算把它掏出来扔掉，腾空装婴儿用品。这时才发现，烟叶底下压个鼓囊囊的小塑料袋，里面包层牛皮纸。打开一看是个破笔记本，还有些旧发票。她不识字，怕是啥珍贵字据没敢扔又压在箱底下，不耽搁放衣物。

儿子送回老家不久，我的工作有了变动。

起因是局长方智达当上了县长。当时正赶上干部"四化"，他是中国农大毕业，从农业局局长一下子提拔为县长。那时，大批高学历干部都是这样上来的。他当上县长后，把我调进县政府办公室，不必说仍是写材料，给他当文字秘书。

经过几年磨炼，他对我写的稿子很认可了。倒不是说，我的文笔怎么了得，多半儿在磨合。你给某位领导服务久了，对他的思维特点、讲话风格乃至习惯用语都摸透了，写讲稿自然能对上眼。他觉得用你很顺手，带上使唤着得劲儿。当然还有个信任问题，但这是废话，不信任能用你吗？

这一变动更忙了。我在农业局是部门工作，县政府管方方面面一大摊子事，越发写不完的稿子，周末都甭想休息。孩子往老家一送，多天回不去。

朵儿也忙得够呛，除了工作还忙着"专升本"。眼下学历成个宝贝疙瘩，就业、晋职、提拔都凭这个。国资局多是本科生，她大专毕业提拔就难了。前些天，局里提拔一批中层干部，硬条件便是"本科以上"。没她的份儿，一条硬杠杠卡掉了。于是孩子刚满月，她就报考了"专升本"。我跟她商量，晚报一年不行吗？

"不行，半年都不能耽搁！"她说。

"耽搁一年半载能咋的？"

"那会一步跟不上，步步跟不上！"

她急得没商量，似乎提拔是"只争朝夕"的事。这样子，见天跑腾不停会上火的，孩子吃了上火的奶，怕是不对头。我妈当婆婆拦不住，她妈也没辙，嘟囔说："这闺女！咋恁拗哩？你再奔前程，若孩子养不好，日子能过好？"但朵儿等不得，业余时间只管去上课。她把前程看得比养孩子更关紧，谁挡跟谁急。

她不是不心疼孩子。当妈的，谁不心疼身上掉下的肉呢。这就弄得两下撕拽，顾了上课就没法喂奶，乳房憋得胀痛。回到家，看见孩子又愧又疼。有时慌慌张张跑回来，浑身冒着大汗，赶紧把乳头塞进婴儿嘴里。奶热辣辣的，孩子一吃果然发起高烧来。她发狂地把孩子搂在怀里，吻他的脸他的肚子他的胳膊腿和小屁股，处处都是她心疼的肉。吻着吻着，她难受得闪出两眼泪。

当女人难就难在这儿，孩子和事业拧在一起，两下撕拽不过来。有的女人会向母性妥协，放弃部分事业去关照孩子。朵儿不属这种，她把事业看得天大，又放不下孩子这一头。这就"拧"得累了，也没法不累。

眼下孩子总算断奶了，送到乡下了。她上班忙工作，业余忙"升本"，难得回趟老家，指望我多照看下。说我上班离家近，方便。这是个理由。但我也忙得脱不了身呀，别扭了，冲突了。朵儿总嫌我照看得少，老为这个吵架。一吵，我绝对不沾光。妈妈不便说儿媳不是，总把板子打到儿子身上：

"你个大男人，吵啥？把嘴夹严点儿！"

我被她们婆媳两下夹击，这头抱怨那头打板子。以至逢见朵儿回来看孩子，心里都忐忐的，生怕又受板气。不过，老吵架也会"吵"出经验来，我长智慧了。索性憋住气不吭声，任她吼阵儿就过去了。这法子屡试不爽，基本都能化汹涌为平静。

可是有天，朵儿回来显得格外高兴。

她是去南方考察学习回来的，迎见我满脸灿烂。这是我乐见的，估摸她心情一好不会再吵架。她在县城下了火车，先拐我办公室来，手里拎了一大包婴儿装。进门没落座，便一件件展示给我看,边介绍着这件是在苏州买的,那件是在杭州买的,还有什么什么地方,总之转了一大圈儿。十多天的行程,实际考察学习不足三天,其余统是旅游观光兼购物。这样一路风光走下来,她兴致满满,把习惯性的吵架也疏忽了。

她属机关财务人员,主要负责旅途花费,比如买车船票、安排食宿、联系景点啥的,都是她的活儿。每到一处,她拎着钱包跑上跑下累得够呛。不过,这次是局长亲自带队去的。国资局个大摊子,她普通小职员很难接触到一把手。本次组团只有八个人,这么小范围接触局长,对她是蛮荣幸的。她激动地说:

"知道吗?这次是局长带队去的!"

"局长去……又怎的?"

"他只带七个人,有我!"

我被她弄迷瞪了。说:"你不正忙着'专升本'嘛,给孩子喂奶都顾不得,怎有心陪领导出差了?"不防招来她一句猛怼:"犯傻呀你!跟领导不熟悉,升了本又顶啥用?"她一怼,我不迷瞪了。哦!原来有这想头。

她往椅子上一坐,高高地翘起下巴,好像出趟差也骄傲不少。接着说局长对她的表现很满意,还当面夸奖了她。这一说,骄傲的下巴越发高翘起来。我不由好奇地问了句:

"哟呵,局长夸你什么了?"

"局长说,朵儿很会来事。"

"还有呢?"

"没啦,就这一句。"

"就……这一句?"

"是啊,就这一句!"

她说着又腾地跷起二郎腿,为"这一句"激动地抖了几下。但一跷腿,我发现她的脚有点肿胀。全程都是她在跑腿打杂,能不胀吗？但她没叫苦，似乎脚胀之痛被句夸奖抵消了，或被麻醉了。

这趟"考察学习"下来，她不光处处安排周到，各种花费也都处理得很妥当。比如名胜景点的门票、游山玩水的车船票、卡拉OK和桑拿按摩的消费等等，按规定不能入账的，她都设法换成别的发票，变作"公务招待费"或"会议费"，合理合法入了账。领导夸她"会来事"主要指这个，至于她的脚是否跑胀，倒没太在意。

那天恰逢周末，我们俩一起回了老家。

朵儿多天没见儿子，亲热劲儿不必说了。她让儿子把新衣试穿了一遍，件件满意。妈妈把新衣叠起来，让我放进小板箱里。这时，我也发现了箱底那个小塑料袋，打开翻看了几眼，才知是当年打井的旧账本和原始票据。我惊讶了下：那井是爷爷领着打的，将近二十年过去，还保存着这个！

当时我刚上初中，记得这些花费都张榜公布过的，还开了个社员大会，爷爷把各项开支细说一遍，谁都没二话。最后爷爷撂下句话："井是我领着打的，钱是大伙凑的。都花在哪儿，全摆到明处，保证一笔不差！我不图大家说好，就落个做事敞亮，做人清白！"

可是多年过去，打井的事早已烟消云散，有些当事人已不在人世，还留它何用？唯一用处，就是证明爷爷生前的清白。他显然把这个看得很重，否则不会死后还藏在箱底，包得那么严实。怕牛皮纸腐烂，外边再套层塑料袋。

我把旧账本拿给朵儿看。心想她是搞财会的，也许会感兴趣。但很扫兴，她正在床上逗儿子玩耍，随便瞟了几眼，不屑地一撇嘴："唏！不就本破日记嘛，有啥看的？"

"不不，它不是日记，是账本。"

"真没文化，账本和日记都分不清！"

朵儿很专业地批讲起来。说，现在通用的是复式记账法。就是依据恒等式原理，利用会计要素之间的关系，通过双重记录进行试算平衡，构成完整系统。又说，早前用的是单式记账法，只在一个账户中记录，是种不完整记法。可爷爷这个本本没科没目，连单式记法都说不上。她下结论：

"懂不？它只能叫日记。"

我对会计术语都搞不懂。朵儿见我没听明白，又随便翻开一页让我看。那是一笔支出记录："1968年3月10日上午，我让二孬去镇上买了盒铁钉，三毛五分钱，回来交给了队长陈福贵。"她指头捣着那行字说："你看，这记法能叫'账'？只能叫日记！"说罢，她随手往床上一扔，旧账本落在了婴儿的尿垫上。

当天后晌，七哥从北京出差回来了。

近年赶上改革开放，他的煤矿大发了，已成立煤业集团公司，下属多家企业。而他也升任为公司总经理，还成了省里第一批乡镇企业家，发有证书。他接任总经理后，打算建个火电厂，走"煤变电"的路子，这样比单一产煤的效益更可观。近些天，他不停地往市里、省里和北京跑腾，忙这个。

七哥刚出差回来，听说我和朵儿在家，好久没见面了，特意来老宅闲聊会儿，顺便看下孩子。我又把老账本拿给他看，他也很惊讶："天哪！咱爷不在多年啦，咋还留着这个？"

他把老账本粗略翻看了一遍，也觉得不像"账"更像日记。比如："某月某日，到镇上买粗麻绳一捆，48元。我和陈大有去的。营业员姓徐，鼻子上有颗痣。"又如："某月某日下大雪，挖井太冷，在代销点买白干酒三瓶，共计3.6元，分给大伙喝了。"七哥翻看着也不由发笑，觉得太琐细了点。可琐细是琐细，每笔花费的时间、地点、款额、当事人乃至场景都记得真切，啥时都能说个一清二白。

七哥又把旧发票翻看了下。那些票据大小长短不齐，边沿撕得豁豁牙牙。有些花费很零碎，比如一次买了三根蜡，九分钱。有次是买盒火柴，四分钱。这么零星的小开支，发票都保存得完整无损，一丝不马虎。

厚厚一摞子旧发票，总共也就五百多块钱。当时打井的劳动报酬是记工分，现金往来就这么多。在朵儿眼里，这点开支根本不是个事儿。她这次去南方"考察"，顺路拐到阳澄湖吃大闸蟹，八个人一顿饭就花去上千块。扣除物价上涨因素，打眼井那点钱，在国资局账面上也是个微数，可爷爷却把它看得天大。

朵儿忍不住捂着嘴一笑。

那些旧发票，多是几块几毛甚至几分，超过十元的没几张。爷爷按时间顺序一张张叠整齐，再按月份成打，用皮筋一打打捆成卷儿，放几十年不乱。

朵儿对这个越发不屑。她是财会科班出身，票据管理也是很讲究的。包括分类、整理、归档、编码乃至装订线和封面书写，都有规范化标准。在她看来，爷爷用皮筋捆着的一卷卷儿旧票据，就像烙馍卷菜，太土了。起码说不专业，很不专业。

我见她一脸不屑，直觉得是对爷爷大不敬，不由想驳她几句。我想说，是，爷爷这弄法很不专业。可它从头到尾一个"真"字盖了，不掺半分假。哦哦，你朵儿倒是专业，账务做得很规范，票据也弄得精致好看，却把游山玩水偷换成"会议费"或"公务招待费"，就这"专业"法儿？

七哥是企业当家人，他翻看着老账本和旧发票，感触跟朵儿大不同。因为政府机关花的是财政钱，不心疼。他企业的钱是出力流汗挣的，是成本管理分分厘厘精算出来的，感觉到钱是钱了。七哥搞企业多年，深知家业越大猫腻越多，生怕手下人胡乱来，管不好会出大露洞。他感慨地说：

"家业再大再有钱，都搁不住挥霍啊！"

七哥冒出个想法，打算把打井的账本和票据带走归他保存。跟我商量说："九儿呀，这东西对你没啥用。我是搞企业玩大钱的，时常看看这个，能提个醒。"

我明白他的意思。打眼井这点开支，对他个大企业不够填牙缝。但他从中看到了一种精神，一种坚守。我点点头说："好吧，归你就归你。不过这是咱爷留下的，得保管好呀。"七哥嘿嘿一笑："废话！这还用说吗？我是把它当成传家宝看哩。"

事隔不久，他专门买个精制的木盒子，盛装打井的老账本和旧发票，真个当成宝贝了。那盒子是紫檀木，采用中国传统的髹漆技法，纹饰属雕填戗金那种。顶盖图案是条中华龙，金黄色。

5

七哥的电厂项目上马后，一直想把表哥俞波"挖"过来。公司起家是小煤矿，管理层多是挖煤出身。而今已成跨行业企业集团，老班底玩不转了。表哥是名牌大学毕业，又去美国深造过，算得高端人才，能扛大梁的。

表哥迟迟拿不定主意。眼下是有些公职人员"下海"了，但极少。他大学教师下到乡镇企业，似有点"屈就"。但这话说不出口，摆谱咋的？上大学期间他不肯接受父亲资助，手头很拮据。当时七哥当挖煤工那点工资，没少挤钱接济他。凭这，尽管内心不情愿，到底嘴短了点，弄得支支吾吾没句囫囵话。

有天后晌，七哥拉我去帮腔当说客，我踌躇了下。七哥恁大面子都劝不动，我去济啥事？不过多天没见着表哥了，济不济事，叙叙旧也好。就去了。

表哥家在夏州大学校园里。待遇还不错，结婚不久就分套三居室住房，我至今连一居室都没混上呢。前些时，朵儿提拔为财务科副科长，说是能调剂套旧房，眼下还没影儿。人跟人是不能比的，表哥属拔尖人才待遇，咱算啥？凑合着过吧。

走进他家已近傍晚，表哥还没回来。表嫂也是夏州大学老师，刚下班回家。她一头乌黑的短烫发，大波浪式高挑着刘海。脸儿光润细白，戴副椭圆框金丝眼镜。在家里接待客人，她也着意披条丝绸披肩，保持着优雅的样子。

很奇怪，我一见表嫂老是联想到姑妈，总觉她们俩有点"婆媳相"。都是皮肤细白身材匀称，留头短烫发，说话温温柔柔的。我甚至怀疑，表哥是照着他妈的样儿挑选的对象。他太怀恋母亲了，或许恋母情结会影响到择偶偏好？而这也是种缘。

表嫂给我们俩沏上茶，刚聊几句，儿子俞越从幼儿园回来了。他小名叫卓卓，也长得嫩白，大眼睛水灵灵像个女孩儿。小家伙忒聪明，才四五岁个娃儿，已会些英语对话，还能做些简单数学题。他是被爷爷接回来的，在外边玩耍了会儿才进家门。七哥随口问了句：

"那，你爷爷呢？"

"他送到楼下就走啦。"

表嫂顿觉不对劲儿，好像把老爷子拒之门外大不妥。赶紧解释说，不是不让他来家，是他不愿来呀。也不是他不愿来，是俞波见他老是黑丧着脸。他才不肯进家门，生怕碰个冷脸讨没趣儿。

我和七哥点下头表示理解。都知道，姑妈被冤死后，表哥恨透了他父亲，多年没叫过一声"爸"。久之连称呼都陌生了，压根儿喊不出来。偶尔，他有事必须跟父亲打招呼，总是喊儿子的乳名代替："卓卓！"父亲呢，听见儿子冲他叫孙子，便知是叫自己。扭头问句："啥事？"爷儿俩就这样冷冰冰的，以至冷得有点滑稽。

姑父退休多年了，从没跟儿子一起生活，独自住在老房子里。

他的退休工资足够用，身体也还行，生活倒不成问题。可孤独啊，他是南方人离老家远，身边没啥亲情，唯一一个儿子又跟冤家似的。指望跟孙子亲热下暖暖心，又怕撞见儿子的冷脸，弄得爷爷见孙子还得躲躲闪闪。想想，也挺可怜的。

表嫂很通情达理，说话也蛮实在。她说，她打心底也鄙视公爹，出卖自己的妻子还算男人吗？至少没男人的担当！但说回来，毕竟还有父子情啊。眼看他孤苦伶仃的，做儿子该关照下才对，否则不近人情是吧？可俞波偃，硬是不肯搭理父亲，真叫没法子。七哥听着也很无奈，掰弄着指头说：

"是是，俞波也太……那个啦。"

"不过也得理解他。"表嫂说，"七哥你想，他妈死得太惨啊，当时他才十来岁。这种痛，局外人是很难想象的。包括我们仨，都远没他感受深，我说得对不？"

我和七哥都沉默了，因为她说的是实话。对于姑妈的死，作为她的儿媳或侄子，跟她儿子的感受到底隔着一层。对表哥来说，幼年丧母的伤痛是一生都难抚平的。有次，表嫂劝他说："你对老爸恨归恨，给他个笑脸又怎的？哪怕装呢。"表哥赌气说："我妈不是你妈，你才站着说话不腰痛。知道不？我看见爸就想起妈，那伤疤一触就疼。装笑，能装出来吗？"

卓卓在客厅跑来跑去，冷不防绊了下脚，扑通摔趴在地板上。我赶紧去扶，他摆着小手说："不让扶、不让扶，妈说自己摔倒自己起。"我惊讶了下，小屁孩儿这么懂事。表嫂谦虚一笑："哪儿呀，卓卓随他爸。都这臭德行，犟着呢。"

表哥回来了。

寒暄过后，他见儿子把手弄脏了，板着脸喝令："去，把手洗洗！"卓卓嘟起小嘴，偏不去。表嫂忙哄了句："哎哟卓卓真乖，忒讲卫生，自己去洗手哪。"这招奏效，卓卓被夸乖了，自愿跑进卫生间去。表嫂朝我和七哥诡秘一笑:"瞧这德行,像俞波不?"

表哥坐下闲扯了几句,话转到正题上。但这次却意外顺溜,表哥显然深思熟虑过,有了确定想法。他见七哥三番五次登门拜访,实在没法再推辞下去,只得想出个法子——兼职。说不耽搁教学,空余时间去帮企业料理些事。七哥理解他的处境,想了想,这样两头倒是都顾得住,便答应说:"也行,兼职就兼职吧。"

事情就这样说定了。此后的日子里,表哥去企业兼了职。每逢周末,他都去帮着料理些事,几乎没断过。七哥待他也不薄,兼职报酬远比大学全职工资多,每周还派专车接送。表兄弟俩都够意思,互相对得住。

表哥周末一去兼职,倒给姑父个方便。

以往,他去幼儿园接孙子总怕碰见儿子,先在幼儿园门口窥探下。确认儿子没来,才敢放胆进去接孙子。有时热乎乎跑到幼儿园,却眼睁睁看着儿子把孙子接走了,也不搭理他,心里凉巴巴的。

姑父几乎没朋友。这怪他,把名声弄坏了。人呢,不管事业取得多大成功,毁了人格都是最大失败。他是个出卖过妻子的人,谁愿、谁敢跟他深交呢?当他活在周围不信任的境遇中,必然陷入孤独。而他又比较内向,也没啥兴趣爱好,越发孤独得慌。这就说透了,他带孙子不光是喜欢,更是精神需要。再说可怜点,除了孙子没人跟他玩儿啊。若不跟孙子亲热下,还找谁顺顺心呢?

这下好了。表哥周末去企业兼职不在家,姑父大可见缝插针,逮个空儿跟孙子亲热下。每逢周末,他都会带着孙子去公园,坐碰碰车啦旋转木马啦摩天轮啦,只要孙子乐意,不惜花钱陪着玩儿,有时能玩一整天。他太渴望这个了,因为太孤独、太寂寞。

后来,七哥给表哥家安了部电话,初装费几千块,一般人家是装不起的。有电话方便多了,比如周末下午,表哥电话一联系,企业没要紧事便去幼儿园接孩子,次日再去企业不迟,甚至周日也可不去。当然了,毕竟拿着兼职工资的,一般情况下都得照常去。只是有了电话联系,偶尔缺席一次,耽搁不了大事。

这样一来,姑父拿捏不准了。

他不知儿子何时会"偶尔"一下,周末接孙子就有点踌躇,会不会碰见儿子呢?你看你看,世上事都有两说。安个电话也会弄出别扭,方便了儿子,拿捏了老子。就像天上出个月亮,情侣约会得了劲儿,小偷行窃碍了事儿,恼人不?

好多次,他本打算周末带孙子去公园,大清早起床扒拉口饭,慌慌张张赶往儿子家,图跟孙子多玩会儿。不料,偏是儿子在家里,说好人家三口去郊外野炊哪。他个老头子不便搅和一块儿,碍事。只得扫兴而归,一大早起个瞎五更,白忙活了。

他讨个没趣,垂头丧气返回老房子里。客厅桌子上放着亡妻的遗像,进门便看得见。多年过去,那遗像的镜框早褪了色,总被他擦拭得很干净。他凝视着亡妻的遗容,越发感到孤独、凄凉。

他越来越怀念亡妻了,尤其近年。

自从我姑妈平反后,他就开始来上坟了。起初还在局长任上,忙,每年清明节来一次。退休后,逢亡妻的忌日也来,是在深秋天。这时没了专车,他得搭公交到县城再转车到镇上,然后步行五六里去坟地。祭奠罢已是晌午,在镇上的小饭馆扒拉口饭,慌忙赶班车回省城。这样折腾一天下来,他个六七十岁的老人,那是累得够呛。

他来上坟仍不敢进村,生怕碰见唐家人遭白眼。事实上,每次都被村里人瞅见过,但都不愿搭理他,故装没看见。不过,人心是会被感化的。他老来给亡妻上坟,村里人对他的看法渐渐有了改变。说这老头,好像还有点良心嘞。

姑妈的坟在小荒沟里。沟倒不深,坡却很陡,也窄。姑父毕竟年老体衰手脚僵硬，下沟坡就难了。幸好坡半腰有棵老柿树，裸露着曲里拐弯的树根。每次，他都是用手抓住树枝，脚蹬着树根一步步往下挪动，不至滑倒滚了坡。

可是，今年清明节发生个意外。

小沟坡上覆层格巴皮草，踩上去滑溜溜的。他照样一步步挪着往下走，没防住打了滑。按说抓着树枝能稳住，可老人反应迟钝，身子猛一闪，咕咕咚咚翻滚到沟坡下。连翻几个跟头，一把老骨头可吃不消。他灰土土瘫倒在地上，半天没爬起来。

沟边长有大片野菊花，刚钻出嫩尖芽儿。每年开春，乡下人都掐着当菜吃，说是清热祛火。这时，有个小姑娘正在沟边掐野菊花，她是铁栓伯家的小孙女，叫冬梅，才十来岁。小姑娘很机灵，一眼认出是我姑父，赶紧跑到我家报了信儿。

我妈正在蒸包子，刚揭笼。她一听吓慌了，忙把包子从笼箅上抓到簸箕里，两手烫得直甩。她知道姑父见年来给姑妈上坟，内心也是有些打动的。曾对我说："再瞅见你姑父上坟，就叫他来家吃饭吧。哪怕是条狗呢，眼看可怜巴巴的，也得给口饭不是？"妈就这副菩萨心肠，善，对谁都忒厚道。

她把包子揭下笼，慌忙跑向村外去。这瞬间，她什么都没想也来不及想，多半儿是本能的举动。就像孟子那个著名比喻：看见小孩落井，谁都会跑上去营救，说这叫"恻隐之心"，人皆有之。妈妈也这心性：那是条命啊，甭管是谁都得赶紧去看看。她一口气跑到西沟边，连围裙都没顾上解，手上还粘着揭包子时留下的白面皮儿。

还好，虚惊一场。

姑父没伤着筋骨，这时已爬了起来，在姑妈坟头坐着。自从姑妈死后，我妈一直没再见过姑父。转眼二十多年过去，她跑到沟边望见姑父先是大吃一惊。噫！咋老成这样了？

她印象中，姑父仍是二十多年前的模样。那时他身板挺挺的，头发虽变稀了，尚能薄薄劈道缝儿，光溜溜抿在脑顶上。总是皮鞋锃亮，裤褶熨得绷直。可眼前的他是脑顶全秃了，明显驼了背，消瘦的身材裹件鸭绒袄，跟布桶似的。他刚从土窝里爬起来，灰头土脸的样子，越发显得苍老憔悴。这对我妈有种悲情的打动，她不由分说慌忙下到沟里去，看姑父伤着没。

姑父已在坟头烧过纸，燃过香，正坐在枯草地上边揉搓着膝盖，边盯着坟头的一炷香，不知想些什么。妈妈从斜坡走下来，他都没察觉。直走到他背后他才扭过头来，猛地吓了一跳。

多年来，他对唐家人是有罪恶感的。此刻见我妈突然出现在眼前，就像逃犯碰见复仇的冤家，他猛地打个冷战，脖子嗖地一缩。接着屁股像安有弹簧似的，腾地弹了起来，直直地跪在地上。

居然，他给我妈跪下了。

姐夫哥给内弟媳妇跪下了。

我妈惊愕地倒退几步，慌乱地不知所措："噫噫！咋能这样嘞？咋能这样嘞？"姑父跪着没动，忽地闪出了老泪。如果说刚才猛一跪是下意识，此刻已不是。他反应过来了，是理智的、郑重的下跪。边号啕似的吼出句话：

"我对不起唐家人，对不起唐家人啊！"

他吼得揪心撕肺，那声音在沟谷轰鸣回荡，仿佛整条沟都灌满了苍凉。我妈忙搀他一把："老哥你起来吧，起来呀。这把岁数跪在那儿，多不好看。"

"不不，你让我跪着说，就跪着说！"姑父不肯起来，执意跪着诉说。他把那场冤案细说了半天，以至跪得撑不住，把屁股蹲在后脚跟上，稍微好受点儿。

姑父说，当时雪莲拒不承认收到台湾来信，造反派就把他抓起来，让他跟妻子"划清界限"。他磨蹭着不肯承认，试图蒙混过关。这哪行呢，造反派软硬兼施，又给他上了"手段"，也就是皮肉苦那种。他扛不住了，终于把那封信交了出来。当然，这个举动是出于自保本能，有自私的一面。但也有侥幸心理，他以为仅是封家信，没啥反动内容又能怎的？但他错判了形势，造反派就凭这个认定姑妈是"特务分子"，接下来发生了那场悲剧。

"老妹子，我把你雪莲姐害了呀！"姑父擦把泪说，"我糊涂啊，咋能为保全自己，把那封信交出去呢？真糊涂啊！"

"唉！那年头……形势不是？"妈说。

这话很实际。那种形势下，夫妻闹翻脸的多了去，姑父大可把责任推给"形势"。但他没这样开脱，直怪自己糊涂。对他来说，即使能找到推卸责任的理由，却逃不过良心的审判。毕竟他有自私的动机，把妻子推向了火坑。这就没法自恕了，只剩悔恨。

"不管咋说，事实是我把妻子出卖了呀！"他咚咚捶着胸口，"糊涂啊，对不住良心呀，我！"

初春天，沟口有细溜溜的风，带着些许料峭。坟头的枯草丛中散发着点点野花，很零碎，却已透出春来的信息，地是回暖了。我妈伸手搀了他一把，说："老哥你起来吧，甭跪啦。今儿也甭去镇上吃饭啦，我刚蒸了笼包子，还热着呢。"

6

过罢清明节不久，朵儿终于调剂套旧房，两室一厅。那时谈不上装修，墙壁重新粉层白灰，漆道半人高的墙裙了事，一般家庭都这样子。油漆味儿浓烈刺鼻，通多天风才能搬进去。此时已近小满节气，麦子开始泛黄了。

我们俩搬罢新居，打算把儿子接回来住些天。他一直寄养在老家,都三岁了。那天,我跨进老宅的大门,儿子正在石榴树下拾落花。麦黄时节,石榴花开得正盛,地上散了一片花萼。我兴冲冲告诉他搬新家了,谁知他根本不在意,只管趴在地上捏花瓣儿,还问:

"新家有石榴花吗?"

"哎哟,还真没这个。"

"那,有枣花吗?"

"也没有。"

"不去不去!不好玩儿。"

稚童是真正活在当下的。此时此地好玩儿便好,有没有房子关他屁事?难怪那么快活呢,就因不想那么多。他捡石榴花也没任何目的,只觉好玩儿。若问他为什么捡石榴花?一带功利目的就淡了玩味生活的情和趣。犹如问石榴花为什么开放?一理性思考就没了诗意。诗人不问这个,只管欣赏它盛放的美,于是有了诗。

石榴花着实有点诗意。满树花萼像小铃钟,表皮肉肉的滑滑的。萼端裂开锯齿状的嘴儿,喷出烈烈的红花瓣,带着绒绒的质感,看去层层叠叠、疙疙瘩瘩像团火。

石榴树长在爷爷那老屋的墙根处,正对着大门口。树冠在房顶蔓延开来,遮了半房顶。石榴越长越沉,以至垂到瓦楞上,烙出一片瓦蓝。树干半腰伸出根粗壮的横枝,直向门口抻展,颇像张开迎宾的手臂。我童年也很顽皮,老是攀着这根横枝爬上去,夏采花,秋摘果。

石榴树似有灵气一样。爷爷去世那年,几根老枝也枯死了,仿佛对它的老主人哭断了肠。后来又发出些新枝杈,带着小尖刺儿。爷爷不在五年多了,新枝已蹿长到房顶上,又浓了瓦坡的绿。

老宅很破旧了,瓦片大多松动,不断漏雨。泥巴墙脱落得斑斑驳驳,露出土坯缝。近年,村子周边新批了大量宅基地,建起片新村落。老宅子大多搬空了，妈妈见别家都陆续迁了新居，我家还守着破宅院，心里酸酸的。

去年，我家也批了处宅基地。时下农家都住上了小洋楼，没人再建土坯墙蓝瓦房。这当然好，但投资大了去，光备料就花一大把钱。我那点儿工资，明摆着指靠不上。哥嫂呢，一个老实疙瘩，一个哑巴，指啥建小洋楼呢？想想，够发愁的。

今年春节前，建楼的材料居然备齐了！砖、沙、水泥、钢筋啥的摆了一摊子。我当场惊呆了，哥嫂打哪儿想出的法子呀？妈妈喜滋滋一笑，说出句老土话。细品，还有点哲理味儿：

"鸡子长双爪能刨食，乌鸦长双爪能垒窝。人有双手只要不懒，还能饿死到雨地里？"妈说，"你哥嫂是没大能耐，可就占个'勤'字。这不，啥都有啦。"

哥嫂成家后就开始攒钱。他们俩没啥赚钱门路，也就种了几亩责任田，起早贪黑地干。人勤地不懒，打的粮食吃不完变卖成钱，都攒那儿。哥哥还学会了泥瓦匠手艺儿，平时揽些泥瓦活，挣不着大钱，零打碎敲地赚点儿。嫂子呢，常年喂群鸡子，隔三岔五去镇上卖篮鸡蛋。多年下来，就这样一点点积攒、积攒，渐渐凑够了堆儿。

开罢春，哥嫂就着手建新宅了。

夫妻俩手头紧，舍不得花钱雇人。哥哥有手艺儿，从放线、挖地基、筑圈梁到砌砖、粉墙、贴瓷片、镶门窗都拿得起。嫂子打下手，挑水、拌浆、递砖、换灰斗啥的都她揽了。楼板是现浇混凝土，安模板、扎钢筋、浇灌混凝土也都他们俩包了。这干法当然进展很慢，开始动土打地基时，麦苗刚浇过返青水，直到麦子泛黄才封住顶。

楼房属凹字形格局，上下两层，前檐有走廊那种。共六间住室，两个大客厅。真了不得，老实巴交个哥哥，又聋又哑个嫂子，居然能建起小洋楼。妈妈那话没错,人啊你有双手,日子都有奔头。

我回家接儿子这天,哥哥正往楼顶上砌挡墙。

他砌的是"清水墙",就是墙面只勾缝、不做外粉刷那种。这是技术活,比砌外粉刷墙难多了。每块砖都得"上跟线,下跟棱,左右对平整,不能出现透明缝"——这是砌清水墙的要诀。真正做起来难呢,没过硬的匠艺拿不下来。哥哥砌出的墙清爽干净,砂浆饱满,棱角分明,灰缝匀称绷直,看去像刻板印刷出来的。他读书不开窍,但钻门手艺肯下苦功夫,照能拿出绝活。

我走进新宅时,仰头见哥哥站在楼顶边上。他左手托砖,右手握瓦刀,从泥斗里噌地挑出一抹"带刀灰"。那刮灰的动作干脆利落,嚓嚓四下子,砖棱四边都刮齐了灰,且分布均匀。接着翻手一摁,瓦刀轻磕几下,便妥帖地砌在墙上。尤其砍"七寸头"砖,他一刀下去砍得齐边齐沿,误差不足两毫米。甭看这动作简单,眼力、手感都得拿捏准,没几年功夫练不出来。不信你试试?差大了。

嫂子在楼下洇砖、递砖、换灰斗。她把洇好的砖一次摞出七八块,用绳头扎成捆,让哥哥往楼顶上拔。我替他拔了几捆,腰便酸了,腿打哆嗦。哥哥连声劝阻,可他嘴笨,颠来倒去就两句话:

"你歇会儿吧,别拔啦。"

"别拔啦,你歇会儿吧。"

我又下楼帮嫂子搬几趟砖,提几斗灰,不大会儿满脸淌汗。嫂子的衬衫都湿透了,紧贴在脊梁上,腰累得弯曲着直不起来。我无法想象,攒那些钱吃多少苦,平地起楼又流多少汗。但我看得清,仅砌道挡墙的活干下来,就累得不轻。

小歇会儿,哥哥从楼顶走下来,咕咕咚咚喝了两碗温开水。他浑身汗水顺着脚脖往下淌,顺势往砖垛上一坐,呼哧呼哧喘着粗气,连句话都懒得说,也无力说。

晌午，表哥俞波来了。

前不久，他在企业兼职被学校发现了。有严格规定，教师不允许到企业兼职，据此给他个严厉处分，还得在教师会上做"深刻检查"。按说也该，不然都效仿他去捞外快，谁专心教学呢？可表哥受不了，他属全校拔尖人才，在国家级核心刊物发表过多篇论文，引起了业内关注，牛着呢。这下子丢脸了，不牛了。从小学到大学他都是"学霸"，被人捧出一身傲气，哪儿受过这委屈啊？他一冲动辞了职，还撂下句赌气话："哼！此地不留爷，自有留爷处。"

也怪他太张扬。当时一般教师家庭都没电话，他有，够不平衡的。后来七哥又给他配个"大哥大"。配就配呗，你偷着乐倒没事，但不。偏拿着"大哥大"在校园显摆，到处喂喂喂，不惹人红眼吗？结果"喂"出事了，有人举报了，学校做出严厉的惩处决定。这下可好，他一受处分大快人心，周围人笑了。而他，混不下去了。

幸好，眼下兴起公职人员"下海"潮，辞职不很丢人。离校那天，他仍显摆着高傲的洒脱，俨然以"拄杖芒鞋"的苏学士自比，背着铺盖卷儿吟句东坡词："归去，也无风雨也无情。"

他终于"下海"了。

七哥巴不得他辞职呢。电厂投产后，企业改制更名为"煤电集团股份有限公司"，已成全县企业领头羊，七哥当上了老大董事长。这大摊子，急需高层次管理人才。没隔多天，表哥被正式任命为集团公司总经理。当然不再是兼职，专职。

他在本县上班，隔三岔五到我家来，多半儿是想吃我妈做的家常饭。姑妈死后，他曾在我家住过一段日子，吃惯了我妈做的饭菜，至今仍喜欢这一口儿。

我给哥嫂帮工回来的时候，儿子已不再拾石榴花，转又趴在地上捏枣花。表哥正跟我妈坐在枣树下扯闲话，侄女小满在旁边站着，哭丧着脸嘟着嘴。她已六岁半了，该上学了，可因爸老实、妈哑巴不会管教，奶奶总是娇惯着，把她宠得不成样。这会儿，也不管大人们正在说话，一直哭闹着要这要那，任性得没边儿。

表哥已辞职两个多月，妈妈仍想不通。说当大学老师挺体面的，咋能说辞就辞了呢？她是觉得表哥太犟，数落了几句：

"唉！你这孩子，咋恁倔哩？"

"我是有点倔，可这次不是倔。"

"不是倔，是啥？"

"是理性选择，实现自我价值。"

"你说啥？我咋听不懂嘞？"

表哥哈哈一笑，意识到语境不对，换成大白话："我是说，人各有志。就像枣树结枣，石榴树结石榴，各尽其性。我是打小自由惯了，受不了体制约束，想跳出来闯荡一番。"

妈妈仍听不太懂，接不上话茬。她扫了眼爬在地上的小孙子，发现他的裤子蹭掉了，露出半个屁股，边随手提了下，边说："我老婆子没见识，不懂外边事。反正你走到这步啦，还说啥去？"妈妈是很随和的性子，说几句便罢。

给我儿子提上裤子，他又爬地上捏起枣花来。枣花很细碎，米粒那般大，黄灿灿的样。他小指甲一点点地捏，颇像鸡子叨米。

枣树很苍老了。树干朽掉小半边，剩下大半儿披着干瘪的老枯皮，像鱼鳞片，拍一下簌簌脱落。但枝叶照样旺盛，结的枣圆大甘甜，咬一口酥酥的。我常常惊异，眼看树干都朽烂了，见年还是满树花满树果，哪来的养分呢？

说到老枣树和石榴树，表哥也特有感情。当年在我家寄居时，他等不及枣和石榴长熟，就爬上爬下摘着吃，很有些眷情的。他得知新宅子快建成了，冲我妈问了句：

"妗子，真要搬出老宅吗？"

"这房都漏啦，不搬咋整？"

"但这石榴树和枣树呢？"

"嗨，它还在老宅长着呗。"

"那就好，我还能吃这枣、这石榴。"

新宅建成后，当然不能马上入住，等湿气风干才行。直到收罢秋，老家才搬进新宅里。那天，我妈在老宅里做了最后一顿饭，是包饺子，还炸了些供食。开饭前，她先在祖先牌位前摆上供食，燃了炷香。说是搬出老宅了，得给祖先祷告下。这是必须的，祖祖辈辈住过的老宅一下子搬空了，应该有个告别仪式。

妈妈跪下合掌默念了几句什么，我和哥嫂接着依次跪拜。最后，妈妈让小满也过来磕个头，可她任性得很，死拗着不肯下跪。妈妈拿她没法子，也就罢了。却没防住，我儿子趴下咚咚磕了几个头。他根本不懂啥意思，多半儿是好奇跟着模仿。而这让妈妈大是惊喜了下，冲小满嗔怪道：

"你看你，都大姑娘啦，还不如光屁孩儿！"

在老人们看来，搬家是很庄严个事。之前，叔伯们陆续建起新宅后，老宅每搬走一家，都要给祖宗祷告祭拜，还要吃顿团圆饭。我记得，最后轮到五叔家搬走时，那天爷爷叨过几口菜就吃不下去了，他闪着泪说：

"今儿呢，老五家一走，这儿就剩老四他一家了。"他长叹口气，"唉！你们弟兄一个个都迁了新家。可家是迁啦，老宅是咱的根，永远不能忘了呀！"

明天，我家又要搬走了，老宅全空了。恰是中秋天，石榴和枣都长熟了。妈说这是在老宅的最后一顿饭，咱得再尝口这枣这石榴。当晚月明星稀。饭桌摆在当院里，妈妈做了桌丰盛的饭菜，还洗了一盘枣子，切了几牙儿石榴。那顿饭菜，像是醮着老宅的月光在吃，在品。

7

二伯临终之际,还品了口老宅的枣和石榴。

他是患食管癌病故的,俗称噎食病,稀面汤都灌不下去了。昏迷中,他时而说句胡话,声音很微弱,勉强听清是在叫爹娘,也像我爹临终那样。这是种奇特的生命现象,老至将死,转而跟小孩儿似的呼爹喊娘。仿佛灵魂又飘回童年,飘回初生的原点。

我家搬出老宅后,每到中秋时节,仍由我妈张罗卸枣摘石榴。叔伯家都不管这个,好像我家是最后的留守者,就得管到底。枣和石榴是大伙儿的,当然不能由我家独占,弟兄都有份儿,情理也该这样。

两棵老树从不偷懒。人去院空,它该开花照开花,该结果照结果。每年都能摘两竹篮石榴,卸一筛子枣。妈妈把它分成几等份,留下自家的,其余分送给叔伯们家。年年如此,谁都没说的。

这天,老宅的枣和石榴卸下来,我妈照例给二伯家送了份儿。明知他吃不下去,让他看一眼:"二哥你瞧,这是老宅的枣和石榴,长得多好!"孰料,二伯猛地睁开眼,忽闪出多天不见的光亮。他胳膊肘支住床铺试图坐起来,哪能呢。他挣扎了几下又躺下去,突然发出声沙哑的嘶喊,把床边的人都惊呆了。

"我想吃老宅那、那枣……那、那石榴。"

食管癌到这地步,吃,对他是极困难的事。稀面汤都灌不下去,咋吃呢?我妈想出个法子,拣几颗红枣又剥些石榴籽,放进石臼里捣成果浆,用小勺喂下去。很神奇,二伯已昏迷多天处于无意识状态,这下却被熟悉的果味儿感动了,眼角倏地滚出一抹儿泪。

他吃力地张开嘴巴,下巴颤颤抖着。我妈赶紧喂了勺果浆,不料坏事了。二伯噎得满脸涨红,喉头鼓动着往上蹿动,势将向外喷吐。他使劲儿抿紧嘴唇,竭力往下咽、咽!

他咽下去了。他是极力把食管撑开道缝儿,才强咽了下去。也就这一下子,耗尽了微弱的余力。他的嘴角挂出一丝微笑,欣慰地舒了口气。接着手往床沿上一耷拉,安详地闭上了眼睛。

二伯就这样走了,品着老宅的果味儿走了。

我妈悔恨地捶胸顿足,直怪不该喂果汁:"我糊涂啊,眼看他噎得上不来气,我又灌勺浆,把喉咙眼儿糊严啦。你说你说,我咋干这差池事嘞?"二伯母忙解劝道:"老四家,可别这样说。你二哥他是命该这样走,咋能怨你嘞?"

"是啊,咋能怨你嘞,四婶儿?"大哥唐承贤插嘴说,"我爹是笑着走的。他是吃了老宅的枣和石榴,满足啦,不然会笑着走?"

没工夫扯闲,赶紧铺排后事吧。

得先找个主事人。依礼,主事人应是家族中最尊长者,该三伯才对。可他太懦弱拿不住事,轮着五叔了。大伙都觉不妥,嫌他"二杆子"。可父辈中除了三伯就剩个他。妥不妥,排在辈儿上的,只有抬举他了。

五叔一来,真把自己当成个人物。他跟皇帝登基似的,往堂屋的大圈椅子上一坐,先点支烟叼着,指指画画分派开来,颇有点"众卿听令"的威仪。大哥的儿子唐昌超在旁边直撇嘴,嫌他烧躁。正撇嘴呢,五叔给他下道命令,让他去村委会打电话,通知在外工作的亲属们赶回来。

"去!让他们赶紧回来。啊!赶紧回来。"

昌超刚大学毕业,在家等待工作分配。不知是心不宁呢,还是瞧不起五叔,他又撇下嘴愣了会儿。大哥见儿子有点磨蹭,补催了句:"还愣啥?听你五爷的,快去!"

我是接到昌超的电话，趁七哥的车赶回家的。这时，二伯已被穿好寿衣抬到了草铺上。满院人正在撕孝布、垒灶台、搭灵棚、漆棺材啥的，七手八脚忙乱成一团。五叔端坐在堂屋抽着烟，见我和七哥走进来，略欠下身子，倚老卖老地打声招呼：

　　"七儿回来啦？哦，九儿也回来啦？"说罢又转脸冲我大嫂指令道："你弄盘老宅的枣和石榴来，摆供桌上，啊，去！"

　　这道指令还真不错，立即受到大伙高度赞同。因为都知道二伯是品了口老宅的果汁走的，齐声说："对，这个不能少，得摆上！"五叔颇感得意，俨然做出个英明决策。他趁势又强调几句重要意义，更显出自己运筹帷幄之缜密。

　　"你们想嘛，二哥对老宅有深情呀，临死还尝口儿那枣那石榴。灵桌上能少了这个？"说罢又感叹句："唉！你们都年轻啊，没经过事。不是我虑算着，谁会想到这层呢？"

　　话音刚落，昌超慌慌张张闯进来。他是见我和七哥回来了，忙来献殷勤，让座、倒茶、递烟。我平时多是抽"芒果牌"的，三毛钱一包。办丧事备的是"邙山牌"，每包一毛多。我抽了两口直觉燎喉咙，呛得咳嗽了几声。昌超见不对味儿，忙朝我赔个笑脸：

　　"嘿嘿九叔，要不……再给您买包别的？"

　　"不用不用，这烟蛮好的、蛮好的。"

　　我只能这么说。眼看主事人五叔还抽"邙山牌"呢，当侄子怎敢耍大？可是五叔已大不高兴了，好像昌超刻意讨好我，没把他当回事儿。他冲昌超瞪了一眼，呵斥道：

　　"你瞎掺和啥？搭灵棚去！"

　　昌超缩下脖子退了出去。灵棚搭在大门外，亡者入殓后才能移出去供人吊唁。可是灵棚还没搭好，乡邻们都涌进院里来，多是想来搭把手，为老支书尽份心。二伯卸任多年了，村里人仍念着他的好。说老支书为咱操劳大半辈子，走啦，都得有个情不是。

人们心里有数，深知二伯当村支书那些年很不易。大炼钢铁年头，很多树都砍了烧木炭，他护着老柿树不让砍，否则今天哪还有柿子吃？后来又发起浮夸风，他顶着"右倾"帽子没虚报，为此挨过上头多次批评。但挨批是挨批，却给乡亲们多争了些"返销粮"，不至饿肚子。自然灾害年头，他把沟地粮食产量瞒着没上报，暗自给全村人分了。这属"瞒产私分"罪，抓住要判刑的，顶着多大压力呢？当时，各地饿死不少人，我村只有几人患浮肿病，没饿死的……至今，村里人对这些仍念念不忘。说要不是他顶着压力，给乡亲撑起把伞遮风挡雨，咱村不知饿死多少人嘞。

芹奶的孙子陈铭恩也来了。

"文革"年头，他娶媳妇没钱，去外地倒粮赚了点。这属"投机倒把"罪，公安特派员来办案子。二伯把责任揽了，说："我让他去的，要抓就抓我吧。"特派员惊得大瞪眼："老唐啊，这可是犯法的事儿，你敢兜住？"二伯动情地说："眼看他穷得叮当响，好不容易扯个媳妇。不让他倒腾点钱，咋整？"特派员心肠软了下，才设法把案子捂住，没办。

陈铭恩一直很感激二伯，这会儿也慌忙跑来帮忙。冲着五叔嚷道："老叔，你看我能干点啥？只管盼咐！"

五叔指派他和几个汉子去打墓，又安排些女人做纸扎。乡亲们都想为老支书尽份心，叫干啥就干啥。五叔呢，他不知大伙是奔着二伯的威望来的，反以为自己很有号召力，越发觉得自己是个人物。他端坐在大圈椅子上，翘着一撮儿花白杂乱的山羊胡子，摇头晃脑把大伙支派一番。仿佛完成件陈兵布阵的大事，得意地捏起三个指头，叭儿！打个响嗑儿。

他贪婪地抽着"邙山牌"烟，一支接一支。那烟是透气性很差的黑纸皮儿，卷着粗糙的烟丝，属于比较烂贱那种。但贱是贱，毕竟比他自卷的"一头拧"强多了。趁着当主事人的待遇，尽可过把瘾。他滋滋溜溜抽得倍儿香，时而吐个大烟圈儿。

我在堂屋坐了会儿，起身去趟厕所。没在意，昌超也跟了进去。他不是去解手，而是特意给我送卫生纸的，见我是小便用不着，便又退了出去。等我走出厕所，他还在那儿候着，忽又掏出包香烟塞过来，悄秘地说："嘿嘿九叔，我见您抽'邙山牌'不对味儿，刚去代销点买了包这个。"

我打个愣怔，见是精装"大前门"香烟，五毛钱一包呢。这场合，抽这等烟显然不合适。我推了过去："给你五爷抽吧，他是长辈又是主事人，该孝敬他才对。"昌超一撇嘴，说出句大不敬的话：

"他呀，那二杆子劲儿，抽'邙山'就不赖！"

我差点笑喷，赶紧抿住嘴唇咽了口唾沫。说心里话，五叔正自我感觉良好呢，跟皇上似的独尊，谁知孙辈儿都没拿他当根儿葱。可反过来一想，我也"尊"不到哪儿去呀。去年才升个县政府办公室副主任，副科级，远不配抽"大前门"的。于是觉得，昌超这小子的马屁拍大了，把我抬举得有点架不住。

我没接他的烟，他尴尬一笑，只得又把烟装回口袋里，还趁趁摸摸问了句："九叔，您看我毕业分配的事……能否跟方书记打个点？我知道，您是他从农业局带出来的，能说上话。"

我咝地倒抽口气。难怪给我送"大前门"呢，原来是求我帮他"走后门"。这臭小子！我怔怔地打量着他，心说你小子刚出校门就懂"关系学"了，哪儿学的？

他说的"方书记"是方智达。三年前，方智达已由县长升任了书记。昌超明白，凭我的能耐办不成事，得倚仗方书记才行。这一说，我顿感自己大是掉了价，好像跟五叔同等可笑，他是借着二伯的威望行令，而我又何尝不是狐假虎威呢？若非傍着方书记，昌超肯给我买"大前门"吗？

我自知不配这种尊重，即使领受虚荣也挺尴尬。就像皮肤黑糙的女子抹层浓粉，当别人艳羡她白亮照人时，不免有点讽刺的意味。我被昌超敬奉得有点不自在，感觉麻麻的、刺刺的。但自家侄子求上门了，当叔的不好说二话，我只得含含糊糊应了句：

"嗯这个……回头再说吧。"

第二天上午，表哥从省城赶来了。表嫂、朵儿和两个孩子也都趁车赶了回来。乡下规矩，五服内的晚辈都得参加送葬。他们一进门正赶上二伯入殓，都赶紧穿上孝衣系了孝带。两个孩子属侄孙辈儿，不必披麻戴孝，头上扎个白布孝箍就行了。

表哥的儿子俞越刚上四年级，这家伙忒聪明捣蛋。他头上一扎孝箍，反觉挺好玩儿的，领着群娃儿在院里追逐嬉闹起来。大人们忙乱一团顾不上管，任他们胡乱嬉闹。

大门外已搭好灵棚，二伯一入殓就该移棺了。这时，先得把草铺前的幔帐和供桌撤去，棺材才能抬出屋门。等棺材移进灵棚后，接着开始摆供品，各种面点、油食、合碗摆了一大片。可是突然发现，枣和石榴没了！原是摆在草铺前那供桌上的，此刻只剩下两个空盘子！五叔急坏了，拍着屁股在院里吼起来：

"枣哪？石榴哪？"

没人应声。刚才大伙忙着入殓移棺的事，都没留意这个。五叔转脸问二伯母："二嫂，家里还有枣和石榴没？"二伯母两手一摊："没啦。前天他四婶儿送来后，多半儿都吃啦。只剩两盘供飨的，不知哪个孩子又吃啦。"五叔一听越发气急，脱口骂出句脏话：

"我日他奶奶的！哪个鳖孙偷吃啦？"

一般情况下，他这样骂不会出大错，因为供果指定是孙辈娃儿们偷吃的，大人谁会干这事呢？而在爷辈中，五叔排行最小，孙辈们的奶奶都是他嫂子。乡下习俗，小叔子这般骂嫂子很正常，没人见怪。却没防住，表哥的儿子俞越跟他叫起板来。

"舅爷，我吃啦，咋的？"

五叔的脸刷地红到脖子根儿。俞越属外侄孙，可不是"一般情况"，有了"二般"的区别。他奶奶是五叔的亲姐呀，那种脏话骂到嫂子头上没事，骂到亲姐头上就乱伦了，不成体统了。满院人捂着嘴偷笑起来，五叔恼羞得两手发颤，直指着俞越结结巴巴地问：

"你你你……偷吃啦？"

"不是偷，是拿！"

"都都……都谁吃啦？"

"小朋友都吃啦，我分的！"

五叔羞得没法立站，转身走进堂屋，一屁股蹾到大圈椅子上。不颐指气使了，也不捏着指头打响嗑儿了。

表哥直觉儿子丢脸，揪住他小胳膊就要打，三伯母慌忙拦住道："你咋也是二杆子嘞？孩子小不懂事，打啥？"她话里一带出"也是"二字，有弦外音了，透出另层意思："你咋跟你五舅一样，'也是'个二杆子嘞？"大伙哄地大笑起来。显然不是笑表哥，而是笑五叔二杆子。不二杆子，能那样骂亲姐吗？

表哥仍蹭着要打儿子。俞越不怯不惧，反倒梗着脖子跟老爸理论："你不说，老宅的枣和石榴最甜吗？我就想尝尝！你还说过，你小时候经常爬树偷枣偷石榴。你偷得，我就偷不得？"

人们惊呆了。小屁孩儿这般有主见，还敢作敢当的。都说，这娃儿不得了，将来指不定干啥大事嘞。

表哥没了脾气。是的，他多次给儿子讲过，小时候在外爷家怎么爬树，怎么偷吃老宅的枣和石榴。没想到，如今被儿子抓了把柄，弄得他哭笑不得。他举着手咂咂嘴，软不拉塌放下来。

但不管怎么说，大伙都觉得枣和石榴不能少。幸好，妈妈送给三伯家的枣和石榴没吃完，七哥吩咐儿子唐昌实去拿来，正可凑够份儿。二伯母忙拦住说:"不用不用,娃儿们吃就吃啦。你二伯即使活着,也不会跟孙子们争吃这个呀。"

这话倒不假,死者确实不会争吃的。可他不争是不争,活着的人过意不去。中国人讲究"视死如生",明知二伯喜欢老宅的枣和石榴,临走得打发他满意才对。七哥坚持说:

"我懂二伯的心,别的供品少了没啥,这个不能少!"

"是啊,这个不能少!"五叔趁机给自己打个圆场:"我刚才不是要骂呀,实在是气迷糊啦。我是替二哥着急呀,他临终还想尝口老宅的枣和石榴,摆供咋能少了这个呢?"转而,他又摆起主事人的架势,冲唐昌实发布道命令:

"快去把那个、那个……拿来!"

唐昌实已上初中了,挺懂事个孩子。他慌忙跑回自家去,很快拎来一兜枣和石榴,正好各装一盘。七哥亲手端到灵棚的供桌上,特意摆在紧挨遗像的位置。这是对的,二伯临死还思念着老宅的果子味儿,应该摆在他眼前那儿。

灵棚布置妥当后,进入吊唁仪式。全村乡亲几乎都来了,自发的。人心是杆秤,当年他顶着风头担惊受怕,心里装的是父老乡亲啊。大伙怀念着老支书的好,很多人落了泪,还有不停的哽咽声。

我凝视着二伯的遗像,依然是活着的生动样。不由想,假若二伯在天有灵,面对一大片盘盘碟碟的供品,他最想尚飨的,指定仍是那枣那石榴。因为,它们是老宅里长出来的。

8

办罢二伯的丧事,侄子昌超便跑到县城来,找我说他安排工作的事。明天是中秋节,正好赶在过节的点儿。

他拎着一大盒月饼，包装很精致，价格挺贵那种。这使我有点难堪，本家侄子找叔办事还来这个？但昌超说是他爸的心意，没法拒收了。他爸是我大哥啊，怎好驳了情面呢？

大哥唐承贤家的日子挺难的。他是个老实巴交的庄稼人，供儿子上大学已够紧巴，办丧事又花把钱，手头更吃紧。若不是为孩子，怎舍得破大价买月饼呢。我拒绝不得，不然他心里会犯嘀咕："你九弟看不起大哥啊，不想帮忙咋的？"是的，他会这样想。

但我不能怪大哥多心。市场经济社会了，人情来往也变了味儿。好像不交换点啥，求助便不牢靠。在表面的热情中，实际潜在着人情疏离的焦虑。我看着大哥送来的月饼，苦笑下朝茶几努努嘴："喏，放那儿吧。"

昌超见我把月饼收下了，接着催问安排工作的事。可我刚给二伯治丧回来，还没顾着这个呢。他不知打哪儿得到的"内部消息"，说方智达马上要升副市长，怕他一走就不好办了。

"九叔，这事得抓紧哪。"他说。

还真没错，确有这么个"内部消息"。但扩散面如此广大，刚毕业的学生都知道，让我颇是惊异。这小子！嘴上没长毛呢，脑袋先长出了权力的触角。现在世道变化快，我们那代人还不这样，当时只知埋头读书，都傻乎乎的，谁懂这些啊。

次日正好放中秋假，我把月饼拎回了省城的家。

两年前，岳父（大瓜叔）病故了，岳母（秀婵儿）在老家孤独得慌，朵儿把她接到省城来，见天帮着做饭看孩子。我走进家门的时候，朵儿还没回来，说是在单位开什么会。儿子已回省城上幼儿园了，岳母刚把他接回家。小家伙见我手里拎盒月饼，扑上来便夺着吃，却被岳母一把拦挡住了："甭吃这个，我给你拿别的。"

她说着走到餐桌那儿，提起一包散装月饼。马粪纸包着，裹得方方正正，纸捻线缠成十字捆儿，扎个提手鼻儿。这是地道的老式月饼，岳母在门口小店买的，便宜。

她熬了大半生苦日子，节省惯了。见我拎的月饼盒很华贵，料定花了大价钱，不舍得拆开。说留着串门送人情，能省笔钱又很体面。她怕外孙贪吃，把月饼盒举手放到冰箱盖上，娃儿够不着。

岳母想到了我姑父。

前不久，姑父患癌症化疗了些天，头发都掉光了。他已是年过古稀个老人，这病蛮吓人的。岳母的意思，让朵儿赶着过节去看望下。正好有盒高档月饼，趁个事。

人是能拿心换心的。当年，岳母曾替我姑妈抱不平，怂恿丈夫去打姑父，把他的胳膊打断了。多年过去，姑父一直向唐家人赔不是，还不断去祭奠亡妻，而且没再续婚成家。尤其朵儿毕业分配时，他没计较挨打的事，反倒尽力帮了忙，这对岳母是有打动的。在她看来，姑父还算有良心，不很坏。乡下女人没啥文化，就凭良心说事。

"人得知感恩呀。"岳母说，"不管别人咋看你姑父，他对朵儿是有恩的。过节了，别人不去看他都罢，朵儿不能不去呀。"

直到吃晚饭的时候，朵儿才散会赶回家。

岳母见她一进门便催着吃饭，说得赶紧去看下姑父。谁知，朵儿一听急了："哎呀，我打算去看望局长呢。"岳母脸一沉嘟噜起来："这闺女！你姑父帮过咱大忙啊，如今又患了绝症，咋说都得去看看。"朵儿也认为该的，不过得先看望下局长才对。明天是中秋节，错过今晚不得劲儿。她答应说，明天再去看望姑父吧。

事实上，局长并不待见下属过节往家里跑，烦这个。下午开会还强调说，这是纪律必须严格遵守。但她发现，局长讲话时鼻子有点齉还打个喷嚏，好像感冒了。朵儿说，正好以探病名义去拜访下，这倒没毛病。我一想不对头，他下午开会还满劲儿，讲到下班都刹不住，怎就感冒了？朵儿不耐烦地怼了句：

"我是说,好像感冒了。懂不?好像!"

"好像……就得去看看?"我又质疑了句。

她瞥我一眼没再搭理,扭脸吃饭去。岳母憋不住又唠叨了几句,说局长即使感冒,比你姑父患癌症还关紧?再说了,过节看望领导的人多啦,不差你这点儿呀。朵儿只得把话挑明了,说局里正准备调整中层干部,财务科长刚退休,自己有望接任。她说,这是关键时候呀,趁局长感冒去看望下,不正好使上劲儿?

"可他就打个喷嚏,不见得感冒呀。"我说。

"傻呀你!感不感冒,借口不是?"

"嗯嗯,我傻,没你精明。"

"哼,说你木脑子,还不服哪!"

那天晚上,朵儿从局长家回来显得很激动,上楼梯时哼着小曲。我不由揣测,也许探到"内部消息",得知她提拔正科有望了。但不是。她进门冲我嚷了句:"瞧,局长果然感冒啦!"她似乎有点得意的样子,接着又补句:

"知道不?明天局长还要住院打点滴哪!"

我蒙了。领导住院可不是好事,犯不着得意呀。却没想到,这对朵儿是个机会。她说你想,领导下午讲话还蛮精神,陡然发病住了院,肯定没人知道。正好趁别人都不知情时,独个儿去医院探望下,感情又拉近一步不是?

"哦——"我长长地哦了一声,才恍然顿悟过来。难怪她老骂我是"木脑子"呢,真有点缺心眼儿。我自愧地拍下木木的脑子,忽儿又多出一虑。说定明天去看望姑父的,岂不耽搁了?

"嗨!探病嘛,不就转一圈儿得了?"朵儿满不在乎地说:"没事儿,从医院出来看望姑父来得及,两不耽搁!"

我一听也对。探病又不治病,无非送些补品说些安慰话,花不了多大工夫。第二天,朵儿去医院果然没久留,把补养品往病床边一放，再说几句不治病却能套近乎的话便出来了。接着去看望姑父，估计时间足够用，还真是"两不耽搁"。

然而，千算万算没算到，大街上有堵车这档子事。她在街上整整磨蹭大半天，回到家正赶上吃午饭。看望姑父的计划打乱了，哪有赶着饭点儿串门的？朵儿很沮丧，只得改到后晌了。

可是吃过午饭，偏又冒出个岔子事。

局党组女副书记打个电话，约朵儿去做美容。以实说，她对女副书记没好感，嫌她是非嘴还好占小便宜，有点俗不可耐。可人家在位上呢，得敬着点。尤其在调整干部的节点上，她主管人事更得拢着。不用说，陪她做美容还得替她买单，哪能让领导掏腰包呢？不懂事了。朵儿倒不在乎贴这点钱，问题是还得搭工夫，把看望姑父的事耽搁了。她烦透了插这一杠子，可人家管着你帽子的，比姑父那头更关紧。烦归烦，还得装出受宠若惊的样子。

"哎哟好呀，书记肯约我一起去，巴不得哪！"

朵儿手握着话筒，面部表情很不协调：上半部拧着眉头，下半部绽放着皮笑肉不笑的腮帮子。一张脸能挤出两种肌肉表情，真难为她了。好在电话那头看不见，满以为当真"巴不得"呢。她放下电话，转脸发句牢骚："烦人，真烦死啦！"

女人做美容是精细活儿，大半天磨叽不到头。直到吃罢晚饭，朵儿才回到家里。甭说，看望姑父是去不成了，哪有中秋节晚上去送月饼的？早放剩了。朵儿泄气地说："那就……不去罢。"

过罢节，我就去找方智达说昌超的事。

这有点为难。按说我跟方书记不外气，当年他在村里驻队就认识，后来又一直在他手下，少说十多年情分。为难在，他接任县委书记后，我仍在县政府写材料，很少进他办公室。有时，也想往他那儿走动下，可见天埋在稿纸堆里挤不出空儿，或挤出空儿了又怕他忙不方便。犹犹豫豫一磨叽，不觉三年多过去了。

我意识到这是个毛病。光闷着头干活，不思往领导那儿"走动"。人是越拉扯越近，久不来往就生疏了。我就犯这拙儿：平时不铺路打点，遇事才想起来投门子。且不说人家是否介意，自己心里先堵道坎儿。咋想，都有点不得劲儿。

我是趁夜黑去找他的。县委大院有很多梧桐树，晚上树阴森森的。书记办公室的灯亮着，屋里一直有人，只得愣等了会儿。怕被人瞧见，我躲闪在梧桐树下的阴影里，不停地转着圈儿。心里老琢磨着："好久没跟书记套近乎，见面咋开口呢？是啊，咋开口呢？"为难了，生分了，感觉嘴也短了点。

我甚至有点后悔，不该答应帮昌超这个忙。可在别人眼里，我是方书记从农业局带出来的，好像铁杆儿嫡系。侄子昌超也这么看，以为我求他帮忙不成问题。弄得我没了推头，明知跟书记很生分，还得硬着头皮充亲信，叫啥事儿！

我在树荫下等了好一阵儿，才见书记办公室清闲下来。他独自坐在窗前，好像在看书。我跟他多年，深知他是喜欢清静的性子。但当县委书记由不得他，见天一大堆事闹闹嚷嚷。只能在睡前挤个空儿。要么读本书，要么闭目养会儿神。这当儿，他最烦有人再去打扰。可我实在等急了，稀里糊涂跑上楼去，嘭地推开那扇门。他愕然一愣，脱口奚落了句：

"哟呵，唐大主任来喽？稀客呀。"

我的脸忽地红了，发窘地站在办公桌前。他指下桌对面的椅子："坐坐，站着干吗？"然后翻着书漫不经心地说，"你这家伙！我一来县委这边，平时不找你，你也不找我，跟我摆谱啊？"

这话够砸人的，跟领导"摆谱"？不知天高地厚了。我越发不敢坐，窘得结结巴巴："哎呀整天写材料，这个这个……"我是想说，写材料太忙没时间，话到嘴边顿觉不妥。你比领导还忙啊，会见领导都没时间？作精呢。方智达见我窘在那儿，忍不住大笑起来。

"哈哈,跟你开玩笑哪。坐坐,坐!"

我趑趑摸摸坐下来。这才注意到,他手上那本书是《资治通鉴》,柏杨编译的白话版那种。语言很通俗,读起来比较轻松。可整套书分几十册,没恒心读不下来。我惊讶地问:"您这么忙,还读这大部头啊?"他把书往桌上一放说:"习惯。白天忙得头昏脑涨,晚上读点书,冷清下头脑,比泡酒场强。"

他一谈起读书有了兴头。说,史书是面镜子,可照见世间有种种不能做、不敢做的事。就像人生旅途刻着种种提示牌,使人多些冷静的警醒。又说,其实人人都在写自己的历史,只是疲于功利追逐,顾不上品读自己。偶尔回顾下也很草率,所以才有那么多浮躁的妄动。我故作认真地点着头,心里却惦着侄子的事。趁他间断话头的当儿,我随口补个歉意:

"哎呀多天没来看您,实在是……"

"得得,甭解释这个啦。"他一挥手截住话头,"你跟我多年,能不了解吗?你啊,老实人。想跟领导套近乎,也那没心眼儿。"

我苦笑了下,弄不清这是表扬还是挖苦。这年头,很多词都变了性。过去说谁老实是可靠,如今说谁老实却有"笨"的意思。方智达见我有点难堪,忙补充句:"但我不是批评。这世上啊,历来不缺投机钻营的聪明人,就缺老实干活的笨人!"

他说着把书合起来放在桌上,身子往椅背上一靠,摆出跟我谈话的架势。事实上,他白天不管怎么忙碌,多是场面的热闹,而自己也不过是某种社会角色的扮演。只有在独处时,他才能回到本真性情,展开自我的灵魂生活,或沉浸在经典中获些心灵感悟。这会儿,他似乎仍沉浸在读书的心境里,随口谈了几句读史书的感慨,也有点借题肯定我"老实"的意思。

"你读读历史,就会发现个现象。"他说,"凡真正干事者,往往不善溜须拍马。不是不会,是不屑,有悖他的人格。再说他得忙正事啊,也顾不着动那心劲儿,是不是?哦对,你不是来听我谈读书体会的吧?有啥事儿?说吧!"

我本意是为侄子说情,事先想好了套措辞。刚才,我当真以为他是在谈"读书体会",做好了恭听的准备。没防住来个急转弯儿,顿把我的脑子打乱了,想好的措辞竟说得啰里啰唆。而他也没仔细听,只听个大体意思又引发另一番感慨。

"过得真快呀。"他说,"我在你村驻队是1975年,眨眼十几年啦。你侄子叫什么来着?啊对,唐昌超。那时他还是光屁孩儿呢,如今都大学毕业啦。你看快不?"

他驻村那会儿,二伯是村支书,他们有些交情。当我说到昌超是二伯的孙子,又提到刚办罢丧事。他大吃一惊,责怪我说:"你二伯这大事,怎没告知我呢?我应该去告个别的,可是……哎!"

"哎呀您太忙,没敢打扰。"

"再忙,人都有情啊!"

我被这话打动了下。多年来,我在他手下只有敬畏的份儿。但真正能打动心灵的,不是权威的力量而是真情。将近二十年过去,他还念着和我二伯的情谊。这让我感动,很感动。

后来,昌超被安排到了县委办公室。

他是本科中文系毕业,文字功底不错,正好县委招收文秘人员,赶上个机会。当然也有方智达关照的因素,这是不必说的。那天,我带着昌超去县委报到,顺便把他介绍给方书记,先认识下。他一见昌超又想起我二伯,随口说了句:"哦,你就是唐振德的孙子啊。甭说,长得还真有点像你爷哪。"

我忙接句场面上的话:"昌超刚毕业,没经验。以后在书记身边工作,您得多指教、多指教。"

"没经验不怕，磨炼些年就有啦。"方智达对昌超说，"我很敬重你爷的人品。他没啥文化，报纸都读不下来，可他是个良心官。"他说，"人啊，不管你吃哪门饭，只要肯用心，练些本事都不难。难在，取舍之间能坚守做人的良心。长本事易，做人难啊。"

转眼进入深秋时节。

那天是马之骏的忌日，岳母又去给他上坟。其实，马之俊跟她结婚三年就阵亡了。至今五十多年过去，那份情还在。而作为女婿，比她女儿会多些超脱的客观，我能理解、宽容这种感情。我打算去帮岳母买些祭品。可她说："不用，还有盒月饼嘞。"

那盒月饼，本打算送给姑父的，被朵儿耽搁了没去成。岳母也没舍得吃，仍整盒搁在那儿。可拿它去上坟实在说不过去，忌日又不是中秋节，咋能拿月饼当祭品呢？岳母说："管它节不节的。只要心诚，拿啥都不过时。"

我怕月饼腐烂，就想打开看看，总不能拿变质品糊弄逝者吧？那盒子很阔大，外表镶着金线，印着银牡丹富贵图。可打开一看，里面塞满了泡沫板，仅有六块小月饼，暖壶塞子那般大。我惊得瞪大了眼：如此富丽堂皇的外表，剥去闪金亮银的浮华，就剩这点儿真的了？

还好，月饼没变质。但我总嫌薄了点，执意再去买些点心。岳母拦住说："上坟是尽个心。东西不在多少，他能吃？"她一把夺过月饼盒，又说了句："不怕礼品薄，就怕人心假呀。"

9

这辈子，我都忘不了方智达。他体谅到我和朵儿两地分居的难处，当上副市长后不久，也把我调进省城来，安排到市农委当了办公室副主任,仍是副科级,属平调。

我真是个"刀笔吏"的命,进了省城还得写材料。农委主任初次见我便夸了句:"哎呀,咱农委正缺笔杆子哪。听方市长说,你的文笔很棒,还得发挥特长呀。"我被"夸"得哭笑不得。好像我就是这块料,不会干别的,只得安心"发挥特长"了。

我被调进市农委不久,七哥和表哥闹掰了。

我不知他们俩发生了什么,只知表哥辞了总经理职务,怎会这样呢?我刚到新单位又离家远,也顾不上细问。

后来听说,表哥打算在省城租层写字楼,办个英语培训学校。他是绝顶聪明个人,对捕捉商机有独到眼光。眼下正兴起出国留学热,他瞄准是个商机。但办学一大摊子事,粗算得二百多万。他跟合伙人七拼八凑还不够零头。贷款呢,银行是嫌贫爱富的主,你白手起家,又是新行当没把握,谁肯蒙着眼砸钱呢。他跑了多家银行,都没戏。正苦于找不着门路,七哥听说了,决计借给他二百万。这对大企业也许不在话下,在我眼里却是天文数字。

我颇感惊讶。倒不是惊讶"天文数字",而是觉得这弄法不可思议。明摆着,他们俩指定是闹翻了脸,否则表哥不会另起炉灶。但七哥怎又借给他这么大一笔钱呢?看不懂了。然而有一天,七哥来市农委看望我的时候,却把"闹翻"的事说得稀松,只淡淡说了句:

"分手归分手,表兄弟情能绝喽?不至于、不至于。"

那天,太阳火辣辣的。七哥进门满身大汗,我忙让座、倒茶。他热急说:"先别倒茶,把空调再调低点。"办公室有壁挂式空调开着,已够凉爽的,他仍嫌热,我操起遥控又调低了几度。

自从我转入省城后,七哥的集团公司又上个炼铝厂,把"煤变电"再转换成"电变铝",进一步延长了产业链。他一直忙这档子事,半年多都没见面了。直到这时我才搞明白,他和表哥其实没啥利益冲突，只是弄法合不拢才分了手。

起因是件很小的事：厂里丢了台旧电扇，经查是个工人偷走的。表哥把他辞退了，并把电扇追了回来。事隔没几天，七哥从外地出差回来，了解到那小子家里很穷，母亲瘫痪几年下不了床，又让他回厂上了班。就为这个，闹掰了。

我又惊讶了下，越发感到不可思议。资产上百亿的企业啊，董事长和总经理为个破电扇闹翻脸，犯得着？七哥苦笑了下，两手一摊："这事……咋说呢？话长了。"

他喝了口茶，接着叙说起来。

是这样。偷电扇那小子家是南山沟的，离厂十多里路。有天晚上，他刚从外地出差回来，到公司门口下了车，偏碰见那小子他爹来讨饶，扑通跪下哭诉起来。他听后心里没底儿，说："你先回家吧，等我把情况搞清楚再说。"这是对的，情况不明怎好答复呢？可老汉硬是跪着不起来，缠住他脱不了身。

"俺苦啊！"老汉磕着头说，"老婆瘫痪下不了床，没钱看病。孩子好不容易找个挣钱门路，谁知干出这丢人事！可他是为了老娘才……您就可怜可怜吧。"

七哥心善，见老人给自己下跪，总不能甩手而去吧？他做不出来，只得退了步说："是这，你坐上我的车，咱到你家看看。"老汉这才站起来，稀里糊涂上了车。以实说，七哥是怕影响企业形象，门口跪个老头哭哭喊喊的，像啥话？存心把他设法弄走，自己好拔腿。可到老汉家一看，没法拔腿了。

老汉家在一处山坳里，门前是条石坎子路，很窄，车开不上去。七哥沿着石径磕磕绊绊走到大门口，见院墙是圈儿夹板夯的老土墙。久年风刮雨湔，墙头豁豁牙牙长着毛毛草。大门是扇荆棘扎的破栏栅，木棍绑个框，用铁丝固定在木桩上。另一边拧个铁丝鼻儿，挂在土墙的木橛上。这门，就像卖身者插根稻草标签，扫眼便知穷得可怜。七哥心里一沉,低着头走了进去。

院里两间破瓦房,很矮。瓦片上长满乱七八糟的草,猛看像座荒草冢。土坯墙裂着缝,小木窗糊层旧报纸。还好,通上电了,屋里有个小灯泡透出些光亮。院里空落落的,有个石板桌,几件旧农具,此外没别的了。七哥绕过房山墙,瞥见墙角有堆干柴垛。他惊讶了下:"啥年头啦,还烧柴火?"老汉搓着手叹口气:"唉!买盐钱都没呢,烧不起煤啊。"

七哥很无语。他公司年产煤上千万吨,多半儿销往外地,还有的出口了。可自己的职工家里烧不起煤,说啥呢?平时,他出行多是坐着轿车奔高速公路,沿途村庄都明显富了,成排新楼房。此刻往偏僻山沟一钻,猛觉得是另一个世界,倒退几十年似的。

老汉的女人躺在床上,面无表情,近似植物人。被褥油腻腻的,分不清颜色,屋低、门窄、窗小,闷不透风。七哥弯下腰跨进低矮的门,扑面而来一股呛鼻的腥酸味儿。小屋像蒸笼,捂着一团熏脸的热气。他刚站住脚,忽地"蒸"出满身汗。也就这一下子,他顿然明白了,那小子为何偷电扇。

老汉在旁边垂头丧气,直抱怨儿子不是:"这孩子憨呀!他娘都这样啦,活着跟死了差不多。闷点热点,她也不知道,偷那电扇有啥用?憨呀他,真憨呀!"

七哥不禁鼻子一酸。是,植物人对闷热没感觉,有没有电扇无所谓。但这年头,多少人挣钱只顾老婆孩子,把老人撂一边儿。他曾结识过一位土豪款儿爷,常常摆阔豪赌泡妞一掷千金,可对父母仍过着苦日子不当回事,反嫌老人啰唆。他还见过,一家弟兄几个都不差钱,为供养父母闹得翻脸结仇……可这小子,他老娘已没了知觉,却冒着风险给她偷电扇。这使七哥感动了下,若撇开"偷"字不论,一片孝心难得嘞。

屋里摆着几个粮缸,七哥随手掀开看了几眼。见是一缸谷子,一缸玉米，少半缸麦子。他很惊异："刚收罢麦，咋剩这点儿了？"老汉苦涩一笑："给老伴儿买药得花钱呀。粗粮卖不上价，只好卖些麦，能多几个钱。"

七哥哑哑嘴说不出话来。眼看自己职工家过着这日子，再把他挣那点工钱的门路断了？咋想都狠不下心。他愣了阵儿，提出见下老汉的儿子。可山里孩子胆儿小，闻知大老板来了，早吓得躲起来，没了影儿。七哥无奈地叹口气，低着头朝门外走去。刚跨出门槛，他稍微迟疑了下，忽一扭头冲老汉撂下句话，语气很沉重：

"明天，就明天，还让你儿子去上班吧。"

老汉忽地闪出两眼泪。他个老实巴交庄稼人，下巴激动地抖着，牙齿嗑得嗒嗒响，却连个"谢"字都挤不出来。七哥见他可怜巴巴愣在那儿，没了说头。刚又走几步，背后传来女人的咳嗽声。她不是喀喀地咳，而是哈着气，就像喉咙被热气堵住了，快要憋死的样子。七哥心里发毛了，真怕她会闷死到屋里，于是又转头撂下句话：

"是这吧。回头，我再派人送个电扇来。"

可是第二天，表哥跟七哥拍了桌子。也能理解，他总经理刚做出决定，转眼被董事长否了，不扇脸吗？更在于，他认为企业得靠制度管理，奖惩严明才能有效运行。职工偷东西不处罚，反倒再给他家送个电扇，岂不乱了套？七哥也意识到不妥，事先没跟总经理沟通，夹生了。他忙赔情道歉，接着用商量的语气说："制度是得严格执行，不能含糊。但对极特殊的个例，能否适当灵活些？"

表哥本来是倔傲性子，火气上来越发执拗。他放出了绝话，说必须把那小子开除，否则我这总经理就没法干了，你七哥另请高明吧。怼到这份上，七哥为难了。作为企业家，他当然明白严格管理的意义。但他亲眼看到那家的苦处，实在硬不起心肠。

"我是见那家人太可怜，不由一冲动，把那话说出来啦。"七哥对我说,"那小子偷电扇是不对,该罚。可把他一开除没了来路钱,那家人咋活?我下不去手呀。"

办公室的空调呼呼吹着。

我打了个喷嚏,猛想到刚才把空调的温度弄得太低了,又操起遥控器调高几度。当我摁着制冷键,心里萦绕着穷山沟那家人时,不禁有种愧疚的感觉。同处夏天,那儿闷热得要死,这儿凉爽得发颤,跟作孽似的。

我明白,这是很感性的情绪。理性地看,偷盗行为说到天边儿,都不能容忍更不应宽待,表哥的坚持有他的道理,但我在感性情绪上却拗不过劲儿,反倒本能地倾向、偏袒七哥的立场。是觉得,在那种特定场景下,他对弱者的同情心没有缺席。就这点说,表哥也应理解才对,否则不近人情。

"哎呀表哥也太……那个了。"我说。

"不不,这不怪他。"七哥反替表哥开脱,"俞波是对企业负责呀,他坚持依法办事,有啥错呢?怪我感情用事考虑不周,没沟通把事弄岔了。错在我、错在我。"

"可在那情景下,谁都会……"

"算啦,不说这个啦。"七哥摆摆手说,"表兄表弟的,谁对谁错,哪能论恁清?共事了是伙计,分手了还是表兄弟。为这点儿事伤情分,犯不着、犯不着。"

我轻叹口气,也不便再说表哥的不是。七哥都念着表兄弟情分呢,我还说什么?但我仍无法理解,表哥已闹到分手的地步,七哥你不计较就罢了,反又借巨款帮他一把,是不是也太……那个了点?七哥沉默了会儿,脸色显得很沉重。我看得出来,他对表哥的任性辞职很沮丧。但他没说一句表哥的不是,反替他着想。

"白手起家难啊。"七哥心事沉沉地说,"俞波那个微创企业,银行跑不来贷款。眼看铺开摊儿了,弄不来资金咋整?"他指头下意识地敲下茶几说，"不管咋的，煤电公司发展到今天，俞波出过大力呀。他一赌气走了，我挽留不住。可我当表哥的，总不能赌气绝了情吧？如今他铺个新摊子，万事开头难呀，得帮一把。"

他的语气很低沉，却让我很震动。我向来敬佩七哥处事大气，但他这种肚量仍超出我的想象。我一时不知说什么好，起身给他续了杯茶，恭恭敬敬放到茶几上，说："天太热，这茶有些烫。七哥您慢慢喝，多喝点。"

事隔没几天，表嫂到我家来串门。

是周日后晌，朵儿带儿子去上钢琴辅导课了。表嫂平时很少来串门，稀客呢。正好朵儿刚买了些苹果，说是进口新品种。岳母慌忙洗了一盘端过来，那盘苹果又红又大，果皮水莹莹的鲜亮。我递给表嫂一个，她边拿起果皮刀削着，边聊些家常话。

岳母仍惦念着姑父的病。表嫂说，公爹的癌症已到了晚期，隔些时去医院化疗一次，身体越来越虚弱，头发全掉光了。岳母是很重情个人，听着连连唉声叹气，她还担心表哥跟父亲合不来，劝表嫂说："你得开导下俞波呀，不能任着性子来。眼看他爸病到这份上啦，得多去照看下呀。"

"那是那是，应该的。"表嫂说，"不过您放心，俞波他有大转变啦。时常跑上跑下给老爸看病，还花了不少钱。他爸那点积蓄根本不够用，多半儿是俞波拿的。"

"这就对喽。"岳母听罢拍下膝盖说："毕竟是亲爷儿们呀，打断骨头还连着筋嘞。"

表嫂是为儿子上学的事来的。

俞越该升初中了。表哥早有打算，让俞越高中毕业就出国留学。于是得先打好英语基础，便特意选择了外语中学，属"择校生"那种。外语中学是全市名校，凡招生都挤破头，得"拼爹"了。但俞越用不着，他在全市小学统考一直顶着尖儿。每年"中招"，各校都使出浑身解数争抢优秀生源，名校对他这等"学霸"也巴不得呢。这真让人羡慕，孩子争气了，爹也省劲儿了。

表嫂的来意是，外语中学离家太远，怕儿来回折腾耽误学业。正好我家在外语中学附近，让我帮着租套附近的房子，她把家临时搬来住。很简单个事，我满口答应下来，没几句就说完了。

接着闲扯起别的，忽又扯到表哥跟七哥的事上。

表嫂也很敬重七哥的人品，觉得俞波太倔了点，说："俞波那驴脾气，我劝他多次，说七哥对你很厚道，咋说都不能闹僵呀，可他听不进去。"我不便责怪表哥，只说："人嘛，谁没个脾气呢。"

不过说到电扇的事上，表嫂是倾向表哥的。倒不是刻意偏护老公，而是有另端理。她说："九儿呀你想，俞波是总经理，他得对企业负责啊。按说该同情弱者，可企业不是慈善会。它是以追求盈利为目标，不可能完全关照人情。再说了，管理制度本身就带有冷硬性，也应该硬起手腕来，否则就没有执行力，对吧？"

她说得有条有理，以致使我不由起疑，也许表哥是理性的，而我被怜悯心绑架，太感性了点。

我的看法摇摆了。不由觉得，表哥是严格执行制度对企业负责，有什么错呢？但又觉得，偷电扇那小子着实可怜，七哥给些关照属人之常情，也没啥错啊。世上事怪就怪在这，你正着想，似乎两头都有理。反过来想，又似乎都不对：强调制度就没人情了吗？或照顾人情就没规矩了吗？这又成了悖论，越发断不清了。

打心底里说，我对他们俩老兄都很佩服。七哥从挖煤工一步步成为企业家，是有实本事的。表哥呢，名校高才生又出国深造过，算得精英人才。于是我很感遗憾：多好对儿搭档，偏就合不拢。但我说不清谁对谁错，只得和稀泥各打五十大板：

"真个俩叫驴，拴不到一个槽上！"

"谁说不是呢，我也挺遗憾的。"

表嫂随声附和了句。但接着又分析了一番，说这不是驴不驴的事，怕是两种文化的碰撞。在她看来，七哥一直生活在乡里乡亲窝儿里，周围是重人情的乡村文化。俞波呢，打小生长在陌生人组合的市民社会，多属利益联结的关系。他又在美国深造过，更在乎西方文化中的契约精神。而企业管理制度，本质就是职工共守的契约，所以他特别看重。可七哥骨子里忒重人情，就合不拢了，这是根儿。

表嫂说罢问我："九儿你说，我分析得对不？"

我不置可否一笑："这个……谁知道呢？"

我好奇地打量着表嫂。心说她真是个做学问的，习惯刨根问底。这点破事一"分析"，就刨到了"根儿"上去。

岳母在一旁闲坐着，她听不懂我们俩的对话，倒是听明白了偷电扇是咋回事。凭着乡下人的朴素情感，她也可怜那小伙子，稀里糊涂插句嘴："我老婆子家，听不懂啥子文化。可不管肚里装着啥文化，说到底还是人。是人，都得长颗肉心不是？"

这话有点不搭界，冷不丁插一杠子。我和表嫂都没当回事，乡下老太的见识，听罢一笑了之。

表嫂把苹果削好了。她捏着端详了会儿，又像搞学术研究似的，思忖着说："这进口苹果……个头好大哦，不会是转基因吧？"接着分析："基因一变异，倒能增效多赚钱。只是，不知对人类有害否。"我又不置可否一笑。说，谁知道呢？

10

姑父的癌症已急剧恶化。寒冬腊月，他突然给我姑妈上坟来了，踏着雪来的。那天不是扫墓节也不是忌日，只因为一个梦。

他梦见了去世多年的妻子。

在一片白茫茫的雪原上，亡妻依然青春模样。身穿洁白的长裙，薄薄的滑滑的，像轻纱。雪后阳光刺眼的亮，她的脸儿被映得越发嫩白，透着粉嘟嘟的红。他一眼认出来了，正是自己初恋的姑娘，水灵灵的样子。那年她才十八岁。梦里，她仍那样清纯。

恍恍惚惚，她牵着他的手不停地飞。薄纱裙像缕白云，飘飘然拂过河流山川。那些地方他都似曾相识，又很模糊。影影绰绰的，像是他曾带兵驻扎过的洛塬村。在这儿，他把她带走了，后来成了自己的爱妻；像是他曾转战过的阵地，沟壑里扎着帐篷医院，她作为战地护士奔忙在抗日前线；像是他熟悉的医学院，她是在这儿进修的医生。那些日子，他常来跟她约会，多是去校外的小河边，或山坡上的白杨林里，偶尔也去逛小街。

飘着飘着，腾地落到一幢楼顶上。他猛一惊，发现是夏州市中医院。这回他看得很清楚，没错，正是她从部队转业到地方，先当医生后任副院长的那个医院，统是"文革"前的样子。那时医院离家远，他时常下班后骑着自行车来接她。下雨天，她坐在后座上为他撑把伞，另一只手紧紧搂着他的腰……此刻梦里，他们俩又在楼顶上牵着手，时而悄声蜜语，时而拥抱缠绵。

忽然，冷不防刮起阵儿狂风，卷着漫天飞沙。院里的树梢都刮折了，咔咔嚓嚓响。猛听妻子啊呀一声惨叫，转眼没了。周围空空荡荡，只剩一地残枝落叶。他卷在风沙里晕头转向，什么都看不清，声嘶力竭地呼唤着她的名字：

"雪莲，你在哪儿？在哪儿啊！"

他乘着狂风到处寻找，飘忽忽又掠过那些河流山川，那些似曾相识的地方。但很怪，那些地方都燃起了熊熊烈焰，像火红的海。他飘进一片怪石林立的山涧，峡谷冒着腾腾白烟。但不是烟，更像冰雾冽冽地割脸，把他冻成了铁硬的冰疙瘩。

蓦地，他瞅见了妻子雪莲，正站在悬崖边上，看上去很吓人，势将被风刮落到悬崖下。他拼命跑过去，本想把她拽过来，可迷迷瞪瞪的，不知怎么反推了一把。她啊呀一声惨叫，咕里咕咚翻滚了下去，摔落在谷底的冰窟窿里。那周围是犬牙交错的峭石，把白纱裙挂成破碎的纱布条，裸着玉肤冰肌的肉体。她披散着零乱的长发，掩了半张血肉模糊的脸。她绝望地伸出两只手，朝他嘶哑地呼喊，那声音凄惨恐怖，让他感到毛骨悚然。

"俞寒你来救我啊，快来救我呀！"

他纵身一跳，扑通落到峭石尖上，两脚扎得钻心疼……他被"疼"醒了，才知是在做梦，两脚在梦里蹬在了床头板上。那脚蹬得很猛，醒来仍隐隐地疼。他惊出一身冷汗，气喘吁吁。

寒冬夜长，梦醒是在凌晨时分，漫天黑乎乎的。住宅楼临着大街，窗外一溜儿高大的梧桐树。透过枯叶的缝隙，路灯射进屋里点点寒光，洒下光怪陆离的影儿。寒风呼呼狂叫，梧桐树上扫下片片残叶。风吼，树摇，叶落，窗玻璃的阴影飘飘忽忽。他感觉很不真实，还有点虚幻的阴瘆。

他惊恐地四下扫视，恍若处处闪动着亡妻的身影。忽而是清纯俏丽、温柔妩媚的甜笑，忽而是披头散发、满身血迹在挣扎……他闭上眼不敢再看，以至陷入疑神疑鬼的癔症状态。他有种不祥的预感，黯然地嘟哝了句：

"雪莲是来接引我呢，怕是我该走啦。"

他知道自己的病情在恶化，对死亡的恐惧心理很敏感，极易触发焦虑。忽然，他冒出种急迫的冲动："我得再去她坟上看看，今天就去。万一病情急转直下，就去不成啦。"

天刚昏昏儿明，他就躺不住了。拖着病恹恹儿的身体，颤巍巍从床上爬起来，胡乱扒拉几口昨晚的剩饭，便起身上了路。

以往，他来上坟都乘公交车，这次不行了，他已病得四肢无力，消瘦得皮包骨头，吹股风都能刮倒的样子。乘公交得在县城倒车，到镇上再步行往村里去，几里路走下来根本撑不住。他特地叫辆出租车，先讲明：下车后得帮一把，可多加些钱。司机挺实在个小伙子，满口答应说，这没问题。

赶到坟地，大约上午十点钟光景。

出租车停在大路边，离坟地还有百十步远。通往沟边有条狭窄的小土路，两边的麦田覆着残雪，部分已融化，露出片片儿麦苗，仿佛窟窟窿窿的白棉被，钻出点点翠绿。一眼看去是白得纯净，绿得清新。雪晴的天一派碧蓝，阳光刺眼的亮，满地雪粒眨眨地闪着光芒。空气也极是纯净，深吸口气，能灌进一肚子清爽。

路上的雪开始融化了，滑滑的泥泞。姑父下车便打个趔趄，司机忙扶了一把，没摔倒。那几十步路又滑又陡，他走下来累得直喘粗气，嘴里哈着白烟儿。

下沟坡更麻烦了。是阴坡，土岩壁挡去阳光，扑面是阴冷的寒气。雪也不是雪了，已结成厚厚一层冰粒。像碎盐，踩上去咔嚓咔嚓响，下陡坡跟溜冰似的。姑父弱不禁风的样子，哪敢下脚呢？小伙子发愁了，后悔了，不由嘟囔起来：

"早知是这，我都不来啦，给多少钱都不来！"

姑父预想到这个，随身带了把小铁锹。小伙子很无奈，只得操起锹把往手上吐口唾沫，沿着斜坡捣起冰层来。捣开一小片儿，挖个小土坎儿。接着再捣、再挖，忙活个把小时，才挖出一溜儿小土坎儿。这就好办了，姑父可蹬着土坎儿走下去。

但他走平路都颤巍巍的，蹬着仅能放下脚后跟儿的小坎子，跟踩钢丝绳差不多。多亏小伙子实在，怕老头出事，便在前头倒着走，撑住他的胳肢窝一坎一坎往下挪。下到沟底，姑父累得满头汗，小伙子也拿捏得满头汗。两个脑袋，在雪地里冒着两团热气。

坟头紧靠背阴的土岩根儿，没融化的雪冷凝成厚厚一层冰粒，覆在姑妈坟头上。这倒有点悲凉的诗意，好像她跟雪融为一堆儿，也化成了冰雪。是的，我心目中的姑妈纯洁无瑕，也像冰，像雪。

姑父在坟前摆上供食，接着焚香烧了纸。接着得再添把土，但坟头的雪分外白净，他踌躇了下不忍让灰土玷污了。忽然灵机一动，他捧了几把雪添上去，也算表达个心意。小伙子不懂这个，说坟头恁多雪了，再弄这干啥？姑父脱口说了句话：

"那雪是天赐的，这雪是我的心意。"

他本是句无意的话，可一出口忽觉有种微妙的默契，好像把天意和本心融在一起，暗合了王阳明"本心即是天理"的哲语，也有点"天人合一"的寓意。姑父暗自得意了下，觉得这法子不错，还有说头呢。他拍了几下巴掌，抖落手上的残雪和冰粒。

祭奠罢，出租车开进村子里。

那次，他来上坟被我妈叫回家后，便不再躲躲闪闪。转眼多年过去，他一来都会拐我家吃顿饭。这次仍到我家来，但不是来吃饭，而是来商量后事的。他心里清楚，眼看癌症已到晚期，已是不久于人世。活到这份上，一切于他都无所谓了。唯一放不下的事，就是死后能否跟亡妻合葬。

这本来不是个事儿，夫妻合葬天经地义。因了那场悲剧，不是事却成个事。他为亡妻孤身苦守几十年，临终想求个同穴长眠。趁着还有口气儿，赶紧跑来说合下。活着说不定，死后就不由他了。但他明白，唐家人一直怀恨在心，至今不肯搭理他。唯独跟我妈能说上话，只能照她的头了。

我妈正在厨房做饭，姑父进来打过招呼后，顺势坐在门口的竹椅上。他没打算多停，出租车司机跟着，不方便。见面闲扯过几句，话题便转到正事上来。

我妈一听为难了。明摆着，唐家人提起姑父都恼炸了，当初爷爷发誓不认这门亲事，才把姑妈拉回娘家来，埋到本村地里。如今姑父突然提出要合葬，可不是小事。妈妈根本做不了这个主，必须经唐家人商议才行。然而，她见姑父可怜巴巴求上门，眼看快死的人了，又不忍心一口拒绝。她靠在灶台沿上，两手下意识地揪搓着围裙，苦于没法下嘴。

"我知道你有难处。"姑父眼巴巴看着我妈说，"可我想来想去，跟别人照不着面，只能拜托你呀，老妹子！"

"唉！这事儿。"妈妈叹口气，"要是二哥在世就好啦，他能压住阵。我个女人家，压不住呀。"她最担心的是五叔，那二杆子恼起火来招架不住。便推托了句："要不，你去跟老五说说？"

一提到"老五"，姑父不禁打个哆嗦。他的胳膊是被他打折的，至今还拐着呢。他也害怕五叔那二杆子劲儿，找他说事？没准儿会再挨顿揍呢。他显得很无助，下意识地揉搓着膝盖儿，那双枯皱干瘦的老手，在膝盖上颤颤地发抖。

稍迟了会儿，姑父才慢慢诉说起来。说，他在省城郊外买了块墓地，几年前精心挑选的，是个朝阳的沟垴，树木花草都很繁茂，环境挺幽静。还专门请风水先生看过，说是风水宝地，他费了很多周折，花大价钱才弄到手。而这，多半儿是为雪莲。姑父说，她死得太惨呀，当时连尸骨都没处埋，稀里糊涂囚在荒沟里。他一直为这个心不安，才动了大劲儿，想给她找个体面的归宿处。

"我是真爱她呀。"姑父动情地说，"当局长那会儿，多少女人想攀扯再婚，我从没动过心，宁为她守孤身。活着无缘相伴，只求死后同眠。就这点夙愿，不行吗？"

姑父生怕唐家人不肯答应，又想个自贬的法子。说他已写好了遗书：合葬时，把他埋得比妻子深半米，等于比她低半身，以示屈膝忏悔……说到这儿，他倏地滚出两行泪。

"我欠她一世情啊，老妹子！"他冲我妈乞求说，"可这情，实在没法弥补呀！我能做的，只能这样了。我也不配跟她平身，甘愿黄泉低半截,权当永远给她下跪,还不行吗?"

我妈本来心肠软,这下彻底软化了。她无法拒绝,以至忽略了自己的能耐,竟不自量力地应承下来。她撩起衣袖擦了把泪,答应说:"老哥你放心吧,我尽力成全、尽力成全。"

出租车在大门外连鸣几声喇叭,显然司机等急了,在催。妈妈把姑父送出大门口。临上车,姑父又给她深躬一躬,连说拜托、拜托啦。上车后还撂下句话,很悲凉:

"可能……我不会再来啦。"

他说罢朝我妈挥挥手,忽又淌下两行老泪,在满脸皱纹里纵横闪动。妈妈目送着汽车远去,直到拐弯看不见,心里沉沉的。她也预感到,这是最后的送别了。

她在门口怔怔地站着。腊月天,街上刮着尖冷的风,扫下树枝上片片枯叶,零落在门前瑟瑟翻动。房顶、墙头、柴垛上覆层薄薄的残雪,被风卷起漫天雪糁儿,凄冽冽打在她脸上。大门楼的顶檐垂下一溜儿冰喇叭,在阳光下闪着寒光。冰梢头融化出些小水珠。像泪,一点一点往下滴。

过罢年不久,姑父就病故了。

表哥把他送到殡仪馆,先冷冻着。墓地是早备好的,安葬倒不费大事。麻烦在于,他为父母能否合葬也很纠结。作为儿子,给父母合葬是应尽之义,可天堂的母亲肯宽恕父亲吗?愿跟他合葬吗?这就不好说了,问谁去?他一向是很有主见的,此刻没了主意。

再说,这也不全是他能当家的事。正常规矩,母亲的后事还得尊重她娘家人的意见,也就是外甥得看舅家人的脸色。表哥知道,他父亲曾拜托过我妈。那天,表哥专门从省城跑到我家来,先给我妈磕个头,求告说:"四妗子呀,我真不知该咋办,就靠您拿主意啦。"又说,"我妈活着时跟您最要好,您就替她做主吧,我听您的。"

妈妈事先答应过姑父的，帮忙没的说。可这事来得太突然，唐家人还不知姑父去世的消息，正忙各自的事，当即召集大伙商量，指定凑不齐。她对表哥说："是这，今晚我把你舅和妗子们招来，商量商量，明天给你回个话。"

表哥家里正在布置灵堂，得赶回去应付那摊子事。他临走又紧叮了句："四妗子啊，我妈死后，您把我当自己孩子对待。这事，就算孩子求您啦！"说罢又给我妈磕个头，匆匆赶回省城去。

当晚，在我家开个紧急会。

三伯、五叔和伯母婶子都来了，我和几位堂兄弟也到了场。姑妈的事主要由父辈当家，我辈不便插嘴，顶多对个耳朵听。客厅的椅子不够坐，哥嫂搬进些小方凳，大伙才挤凑着坐下来。

我妈的用意很明白，存心替姑父撺掇合葬。她把姑父那些话复述了遍，大伙也蛮感动的。尤其女人们心软，易被情绪左右。二伯母心直口快，说不管咋的，他们俩夫妻一场，依理也该合葬。即使有点"那个"，都几十年的破事啦，清楚不了糊涂了。合啦，得啦。

三伯母和五婶儿跟着附和。说是呀是呀，雪莲姐能移到风水宝地，总比撂在荒沟强。再说了，那也不是娘家人的心呀。

我妈见妯娌仨都赞同，有了底气。不过，这事最终得由三伯和五叔吐口，婆娘们做不了主。可三伯从来不拿事，踢三脚崩不出个屁。他耷拉着头坐在墙屹角，两手抄进棉袄袖里打着盹儿，跟没事人似的。倒也好，反正咋说他都没意见，省心了。

妈妈最担心五叔生事。当年，他把姑父的胳膊都打断了，结有大怨仇的，绝不会轻认了这个。她不时朝五叔瞥几眼，生怕他尥蹶子。五叔呢，果真没好气地黑丧着脸。他坐在大圈椅子上抽着闷烟，听婆娘们叽喳了会儿，忍不住了。忽然，他拍下桌子蹦跳起来，先把姑父臭骂一通。

"那畜生！把我姐害到绝路，直恨当初没把他打死，留条狗命。"他把烟头摔在地上，怒吼道，"那没良心的畜生！还想跟我姐合葬？呸！没门儿！"

大伙惊得张嘴瞪眼，气氛骤然紧张起来。这话是有煽动性的，极易激起血缘情感的共愤。说到这份上，好像成了"政治立场"问题，谁都不好再坚持合葬的主张。否则跟叛徒似的，至少对姑妈没情义。三伯母和五婶本来没啥主见，五叔一蹦跶，忽地反转了。似乎刚才犯了糊涂，这下又清醒过来，变成另种叽叽喳喳。

"是呀，俩冤家咋能埋一堆儿哩？"

"对呀，俞寒不算人，咋能依着他嘞？"

俩妯娌一倒戈，情势不对了。我妈把脸转向二伯母，指望她声援下。二伯母呢，平时倒有些主见，可一看势头不对，有主见也不敢坚持主见，生怕不得人心，反倒劝起我妈来。

"他四婶儿呀，依我看，你甭撑这头啦。"她劝我妈说，"咱都外来媳妇。老三老五在这儿哩，人家是亲姐弟，咱说啥去？"

我妈大是泄气。她见二伯母也倒了向，又把目光转向三伯，试图寻求他的支持。毕竟他是兄长份儿，说话更有分量。可气人的是，他仍打着盹儿连屁都不放。堂兄弟们见长辈们闹僵了，不便多舌，在那儿大眼瞪小眼。我妈顿感被孤立了，她一屁股坐到板凳头上，无奈地搓着手。

她是答应过姑父的，想再尽份心力。稍停了会儿，她又鼓起勇气替姑父辩护几句。说他一直很悔恨呀，多次给唐家人赔不是。说他心里一直装着雪莲姐呀，到死都没续弦。说他每年都来上坟呀，临死前还扛着病踏着雪来……总之，说他还算有良心，不很坏。她说了一堆姑父的好，想以此征得大伙认同，圆了姑父的心愿。

孰料，这番话把五叔激恼了。一直以来，他对我妈老管姑父吃饭就很憋气，说她犯贱。但只是背后嚼舌，不曾当面撕破脸。此刻见我妈公开为姑父摆好，他腾地火了，那二杆子脾气一上来，说话就没了分寸，不着调了。他咚咚跺着地板，喷着唾沫星愤骂起来：

"你个贱女人！骚货！"

"你你你……"

我妈顿然气得浑身发抖，指头捣着五叔说不出话来。五叔仍不解恨，又补句更恶毒的骂："你说他俞寒这好那好，得！等你死啦，就跟他埋一堆儿吧！"

这叫啥话？我忽地站起来，真想上去扇他两耳光。妈妈猛推我一把："过去！大人的事你掺和啥？"到这份上，她仍顾及着家道伦理，哪能侄子扇叔呢？转脸，她又冲五叔怼了句：

"这话，说给你四哥听去！问那死鬼愿不愿意！"

话音未落，她转身冲出客厅，跟跟跄跄奔进卧室去，嘭地关上了门。伯母妯子们赶紧跑过去劝慰，那门已反锁上了。妯娌仨没了法子，拐回头又数落起五叔来。包括五婶儿也听不下去了，冲着五叔愤骂了句："你这臭嘴！还算人不？咋能这样骂咱四嫂嘞？"

"是呀，你骂这叫啥话？"三伯母跟着讨伐，"哦哦！让你四嫂跟姐夫埋一堆儿，把你四哥往哪儿摆？"

"老五呀，你咋恁二杆子嘞？"二伯母也气愤地说，"这样骂你四嫂，连你四哥也骂了不是？"

局势顿又翻转过来，满屋人嚷嚷着五叔的不是，连没脾没性的三伯也忍不住了。他曩着鼻子，哼哼唧唧地说："老五你真是、真是……二屎儿。"

五叔又被孤立了。他恼羞得满脸涨红，但又不肯认错，翘起山羊胡子"啊呸"了一声，愤愤然甩手而去。全屋人傻眼了，一律怔在那儿。三伯打个呵欠，又曩着鼻子挤出句话：

"你看你看，弄这叫啥事儿？"

这是他说的第二句话。整场下来，也就说了两句不吃劲儿话。他说罢拧下鼻子尖儿，手又抄回棉袄袖里，耷拉着脑袋，屁股一扭一摆走了出去。仿佛"到此一游"过了，没事了。

三伯和五叔都走了，剩下妯娌仨愣在那儿，你看看我，我看看她。意思是"咱咋整？"二伯母朝门外嘟下嘴："那不，哥儿俩都走啦，咱娘儿们还商量啥？也走吧。"

伯母婶子们一走，堂兄弟们干瞪起眼来。

按说，该大哥唐承贤主持、收拾残局才对。可他老实巴交，自知没这能耐。在我们堂兄弟中，真正拿事的是七哥。他是实质的主心骨，大伙都服他听他的。这会儿，大哥也只得向他讨教："七儿呀，你看这事咋整？"七哥坐在门口两手一摊，迸出句无奈的话：

"这事儿，长辈们都闹崩啦，咱弟兄能管得了？"

"你上千号人都管啦，这点事管不了？"三哥说。

"那是企业，这是家呀。"七哥分辩道，"企业再大，我说了算。家再小，有长辈在上头，哪轮着我逞能？"

"可你总得想个法儿呀！"四哥也急得直甩手，"俞波等着回话呢，咋整？你说咋整？"

这下把七哥逼到了死角。似乎，他成了全部责任的承担者，好歹都由他兜着。也该，谁让你有本事呢？有本事就得驮大载对吧？可这是父辈们的事，他着实做不了主。思忖了会儿，他又两手一摊，端出个没法的法儿，苦笑下说：

"咋整？冷处理，先搁搁。"

他到底是经过大世面的，遇事能拿捏住。眼看长辈们闹到了火头上，这时最稳妥的法子，也只能是"冷处理"。他的想法是，让表哥先把姑父下葬，等时机成熟再议。这样子，既不耽搁办事又不激化矛盾，留个回旋余地。大伙一听有道理，弄到这地步，只好"冷处理"了。七哥见都没的说，又撂下句话：

"走着瞧吧，时间会解决问题。"

大伙散去已是深夜。我躺下不多时，忽听妈妈从屋里走出来，不知在客厅里摆弄什么。我翻身下床，走到客厅窗外往里一瞅，见迎门的堂桌上放个香炉，燃了三炷香。平时，爷爷的遗像一直在那上面摆着。此刻妈妈正跪在地上，哽咽着向爷爷低声倾诉：

"爹呀，您走了，二哥走了，老四他也走了。大哥在台湾回不来，雪莲姐这事砸到我肩上，可我担不起呀！三哥不拿事，老五是二杆子，妯娌们随风倒。您看闹成啥样啦！

"我嫁到咱唐家招谁惹谁啦，凭啥挨老五那样骂？也怪我管闲事。可波儿从小没了娘，孩子可怜呀。那年头缺吃的，有个馒头我先给他掰一半儿，剩下半个分给五儿和九儿。如今遇见这事他没了依靠，你说我管不管？

"我是为雪莲姐好呀。她死得惨，尸骨抛在荒沟太孤凉。至于她愿不愿合葬，去哪儿求证去？掏良心说，我也恨姐夫，恨了几十年。可他一次次来上坟，还给我跪下求情。他心里一直装着雪莲姐呀，不能说他没良心。您说，该不该宽恕他？

"爹呀，我做错了吗？错在哪儿？您给我托个梦吧。错了，您就在梦里骂。没错，就给我指条路。我真不知该咋办呀，爹！"

我在窗外忍不住流泪了。为妈妈难受，也为姑父感到悲哀。人啊，再别做跟人情、跟天理、跟良心过不去的选择了！一次违心的选择，可能悔恨多年甚或一辈子……我怅然地望着半轮明月。那是冬天的月，冷冷的，洒下一院清光。

第四章 魂兮归来

夕阳收敛起刺眼的芒,染红天边一抹儿云,气色柔和下来。刚收罢秋,田野空寂寂的。只剩棉花开着最后一茬花,柿子熟透了也没摘,看去这儿一片白,那儿一树红,点燃些生动。

耕地刚犁耙出来,细腻腻的。我帮着哥嫂整地打畦,孙子光着脚丫踹进虚土里,颠儿颠儿地撒欢。他"踹"累了,随地一躺打起滚儿来,荡起轻细的尘烟儿。

夕阳徐徐落下西山头,遮了又红又圆半张脸。孙子惊奇了,跟他捉迷藏似的。他趴在地上两手支起小下巴,怔怔地瞪着夕阳,突然迸出句惊人语:

"爷爷你看,太阳回家睡觉啦!"

我真的很惊讶,这话大人们道不出。因为你有了成熟的理性,老想着,地球是环绕太阳转,而太阳是恒星,怎会"回家睡觉"呢?一理性,抽象出干巴巴的概念,没了诗意。

再想想,夕阳确实跟"回家"有关联。它一落山就该收工了,不得回家么。沟边的柿树杈上架个鸟巢,一只喜鹊飞了进去,它也是见天色抹了黑,赶紧飞进巢窝里,那是它的家。

我想起了大伯唐振儒。

他流落台湾几十年，那年归来也是三秋时节。他站在沟边柿树下，望着雀儿飞入鸟巢，随口吟句陶渊明的田园诗："羁鸟恋旧林，池鱼思故渊。"他说："你看，太阳一落山，倦鸟都知道飞回自己的窝。我漂泊大半辈子，咋能不想家呢？"他年轻时从老家出发，暮年又回到老家。也像太阳落山，静静地回归。

打完畦已天黑了，我和哥嫂收工回了家。

妈妈备好一桌晚餐，摆在当院的桂花树下。她熬了锅玉米仁汤，烙了一叠红薯叶菜馍，切成牙儿放在用高粱穗秆做的拍子上。我揭起一牙儿卷成卷儿，蘸下芝麻酱拌蒜汁，哎哟，那叫有滋有味儿。

孙子连吃好几牙儿，怕他撑坏肚子，可劝不住闹着还要。他在省城老吃炸鸡腿汉堡包，从没吃过这个。玉米仁是刚收的，红薯叶是刚从地里掐的，鲜哦。

吃罢饭，妈妈端上盘鲜枣和石榴，都是她去老宅摘的。我吓了一跳。摘石榴得上梯子，八十多岁的老太太爬上爬下，够悬的。可她见重孙子回来，四世同堂，高兴糊涂了。还笑眯眯地说："这是老宅长的，让娃儿品尝下，甜着嘞。"

我给孙子拣颗大红枣，抠把石榴籽。这些都接着老宅的地气嘞，也该让他品品、尝尝。

1

该说说大伯的事了。

我说过，大伯唐振儒早年过继给了四爷。四爷开个银匠铺，供他上了国立师范学校。抗战爆发后，他跟同学们结伙奔赴前线，进了国民党抗日部队。那是一腔报国热血啊,谁会想到呢,后来稀里糊涂去了台湾,几十年没音信。

　　台湾开放大陆探亲后,大伯有幸活着归来了,不用说是唐家盛大个事。第二天,我一大早就赶回老家去。他回来后住三伯家,这是对的,二伯不在了,依序该由三伯为主接待。当我走进三伯家时,见大伯的眼泡虚虚的。昨晚他和家人聊到深夜,眼都熬红了,哭肿了。亲骨肉阔别几十年,哪能不动情呢。

　　大伯正要去给父母上坟,祭品都备齐了。除纸扎、供食、香烛、箔纸元宝那些,还特地带个葵花盘。我错愕地愣了下,从没见过上坟带葵花盘的,啥意思?可满院子人也不便多问,只在心里纳着闷儿。葵花盘是刚摘的,正赶上秋收时节,刚好顶满了葵花子。

　　爷奶的坟在村南边,二伯和我父亲也都埋在那儿。大伯去台湾时,爷爷正壮年,二伯和父亲还是毛头小伙子,如今都作了古。他归来能看到的,只有几座坟头了。

　　我无法想象,他在孤岛漂泊几十年,跟故乡跟亲人隔海相望却杳无音信,日子怎个苦法。而今看到亲人的坟头时,心里又怎种凄酸呢?实在难以想象——不说也罢。

　　秋地还没开犁,满眼是收割过的豆谷茬子和玉米根疙瘩。那一行行枯白的老根儿,干巴巴留在垄上。地空了,茂密的穗秆不见了,留下一片枯根老茬,就像白发宫女在那儿"闲坐说玄宗",只剩了空荡荡的寂寞。田垄里抛下些残叶、枯秸、干秧,凸现几座坟头。那坟头覆盖层枯草皮,冒些干细的草毛毛,在秋风中瑟瑟摆动。

　　坟地在一道土岩下。转弯儿走下小斜坡,大伯一眼望见了父母的坟头,还有二三十步远,便扑通跪下号啕起来。他哭喊着爹娘,顺着谷茬垄爬向坟头。手被刺破了也不觉,哭着喊着爬过去。

　　大伙帮着摆供、燃香、焚纸,他跪趴在坟头哭不停。哭了好一阵儿，才意识到大伙都愣在那儿，便说："你们都走吧，让我独自在这守会儿，多守会儿。"

大伙互相递个眼色走开了。都明白，他是对父母装着一肚子话的，让他静静地守会儿，尽情地倾诉会儿，也好。

我回到家里时，妈妈正给大伯备午饭。

大伯初次归来，兄弟家都挨户坐坐吃顿饭，人之常情的事。昨天回到老家，他先后在二伯和三伯家吃过一顿饭了，说定今儿晌午到我家来。

妈妈很用心。半晌就搁上油锅，炸些酥肉卷肩、茴香菜角、芝麻焦片啥的，做了一竹筐。还准备做顿浆面条，这会儿正在煮黄豆，烧花椒油，切芹菜和红萝卜丁。昨晚就磨好了绿豆浆，用纱布过滤后倒进瓷罐里，放在煤火台上加温发酵。我走进厨房，嗅见瓷罐里散发出酸溜溜的味儿。浆面条，就吃这个味儿。

哥嫂去晒场打谷子了，我得帮下厨，剥把香葱，洗把芹菜。心里仍好奇着葵花盘的事，搞不懂上坟带这个是何意。妈说，昨晚大伯跟家人聊到后半夜，谈到这事泣不成声。他特意交代：

"明儿去上坟，切记带个葵花盘啊！别的供品缺点没啥，葵花盘绝不可缺，切记切记！"

这里头有个辛酸的故事。

抗战年头，大伯从抗日前线回了趟家。因战事紧只在家住了一夜，是在中秋天。南园的葵花熟了，爷爷去摘了几盘。那晚的月亮很明，洒下满院月光。枣树下有个圆石桌，他跟爹娘围坐在石桌旁，抠着葵花子边嗑边聊。从月亮升上东厢房的山墙头，直聊到落向西厢房的屋脊下，都后半夜了。

当时，我奶已病得很虚弱，不停地咳嗽。她剥的葵花子很少自己吃，每攒起一小把都倒进儿子手里。大伯说娘呀，我都这大人啦，吃瓜子还用您嗑吗？奶奶苦笑下叹口气：

"哎！兵荒马乱年头，下锅米都断着顿儿，娘实在没啥给你吃呀，孩子！"奶说，"剥几把葵花子，让娘看着你吃下去，心里略微好受点儿。"第二天送别时，奶奶又剥了两盘葵花子，用牛皮纸包着塞给他，两眼噙着泪说："儿呀，这葵花子是娘的心。你带上，不管走到哪儿，娘的心都跟着嘞。"

半年后，奶奶就病亡了，准确说是躲鬼子飞机折腾死的。不承想，那晚竟是他们母子的最后告别。

再后来，大伯在去台湾前回了趟家。临走，爷爷又剥了包葵花子，塞进他行囊里。说："你娘不在啦，还带上这个，算是我替她尽份心。记着，我在家等着你回来，你娘在天堂也牵挂着嘞。"他刷地滚出两眼泪。葵花子已不是葵花子，它是父母的心啊。

到台湾后，葵花子成了他孤独的慰藉和乡愁的寄托。有时，他把它捂到心口上，好像还残留着老家的地温。或捂到鼻子上嗅一下，又似觉嗅见了故土的气息。这使他越发怀恋故乡，越发思念爹娘，以至陷入一种诡秘的痴想，忽然冒出个古怪的意念：

"也许，这包瓜子吃完就能回家？"

这显然没道理甚至荒唐。当局让不让回老家，跟葵花子有啥关系呢？可人在孤独中总得有个盼头，否则就没了活头。哪怕是自欺，潜意识中仍会固执。或者说，宁愿以自欺麻醉孤独。由此他见天吃一粒葵花子，只吃一粒。还时不时数一下还剩多少粒，等于回乡还剩多少天，犹如倒计时。

葵花子越吃越少，回家仍遥遥无期。他改变了计划，每月吃一粒。可吃剩十几粒了，还是没个归期。他不敢再按月吃，变成见年吃一粒，放在春节那天。这样能延长些预期，好像有几粒籽在那儿，总有希望在……但一天天、一月月、一年年过去，希望越来越没边儿。葵花子倒没吃完，都沤烂了。他的心也灰了，冷了。

一晃几十年过去，大伯归来已七十多岁。

昨晚一提起祭奠父母,他又想起南园的葵花盘。抹把老泪说:"我回大陆前就想过,祭奠父母一定带个葵花盘去。真想嗑着瓜子,再陪爹娘坐会儿,即使面对个坟头。"

　　南园早不存在了。按村里统一规划,它已批给别家当了宅基地。不过葵花还照种,成了我们家的种植习惯。土地承包到户后,唐家人见年仍会在地头种一溜儿。今天去上坟带的葵花盘,便是在三伯家地头长的,清早才摘回来。

　　妈妈边复述着大伯的故事,边擀着面条。做浆面条的面皮是两层叠着擀的,当间夹着油芯儿。切成丝,筋道道细长。抓起一撮,怎么甩都扯不断。

　　天近晌午,大伯迟迟没回来。锅里的水滚沸着,妈妈不敢下面条,怕放凉成糊涂,催我去坟上看看。

　　我走到坟地边,大伯仍在那儿默坐着,不停地剥着葵花子。坟前是一堆纸扎燃过的灰烬,上面散落着零乱的瓜子皮。一地黑灰白瓤,恰似黑纱缀着点点白花儿。

　　坟头摆着两个青花瓷盘,透雕镂孔那种。大伯从葵花盘上抠着子儿,再嗑出仁儿,依次往左盘放一粒,右盘放一粒,第三粒归自己吃。就像刻板动作,一轮一轮重复着来。谷茬地空荡荡的,一片宁静,仿佛空气都凝结了。土岩头上长些杂草和野果秧,草秧丛里藏有秋后的蚰子和蟋蟀,不时发出叽叽声。那叫声传布在空茫的田野上,反倒渲染出一种静谧、空寞的氛围。

　　我怕惊扰他,轻手轻脚走过去。葵花盘已剥光了,仁儿分放在两个瓷盘里。他用心极专注,居然没觉察我走过来,直到嗑完最后一个子儿,才发现我在身后站着。他蓦然一惊,脱口迸句怪怪的话:

　　"瞧这葵花盘,你爷奶都嗑完啦!"

　　我顿时摸不着头脑,爷奶在哪儿啊,咋"嗑"去?愣了下才明白,他是沉在深度的怀想里,一下子拔不出来,以至进入臆想状态，在模拟着当年跟父母话别的场景：先代表父亲嗑一粒，再代表母亲嗑一粒，然后自己也嗑一粒……因极度专注，他甚至产生了幻觉。那年那夜，就像又过了一遍似的。

然而时空早已转换，那个特定瞬间永逝不再。他多想把那种温馨重过一遍，可光阴是直线向前，哪能回头再来呢？只能在他臆想中复活，而现实却是如此无情：双亲在坟里头，他在坟外边。

大伯从地上站起来，拍打着身上的土。这才缓过神来，意识到刚才那话有些荒唐，他不好意思地朝我咧着嘴，嘿嘿一笑。那神态，颇像说错话的小孩儿，跟他的年龄很不协调，但这不滑稽，他是在父母坟前啊，不管多大岁数，面对父母永远是孩子。

我们俩走到家门口，发现表哥俞波来了。

门口停辆奔驰轿车，我认出是他的。近年兴起出国留学热，他搞这类培训逮着了。家长们为让孩子出国，花多少钱都舍得。不用说表哥大发了，坐上高档豪华轿车了。

本来，他是打算昨天去机场接大伯的，偏赶上培训学校正在招生。报名者赶集似的人潮涌动，很见出国潮的壮观，弄得他脱不了身。大伯听罢，不由惊奇地问了句：

"呵！出国留学这么热啊？"

"可不，有人把房子都卖啦。"

"这些孩子都适合留学吗？"

"谁知道呢？反正都一窝蜂去。"

"不过也好。"大伯想了下说，"让孩子出去开开眼界，长些本事，回来更好地为国效力，这样也好、也好。"

"哎哟大舅，您是老观念啦。"表哥说，"据我所知，很多孩子就没打算回来，争取移民哪。"

"哦？是吗？"

大伯一愣沉默了，低下头没再吱声，转身走进客厅去。哥嫂已把餐桌摆好了，是张不锈钢支架撑起的圆桌。支架已生了锈，桌面沿边磨得发白。周围放几把竹木椅子，也很破旧了，坐上去吱吱响。妈妈直觉有点寒碜，说："大哥呀，咱家就这破桌旧椅，你别嫌弃，将就着坐吧。"大伯一怔："这是哪儿的话？再旧再破，它是我的家啊，咋能嫌弃嘞？"

说话间，嫂子把油炸咸食端上了桌，有好几盘。大伯尝了几口，连说香啊，真香！

接着浆面条端上来了。那是筋道道的面条，浸在白糊糊的粉浆里，再浇上烧花椒油，拌些黄豆、芹菜和红萝卜丁，看去是红、绿、黄、白分明的鲜亮。大伯一嗅见那味道，扑鼻的香，略带酸酸的麻辣味儿。他嚼了口儿，味道很纯正地道，连连点着头说：

"嗯嗯，当年娘做的就这味道，就这味道！"

正好是周末，侄女唐小满也在家。转眼间，她已长成大姑娘了，在镇上读初中。她看到这位老人感觉很陌生，站在客厅门口往里巴瞧，手里拿包炸薯条。大伯以为，炸咸食是对他的特殊招待，舍不得让孩子吃，惹得她在门外眼馋。他小时候就这样，家里招待客人才炸咸食，自家孩子摊不着，只能眼巴巴盯着。于是，他停住筷子招呼道：

"丫头，你也进来尝尝、尝尝。"

但他想错了，可能是刚回大陆还没搞明白，如今农村早不是那年头，日子宽裕多了。老辈子的炸咸食，新生代们早已不稀罕，反喜欢起汉堡、薯条、烤牛排啥的。小满看着那些炸咸食，不屑地撇了下嘴。像是说，唏！谁稀罕这老土饭啊？太"Out"了。

表哥见小满不肯进屋，起身把她拽进来。大伯夹起块油炸柿饼送过去，小满推辞不过，指头尖掐着嚼了一小口儿。大伯以为她是懂事，不敢贪馋，又夹起块儿油炸面糊茄子让道："只管吃、只管吃。这么多呢，大爷吃不完。"小满边摇着头摆摆手，边往嘴里塞了根儿炸薯条。大伯才意识到弄岔了，不由一怔。

"呵，喜欢吃这个？"

"美国传来的，忒好吃。"

"美国的……就好吗？"

"反正，俺同学都喜欢。"

"哦——是这样。"

大伯捏着筷子，夹着咸食悬在空中僵住了。偏巧嫂子端饭进来，冲女儿瞪了一眼。意思是怪她不知礼，哪能这样呢？聋哑人没法语言交流，全靠眼睛管事，观察力比正常人更敏锐。嫂子一眼就看出是咋回事，朝大伯"啊啊"着比画了一番。大伯搞不懂她在说什么，我赶紧做些解说，类似同步翻译。

"她在跟您解释呢。"我翻译道，"是说，女儿在镇上读书乱花钱，老去街上买零食，喜欢吃洋食品，不稀罕老土风味儿……"不料还没"翻译"完，却把小满激恼了。她不敢对我发火，吼起她妈来：

"你个哑巴！不会说话，瞎比画啥？"

大伯手里捏着筷子猛一抖，咸食啪嗒掉在桌面上。他是头回见小满，不便苛责，淡淡说了句："丫头啊，咋能这样说话呢？再聋再哑，她是你妈呀。"

小满腾地站起来，嘟着嘴冲出门去。大伯没在意，小孩儿嘛，耍个脾气啥大事儿？也不必在意。他接着喝起浆面条来，呼呼噜噜喝了满满一大碗，撑得打个饱嗝儿，然后拍着肚子自嘲说："哎哟瞧我，老不着调，都吃撑啦！"

妈妈站在门口，两手撩着围裙喜滋滋一笑。她见大伯对她做的饭很喜欢吃，心里自是得意，嘴上却自谦地说："哎呀真拿不出手，家里没啥好招待，就这粗茶淡饭。"

"但我喜欢。"大伯说，"小时候，吃惯了娘做的粗茶淡饭，生成就这肠子。走南闯北几十年，最好吃的仍是家乡饭呀。为啥？它对口味，适肠胃，也暖心啊。"

大伯说，他小时候轻易吃不到炸咸食，逢年过节才撮一顿儿。因为没钱买油，全家十多口人，整年就一罐棉籽油。那是个粗瓷罐儿，小腰鼓那般大，皮很厚，能盛多少油呢？平素只能抠着用。炒菜时，娘用筷子头往罐里捣一下，再往菜里搅几搅，沾点油星儿就算是盘菜了。我妈听着感叹了声：

"唉！那日子苦呀。"

"是啊，苦。饭菜都没滴油。"大伯说。

"清汤寡水的，也没个味儿。"妈说。

"可如今回想起来，我总觉那饭忒香。"

"这……为啥？"表哥好奇地问。

"因为，那是我娘做的啊，再也吃不着了。"

大伯说到这儿哽咽了下，眼里忽地闪出了泪，接着唠叨起告别爹娘那一幕。这个，昨晚他刚讲过，忍不住又重复了一遍。倒不是老年人爱絮叨，不是的。那景那情，就像埋藏在他心底发酵了几十年，一触便冒泡儿。再触，还冒泡儿。

大伯说，那晚月亮很明。他跟爹娘坐在老宅的枣树下，嗑着葵花子拉家常。从月亮爬上东山墙，直聊到落下西厢房……

2

午休起来，大伯想看下爷爷留下的蝈蝈笼。

那笼子在老宅挂了很久，搬家时移到新宅来，放在二楼当间屋的八仙桌上。怕潮，妈妈用废报纸包了几层，外边罩个塑料袋，保存得还不坏。

我陪大伯上到二楼，把笼子层层揭开，红漆仍闪亮亮的。大伯算得是个文化人，当年能上省立师范学校的人极少，远没现在的教授多。到台湾后，因为师范生底子，他当了高中历史老师，后又当过多年校长。那是台北市的名牌高中，作为校长也颇有些小名气，跟钱穆、南怀瑾、柏杨等文化名人都有些交往。这会儿，他绕着八仙桌左看右看，渐是看出些"文化"来。

"这笼子有来历嘞。"他指点着说："你看这基座、这框架，这飞檐斗拱，形制很规范。你爷制作它时，八成是参照着《营造法式》那本书来的吧？"

我暗吃一惊。没错，它确是参照那本书设计的。当时爷爷戴着老花镜，把那套线装书翻了无数遍。大伯入眼就看出来了，可见他也读过那本书。但我没读过，以为是技术类的，不感兴趣。

大伯说，它是技术书不假，根本意义却不在技术。北宋时代经济很发达，到处大兴土木，有些官吏从中捞油水，朝廷才让宋将作监奉敕编纂了这部书。不久又诏李诫重新修订，对材料和用工做出严格限定，计算方法也很精细。比如用工，分四季时差计算。再如运料，若走水路还得分顺流和逆流。这就把工程造价的水分挤了，使反腐制度细化到具体的操作层面。想贪，都没空子钻。

"所以，它不单是技术书。"大伯说，"你看着它是建筑艺术，其实跟其他艺术一样，背后都有政治。"

那书我仅翻看过几眼，见里面有很多房屋建筑图样，好像是分着类的，却没在意，爷爷设计笼子的时候，参照的是哪类图样。但大伯对古建筑是有研究的，他入眼就分出了类别。说，这笼子的造型是官式建筑，属殿阁类，像是寺院单层正殿的微缩模型。

但在我看来，它其实跟有些大户的瓦房差不多。小时候，我曾去过太奶奶的娘家。她娘家是富豪大宅院，新中国成立后收归村里做了学校。模糊记得，那座正堂屋也是两面顶坡，有飞檐斗拱，前檐下竖着几根圆木廊柱。好像跟大伯说的"殿阁类"没大差。只是，那堂屋规模小了点，不及庙宇的气势宏大。

大伯一听笑了，接着又点了点头。说没错，中国庙堂的形制是跟民居差不多，它不像西方的神殿，塔尖危耸，穹顶高阔，追求一种超越感。中国的神是世俗化的，庙宇也体现出明显的人文精神，它的追求不指向神秘的上苍，而是平铺向人间现实。它不用冷硬的石头，统是用暖性的木质材料，让你感到一种怡情和谐的美，一种人文与自然融通的努力。也透出中国文化的气质：它不张扬不霸气，是种内敛的、温和的文明。

接着，大伯又把"殿阁类"造型的结构、装饰，以及匠法评点了一番。他是个七十多岁的老人，思维仍很敏锐清晰。我有种神异的感觉，好像爷爷留下了一堆文化密码，专候着他归来去发现、去解读。

忽然院里来了一拨儿乡亲。

大伯赶紧迎下楼去。乡亲们得知他回来了，陆陆续续来看望，直聊到吃晚饭才散去。这时他才坐在庭院的桂花树下，小歇了会儿。

刚收罢秋，院里挂着几秆玉米棒，平房顶上摊晒着谷子、绿豆和芝麻。满院散发着五谷味儿，搅着桂花的香气，颇像粮食精勾兑出的桂花酒，香醇醇的，甜丝丝的。

桂花树是从老宅移来的。我大学毕业不久，县农业局组织植树节活动，趁便给家里带回棵桂花树。当时才一人来高，树干比大拇指粗不多，在老宅长到一把多粗。那年搬家时，妈妈忒喜爱这棵桂花树，让哥哥移进新宅来。如今已有两三把粗，越发森森然了，树冠遮了半个院，看去一堆浓绿。

这树真会长。三根主干撑起个圆形树冠，叶子密实得不透风，雨天在树下淋不着，枝梢跟约定着长似的，统向周围匀称伸展，谁都不任性蔓延。咋长，树冠都圆溜溜的样子。村里人以为是修剪出来的，哪儿呀，它就这么长的，天生"很文艺"的范儿。

它的花儿金灿灿的，忒香。盛开时节，香气盈满了庭院关不住，四下往外溢，漫过屋顶漫过墙头散向周边。半条街都香喷喷的，村里人嗅见那股浓香味儿，不用问，便知是我家的桂花开了。

树下放张竹躺椅。大伯往上面一躺，仰望着头顶圆溜溜的树冠，不禁有点好奇，说怪呀，这树冠咋长得怹圆哩？

其实，它原先不是这样。院里早前还有棵大枣树，长得也特茂盛，年年能摘一簸箕枣。可树荫把桂树罩了大半边，它就长偏了，畸形了。一半儿朝阳健长，开满金灿灿的花。另半儿背阴萎缩，几乎不见花，颇像偏瘫的黄花姑娘。

乡邻们来我家串门，老说，哎呀多好棵桂花树，长到枣树下委屈啦，若那半边也开满花，村里就更香啦！因为这句话，妈妈下了狠心，说干脆把枣树砍了吧，好让桂花树放开长。我舍不得，说它见年结一簸箕枣呢，砍了太可惜。妈说："怪它不长眼呀，遮了半村桂花香。不砍它，砍谁？"

就这样把枣树砍了，那是八年前的事儿。

桂花树似有灵性的。半边枝叶获得了枣树霸占的阳光，不几年就舒放开来，整个儿长成圆溜溜的样。好像回报主人："你舍一簸箕枣，我也不白沾光，长出好样儿让你看。"它的花儿很细碎，像米粒。似乎挺矜持的，一点不张扬，绽放开也就雪花那般大。它隐在绿叶里，却掩不住香气播向阔远，真的能香半条街。

"老四家你做得对。"大伯夸我妈说："你把枣树砍啦，宁肯自家少吃枣，多给乡亲留余香。这是咱的家风呀！"

扯到家风，大伯又勾起追忆来。说九儿你知道不？当年咱家总备些公用家伙什，专给乡亲行方便。记得有几根柏木杆，从祖坟上伐的，长得很直。谁家织布浆线、盖房搭架木，包括抬棺材都借着用。咱家还长年备套待客的餐具，能摆几十桌。谁家办红白事，也都借着用。那年头，买盐的钱都紧巴，碗呀盘呀碟呀经常摔碎，每见少了些，宁不买盐也得把餐具补齐。你爷说，咱就能给乡亲趁这点儿事。再难，不能缺了呀！大伯说到这儿，拍下躺椅冲我感叹了句：

"九儿呀，你看，这就是咱的家风啊！"

闲扯了会儿，大伯起身往五叔家去。说定晚上轮到五叔家管饭，我陪着送过去。走到村西头的学校门口，大伯见天还早，说进去看一下。他当了大半辈子教书匠，对学校是有情结的。

学校临着池塘边，原是座破庙，新中国成立初稍加修缮当教室用。我上小学时，屋梁上还画些仙人图，搞不懂哪路神仙，"文革"时刮没了。教室是厚笨的榆木门，小木窗，难得敞亮。尤其冬天上早自习，室内黑乎乎的，需提盏墨水瓶制作的煤油灯，罩个白光纸筒照着早读。后来通了电灯，可房子还是那些。村里建不起新校舍，穷。

学生早放学了，校园有些鸡子在觅食。院地刚晒过秋粮，能叨得些儿籽粒。教室的榆木门紧闭着，挂把黑铁锁。大伯把脸附在木窗棂上，窥见桌凳脏兮兮的，黑板疤疤瘌瘌露着白灰渣。地面仍是旧庙的方青砖，砸得坑洼不平。他不由感叹了句：

"乡下孩子苦啊。啥年代了，还在破庙读书！"

他戴顶长舌遮阳帽，帽檐下的脸色阴沉沉的。他在校园踱了阵儿步，最后在老槐树下站住脚，一直没说话。这树，大伯小时候就有的，那时不到两把粗，如今已很苍老了，干枯的树皮脱落大半儿，这儿鼓个疙瘩，那儿烂个窟窿。大伯抚摸着老槐树，又情不自禁地感叹了句："树犹如此，人何以堪呀！"

老槐树紧挨校园东围墙，像是靠墙别扭得慌，趔着身子朝院内伸长，久之成了弯腰扭胯的样。却也弯得扭得巧了，正好在歪脖子权上挂个铁钟。从钟舌垂下根麻绳,一拉敲出洪亮的轰鸣声,上下课都听它的。

我上小学时,树权上就挂着这口老铁钟,如今已锈得起皮脱了屑。大伯绕着树踱了几圈儿,一直低着头闷不吭声,像是触动了什么心事,脸色很凝重。我在旁边闲得无聊,信手拉了下麻绳头,不妨敲出咣咣几声响。那钟声袅袅悠远,传得整个村回肠荡气。大伯猛一愣,严厉地呵斥了声:

"干啥?扰民哪!"

他是很温文的性子,冷不丁一吼把我惊愣了。心说敲几下钟惹这大火,至于吗?我没趣地窘在那儿,犯个大错似的。

后来才知道,大伯是被破烂校舍触动了,萌起捐资建校的念头。但建所小学花大把钱呢,少说三四十万。他个退休多年的教书匠,手里能攒多少钱呢?老伴儿连害几年病去世了,治病又花去不少。他是想给家乡办件事,可钱不凑手,难办了,纠结了。心里正乱呢我又敲几声钟,不添烦吗?

在五叔家吃过晚饭,大伯仍回三伯家住宿。

家人又聚来扯闲话,大伯把心事端了出来,说他在台湾当了多年校长,亲手建过几所学校,可老家的学校还破成这样,寒心呀。他匡算了下,说村小学建栋三层小楼足够用,大概四十万能拿下来。但他手里钱不够,打算让两个女儿再凑些,估摸差不多。

屋里人惊呆了。都说,你想给家乡办事能理解,可把自己挤得这样紧巴,何苦呢?大伯低着头坐在沙发上,长长的鸭舌帽帽檐罩着清瘦的脸,脸色显得越发凝重。他语气沉沉地说:"我是这村的孩子啊,离别四十多年,归来不回报点啥,心意过不去呀!"他指着自己的心口,那手不禁有些颤抖。

"你们知道吗?台湾那帮老兵惨呀。"他说,"我们隔着茫茫大海,那边是故乡,可你空望着过不去。不夸张说,泪都哭干啦。"

"你们知道吗？老兵们到死仍盼着归故乡。"大伯说，"他们眼看归乡无望，都嘱托我说，咱哥儿们数你最年轻，若你有幸活着回大陆，就把俺的骨灰带回去，总算落叶归根。后来，他们都陆陆续续死了，如今骨灰还都在海那边……"说到这儿，他的声音开始哽噎以至说不下去。稍稳定下情绪，才又接着说：

"人都有怀土情啊，谁不想报效故土？可那帮哥儿们都死啦，我还活着。他们没了报效机会，我还有余力。就这点说，上天待我不薄啊，我也不能负了天！"

"但天在哪儿？看不见也摸不着。"大伯说，"天，其实就是本心，就是良知良能。你对住良心，便不负了天。比方捐资建校这事，我不做，心愧；做了，心安。"他稍停顿了下，思忖着说，"我也不图啥福报。眼看快死的人啦，还说啥报不报的？心安便好。哦对，心安就是福报啊，还有啥比心安的福报更大呢？"

屋里一阵儿沉默。三伯母咂咂嘴说："大哥呀，你捐就捐呗，甭把闺女扯拉上，她们俩也不宽裕呀。"大伯点下头说："是，她们俩不宽裕。可也得给老家尽份心，不能忘了根对吧？"

第二天，大伯仍惦记着蛐子笼的事。

昨天我给他说过，爷爷临终前反复念叨："把它保管好，别让老鼠咬。"大伯见蛐子笼用报纸包着，说："这怎能防住老鼠咬呢？得用玻璃罩起来才对。"我以为他是随便说说，没想到他用心了。他专门找把钢卷尺，正儿八经来量尺寸，打算去定制个玻璃罩。镇上有家玻璃加工铺，能做。

刚拉开卷尺，侄子唐昌超跑上楼来。

他是昨晚回来的，正赶上说捐资建校的事，当场倒没说啥，谁知心里打着小算盘呢。眼下，各地都在抓招商引资，县里出个新招叫"加压驱动战略"。就是层层"加压"下达引资任务，并作为提拔干部的依据，"驱动"人人抓投资。昌超在县委上班几年，急想升副科，苦于没门路。他被"驱动"得坐不住了，一直想抓个什么项目捞个什么官。正愁没抓手呢，这下灵机一动，有了。

眼下招商引资刚起步，几十万元都算个"项目"。当然不是报个数字就行，得有投资协议，还得有银行验资证明，否则凭啥确认呢？严格说，捐资建校跟"招商"不沾边儿，倒能凑上"引资"的数。问题在于，捐资不必签协议也无须银行验资，麻烦了。虽然钱明明是从台湾"引"来的，可缺了凭据没法认定。就像证明"我妈是我妈"，你是她生的不假，但没亲子鉴定证明咋确认呢？这是个事儿。

昌超绞起脑汁来。他昨晚一夜没睡好，进门时眼泡儿还虚肿着。终于想出个法子，说让大伯跟村里签份投资协议，然后把捐款汇入银行，即可出个验资证明。这两项凭据一拿出手，便把"引资"坐实了，问题不是问题了。

大伯搞不懂这把戏，越听越糊涂。说不就拿钱建所学校嘛，签啥子协议验啥子资啊？昌超解释半天，他才眨巴着眼迷瞪过来，恍然大悟道："哦！就是说，我拿钱把功劳算你头上，是这意思吧？"

"嘿嘿，是……是这意思。"

昌超挠着头尴尬一笑，接着诉起苦来。说他上班多年了，还是一般科员，若这笔钱算他招商引资，也许能争取个晋升机会。又说，无须大伯麻烦，手续统由他操办……大伯是很随和的性子，想了想，反正是拿钱，给他趁个便也没啥不对。便说："你看着办吧，只要不让我费事就行。"

但问题又来了。大伯至多捐四十万，昌超嫌少了点，怕引不起领导重视，少说得凑够一百万。大伯吓了一跳，说天哪！我挤干挤净，还凑不够四十万呢，去哪儿弄一百万呀？

"不不，大爷您误会啦！"昌超忙补充解释，"我不是这意思。而是说，设法凑个数字就行啦。"

他的"设法"是，先把四十万汇入银行，取出来后再汇入，这样反复三次，等于分三批付款。那数字就变成了一百二十万，且有据可查。就像变魔术似的，钱还那么多，在银行转转圈儿便翻成了几倍的数字。作为招商引资的业绩，自然也辉煌起来。

大伯拿着尺子愣住了。明摆着，他只捐了四十万，却对外宣称一百二十万，不糊弄人么。本心是回报家乡父老，反弄个欺世盗名，还要老脸皮不？他没接昌超的话茬，低下头量起蛐子笼来，问了句：

"超啊，你见过这笼子吗？"

"见过，打小就见过。"

"哦！见过就好，它是咱的传家宝嘞。"

大伯初次归来，对晚辈说话都拿捏着的。他有意敲打下昌超，又不愿说得太尖刻，生怕刚见面弄个脸面不好看。他抽出一段卷尺，指着蛐子笼讲解起来。就像搞启发式教学，用教鞭指着教具让昌超去看、去听、去悟。

大伯说，你看这笼子。它飞檐翘角，有种向上奋飞的精气神。可你看这基座，它宽大厚实，才能托起恢宏的结构。啥道理？厚德才能载物啊！

大伯说，你看这笼子。它外观很漂亮，内里棍棍棒棒一铆一榫都不马虎。若内功不扎实，弄不好就塌了架。就像做人，得内外兼修啊。否则名不副实，德不配位，即使光环罩头，终难立身于世。超呀，我说得对不？

"嗯嗯，对对。"昌超敷衍着点点头，其实根本没听进去。他热急着升副科级，哪有闲心听这个呢？甚至嫌大伯啰唆，正说招商引资呢，扯这些干吗！于是又傻乎乎问了句：

"大爷，您看建校款那事……咋整？"

我听得明白，大伯是借题敲打昌超呢。可他到底嫩了点，居然没意会出来。大伯嘴角撇出一丝微笑，像是说："这孩子，我说得够明白了，还没听懂吗？"于是又启发了句：

"没听懂啊？那就问下你的心。"

"这心……咋问呢？"

"你感觉，你那弄法心里踏实吗？"

"感觉么……是有点不、不踏实。"

"这就对喽，不踏实就是心声啊。"

大伯是说，这种不踏实感，其实就是灵魂在战栗，或良能的警示。它是心理结构中最原始的部分，呼唤心灵返回自身。大伯是想劝告昌实：你可以追求某个目标，但不可陷入痴迷妄动，否则会威胁到心灵平静。但他没展开说，只是直白地提示了句：

"孩子呀，咱干啥都行，千万别投机钻营。那样子，即使升个一官半职，落个心里不踏实，有意思？"

昌超的脸忽地红了。他呆立了会儿自觉没趣，揉着虚肿的眼泡走了出去。指定很泄气，一夜脑汁白绞了。

几天后，玻璃罩做成了。大伯把它套在蛐子笼上，见罩子做得尺寸正合适，边边角角扣得严丝合缝，满意地笑了。这才告慰先父说："爹呀，您放心了吧？它不会被老鼠咬啦。"

3

转过年暑假，大伯捐建的学校竣工了，村里打算搞个落成典礼。几十年的旧学堂，告别了几辈子的破庙，得隆重庆贺下。

大伯一直关心着建校的事，多次从台湾打电话询问。本打算建成后回来看看的，听说村里搞得很轰烈，还要给他披红戴花啥的，蒙了。他说:"我一把老骨头,让人敲锣打鼓耍猴儿啊?"在他看来,即使行善也不是怜悯的施舍,而是一种自我救赎。他本意是报效父老图个心安,若让乡亲感恩戴德,反倒事与愿违了。

"乡亲的心意能理解。"大伯说,"但我唐振儒何德何能,敢受父老这般抬举?羞煞老朽了。"

庆典那天,大伯到底没回来。村里傻眼了,仿佛唱戏没了主角,算哪一出呢?只得让我代表大伯发个言,等于救个场,把锣鼓喧天的热闹凑下来。

后晌,我正准备起身回省城,陈铭恩带着女儿雪梅找上门来,拎着半袋玉米糁儿。我一看这来头,猜着是让帮忙的。村里人穷,求人办事没啥可送,就这些了。

陈铭恩是芹奶的孙子,赶着乡亲辈分我叫他"恩儿哥"。果然没猜错,他是求我给女儿找工作的。我犯愁了,眼下就业是头疼事,自己个"刀笔吏"哪有这能耐呢?再说雪梅是大专毕业,本科生都攒着堆儿没处放,越发为难了。

雪梅羞怯怯站在桂花树下,低头捏弄着辫子梢儿。这姑娘长得很水灵,白净,蛮俊俏个妮儿。按说漂亮是能长些自信的,可她生在穷人家,连昂头的自信都使不出来。我问了句:

"闺女,你想干啥呢?"

"只要有个活儿,干啥都……都行。"

她回答得很吃力,说罢赶紧咬住嘴唇,好像做好了失望的准备,不能在人前落泪。哎!穷人的孩子没大想头,只求"有个活儿"就成;还怕我拒绝,预先撑住坚强的样子,以此捍卫那点可怜的自尊……我没法说"不"了,生怕她承受不住。恩儿哥憨厚一笑:"不急不急,你慢慢想法子,俺等等、等等。"

这话像个软木塞子,把我的嘴"塞"住了。似乎你已答应下来,人家还怕你着急,耐心等着"慢慢想法子",再说啥去?我朝那半袋玉米糁儿瞥了一眼,掏心说不想接受,生怕办不成事欠了人情。恩儿哥急了:"你接住能咋的?即使办不成事,能让你吃了再吐出来?哦哦,你是嫌少,还是看不起你恩儿哥?"

我踌躇了下,只好把袋子接手里。一接,没答应也等于答应了。他父女俩走后,我把半袋玉米糁儿放石板上,吧咂着嘴挠起头来。

妈妈看出我很为难,垂着手半天没吱声。平时,她一般不给我拦闲事,这回破了例,反替雪梅求起情来。说雪梅对她爷忒孝顺,全村人都知道。就凭这点,也得想法帮她一把。

雪梅她爷,就是放了大半辈子羊的铁栓伯。他真能活,八九十岁了照吃照喝。可他越老越痴呆,屙尿都不能自控。上头憨吃傻喝,下头一塌糊涂顺腿流,弄得满身臊臭气。雪梅不嫌脏,见天给爷端饭、洗衣、擦身子、倒屎尿盆子……妈妈因为这个,才替她说了番情,最后又紧叮句:

"九儿呀,别的啥闲事咱不管,这闺女得帮一把!"

我说过,小时候老跟着铁栓伯拾羊屎蛋儿。他驱赶着羊群,时而夹起小鞭杆帮我拾一把。久之,我跟他混得忒热乎,就像忘年的朋友。可是长大之后,我才知道他是很笨个人,村里人都不把他放眼里。渐渐地,我也不把他当回事了。而今他越老越痴呆,活像个老木疙瘩,眼珠子偶尔骨碌下,证明还活着。昨天从省城回来时,他在墙旮旯里圪蹴着晒暖儿,我都懒得瞥他一眼……可就这么木呆呆个爷,雪梅从没嫌弃过,反让我有些感动了。

我甚至有点自愧。当我想起童年那些事,当我以那时的情怀去反观现在的自己时,突然意识到自己变了,变得很势利。当然了,人不可能不变,但总得有点记性吧?铁栓伯再笨再呆,毕竟对你有过情啊。我不由质疑自己,是否太冷漠了?

那天出门时,我走过去叫了他几声。他已认不出我来,仅抬下眼皮表示没睡着。他还能抽烟,我给他递上一支点着。他深吸了几口，蛮过瘾的。其实他根本不知谁敬的烟，但这不重要。重要的是，他毕竟给过你好处，即使是很些微的好处，都不该冷漠了不是？

也因着这点感动，我决意帮他孙女雪梅一把，好像是种间接回报。但这确是件难事，我常年埋头写材料，没空儿也不善跟人拉扯。人情社会，遇事没些"关系"就难了，找谁去？

那天回到省城后，我实在想不来法子，只得向朵儿求助了。她是国资局财务科科长，平时接触的人多门路也多些，起码比我强。再说了，她妈是芹奶的亲侄女，跟铁栓伯属表兄妹，比我更近一步呢。从亲情上说，这对她也不算分外。

儿子上初中后进了寄宿学校，岳母见闲着没事，回老家去了。老人一走，我们俩吃饭随意了，索性把碗盘端到客厅茶几上，不耽搁看电视。吃晚饭当儿，我跟朵儿提起雪梅的事来，不料招来句怼呛：

"有能耐，你管。没能耐，甭给我揽闲事！"

朵儿是女强人性子，拼事业连家务都顾不上。甭说揽亲戚的闲事，听见就烦。她怼呛了句，操起电视遥控器嘣儿嘣儿选频道。她个性强，连电视频道都霸占了。你爱看不看，只管嘣儿。

我对她选的节目没兴趣，起身刷碗去。不知从何时起，做饭刷碗拖地都归我了。她回家总说累，进门老往沙发上一躺，看着电视懒得动弹。可家务活总得有人干，她一懒，只该我勤点了。

不过在我看来，她是顶聪明个女人，却算不得智慧。本来么，中国是有儒和道两大智慧的，让你心灵兼具入世的执着和出世的超脱，正可调适生命节奏，犹如呼和吸。但朵儿是一股劲儿执着，挤没了超脱，忙得呼吸都喘不匀，哪能不累呢？我见她累得不行，也不好攀扯她做家务。按传统说，这不大符合"男打外，女主内"的家庭结构模式。可咱"打外"不行，活该打个颠倒,转向"主内"了。

朵儿心地倒不坏,还有副热心肠。我刷罢碗从厨房出来,她不知是对雪梅动了怜悯心呢,还是觉得亲戚情面搁不下,或是被我的勤快感动了,忽然冒句话:"这样吧,雪梅找工作的事呢,由我想法子,你甭操心啦。"我猛一激动,想表现得更勤快点,以示对她的回敬。可是,我刚转身冲向卫生间,正准备拿拖把擦地板呢,不料她在背后吼了一声:

"急啥?还有个碗没刷哪!"

我扭头一看,可不,她还端个汤碗没刷呢。这使我有点伤自尊,心说你不收拾盘碟就罢了,连个汤碗都懒得刷,拿我当佣人啊?不过转念一想,她肯揽下这大难事,咱放下架子多刷个碗,也值。

当然喽,我还得适当摆下大丈夫派儿,显示下家庭地位才对。我板起脸走过去,维护着面部的尊严,乖乖接过她手里的空碗。这样子,似乎也不很丢份儿。

然而个把月过去,雪梅找工作的事迟迟没动静。

倒不是朵儿没门路,而是没时间。提拔她的老局长退二线了,又调来个新局长,叫许嘉。官场心理很微妙,前任的"红人",后任总有些说不出的介意。朵儿担心这个,生怕被新局长冷落。之前,她频频去向老局长汇报工作,而今很少再踏进那个门,避嫌。

另一方面,她越发起劲儿忙活起来。生怕哪点做不好,被新任上司找碴子穿小鞋。她时不时想出些新点子,突显"工作亮点"。还不停地铺排这事那事,把全科人员折腾得不轻。而这,也是种表现的需要:没事创造事也得显出"忙",由此表明很敬业。不敬业,能这么忙吗?同时又表明岗位很重要。不重要,能有这么多事吗?而你一重要,领导就会看重几分,是这理儿吧?

还真是。转眼三年多下来,她没白忙活,又博得现任局长许嘉的器重了。前不久，她被推荐为副处级后备干部。这是个大鼓舞，她越发忙得带劲儿，更顾不上雪梅的事。

忽然有一天，岳母从乡下跑来了。

她是专为雪梅的事来的。不用说恩儿哥等不及，鼓动他表姑来催促。可朵儿忙疯了似的，根本挤不出闲空儿。她见母亲来催这档子事，顿时大不耐烦。

"我快忙死啦！你还跑来催、催！烦不？"

她个倔脾气，火起来对母亲都照怼不误。也因这脾气，老人忍受不了才不愿在我家久待，见我儿子一上寄宿学校，就急于回了老家，大半年没来。不过朵儿倔是倔，倒孝顺。那天见母亲来了，慌忙去买菜割肉包饺子。可老人被她一怼呛，再好的饭也咽不下去。

岳母吃了半碗饺子，就说饱了。她心里惦着雪梅的事，忍不住又唠叨起来："我不是要来催呀，雪梅安置不住，你恩儿哥他心急，三天两头去家里说道，不来咋整？"朵儿也意识到说重了，不该的。她不再接母亲的话茬，任她唠叨去。

岳母仍唠叨个没完。说："我不是要替你恩儿哥求情呀，他老帮咱的忙。平时，你和九儿不在身边，咱家有啥事他随叫随到。如今人家有事啦，咱也得帮一把不是？"她唠着叨着，冷不防把话说漏了："你恩儿哥厚道呀。比如去给马之骏上坟，我这老腿走不动，都是他用拖拉机拉着去的，每次都是……"

这话说岔了。一直以来，朵儿对母亲老去给前夫上坟很反感。作为女儿，她对母亲的前夫总有种本能的排斥心理。即使那男人已不在人世，仍会有这种潜意识。此刻母亲偏拿这个说事，惹得朵儿又忍不住腾地火了。

"那男人都死几十年啦，你还想着！"

"可我放不下他呀。"岳母也不示弱。

"我见你给他上坟就烦！"

"不上坟,我心里过不去呀。"

"他不就是个土匪嘛,值得这样?"

"说啥?再骂他土匪,我撕你那嘴!"

岳母其实也很倔。这点,朵儿倒是随她。只不过,她平时对女儿发火多是忍着的。但别的能忍,这个忍不下,因为触及她的深层情感,似乎神圣不可冒犯。谁嚼舌跟谁急,女儿也不饶。

母女俩怼呛起来,几句话就闹翻了。岳母本打算住几天,随身带着换洗衣服。这一闹,她撂下半碗饺子,拎起包裹就走。我拦不住,只得把她送上公交车。她一上车便背过脸去,在擦泪。

岳母赌气地走了,朵儿难受地哭了。

她慌慌张张包饺子,忙活一场把母亲气走了,连碗饺子都没吃完。她懊悔极了,一头倒床上痛哭起来。其实,她每次惹母亲生气都后悔,可下次火上来又照怼不误。就这秉性,没治。

不过,这场气对雪梅的事有了促进。

朵儿不敢往后拖了,生怕更伤母亲的心。雪梅学的是酒店管理专业,正好国资局下辖几家国营酒店。朵儿找到商都酒店老板,凭她财务科科长身份,自会给个面子。但国营企业是有行政编制的,科室安插不进去。雪梅只能当房间服务员,总算有个活儿。

我有点失望。雪梅毕竟大专毕业啊,找个铺床叠被子的活儿?可自己没本事,托老婆出面才找个下家,还说啥去?再说朵儿也就这大能耐,只能这样了。

那天,我回老家告知雪梅的时候,开口都觉难为情。多好个女孩子呀,眼巴巴盼了多天,找个下三烂的活儿!但意外的是,雪梅惊喜得手脚慌乱,拽拽衣襟,捋捋鬓发。我越发心虚不安,跟糊弄了小姑娘似的。然而,我说得结结巴巴,她却应对得句句爽快。

"这活儿有点……累。"我说。

"俺不怕累,不怕。"她说。

"刷马桶啥的，还有点……脏。"

"俺不嫌脏，不嫌。"

"唉，委屈你啦，闺女！"

"俺给爷擦屎端尿都干啦，这算啥？"

多纯真的姑娘啊！可她越纯真，我越不坦然。她是生活在最底层的孩子，不敢有奢望才容易满足。实质是以最低的生活诉求，接受了卑微的人生起点。我心里一酸，闷闷地走开去。

4

我说过，表哥早就决意让儿子出国留学。这孩子了不得，高中毕业就考个托福绝对高分，顺利录入美国一所国际顶尖名校。临出国前，表哥表嫂带着儿子赶往我老家，专程道个别。

我当然得回老家接待下。朵儿本打算一起回来的，偏省里考察一批副厅级后备干部，局长许嘉是考察对象，要去国资局搞民意测评。按说于她没啥干系，参不参加无所谓。然而，这可是对局长的态度问题，有所谓了。她对我说：

"你独个回去吧。不就招待下亲戚嘛，少个我有啥？"

我听着这话有点别扭，反问了句："全局参加测评投票，上百号人呢，少个你有啥？"她说："是，少我一票没啥，可领导发现你对他的事不在乎，心里就有啥了！"我又抬句杠："那，你对俞越的事不在乎，就不怕表哥表嫂心里有啥？"她不高兴了，沉着脸说："他们心里有啥，能咋的？"意思是，亲戚"心里有啥"不咋的，反正误不了前程。领导心里有啥就咋的了，走着瞧吧。

我拗不过她，独自赶回老家来。

半晌时分，表哥表嫂一来就去姑妈坟上了。这是必须的，孙子有了出息，当然得去告慰下他奶奶。妈妈正在着手备午饭，吩咐我去把侄女的屋子整理下，说得安排客人午休。前年，小满考入外地高校常年不在家，那屋子比较清净。妈说："你表嫂是城里人，轻易不来咱家，得讲究点儿。"

我正准备去整理房间，大伯忽然走进院里来。

自从回大陆探亲后，他一直在海峡两岸奔波。台湾老兵生前有交代，渴望他把骨灰带回故乡，他都答应过的。几年下来，整个儿就忙活这件事，把战友的骨灰盒一个个带回大陆老家。

有些老兵可怜得很，在台湾至死仍是孤身，没亲人协助得费很多周折。大伯不停地来回折腾，跨海，翻山，越岭。往返盘缠统统是自理，那点退休金几乎全花在路上。但他说："老兵们回不了家，我心不安呀，死后进天堂咋见老哥儿们？"

常常，他一次带回几个骨灰盒，先放老家而后分头发送。骨灰盒放哪儿都不妥，好在老宅搬空了，暂存在那儿。但唐家人难以接受，好像老宅成了骨灰中转站，晦气。大伯却说，这些老兵都打过日本鬼子，民族英魂啊，放老宅一点不晦气，还壮咱的门风嘞！

昨天，大伯又带回个骨灰盒。这会儿准备往镇上去，说是买些食品祭奠那位老兵。每次他都这样，总要给带回的亡灵供飨些家乡小食品，就像招待活着的客人。

大伯仍不显老，腰杆照样挺挺的。他身材本来偏瘦，常年奔波更消瘦了些。眼珠深凹在眼眶骨里，依然炯亮。他把一个个骨灰盒从台湾送回大陆，那是有股激情的，才鼓动出生命的活力。否则无法想象，一个七八十岁的瘦刮老人，哪来恁大劲儿。

大伯照住三伯家，听说表哥表嫂带着孩子来了，特地过来见个面。妈妈忙出来打招呼，大伯得知他们去上坟了，就说先去镇上一趟，回头再见面。他没坐，站在桂花树下闲扯了几句。

说到给姑妈上坟，大伯又伤起心来。他唯一一个亲妹子啊，起初是为寻他去当了兵，后来又因他那封信遭了冤，这成了他的心病。老说："雪莲，是我连累了你呀，我把妹子害了呀！"如今见妹子的儿子蛮能干，孙子又录入世界名牌大学，不禁又长叹口气。

"哎！若雪莲还活着该多好。可是……哎！"

他说着猛拍下桂花树，震落几片枯叶。妈妈忙解劝说，大哥呀，这岁数伤不得心，别损了身子。再说今儿是喜庆事，你一伤心不把喜事搅喽？接着又叮了句，见着俞波甭提那茬事，不然都挺难受的。大伯点点头，说对，不提这个。

大伯到镇上去了，我开始打理小满的房间。

小满考上外地一所师范学校，属大专。这闺女脑子不笨，就是忒浮飘，心思沉不到学业上，弄得高考成绩太差，只得选报个偏远的冷门学校，好歹有个学上。说句不中听的，混张毕业证得了。

她整学期不回来，屋门常锁着。我原以为，女孩子的闺房应是很整洁的，哪儿呀，打开一看傻眼了。床上的被子掀了一堆，枕边扔着袜子裤头乳罩啥的。柜门半开着，不是忘了关，而是衣物塞得堆堆囊囊关不住。柜门跟开膛猪似的，肠子肚子一嘟噜往外流。也不能说她不讲究，桌上放着一堆瓶瓶盒盒的化妆品。我搞不懂都有何功效，只知是往脸上抹的。

我整理大半天都弄烦了，妈妈还怕我整不好，又进来察看一遍。我不由发几句牢骚，妈妈也很无奈，说这闺女懒呀，见天就图个脸儿光俊，连床铺都懒得叠。我冲她嗔怪了句：

"哼，不都你娇惯的？"

"我是可怜你哥嫂，才心疼她呀。"妈说。

"心疼是心疼，却把她惯坏啦。"

"谁说不是呢，可有啥法儿嘞？"

"是呀，有啥法儿嘞？"

正说着，表哥表嫂上坟回来了。寒暄过后，表嫂见小满屋里干净整洁，以为是她打理的，随口赞道："哎哟，这姑娘蛮讲究的，屋里整得多干净！"表嫂在大学校园里发现，有些女生出门打扮得倍儿靓，宿舍却邋遢得不像样。感叹说，如今年轻人都太浮躁呀，只追求外在光鲜，连被窝都懒得打理了。

墙上贴张美女广告画，搔首扭胯的样子。烫头怪怪的发型，戴副大蛤蟆镜。牛仔装，上身暴露肚脐，裤腿上磨出两个大窟窿，露着膝盖。表嫂是做学问的习性，凡事喜欢分析个所以然。她歪着头端详了会儿，说怪呀，这是追求什么呢？穿条烂裤子，追求朴素美吗？不对呀。发型太造作，一点不朴素。要不是展示人体美？也不对呀。肚脐和膝盖有啥好看的？最美部分应是脸和眼，却被大蛤蟆镜捂住了。她琢磨了会儿，转脸问我：

"九儿呀你说，这美在哪儿？"

我也看不懂。心想，也许她的审美眼光不对路。如今是追求个性化，越个性越时髦，甚而变着法儿搞点怪，好像一怪便"个性"了，便炫了酷了。对不对呢？我拿不准，稀里糊涂敷衍了句：

"可能是以怪为美吧？眼下兴这个。"

闲扯过几句，表嫂转身走进客厅里。不多时，大伯从镇上回来了。寒暄当儿，饭菜端上了餐桌。一竹筐炸咸食，几盘家常菜。

大伯对俞越赞扬了一番，却也有些担心。说高中毕业就出国，好像嫩了点，怕是到国外生活打理不好。他搞教育出身，还怕这年龄分辨能力不成熟，对国外的东西生吞活剥，弄得文化基因乱了码。东方不接地气，西方又融不进去，不东不西了。

表哥不以为然，还嫌儿子出国晚呢。他是打算让儿子留学移民，生怕一晚不利于拿绿卡。说有些孩子小学初中都送到国外就读，还有人专程跑国外生孩子，落地就成当地公民了。大伯听着微微摇了摇头，没再说什么，夹起块儿芝麻焦片递给俞越。

"你尝尝这个，好吃着嘞。"

俞越一直低头摆弄着手机。他咬了口焦片嚼着,又继续翻看起来。表嫂对这个很敏感,生怕儿子早恋误了学业。有次,她偷看儿子的手机,发现有个女生老给他发短信,接连敲打了几次。此刻,她以为儿子又跟那女生网恋呢,一把将手机夺过去。但她猜错了,不是。这才松口气又紧叮了句:

"警告你,不能再跟她来往!听见没?"

"听——见啦,打雷似的能听不见?"

俞越拖着长腔回应,显得不耐烦。这家伙聪明就在这儿,不跟父母直顶,绕着弯儿软抗。他接过手机一歪脖子:"嘿嘿,妈您审查过了,没问题吧?"表嫂瞪他一眼,表哥又接着训斥一句:

"你妈是为你好,听话!"

"老爸,我一直很听话呀。"俞越又跟父亲狡辩几句,"初中高中,您叫上啥学我上啥学。毕了业,您叫出国我出国。听话不?可是——交个朋友,也得经高堂大人审批吗?"

表哥正咀嚼着焦炸丸子,被这话噎得打个嗝儿。他倒不很介意高中生谈恋爱,而是怕儿子在国内处个女朋友,出国留学牵肠挂肚的,怎有心拿绿卡呢?这引起了俞越的好奇心,眨巴着眼问:

"老爸,为啥要拿绿卡呢?"

"好多留学生都这样呀。"

"因为都这样,所以该这样,是吗?"

"这个么……这个这个,啊!"

表哥结巴住了。他是名牌大学高才生,骨子里总以精英自居。"因为都这样,所以该这样"是随大溜的逻辑,而精英的特质是有独立思想,"随大溜"还叫精英吗?

他放下筷子挺了挺腰,开始从多方面论证,移居西方国家如何好,回国如何不对头,甚至说西方的空气都是清新的、自由的……他也确实有"精英"的思辨能力,还颇有口才。说得条理清晰、层层递进，俨然自成体系。他在试图说服儿子，其实也在说服自己："我是经过独立思考的，有深刻见解，可不是随大溜。"以至他把自己都说感动了，好像真是那回事。

但说着说着，大伯却拧起了眉毛。

他对出国留学没异议。孩子嘛，出去长长见识没坏处。可一留学就不想当中国人，他想不通。当然了，移民属个人自由选择，法理上没啥说的，可他情感上拗不过劲儿。他曾为这片土地流过血、拼过命，那些抗战老兵死后仍被故土牵着魂，还要托他把骨灰送回老家。这使他越发想不通，乡土热恋是人类天性啊，怎会这样冷漠呢？但他没多说，怕扫了表哥的兴，仅淡淡说了句：

"有句俗语，儿不嫌娘丑。"他嚼着家乡菜说，"这方土再贫再穷，是生咱养咱的土地啊！"

午休起来，表哥表嫂急着赶回省城去。

俞越不想走，执意在乡下玩几天。不走就不走吧，表哥表嫂答应了。反正没了考大学的压力，高中三年够累的，放松下也好。

表哥表嫂走后，大伯才动身去老宅祭奠那位老兵。俞越不解地眨巴着眼，说骨灰盒送走得了，弄这干啥？他无法理解老兵们是怎种情感。那是在缺水断粮的山冈、在尘土扑面的战壕、在雪地在泥洼在火海中拼杀出来的交情，那是肢体搭连在一起、死活混搅在一堆儿、血肉模糊到一块儿的交情啊。化成灰，仍是铁哥儿们。

"孩子，你不懂。"大伯对俞越说，"这些老兵跟我是生死之交呀，如今路过咱家门，哪有不管饭的理？"

骨灰盒在爷爷屋里放着。他的床还在，是张很简陋的老式床，卷去被褥床单，床面铺张陈旧的荆笆。打我记事起，爷爷就睡在这张床上，直到去世。后来日子宽绰了，农家都先后改用了现代新式床，没人再用铺着荆笆的老木床，只能撂到那儿。

骨灰盒就放在荆笆上。大伯说，老哥儿们在咱家歇歇脚，不能把他扔地上呀。而且荆笆上下透风，不潮。但家人感到很别扭，毕竟是爷爷的床啊，咋能放他人的骨灰盒呢？

　　大伯有他的道理。说当年，他放弃学业参加抗战，我奶心疼不舍，我爷说了句话："眼看国家烂成这样啦，男儿不报国，还生他有何用？"大伯说，老爹支持自家孩子去报国，别家报国的孩子归来了，趁他的床歇歇脚，他在天之灵会嫌弃吗？不会，绝不会。

　　我不敢看那骨灰盒，嫌瘆。屋顶的椽子上铺着麻秆箔，箔上摊层麦秸泥。那箔那泥早腐烂了，偶尔掉落些细泥渣儿。刚才进门的时候，忽又掉下一缕泥土渣。我不由疑神疑鬼，直觉瘆得慌。可俞越不害怕，还走过去摸摸骨灰盒。这小子不光聪明，还有胆儿。

　　大伯把供品盛了几瓷盘，统是家乡特色小吃：豌豆糕、芝麻糖、枣泥包子、油炸柿饼，还有肉夹火烧和剁子肉，都是大伯去镇上挑选的。他一盘盘摆到荆笆上，开始对死者诉说：

　　"老哥呀，这都是我老家的小吃品，味道美着哪。我小时候特喜欢吃，你也尝尝、都尝尝。"

　　大伯说，这位老兵是他省师范同学，长得很帅气还特有才。一米八的个儿，白净，比有些"小鲜肉"影星还帅气嘞。考试也总拔着尖儿，绝对上等人才。有次，他不知怎的被鬼子抓了去，日本军官发现他长得忒英俊，还懂点日语，想让他当翻译。战乱年代，老百姓吃糠都填不饱肚子，有时连盐也买不来，更说不上沾油水儿。鬼子许诺他享"荣华富贵"，这话不很靠谱。但至少说，细米白面大大的有。可他宁吃糠拌野菜，决不肯给鬼子当差，咋能图那点富贵当汉奸呢？他在日本兵营待了些天，暗里寻机逃跑。

　　兵营扎在黄河大堤上，岗哨撒得很密集，陆地根本逃不出。有天晚上，他趁鬼子不备扑进黄河往对岸游。那段河面很宽，水深，湍急，浪猛，卷着泥沙，弄不好就把人卷没了，可他抱定个信念："宁死在母亲河里，也不留那岸上享荣华！"他居然没淹死，渡过去了。

后来，他跟鬼子拼刺刀负了重伤，落下条瘸腿，还削掉只耳朵。这样子，到台湾就惨了。大伯说你想啊，瘸子还少只耳朵，老婆是好找的？他直到死仍孤身一人，为报国连个家都没成……大伯说到这儿哽噎起来，他抚摸着骨灰盒，两手止不住颤抖。

"老哥呀，你是英俊帅气又才华横溢呀，这辈子可惜啦。"他安慰英灵，"可咱不后悔。你在母亲河里搏过浪，你为报国壮烈过。值啦！咱不后悔，啊，咱不后悔。"

屋里一阵肃静。我注意到，俞越感动得闪出了两眼泪。突然，屋顶又掉下一缕泥渣，正撒在骨灰盒上。他忙掏出张手纸，我以为是擦泪呢，但不是。他弯下腰，擦起骨灰盒上的粉尘来。生怕惊扰了英灵，他擦得很轻、很仔细。

5

国资局经过民意测评不久，许嘉确定为副厅级后备干部。那天，朵儿下班回来很激动，进门就冲我嚷道："哈，许局长快提拔副厅啦！"我正在拖地板，忽地愣了一下，心想人家提不提拔有你啥事啊，乐的是哪一出？挺没来由的。

她一高兴勤快起来，忙着搬椅子挪沙发，给我拖地板腾出很大便利。以往可不这样，她下班回来总是往沙发上一躺，半天不动弹，只管翻弄手机。我把地板拖向沙发，她连拖鞋都懒得挪。此刻忽儿勤快了下，我直觉有点不适应，太阳打西边出来了似的。

吃晚饭时，她给我透了个底儿，说许嘉已把她作为副局长人选推荐上去了。正常规律是，这拨儿副厅级后备干部一升职，自然腾出些位子来。接着副处升正处、正科升副处依次递进，能盘活一串儿干部。就是说，许嘉一被提拔，她的机会也来了，有望正科升副处了。难怪她恁激动呢，有想头的。

不过得承认，朵儿着实比我会来事。她跟几任局长都处得不错，才一步步提携上来。许嘉刚到任时，她担心自己是前任的"红人"，生怕被冷落。几年过去，看来又受到许嘉器重了，否则不会推荐她为副局长后备人选。在这点上，我真得自愧一下。

后备干部不是一准儿能提拔，顶多叫"入围"了。但入围的人多位子少，有争头的，能否轮着两说呢。在这节点上，许嘉还得努把力才对。他来劲儿了，急想再创出些政绩，最好是能看得见、拿出手的"亮点"。这样提拔的条件更充分些，对吧？

近年来，上头很注重企业自主创新，省里专设了"省长奖"。夏州市国有企业获过几项，也算他麾下的政绩。可是省长奖的分量轻了点，拿到国家级奖才更叫响。但如今，评奖活动都乱乱的，猫腻多了，怕不是单评实绩来事，还得使点别的手段，否则就没了准儿。

许嘉先摸了些人脉关系，万万没想到，把我扯上了。不知他怎么打听到的，说我同学的小舅子在相关部门管事，蛮当家。这就跟我有秧了。那天吃晚饭时，朵儿让我去找大学同学拉关系，不用说是许局长交代的。可这实在太牵强，同学的小舅子也叫"关系"？八竿子打不着。我挠着头咕哝了句：

"哎呀，同学的小舅子，又不是我小舅子。实在有点……"刚说半截儿，顿然招来朵儿一声吼：

"废话！要是你小舅子，还用得着你吗？"

她一吼把我怼醒了。可不，若是我小舅子便是她亲弟儿，还用我出面吗？但这事着实挺为难的，明摆着：一方面去跑的事跟我不搭界，另一方面去找的人跟我不沾边儿，两头闲扯淡，哪儿跟哪儿的事啊？硬去死皮赖脸往上蹭，弄不好还找啐呢。我的脸皮儿太薄，不耐蹭，更怕啐。

朵儿见我怯怯懦懦的样子，支支吾吾想打退堂鼓，急了。把筷子往餐桌上一拍："看把你吓得！这点儿事都难为住啦，还会弄啥？真个窝囊废！"

我捏着筷子猛一抖，心里忽儿酸了下。男人被老婆视为废物，似乎扔了都不可惜，那是很心酸的。尤其近年，她越来越嫌我没用处，动辄骂句"窝囊废"。就像念紧箍咒似的，把我咒得泄气打蔫儿，鼓不出自信，甚而连头都昂不起来。

有时，我恼起来跟她翻老账。说当初是你追着我当老婆的呀。记得不？在火车站那棵无花果树下，曾当面表白过，说我"人品好，长得帅，有才气"，这三点足够爱的。可一转眼咋成窝囊废了呢？但时代变了，这话不灵验了。如今人们盯的是权和钱，而我这"两点"都不占，那"三点"过了气，不说你没用窝囊废说啥去？

她把筷子拍在桌上，黑丧着脸朝我冷瞥了一眼。那眼神，仿佛喷着冷冻液，我直觉身子嗖地一凉，忽儿冷缩了半截。连"翻老账"那点自信也扫得净光，全剩了自卑。

而自卑感很恼人。它是种压抑的感觉，总会刺激起自尊心的愤怒，就像一种压迫奋起的反抗。我怒了，心说本夫即是泡牛粪，这回也得冒个沫。我也学着她的样，把筷子往桌上一拍，啪！比她拍得更狠、更响。

"你不是让我找老同学吗？偏不去！咋的？"

我跟她怼上了，愣是充了回大丈夫气概。可是，这也让我付出了代价。她多天不搭理我，晚上更不让上床，总把卧室门咔嗒反锁上。想进来？没门儿！这倒没啥大不了，别屋还有床，不耽搁睡。何况我还练就了一身做饭的本领呢，饿不着。你冷你的，咱照吃照喝照睡，谁怕谁呀。

但气人的是，我没去找老同学的小舅子，没想到许嘉局长神通广大，离了我照能办成事。他不知用的什么法子，居然捧个大奖回来了，你说气人不？

按说本系统获个大奖，朵儿也该欢欣鼓舞才对。嘻！可不是，那晚她回到家一脸懊丧。这么辉煌个成就，她本来可以使上劲儿却没使上劲儿。换句话说，本来能讨好下领导却没讨到，咋能不懊丧呢。她一屁股坐到沙发上，又冲我甩出句那话：

"你个窝囊废，真没用！"

我懊丧极了。想想也确实窝囊，自己就这点用处，人家平时都没把你放眼里，偶尔用着一回还不识抬举。可你不识抬举，人家把你甩一边，啥事该办照办，该成照成，傻眼了不是？

我直愧脸皮太薄，当时只管去蹭一下能咋的？即便使不上真劲儿，少说落个跑腿情，朵儿也给领导有法交代。可脸皮儿一薄，把两头露脸的事都耽搁了。这倒好，她把"没用窝囊废"再次骂到脸上，我连屁都没放，甭说"怼"了。

后来许嘉当上了副市长，主管工业。

接下来是预料中的事。本次提拔了四名副厅级干部，活了。甭看拔出四个坑，磨来转去盘活一大批干部。朵儿赶上了趟，果然提拔为副局长。这样一来，不用说我也跟着沾些荣幸气儿，摇身变成副局长的老公了，有面子了。

但以实说，心里也有点酸溜溜的。我副科级原比她低半格，这回又落下大半截。倒不是忌妒，不是。忌妒谁不行啊，哪有忌妒老婆荣光的？酸在，她本来嫌我没本事，这下又高我一头。眼看老婆在你大丈夫头上撂着，谁说没点儿压抑感，怕是不够老实。

在这次调整中，农委主任郑之光也动了。

他调到我们县当了书记。虽属平调，但位置更重要。在我眼里，郑之光是挺正派个人，也该重用一步。他当了几年农委主任，

没听说有啥不干净的事。他讲话也很有特点,听去像大白话却句句吃劲儿。比如有次讲廉洁自律,我至今仍记得几句:

"同志们呀,咱们是工作关系。都处得简单点、过得踏实点好不?比方说,你们给我送礼行贿。假若有天我被弄'进去'啦,又会把你们咬出来,结果都跟着'进去'啦,有意思吗?"

他就这说法,直直的,土土的,可也直得土得蛮有趣儿,还很接地气儿。几年来,我跟他处得一直很简单。除了给他写讲话稿,没啥"复杂"的了。好多次,朵儿鼓动我去找他"跑跑"提拔的事,我脸皮儿薄张不开嘴,气得她老骂我像头驴,说驴是蒙着眼拉磨,我是埋着头爬格子。这骂,倒是蛮形象的,让我无话可说。

郑之光临走之前,专门找我谈了次心。这是前三任都没的,我有点不适应。跟领导"谈心"?咱算哪盘菜呢。我往他桌对面一坐,心里紧张得咚咚狂跳。

他温和一笑,做个手掌向下按的动作:"呵呵别紧张,咱随便聊聊。"说着去给我倒茶。我忙跑过去拦挡,他推开我的手:"你坐,坐!你给我服务几年啦,我给你服务一次不行吗?"我遵命坐下,他把茶杯往我眼前一放,劈口问了句:

"你来农委几年了?"

"十三年啦,差两个月。"

"在县政府当副主任几年?"

"三年多吧。"

"哦!副科十六年了对吧?"

"嗯对,足足十六年啦。"

他深点下头,两手交叉放在桌上,下意识地摆弄着指头,说:"你比我小三岁。今天我不是农委主任,就称你老弟吧。"接着感叹道,"哎!你看你,见天在我身边,可我只管派活,很少问过你这些。对不住呀,老弟!"

我心头忽儿一热，不紧张了。从心理上说，紧张源于仰视。当他不再居高临下，而你也去平视的时候，便有了人情的温度。这温度，似能融化、消解紧张揪揪的筋疙瘩。是，他没问过这些，我也没说过。整年埋头写材料，对升职晋级的想头都熬没了、麻木了。好像一经提醒，我才突然意识到副科已十六年了。怪不得朵儿骂我像头驴呢，还真没骂错。驴是拉磨不计圈儿，我是爬格子不计日头。

我被郑之光的关切打动了下，眼眶热热地湿润了。这辈子，我对方智达一直心存感激，他把我从农业局带到县政府又调入省城，否则混不到这步嘞。如今他已退休多年，我仍时常去看望，人得有感恩心不是？这就说透了，谁不想进步呢？可前三任主任都没问过我这个，郑之光关注到了，我也不由不感动。

哦对，有感动就对了，证明我不是驴。驴拉磨只想偷吃把麸子，或看见异性会躁动下，就那点儿想头。人都想往高处走且永无止境，驴才不想往高处走呢，更喜欢下坡路，省劲儿。从这点看，我跟驴是有大区别的。掏良心说我也忒想往上爬，说不想是装蒜。我起身给郑之光续了杯茶，两手颤颤的。

郑之光给我交个底儿。说办公室主任该退休了，打算让我接任。他已跟党组成员交换过意见，都没说的，只差开个会，孰料工作变动太突然，来不及了。他两手往桌上一摊，显得很无奈。

"你知道，领导离任前不能动干部，这是规矩。"他苦笑下说，"不过，我已向新来的农委主任推荐了。不能老是闹人孩子多吃奶，让埋头干活的人总吃亏啊！"接着又开句玩笑，"老让你埋头干活，不给抬头机会，久之颈椎也受不了呀，对吧？"

郑之光走后不久，我果然接任了办公室主任。

当然有他推荐的因素，但不主要。办公室主任是关键角色，谁当头都会反复掂量。新来的农委主任对我不熟悉，多方了解后才拿定了主意。他跟我正式谈话时，是这么说的：

"你可知道，我为啥选中你吗？"他说着伸出两只指头："两条。这一，我也当过文字秘书，写了三年材料就累得够呛。而你写了这么多年，没提过个人要求。这二，我询问过很多人，对你的人品评价没杂音。就凭这两条，我还用怀疑吗？"

郑之光一去县里当书记，我的手机忙了，多是本县熟人打来的。有些人多年没联系，忽又连上了线，多是向我打听郑书记的背景、爱好啥的。末了再打句哈哈："回头请你喝酒啊！"这话别当真，人家不是跟你热乎，得看透这一点。能否喝上酒，再说吧。

可是侄子唐昌超跑上门来，果真搬了一箱酒。

这小子混出头了。去年从县委机关调到大槐镇当了镇长，出手也明显大方，送箱酒不算个事儿。他很久没来我家，突然登门也是冲郑之光来的，想通过我跟他拉近关系。这倒没啥错，年轻人么，谁都想靠近领导求个进步。理解，很理解。但问题在于，他当镇长才一年多便想接书记，是否急了点？

我不好一口拒绝。平时用不着你，偶尔用着了央不动，还是叔吗？但我深知郑之光的为人，讨厌拉拉扯扯那一套。不免多层顾虑，生怕惹他厌烦讨个没趣。昌超不信这个，更坚信"潜规则"那一套，仿佛世间通行证。他摇着头说："不可能、不可能。郑书记再清高，能不食人间烟火？"

这一说，好像我要滑头不愿帮忙似的，但真不是。郑之光平时不喝酒不打牌更不泡舞厅，唯一爱好是读书。可书读多了，先哲们的醒世智慧装满一脑子，遇事谨慎了、斯文了。你让他没规没矩，甚至徇私枉法胡乱来，他没那野胆儿。准确说，他的心理承受能力也不行，这更实质点。

昌超急于跟郑之光套近乎，迫切说："九叔，你看多会儿方便，请郑书记坐坐？"我为难地直拧眉毛，说老郑他烦这个，怕不

妥。为了证明此话不虚,我又把他在会上讲那几句话学了遍。不想,昌超却摇摇头,俨然有勘破世相之洞明,大不以为然地说:

"那不过是场面话,谁都会讲。"

"不不,他讲得很严肃。"

"严肃……就敢保是真心?"

我怔住了。是惊愕他把个别腐败现象看成普遍,看成必然和常态。在他看来,似乎谁都吃那一路,只要肯使钱都能拿下来。这小子,大学毕业时挺文气的,几乎滴酒不沾。进入职场后没了心思读书,见天忙于应酬拉扯,酒量增大不少,好像也喝出了酒胆。他说:"九叔你只管试试,我就不信没门儿!"

我试图说服他,又讲个亲身经历的事,印证郑之光确是很自律个人,不是我耍滑。

坦白说,有年春节我也给郑主任送过礼。那夜下着雪,我拎着礼品走到他家楼下,却见窗内黑灯瞎火,好久不见灯亮。我以为家里没人,也冻得够呛,只得垂头丧气走了,白跑一趟。后来才知道,他逢年过节都这样,生怕送礼不好拒绝,逼出个无奈的笨法子:天一黑,要么带着家人外出兜圈儿,要么在家不敢开灯,跟做贼似的偷着躲着过……我讲这个是说,郑之光很谨慎,给他玩儿"跑送"那一套怕是不好使,弄不好会吃闭门羹。

孰料,昌超一听扑哧笑了。不是笑这个故事滑稽,而是笑我笨,送礼都摸不着门儿!在他看来,我好像缺点心眼儿,弄不成大事,连"礼"都送不出手,能弄成啥事呢?于是他降低了期望值,对我提出退一步的要求。

"九叔呀,是这。"他说,"您就牵个线儿,让郑书记对我加深点印象。剩下的事甭管啦,我来。"

我听出话音了。他是看出我不会来事,只有"牵个线儿"的用处。弄得我哭笑不得,本想给他解释下自己的难处,白磨嘴皮不说，还落个笨！而他好像还挺体谅我的，临走又特别强调了句：

"您牵个线就行啦。剩下的事……就不为难您啦！"

我被他"强调"得越发有些尴尬。送他出门的时候，我瞟了眼他送来的那箱酒，有种无功而受禄的感觉。可自家侄子送上门没法拒绝，我只得说句客套话："你来就来呗，还拿这干啥？"

6

朵儿当上副局长后，主管企业改制。这事大了，市里专门成立个领导组，由副市长许嘉牵头负责。领导组成员多是挂个名，不干实事。朵儿是具体干活的，虽不当家，但很吃劲儿。

国资局管辖几十家企业，情况千差万别，一嘴说不齐，需"一厂一策"拿方案。啥叫方案？直观说，就是摆在桌面的文字材料。不管改制使啥法子，都得理顺到字面上。没这，就没谱了。

朵儿便是"拿方案"的。那方案统统往市里上报，一般得上市长办公会，有时还得经市委常委会研究。压力大了，文字不像样拿不出手。国资局有几个笔杆子，文字水平不咋的，朵儿很头疼这个。按说有她把关，把"不咋样"的文章捏捏顺顺，便可应付过去。糟糕的是，她搞财会出身，玩文字拿捏不住。又不便找别人操弄，文字把关都拿不下来，还当啥子局长啊？丢份儿。

她只得向我求助了，使唤老公倒不丢人。也幸在我干别的不行，写材料有把刷子，尚可一用。

但我对文字活儿早干烦了。当年在县农业局时，我曾抱怨尤主任耍滑头，老把稿子往我身上推。如今理解了，这活谁干久了都烦。我当上办公室主任后，也仿照尤主任耍点滑，尽可把稿子推给手下人。轻松了，得劲儿了。然而，刚说媳妇熬成婆，没舒坦几天呢又摊上这差使。但我对老婆"滑"不过去,副局长老公白当的?你就这点用处,还摆谱啊?

我突然显得重要起来。

朵儿一直嫌我窝囊没本事,在写材料这点上,倒是在我面前谦虚得很。隔三岔五,她就会拿份"方案"塞我手里:"给!又一份,再帮我改改。"这样一来,我的家庭地位有了明显提升。以往下班回到家,她总习惯往沙发上一躺,等我做饭呢。如今把稿子一塞,居然主动撸起袖子下厨房了。慷慨地说:

"你改稿子吧。我去做饭,你想吃啥?"

可是改稿子比做饭难多了。难在,你只能改稿不能定稿。改得行不行,都得交许嘉审定后,才能提交领导组研究。他说行便行,说不行,打回去再改吧。这倒没的说,稿子得体现领导意图,规矩。但你翻腾几遍,就难受死了。

倒不是说,领导们都难伺候,看谁呢。比如方智达和郑之光,他们俩都是名牌大学高才生的根底,文字水平也了不得,这就好办了,因为他懂材料,能给你说出一二三。你下笔心中有了谱,写出来便不会有大差。他审后稍加修改就成了,省劲儿。

许嘉就难伺候喽。他不懂材料,说不出一二三,让你蒙着写。稿子一出手他挑起毛病来,这不对那错了。不挑,显不出领导水平。挑就挑呗,他又没个系统想法,东嘣一句西撂一句,你算摸不着头脑了。可你还得按他"嘣"的"撂"的改,难伺候不?

按说,方智达和郑之光都属本科生,许嘉是博士学历呢,文字水平更高一筹才对。但这年头,看学历就不靠谱了。事实上,许嘉是中专毕业,走出校门从没间断工作,不知咋捣鼓的博士帽儿。当然,当然啦,第一学历低不等于水平低。启功自称初中生,称大师谁都没的说。陈寅恪没硕博文凭,做学问公认一流。但许嘉没法跟大师比,跑官都忙不过来,哪有心思读书啊。他连篇短文都拿不出手，讲话还老念错别字。让他审稿子，那是吃力了点。

有时，我改稿子改烦了，不由发句牢骚："他老许有水平，就自己下手改呗！"朵儿脱口怼句话："他若有那水平，还用劳驾你吗？"说罢猛一愣，自觉失口了。好歹是副市长啊，咋说话呢？她吐下舌头，忍不住扑哧一笑。

有次，省里召开企业改制工作大会，许嘉代表本市作了典型发言。没防住材料叫响了，受到省委领导高度评价，还在全省印发推广。许嘉得意极了，直夸朵儿是大才女。他不知道，那稿子是经我加工润色过的，当然朵儿也不会透露这个，而我也甘做"地下工作者"。夫妻么，谁跟谁呀。

那天，朵儿被许嘉夸得浑身轻快，下班回家像是飘进门的。她走进卫生间，坐在马桶上仍哼着小曲。从卫生间出来，又挽起袖子准备下厨房，有点慰劳我的意思：

"今晚你歇着，我做饭。你说，想吃啥？"

她一高兴，睡觉也有了大改观。平时，她看完电视便上床，对我爱理不理。老夫老妻了，都那回事儿。这天晚上，她陡然跟我温柔起来，钻进被窝还嗲声嗲气："哎哟老公，你真给我长脸啦。那材料全省印发呀，这不谁都能的？"又说，"记得不？你在高中写那些诗真棒，我至今还能背下来。嘿嘿，你真有才，太有才啦！"

说着朝我脸上亲了口儿，我冷不丁打个寒战，嗖地起了身鸡皮疙瘩。啥岁数啦还玩儿这个？但这一吻，倒也让我心里麻酥酥的、鼓胀胀的，枯木逢春又勃发了似的。上高中时，我是被她崇拜过的，此刻又唤起了那种被崇拜的感觉，以至有点飘飘然了。晕晕乎乎的，我又摆出被崇拜的姿态，郑重地教导起她来。而她也像当年崇拜我时的乖小妹，温顺地点着头，真滑稽。

"你听着，"我教导她说，"改稿子的事不能透出去。你当局长，背后却靠老公使劲儿，外人知道岂不笑掉牙？"

"是是，我知道、知道啦。"

"你听着，"我又教导她说，"这稿子不能说成你的功劳。得说，主要是许市长高屋建瓴指导得好，不然把领导面子往哪儿摆？"

"嗯嗯，我知道、知道啦。"

她乖乖地点着头，一副小鸟依人的样子，以至撒起娇来，她抚摩着我的胸脯，翘起下巴端详着我，眼神迷迷的、媚媚的，突然问了句："哎哎，想那事不？"我一下子没反应过来。老夫老妻对"那事"早没了激情也没了敏感，我一愣：

"唵？那事？啥事？"

"去，冲个澡，我在床上等着。"

她推下我的胳膊，嘴巴朝卫生间一努。我这才恍然醒悟过来，哦！原来是说"那事"。接下来的日子，她对我的态度越发明显改观。之前，她回到家总冷冰冰没几句话。除了忙些家务，剩下就吃饭、睡觉、看电视那点事。因为老嫌你没用，有啥说的？看来人真得有点用处，不然老婆都懒得搭理你。你一有用她便温柔了，话也多了。

她时常聊些工作上的事，还老谈起许嘉。

我注意到，她对许嘉的称呼有了变化，之前总称"许市长"，现在改称"老许"了。按说无所谓，上下级来往一多熟不拘礼，但我渐渐觉察到，她对许嘉忒在意。许嘉的任何情绪变化，都会对她造成很大心理影响。比如见他阴沉着脸，她便忐忑地琢磨："我哪件事没做好，还是哪句话说错了？"偶尔得他句赞扬或给个笑脸，她又会心里猛一扑棱，嘚瑟了。有时给我絮叨几遍，老许怎么夸了怎么笑了。这就有点腻味儿，不就得句好话给个好脸么，犯着臭美成这样？

接近年关的时候，雪梅来了。

她被朵儿安排到商都酒店后,转眼十多年过去,有出息了。这姑娘说不上多聪明,就有股踏实劲儿,从客房服务员一步步走上来,如今已是副总经理。也因帮过她一把,尽管安排个三烂活儿,她至今念念不忘,逢年过节都会来我家看望。这次不光送些年货,还给朵儿带了盒化妆品,高档的。

朵儿夸她想得周到。雪梅很会说话:"哪儿呀,我见您常去做美容,特意买了盒,方便平时保养不是?"

我惊讶了下,朵儿啥时开始美容了?也怪我粗心,一直没觉察到这个。不过美就美吧,女人家都这癖好,没往心里去。

其实说起来,朵儿算个过日子好手,忒俭省。结婚多年从不买昂贵化妆品,顶多施些廉价洁面乳护肤霜啥的。她是穷山沟生出的根性,打小苦惯了也省惯了,让她放开花钱也大手不到哪儿去。比如买衣服,她多是捡便宜货。还说:"捡便宜的好呀,换着不心疼,早晚穿的都是新款式。"实际是为省钱找理由,抠儿呢。

雪梅走后,她用起那盒高档化妆品来。

这东西没有便罢,一有,不用下心痒。女人么,谁不想俊俏呢?多因钱窄把花骨朵心挤蔫儿了。这下倒好,别人送的无须花钱,也就舍得往脸上抹。爱美的心骚动着,不抹忍不住。

但一上档次就复杂了。以往,她清早去卫生间擦一把即可。有了高档化妆品,便有了精致用法。她对着镜子,脸上嘚儿嘚儿点几点白膏膏,抹抹、搓搓、照照、拍拍。然后再左瞧瞧右瞄瞄,磨蹭了,费时了。卫生间的时光,也像水龙头细水长流。从梳妆台淌进洗脸盆,又点点滴滴流入下水口,顺着管道悄然逝去。

这样一折腾,效果也比较显著。脸儿分明润了,白了,光了。她颇感得意,往我眼前一站:"看,漂亮不?"这使我有种特别的感动。女为悦己者容,不由不感动。我挠着头傻傻一笑,嘿嘿。

我嗅见一股扑鼻的芬芳气息,这是很女性的味儿,对男性有种诡异的感官刺激。大概是诱发了荷尔蒙的躁动，我冲过去想亲她一下。可她的脸使劲儿往后仰，扭着脖子说："烟味儿太冲啦，呛死啦！"我错愕地愣住了，心说本夫抽烟多年都没啥的，这会儿咋嫌呛了？

后来有一天，她忽然又说变个发型。

起因是，她陪许嘉出席晚宴。饭店是位煤老板开的，由位漂亮女士当经理。那女士留头披肩长发，许嘉跟她搭讪没完，眼神色眯眯的，把朵儿晾在一边。女性在这点上很敏感，那晚她回到家显得忒沮丧，突然问了句：

"你说，我这盘发好看吗？"

"好看呀，挺好看的。"

"不，不好看。"

"这……咋的啦？"

"不咋的，我想留个披肩发。"

我莫名其妙。她多年一贯留盘发，斜刘海低盘那种。本来长得有几分秀气，头发往脑后一盘，凸显出她尖圆形脸的精致轮廓，白皙颀长的脖颈也越发敞亮，更增了清秀气质。突然一说想变发型，让我大感意外。盘发好好的披啥子肩呀？倒不是说披肩发不好，挺飘逸妩媚的。可你半老徐娘了还飘啥媚啥嘛！不过想了想，娘儿们家无非爱臭美，犯不着较劲儿，随她去。

不过说回来，审美是会疲劳的。平时老看她的盘发，久之美感就麻木了。当她把盘发披散开来，猛一看，呵！还真闪了亮。我又被激起阵儿冲动，忽地扑上去想搂抱她，却被她推了一把："别动！小心揉乱啦。下午，还得去给老许汇报工作哪。"

我一下子泄了气，胳膊软不拉塌垂下去。敢情，这披肩长发是飘给许副市长看的？按说也正常，谁不想给上司展示个好形象呢？可作为老公，眼睁睁看着老婆去取悦别个男人，不由犯点儿酸，却又说不出口,小心眼儿咋的?

那天下班回来,她兴冲冲地对我说,许副市长夸她了。说:"哟呵,这发型真漂亮!"一句话把她乐得屁颠儿,我心里越发酸溜溜的。而她仍嘚瑟没完,把长发一甩:"你看咋样?漂亮不?"

我实在不愿恭维,因为她是为迎合、取悦他人而改变了自己。这样的话,"漂亮"成了依附性的标向,成了某种功利追逐的扮相,已不是展示自我,也不属于自我。当然,我明白,她是从各方面(包括仪容)都想博得领导好感,以争取更大进步,通过提高社会地位得到被人仰慕的自尊。这没啥不对,谁不想活得体面些呢?然而,为了自尊却使出屈从的身段儿,这是个悖谬。我哼了一鼻子:

"哼哼,我看不咋样。"

又过了些日子,她不知怎么打探到个私密,说许嘉跟那个女经理勾搭上了。这档子事,人们多是背后嚼下舌罢了。就像生活作料,茶余饭后多道味儿。但朵儿不光是嚼舌,还很有些气愤,直把那个女经理骂得狗屁不是。

她骂女经理是"贱货",长个漂亮脸蛋儿,其实没一点素质。说她是舞厅的坐台小姐,后来跟煤老板混熟了,傍上土豪当了酒店经理,属"小三儿"那种。又说她俗不可耐,满口喷着酒气还带着大蒜味儿……她坐在床边骂了阵儿仍不解气,扑腾往床上一躺,把我震得直发愣。我心说,管她坐台小姐还是"小三儿",跟你没半毛钱关系,骂的是哪一出?

她躺进被窝里,怔怔地盯着天花板。突然哼了声:"哼!老许真够昏的!"我心里猛一咯噔,以为她憎恶许嘉了,嫌他贪色发昏。但不是,她是替他委屈,接着迸出句更让我意外的话:

"老许真丢份儿!"她愤懑地嗔怪道,"你说你,当个副市长找情人,总得讲个品位不是?这档次的女人,也要?"

我蒙了。

原来，她骂许嘉的"昏"不在好色，而在"好"的"色"不对路。像是说，许副市长找情人的话，起码找个"有品位"的女人，比如像她这样的才对、才配。耐琢磨了，有嚼头了，好像品出点争风吃醋味儿，少说她有这种潜意识。不然的话，管他许嘉跟谁有一脚呢，哪怕是泡臭狗屎呢，碍你啥事？但这话没法戳破，否则会生出夫妻间的嫌隙。我故装糊涂，憋着气没再吭声，咔嗒拉下床头灯开关。灯灭屋黑一翻身，背靠背睡去。

其实往前说，也就是许嘉刚来国资局上任时，朵儿看他还不很顺眼。嫌他皮肤黑糙，五官琐碎不大方，走路勾着头没气质。嫌他说话土儿巴叽，讲话没水平还老念错别字……然而，自从许嘉把她从副科提正科又提副处后，她渐觉许嘉顺眼了，有魅力了，甚至有些毛病也发光了。比如许嘉作风霸道，在局里说一不二，发起火来还骂脏话。朵儿起初说他"土暴子"，如今却成了"有魄力"。多次对我说："噫！老许真有魄力。他说个啥，谁都不敢犯犟。有时把副职们骂得少皮没脸，没人敢吱声！"

她老夸许嘉天好，我由不得犯些儿酸。当丈夫再大方，见妻子特别在乎另一个男人，难免不生小心眼儿。但我不愿往歪处想，极力往正处想，以为她无非是想升职提拔，有点攀附心理罢了。可是，假若她把权力审美化，由衷爱慕以至想"贴"上去呢？那可真得酸一下了。这意味着，她已被权力崇拜俘虏了灵魂。

屋里一片漆黑，我翻来覆去睡不着。越想，越觉自己有点可怜。婚后多年她个性强，我绵，一直让着她。工资悉数交她手里，多半儿家务活我都揽了。她忙着奔事业，对儿子顾不上照看，家庭作业多是我辅导的。包括对她母亲，我都当亲妈照料……而这一切，难道都不值得感动吗？许嘉就帮她提个一官半职，敢情比我真诚的爱，比我全心的付出更值得在乎吗？可在她心目中，自身品质和真爱情感，比起那些外在的东西来，显得那么稀松、黯淡。

我心里乱乱的，两眼茫然盯着窗户。小区的灯光很微弱，还有淡淡的月光。窗上罩着稀微的光影儿，搞不清是灯光还是月光，云影还是树影。感觉很迷蒙、很虚幻……朵儿知道我没睡着，忽然问了句："咋不说话了？"我懒得搭理她，吧嗒下嘴唇说，累。

7

我跟朵儿正怄着气，偏偏侄女唐小满老打电话，逼我帮她调动工作，越发添了堵。我在电话里发了几次火，惹得她对我满心怨气，有次把手机都摔了。

这闺女真不省心。她从师范专科学校毕业后，被分到镇初中教书，死活不安心，总想往县城调动。可她教学成绩一塌糊涂，全镇统考排名属垫着底儿的。校长是我高中同学，见我老是挠头："哎呀你那侄女，这个这个……咋说呢？太浮躁呀。"

还是刚毕业的时候，她想留省城工作。但省城的师资扎着堆儿，中小学教师的门槛抬得忒高，本科生都难挤进去，她专科生更没门儿。县城学校也不好进，教师编制满满的。那年，师范生基本都分到了乡村中小学，她只得回到本镇教书，没法子的事。

后来，有些乡村教师通过公开考试，被县城缺编的学校择优录用了。我多次鼓励她："你不是想进县城吗？那就去考呗。"谁知，她反诘了句："我要能考上，还找你干吗？"呵！她考不上成了理由，还理直气壮。

郑之光来县里上任后，她觉得有门儿了。接二连三打电话，催我找县委书记跑调动。但有明文规定，学校招聘老师必须公开考试择优录用。硬杠杠，谁都绕不过去。她不管这个，只管打电话催逼。弄得我多天没敢回老家，生怕碰见她胡搅蛮缠，甭想消停。

进入秋收时节，三伯的忌日到了。

他已去世整三年，依习俗得隆重纪念下。不用说我得赶回去，必须的。但一进家门就听妈说，小满又跟我哥嫂吵闹了一场。她无奈地叹口气："唉！这闺女真叫没法说。"

起因是，她去省城看了场演唱会，说是啥子偶像歌星来了，门票三百元。这对城里人不算个事儿，哥嫂可承受不了。家里没来路钱，靠卖些鸡蛋和粮食盘活日子，见年除去口粮顶多卖两三千斤麦，能攒几个钱呢。三百元，墩实实两麻袋麦子哪。可小满为听首歌，刺啦撕张门票没了，哥嫂心疼呀，憋不住吵了一架。

也许你会说，两麻袋麦算啥？太抠门儿了。那你指定没干过庄稼活，才站着说话不腰疼。知道不？麦子是粒粒浸着汗水的，不会凭空蹦到餐桌上。它从种到收七八个月，且不说播种、施肥、锄草、浇水、打药，也不说收打时摊场、碾场、扬场，单说割麦就把人累半死。哦对，我描述过割麦的感受，跟上老虎凳差不多。两麻袋麦啊，少说得割大半天。你试试去，体验下庄稼人的钱是咋来的。就让你割小半天，如果你还能站着说话不腰疼，那，我服你算条好汉。

嫂子是哑巴，心里有苦道不出。她站在院里气得直跺脚，指着女儿"啊啊"乱叫。哥哥老实疙瘩，干生气崩不出个屁。他蹲在屋檐下，捧着脑袋又抓又挠。好久，像是从头发窝里挠出句牢骚：

"作孽呀。"他甩着两只手说："你听首歌，它顶吃还是顶喝？可两麻袋麦没啦。两麻袋呀，没啦！"

小满被吵恼了。她正准备打盆水洗袜子，一赌气不洗了，把盆子咣当摔地上，气呼呼冲出大门去。她在镇初中教书，离家不足四里路，平时隔三岔五往家里跑。这下大半月没回家，怄气呢。

眼下赶上收秋大忙，总该回来帮个忙吧？却不，她越忙越不回家。妈说这闺女是怕回来干活呀，成心偷懒嘞。我也很生气，咋能这样呢？转念一想，不回来也好，免得见我说调动的事，省心了。

刚收罢秋，家家都在准备开耧耩麦。大田里只剩棉花照长着，开着最后一茬花。棉田是赶不上种麦的，留作来年开春种红薯。一般不会再种棉花，得倒下茬。

半晌，晚辈们都去三伯坟上了。这事说是很隆重，其实办起来挺简单，到他坟上摆供、燃香、磕头、烧纸扎，然后宴请一顿饭，完事。七哥（三伯的儿子）作为主家，在镇上备了酒席，晌午赶那儿赴宴。大伙从坟上回来，见天还早着呢，先散回各家去。

这点空儿，哥嫂都舍不得闲着，赶忙又下地去了。前些时下场大暴雨，责任田冲个水窟窿，得填补下。我也准备去搭把手，还没起身呢，却见七哥的儿子唐昌实走进院里，说找我商量个事。

他是林学院毕业，七哥凭着县里的人脉关系，把儿子安排进县委组织部，打盘儿是让儿子走仕途，在组织部有利进步，不用说费了大心思。昌实呢，挺踏实个孩子，平时话不多心里忒有数。毕业几年下来，工作干得也蛮不错，已升副科长了。

行政机关很磨人，见天就接电话、写材料、处理公文那些事儿，昌实干了些年渐觉没意思。自根儿，他对仕途就没兴趣，硬被老子塞进机关里。但干不喜欢的事是很难受的，越干越没劲儿。好在市场经济把人才激活了，年轻人的脑子也都活得很，有些人受不了"体制内"的束缚，纷纷向往起自由创业来。眼下，正好发展农业产业化，昌实看好种植石榴有前景，打算辞职干这个。但他拿捏不准才特来讨教，以为我在农口工作，懂。

可是刚坐下不大会儿，突然看见小满回来了。

我打个愣怔。本来怕撞见她惹麻烦，到底没躲过去。她知道今天是三伯的忌日，料定我会回来，专门跑回来找事的。之前，她在电话里已被我怼恼了，这会儿进门仍嘟囔着脸。好像我帮忙属天经地义，否则便欠她的，谁让你是叔呢？

昌实忙站起来打招呼，她沉着脸"嗯"了声，爱答不理的样子。似乎她一不顺心，见谁都碍眼。我料定她是来使性子，坐着没动弹，看她小妮儿能咋的！果然，她见我真跟讨债似的，往我面前一挺，劈口迸出句赌气话：

"我知道，你不想见我，可我还是回来了！"

我倒抽口气。心说你回来咋的，打算跟我吵架啊？再说了，你是求我帮忙呀，有这样求人的？我怕闹出不得劲儿，忙给昌实使个眼色，把他支开。昌实见情势不对头，识趣地溜了出去。

我看着昌实的背影，脑子一忽闪有了话题，正好拿他开导小满。我说你看，你昌实哥都当上副科长啦，却不愿待在城里，打算回来种石榴嘞。哦哦，他能返回乡下创业，你就不能在乡下干出个样子？没等我说完，小满直通通怼出句话：

"人跟人不一样。他是他，我是我！"

我噙着半截话愣住了。不都是人么，咋不一样呢？当然，昌实学的是林果专业会种石榴，她不会，这没比头。我又换个比法，说有很多"乡村最美教师"，前些时都上央视节目啦。你用心把乡下孩子教好，不也有干头吗？她对这个越发不屑，撇着嘴说：

"唏！我才不想当啥'最美'呢！"

"这……为啥？"我一脸愕然。

"人的追求不一样！"

"那，你追求什么？"

"追求……追求……"

她吭吭哧哧回答不上来。也是，这问题对她有点难。她平时除了上班对得住工资，闲暇多被上网打发了，有个说法叫"网瘾"。而精神追求是思者的灵魂，她连本称得上经典的书都没读过，哪来的"思"呢？脑子里装的多是"快餐文化"。比如某明星离过几次婚啦,某网红有多少粉丝啦,哪位"小鲜肉"帅呆啦,哪部大片火爆啦。再就是流行什么时装啦,商场过节如何打折啦,说白了都是些商业文化碎片。她的心灵,大半儿被商业炒作和感官娱乐占据了,甚至成了她的文化灵魂。好像把眼睛、耳朵、情感神经乃至思维系统也都交给了商人操纵,犹如被商人租用从中渔利。

她的追求只剩了消费和享受。但消费仅能满足物质占有欲,真正的享受必须有灵魂参与,而那些文化碎片跟灵魂不搭界。这样子,她脑子里好像装满了东西,心灵却是处于无所归依的状态,或表现为无所用心的麻木。你问追求什么,可就难为住她了。她黑丧着脸说:

"我不追啥求啥,只想调进县城,就这!"

我哭笑不得。之前电话里说得很白,眼下这事不好办,听不懂咋的?我又耐着性子解释,说县城学校招录教师必须公开考试,硬性规定。县委书记权力再大,怎好破例开口子呢?我是说,即使追求享乐也得自己努点力,指靠外人不一定能使上劲儿。因为外部世界变数太大,不是自己想怎么就怎么的,向内求才有些把握。但这话小满根本听不进去,反以为我是用大道理搪塞,或借故推托。

"我就不信,县委书记连个教师都调不动?"她耸下肩膀说,"哼!谁信呢,哄小孩儿哪!"

我错愕地一愣。心里话,你不很"愤青"吗?平时老骂社会不公,还时常在网上发些吐槽的跟帖。这下好了,跟你来公平的,严禁暗箱操作实行公开招录,怎又难受了?反倒试图践踏规则,使自己成为不公平的受益者。这!咋说来着?

我往沙发靠背上一仰,眯起眼懒得搭理她。又想想,毕竟是自家侄女儿,哪能较劲儿呢。我朝她招下手:"坐这儿、坐这儿,老站着干吗?"她本能地挪动了两步,没坐,只是瞥我一眼。意思是:"你说吧,我听着呢。"又习惯地翻看起手机来,不知是跟我对话还是跟网络亲密。让我跟她近在咫尺,又那么遥远。

我一时无从下口了。说什么呢,给她讲我辈怎样吃苦奋斗?不行。她会嫌我土老帽儿,啥年代了还絮叨这个!要么讲些理想信念啥的?更不行,对她来说,理想啦信仰啦都是过时的空洞,远不如玩手机有趣。是,手机着实好玩儿,巴掌大个屏幕,指尖儿一拨一点,即可尽览世界花花绿绿,真个其乐无穷。不过,这玩意儿也有缺陷——它无法把"我"构进部件,只能在局外陷入技术的狂热。指尖儿触摸了世界,却疏离了那个称为"灵魂"的本我。

小满低头翻看着手机,根本不理会我在说什么。而我也不知怎么说才有效,或进入怎种语境才能跟她沟通,就像带着教案走错教室误讲了课题,咋讲,都不对路。

她身上挂个时尚的小挎包,那是雪梅出国回来带给朵儿的,朵儿用不着又送给了小满。这使我忽然想到了雪梅,她是个穷山沟的女孩子,如今已是省城高档酒店副总经理,也很有了些雅致范儿。在乡下孩子眼里是够羡慕的,甚至成了小满的偶像,打扮都模仿着她来。比如,雪梅围条紫纱巾,小满也照样买了一条。这很正常,也无可非议。模仿是为了显得不比别人更卑微,给个说法叫赶时髦,它没内在价值,倒能获得些虚荣心的满足。虚荣心么,谁没点儿?

这会儿,小满脖子上仍围着那条紫纱巾。我脑子一激灵,忽然想出个"对路"的说法。如今年轻人都有偶像崇拜的癖好,正可拿她的偶像开导下,也许更有效。我说,雪梅能有这出息,她是踏踏实实干出来的啊。你不能光学她穿啥戴啥,更得学她的拼劲儿,靠奋斗去改变命运,对吧?不料,这话没起作用,反被她抓个把柄。

"雪梅毕业就进了省城,我却被分到乡下。"她质问我,"你能把她安排到省城,亲侄女调到县城都不行?"接着给我掐句话,"我知道你烦我!不愿管我的事,才绕来拐去推、推!"

我痛苦地拧下眉毛。她从小到大我当叔的没少关照，多半儿学费都是我拿的，总觉哥嫂太难得接济下，怎能说不愿管她的事呢？没错，我是烦她。可她怎没反思下为何烦呢？不不，她不会反思，她是打小被家人宠大的，习惯了以自我为中心，骨子里是极端自私的根儿。这根儿，好像只长膨胀自我的苗，不发体谅他人的芽。我也憋着一肚子气，反过来给她掐句话：

"你跟雪梅比是吧？好啊。"我说，"那你也去饭店铺床、拖地、冲马桶吧。她起步就干这活，你干不？"

她不吭声了，委屈地哭起来。

我被她哭糊涂了。这话没毛病啊，吃不得苦中苦，还想做人上人，世上哪有这等便宜事？我搞不清她哭的哪一出，好像没来由。

我说过，当初答应帮雪梅找工作，实在是她的孝行把我打动了。可小满说，雪梅孝敬她爷关你屁事？她不懂，世上很多善举无关功利。否则就无法解释，一场天灾，怎会引动四面八方的倾情支援。一种弱者的不幸，又怎会有陌生人的爱心救助。那是良心的呼应。良心，它是人性共通的心灵默契，是人类最大的天然公约。我也是因良心的感动，才帮了雪梅一把。

但我说服不了小满。她总觉得，我得了雪梅什么好处，否则凭啥为她效劳？她还很偏执，自以为深谙世故。我对她有种束手无策的感觉。更要命的是，她一偏激啥话都能说出口，根本不管你能否承受。她抽噎了会儿，忽又甩出句狠话：

"我知道，俺爸妈没本事，对你没大用处。我也没雪梅长得漂亮，不讨人喜欢……"

这叫啥话？我顿时气得浑身发抖。我从不认为自己高尚，却不至于庸俗到这地步啊！跟亲哥嫂也弄成"利用"关系？好像还觊觎着雪梅的姿色，对她有啥龌龊图谋似的。这样看，我还是人吗？

我腾地火了，突然爆起股猛劲儿，一步冲上去扇了她两巴掌。

糟了，她哇地尖叫起来，跌跌撞撞冲了出去。妈妈听见不对头，慌忙追到大门口没撵上，回头反冲我吼起来：

"疯了你！她恁大闺女啦，当叔的咋能打嘞？"

我木呆呆站在院子里，妈妈不停地数落着。说小满大半月没回家，刚进门又让你打跑了。说你哥嫂就她个独生女儿呀，平时舍不得拍一下，你当叔的却下狠手，见你哥嫂咋说？我也后悔了，是啊，咋给哥嫂交代呢？

我想起哥嫂越发难受。上大学年头，家里日子很艰难，哥嫂省吃俭用供我上学。掏心说，我对小满的关照，很大成分是想报答哥嫂。小满不感恩就罢了，甚至对我误解也无所谓。但说我嫌弃哥嫂没用处，这是无法承受的。咋说话呢？若骨肉亲情都渗进了交易习气，变成了冷冰冰的"利用"关系。那，世上还有温情的空间吗？

我在院里蹲了会儿，渐渐冷静下来。这时对小满已不是恼火，而是感到可怕。我想，退一万步说，你的价值观可以是多元杂拌儿，也可以是堆文化碎片，甚或彻底虚无，怀疑一切，不信一切，但你不能怀疑人性的恒在。假若人性都被利益"解构"了，或被金钱扭曲了异化了颠覆了，世道还有救吗？

晌午，家人统统赶到镇上吃饭。

五服之内的亲属都去了，七哥摆了十多桌。当然小满没去也不会去，指定又跑回学校怄气呢。哥嫂已知发生了什么，没抱怨我一句，这使我越发羞愧得慌。多天不回老家，刚进门就把人家闺女打跑了，挺没来头的。

那天，我妈和五叔没到镇上去，怕年老体衰撑不住。七哥很会来事，散席时包了两只烧鸡，一只给我妈，一只送五叔。说："咱家长辈就剩仨老人了。大伯在台湾且不管，四婶儿和五叔没来，得有个心意呀。"大伙点着头说对对对，应该的。

不料，哑巴嫂子"啊啊"着比画了几下。意思是，女儿小满没来,也得给她补只烧鸡。这就出格了,孝敬老人谁都没的说,给孩子争这个叫啥话?但大伙看在她哑巴分上没计较,一笑了之。

七哥赶紧打个圆场:"哎哟可不,咋没注意到小满呢。"转脸朝儿子昌实一努嘴:"去,再拿只来。"昌实应声跑过去,转头又拎只烧鸡来。嫂子满意了,笑眯眯接到手里。哥哥觉出不得劲儿,却也没拒绝,半推半就说:

"嚯嚯,咋能这样嘞?咋能这样嘞?"

他个老实疙瘩,本想遮下丑却又露了馅儿。谁都看得出来,他真心想讨只烧鸡,只是磨不开脸。可他心疼女儿啊,宁被众人嘲笑,也得给女儿讨些好吃的,丢人现眼都顾不得了。

散罢席,哥嫂慌着去给女儿送烧鸡。但我知道,小满一直嫌弃爸妈没本事。她在外地上学时,哥嫂曾去看望过。三百多公里的路,俩人舍不得下馆子,一路啃着冷馒头去的,却被女儿怼呛了一通,嫌他们俩在同学面前丢面子……我能想象得到,此刻哥嫂也指定讨不到好,八成热脸蹭个冷屁股。我望着他们俩的背影,心里沉甸甸的。

午休起来,太阳仍烈烈地热。我醒来才知道,哥嫂从镇上回来没歇脚又下地去了。说是水窟窿没填完,还得接着填。我赶紧下床往地里去,也许帮不上大忙,但哥嫂够累够苦的,得有这个心。

水窟窿倒不大,填平顶多两平方米的地儿。可土地是庄稼人的命,每寸都金贵。嫂子在路边铲土,花布汗衫全湿透了。哥哥穿条白裤衩挑着箩筐,把一担担土往窟窿里填。我多年没干过庄稼活,担几趟就累得喘不过来气。哥哥心疼我,可他个没嘴葫芦,反复就那句话:

"你歇会儿吧,别累着。"

"别累着,你歇会儿吧。"

我放下箩筐,随意往别处溜达了会儿。走下道小土坡是块棉花地,我不经意被触动了下,忽又想起了云儿。也就是在这块地里,我们俩一起摘棉花不久,她就出事了……几十年过去,我仍清楚地记得,那天她穿了件紫红底、白方格上衣,两条短发辫扎着黄皮筋儿。

我还记得,当时摘花是按斤计工分,那天后晌她挣了六分,我只挣四分。六分啥概念呢?分粮时约合三两麦。可她乐得又蹦又跳,回家一路哼着歌。她的歌声很甜,飘散在浮动着云影的田埂上,飘散在夕阳映红的柿子上,飘散在晚风拂动的谷穗上。

我仍为小满的事伤着脑筋,心绪乱乱的。想不明白,当年穷苦成那样还蛮快活,如今日子宽裕多了,怎会活得这么烦呢?也许当年都穷、都苦,穷到一堆儿没了比头,苦也不觉是苦了?这是个理由。烦恼多是比出来的。而今贫富分明了,左一比这点不如人,右一比那点太寒碜,比出了穷比出了苦,烦恼一拨拨儿来了。

从这点说,我很同情小满的身世。她遇个木疙瘩爹和哑巴妈,挺不幸的。别家孩子有"啃老"的资本,她没。也因为这点,我一直心疼她是个苦孩子。但我对她说,穷,不是向命运妥协的理由。因为即使有"啃老"资本,并不证明自我价值。脱生在金窝儿里未必是金子,自身能发光才叫金子……可这话小满听不进去,她只想跟别人比享乐。比就比吧,总不能把做人的道义"比"没了呀,连对父母的同情心也麻木了?

我看着哥嫂心里越发难受。那水窟窿填起来种上麦,充其量多收三五斤,把夫妻俩累成那样。小满她追个星,两麻袋麦都不心疼。我望着满地棉花,眼前一片茫茫然的白。

8

　　我以为,昌实说他种石榴是一时冲动,没当回事儿。谁知他动起真格来,转过年就下手了,搁上就种了二百来亩。那天,我回老家一看大吃一惊。好家伙!石榴苗都发芽了,绿茵茵一大片。

　　七哥很恼火这个。费心掏力把儿子弄到组织部,指望他走仕途混个头脸,不承想折回村里种地了,咋能不火呢。可这小子主意忒正,任老子怎么吵,认定的路非走不行。七哥气得没法子,索性不搭理他,弄得父子见面愣鼻子瞪眼儿。

　　石榴园在西北坡那儿。东边有道高岩头,西边临条大壕沟。昌实对我说,石榴最忌坐果刮大风。夏季多刮东南风,土岩头正好能挡住。又说石榴耐旱怕涝,土壤一被积水浸泡,初坐果易落,成果后易裂。临沟有利排涝,不致形成水洼地。他抓把土摊在手掌上,说九叔你瞧,这土质肥而不黏,沙沙的。石榴树喜欢肥地怕水泡,这土壤既肥又渗水,最适宜啦。他把土散在地上,拍拍手,一脸得意的样子。

　　地里雇了群男女劳力在施肥,都是本村的。昌实亲自下手做示范,讲解说,施肥也是有讲究的。幼树不能紧挨着根施肥,得在周围挖圈小沟壕儿,然后浇上稀肥水。但一次不能浇太多,少量勤浇才对,行话叫"薄肥勤施"。

　　我听得发愣,觉得这小子还真行,不愧是林果专业出身,一招一式都有说头。但也替他捏把汗,二百多亩地上万棵树呢,摆弄下来可不轻松。再说从租地、打井、铺水管到购树苗、买肥料、雇人工,得花好多钱呢,打哪儿来?昌实的脸色忽一沉,好久没吱声。这孩子话不多,他埋头挖着施肥沟,半天才迸出三个字:"都借的。"

"都借的?"我惊愕地一怔。他小公务员攒不住啥钱,全靠借压力大了。不由问:"投这么多钱,你爸没支持点儿?"

"他呀,一分没给!"

"那你也没跟他要?"

"我不要。要,他也不给。"

"这……为啥?"

"他恼死我啦,还给钱?"

"可他是你爸呀,总算个靠头。"

"哼!我就没打算指靠他。"

我又一怔,歪起头打量他几眼,心说这小子够倔的。不过,我倒是蛮欣赏这点。男儿么,他得有独立主见,凡事都绵不蔫儿地听命老子,没血没性还叫男儿?我顺手提起身旁的水桶,帮他浇了几棵树。边问:"既然你爸不支持,为啥还干?"他握着锄把稍一怔,又嘟着嘴迸出三个字:"喜欢呗。"

"喜——欢,就这理由?"

"是啊,这理由还不够?"

我提着水桶迟疑了下。敢情,折腾这么大动静就图个"喜欢"?但往深处想想,也在理。人都是独特个自我,某种"喜欢"的爱好和兴趣,抑或恰是潜在才质的契合点,是那个独特生命的燃发点。而人生的大问题也这儿:很多人不是活在真实的自我中,而是活在世俗评价体系结构的自我幻象里。就这点说,昌实他找到了适合自己而又乐在其中的事。干啥,能比这更顺心、更快活呢?

昌实提起他爸就来气。他直起腰拄着锄把,冲我诉说起来。说他爸虽是现代企业家,其实观念很固执,骨子里仍是"读书做官"那想头。好像他打小上不起学,这辈子没当上官,不甘心似的,总想让儿子去圆自己的梦。他还老拿侄子唐昌超对比,多次教训儿子说:"看你昌超哥,都当镇长啦!你也得努把力呀。嗯?唵!"

说到这儿,昌实模仿着他爸的样子,一手掐腰,另手冲他指指点点。那腔调也模拟得忒像,逗得我忍不住一笑。

"九叔你知道,昌超哥脑子活,比我会来事。"昌实接着诉说道,"我在组织部上班多年,见部长仍拘束得慌,可昌超哥能跟部长打得火热。有次,部长跟他开句玩笑:'唐镇长呀,听说你那儿山杏蛮好吃,捎几个尝尝?'第二天,你猜怎么着?他派人送了半卡车,纸箱装着,组织部每人一提。九叔你看,昌超哥会来事不?可我缺这心眼儿,自认不是当官的料,不如回家种石榴。"

"那,你是种石榴的料喽?"我开句玩笑。

"啥料不料的,我学的是林果专业,对这个感兴趣。"昌实擦把汗说,"人各有志。当公务员也没啥不好,可我性子野,受不了体制约束。在机关混呢,你得看领导脸色行事。他随便说个啥,都得点着头说是是是、对对对。有时他说个笑话,其实一点不幽默,也得装着笑。但我装不出来呀,你说难受不难受?"

我又忍不住一笑。

"九叔你知道,干这个没坐机关舒服,累。可你感兴趣便不觉累。"昌实指下身边的树苗说,"比如这棵石榴树,移来时干细干细,跟炷香似的。你把它栽上,今儿浇水施肥,明儿锄草喷药,后天整枝打杈。一天天看着它,发芽了开花了长大了挂果了,感觉忒爽,这个过程就很享受。我说得对不,九叔?"

"嗯嗯,对对。"

我随口应了句,转觉这话有点不对劲儿。开发二百多亩石榴园,就图"爽"一下?生命需要赋予意义,否则就归于荒谬。当然了,他是在追求一种成功,这是个意义。然而,假若他失败了呢,岂不白忙活一场,成了毫无意义的劳作?

但我瞅着他满脸得意的样子,脑子忽又打个转儿。心想,当他看见自己种的石榴树一步步生根、发芽,还将开花、结果,心里一"爽"不就是种成功的感觉吗?这个过程本身,其实就赋予了生命的意义。至少生命在澎湃着激情,不那么苍白。于是我无法断定他能否成功,但我肯定他的追求。因为有所追求,才有自我实现的可能。我放下水桶,扫了眼满地生机勃勃的树苗,长长地舒了口气。

昌实向朋友借了百十万,远不够。光租地、打井、铺地埋管和购树苗化肥已用去不少,剩下仅够对付一季工钱。地里建了间临时用房,彩钢瓦轻质墙板那种。地上铺张凉席放条破被子,供临时歇息用。他在机关哪儿吃过这苦啊,可钱窄,不抠着花咋整?

我很想跟七哥谈谈。

是说,昌实犟归犟,但他是在创业干正经事,当老子应该扶持一把才对。恁大个企业,挤这点钱也不在话下,是吧?那天返回省城时,我专为这事往七哥那儿拐了趟。可他一说起儿子就来气,没等我把话说完,便一挥手打断了:"甭管他,让他瞎折腾去!"

他坐在老板桌那儿,信手翻着财务报表。我估不透,他到底有多少资产,只知道他不断给社会捐款,多年下来少说有几千万,还时常接济穷人,没少撒钱。我是说,你对别人恁大方,昌实种石榴垫个小底儿,支持一把不算个事儿,何必难为自家孩子呢?没防住,七哥又直通通怼出句赌气话:

"就想难为他哪,偏不给钱,看他能折腾个啥!"

我听明白了,七哥仍是固执着让儿子走仕途。在他看来,好像混个什么官啊衔啊级啊,才叫有出息。可啥年代了还这观念?我试图进一步劝解下,说昌实种石榴不见得没出息,你七哥挖煤出身混成企业家,不也很成功吗?孩子大啦,有他独立想法,得尊重他的选择才对。再说了,爷儿俩老拗着也不是事呀。他却冷笑了两声:

"哼哼,等他碰个钉子,就不拗啦!"

我一时不知说什么好了。难怪他不给儿子钱,还有意刁难,甚至希望他失败看笑话呢，再说啥去？我见没了说头，泄气地从沙发上站起来，在办公室闲踱了几圈儿。

办公室很阔大，铺着手工羊毛地毯。环墙半圈儿真皮沙发，一排红木书柜。老板台墩实实的，配有电话、电脑、传真机、打字复印机。整体看去很大气，但他不是摆阔，不是。都上市企业了，在全省已颇有名气，省市领导和商界名流不断到这儿来。董事长办公室是企业门面，得有个派儿。

事实上，七哥是很低调个人，走路也习惯闷着头，见谁都微笑着打招呼。包括在厂里扫地烧锅炉管厕所的，碰见都会寒暄几句。哪位职工家有啥大灾难，他听说都会帮一把。在他看来，职工来上班固然是为了挣钱。但人，除了谋生还有人格尊严，还需要人情温暖。这是他当采煤班长时就意识到的，也一直都这副德行。

这德行也很占好处。发生金融危机那阵儿，铝锭产品大量积压断了资金链，员工大半年发不下工资，没有辞职的。都说，老板平时待咱不薄，企业有难啦，一拍屁股开溜还叫人吗？当时不少企业走人倒了闭，七哥的企业照转着。显然不是钱留住了人，多半儿是情拴住了心。人是讲个情义的，关紧处更能看出这一点。

我很敬佩七哥的人格，但不认同他对儿子的态度。

改革开放多年了，对儿子的选择也应以开放的心态看待，干吗把路子限那么窄呢？也像那一地石榴树，给它自由空间才能舒放出千姿百态。统用一个成长模式去套，岂不把活泼泼的生命框死了？我不好说，到底走官场和市场哪条路更对，或干什么行当更有前途。但我知道，人类社会进化的一个重要评价指标，是对个性发展的尊重……可七哥是很有主见个人，我自知拗不过，也就不勉强了。

我埋头踱着步，不经意踱进他的卧室里。那是个小套间，地上是普通地板砖，放张简易木板床，靠墙角竖个衣柜，挂着两身挺括的西装,不用说是出席重要场合穿的。其余是些平素穿的休闲装,都不贵。有些是从地摊儿上买的,顶多百十块钱。曾听七嫂说:"你七哥打小穷惯了呀,甭看他待人挺大方,对自己抠门儿着哩。"

这话我信。他五十年代出生的人,骨子里深刻着那年代的烙印,当上大老板也"阔"不到哪儿去。不妨说,他是带着基本定型的传统人格,走进了改革开放新时代……我从套间出来,忽然有种很奇怪的感觉,恍惚间,觉得他像个叠影坐在那儿。忽儿是西装革履,忽儿是简朴便装。犹如他的办公室,外间现代富华,内间是传统的朴素。

我从卧室出来,无意再提昌实的事。明知跟七哥说不拢,再絮叨不顶用反讨了没趣,何苦呢?心说你儿子的事由你吧,我当叔的只能说到这步了。

七哥也不愿再谈儿子的事,转而又操起侄子昌超的心来。

前些天,昌超来找他了,说是本镇书记已确定提拔,很快就会挪出个位子,求七哥帮他"活动活动"。七哥呢,他个爱操心的命,又是个热心肠,谁有事求上门都放不下。管恁大个企业都忙不过来,还记着这点事。

"我知道,郑书记是你老上司,能说上话。"他说,"昌超混到这步不易呀。咱当叔的,得帮他撺掇撺掇。"

其实,昌超也给我打过电话了。但我总觉得,这小子心气太躁了点。七哥说,他躁归躁,毕竟自家侄子呀,咋说都得搭把手。他还念着二伯的好,说当年我被推荐上高中,而他被安排到煤矿上班,都是二伯任村支书关照的。就这点说,也得帮一把。

"甭管昌超咋的,二伯对咱们俩有恩呀。"他说,"看在二伯的份上,这事也得管管,对吧?"

经他一说,这件事变成了另件事,有点"上纲上线"的意思。

好像帮昌超已不是帮昌超，而是报答二伯的情义，不然忘恩负义似的。我没法推辞了，只得稀里糊涂应承下来："好吧，回头我去找下郑书记，看咋样。"

可是没顾上"回头"呢，昌超却闹出个大乱子。

是这样。县里新修条旅游景观大道，把些重要景点串联起来。那天，郑之光带着沿途乡镇的头头们全线视察，意在进一步完善、美化下。景观大道嘛，得讲个美观。他发现路边有很多乱坟头，看去有碍观瞻。随口迸了句："哎呀，若没这些坟头就更好啦。"

这是句不经意的话，其他乡镇都没当回事。昌超在意了，他急于接任书记，急于有些突出表现。正愁没抓手呢，这下有了。

他给村干部下道死命令，要求几天之内，把路边坟头统统迁走。还怕村干部打折扣，又亲自带队走了一趟，把任务具体落实到坟头。他气昂昂站在路边一手叉腰，另手指来指去："这个，迁啦！那个，也迁啦！"

迁坟是很复杂个事。地下的死人倒没啥说，地上活着的亲属就难缠了。折腾祖宗呢，感情上拗不过劲儿。还牵涉风水啦包赔啦啥的，复杂了，很难一口说定，可不是他"一指"就没的事。

村里迟迟没行动起来。按说耐心做些工作，也不是不行。但昌超急呀，眼看县里将要调整干部，错过这个节点不成马后炮了？他大张旗鼓造起势来，派人开着铲车去平坟。其实没打算动真格，存心是摆个阵势，吓吓。可老百姓不是吓大的，见周围都没动有了"群胆儿"。反正法不治众，吓谁呢？

那天，群众见铲车轰隆隆开过来，齐乎乎拥到路边上。手里握着铁锹、镢头、耙子，护坟。这下糟了，铲车没吓住人，反弄得进退两难，瞪住了机头。进，怕挨砸。退，丢面子。昌超没辙了，只得来个"杀鸡给猴看"。预想是，强行铲平几个坟头，其他人见动了真格，自会服软不敢硬抗。但没料到，铲车刚碾过几座坟头，顿时把老百姓激怒了，只听锹镢耙噼里啪啦一阵响，铲车砸坏了，哼不动了。

还没完，接着又闹出场恶作剧。

乡下不乏高人。第二天，不知哪位"高人"出的主意，一群庄稼汉开着拖拉机带着铁锹耙子，嘣嘣嘣直奔我们村来了。那阵势，分明是往大处闹的。

这是一场精心策划的行动。他们打听到，唐昌超的爷爷当过多年村支书很有威望，专门奔他坟上去。这帮人精着呢，怕违法不占理，玩起现代新弄法。他们不挖坟不掘墓，而是备了两幅标语，白布黑字。那标语颇见农民式狡猾，不直骂，而是拐着弯儿挖苦。一幅写着："老支书啊，唐昌超是你教出来的孙子吗？"另幅是："老支书啊，把你的坟也碾了铲了吧？"

坟地边长着一溜儿泡桐。他们把标语扯到树上，接着把铁锹往坟头一扎，摆个掘墓的架势却没动一锹土。接着掏出手机叭叭拍了几张照片，完了，没事了。然后往地上扑腾一坐，盘着腿抽起烟来。过罢瘾，领头的把烟头往地一摔："伙计们，走尿吧？"那伙人说："中啊，走尿就走尿。"大伙像是完成件大事，纷纷站起来拔了铁锹，往肩上一扛，拍着屁股上的土，吧唧吧唧走开了。

这一走了不得，当天网上发了帖子，还配有照片。多家网站频频转发，招来跟帖不断头，评论的讽刺的漫骂的啥话都有。火了，一夜之间地球人都知道了。

网上一爆炒，闹出个"铲坟门"。

县委反应够快的，赶紧在网上发布告示：此事已展开调查，并勒令镇长唐昌超停职反省。第二天，我就得知了这消息，周围同事都在议论纷纷。我赶紧上网查看，哎哟那叫热闹。网民们不光骂唐昌超，连带着把郑之光也骂得狗屁不是，说是他的旨意。我简直气炸了。这小子污了祖宗不说，还连累了老领导，真他妈的不像话。

当天，我赶紧跑到县城，想向郑之光表个歉意。自家侄子给老领导招了骂，咱当叔的得有个态度。郑之光不在办公室，我先打电话预约一下。说："哎呀真惭愧，昌超惹这么大麻烦，给您……"可一句没说完被他截住了："不不，网民骂我能理解，他们不了解情况嘛。但不客气说，我对你侄子太失望啦！"

"是是，我知道您很难受。"

"不是难受，是失望！"郑之光恼火地说，"没错，我是说过那句话。但我信口一言，比群众的心声更重要吗？为迎合领导一句话，就可以置老百姓的感情于不顾吗？他当官，心里装的是老百姓呢，还是管他帽子的人？他干事，是着眼老百姓的关切呢，还是摆样给上司看，图个赏识好升官？"

"是是，您说得很深刻、很深刻。"

"得得，你个老实人，也学会拍马屁了？"郑之光气急地说，"甭吹捧我深刻啦，还是教训下你那侄子吧，让他'深刻'一下。先把执政的本质搞明白，为官的天职是什么？这个都没搞懂，还当什么官啊！好啦，先说这些。我正忙着哪，就这！"

手机咔嗒挂了。我握着手机愣了会儿，不知他着实忙呢，还是不愿见我。总归把我堵住了。我碰了一鼻子灰，没法再约见面的事，只得灰溜溜赶回老家去。

记得当年，方智达把昌超选进县委办公室时，曾说过句话："我很看重你二伯的人品，相信他的孙子也不会太差。"这下可好，不光污了二伯的名声，连他的坟头也被糟践了，惹得祖宗们都不安宁。我气迷糊了，以至记不清是怎么赶回老家的。

昌超在老家躲着没脸见人。我进村后直奔他家，想狠狠教训一下他。半晌时分，家人都下地去了，他独自在客厅里闲坐着，一脸沮丧的神气。猛见我闯进门，他腾地站起来，倏地闪出了两眼泪。我一见他可怜兮兮的样子，顿时有些泄气，扑腾往沙发上一坐，黑丧着脸没看他。只说:"你坐,坐吧。"

他低着头不敢看我,稍迟会儿才抽噎着说:"九叔,我委屈啊!"我猛地打个愣怔,心说你把唐家人的脸都丢尽了,我还没发火哪,你倒先委屈啦!

他诉起委屈来。说他是为了加快发展,性子急了点。又说他是为民造福,可群众的观念太陈旧,没素质……我听不下去了,分明是他急功近利头脑发热,使出冷硬手段惹的祸,怎把屎尿盆子扣在老百姓头上了?而这一切,说穿了是热脑和冷心激荡出的表演。我都懒得反驳,只问了句:

"那么,群众要求把你爷的坟也铲了,你愿意吗?"

他耷拉下脑袋蔫儿了。说:"是,我承认我有错。事先没搞好调查研究,也没做好思想工作,工作方法简单了些……"

我不由拧了下眉毛。谁听不出来啊,打官腔呢。可你在公众场面打官腔就罢了,回到自家也玩这套路,有必要?当一个人的言谈过分掩饰自己,甚至以捍卫某种道义自居,有时会假得让人起鸡皮疙瘩。我忍不住问了句:"你这出手,只是个工作方法问题吗?"

"当然还有急躁情绪。"昌超沮丧地说,"我不够冷静。了解情况也不够深入,不够细致,不够……"

我听着直想骂他。妈的,你小子还会说人话吗?明摆着,若用推土机去碾去铲自己爷的坟,他都无法接受,却横下心把人家的祖坟碾了铲了。这弄法无须外在干预,内在道德情感的觉醒就足以震慑。"己所不欲,勿施于人"啊,拍拍胸口问下心就明白的理,还用"深入、细致"吗?但可悲的是,他习惯了屁股指挥脑袋,不会问心。

客厅桌上摆着二伯的遗像。二伯没上过学,进扫盲班识些儿字,去公社开会连笔记都写不成,全凭脑子记个大概,回村传达几句就没了。他当村支书多年,实在谈不上啥水平,说白了就凭良心做事，却让乡亲们至今念念不忘……我很想说，你昌超倒是有文化，更不缺理论。可你这弄法有脸面对你爷吗？

昌超见我端详着他爷的遗像，大概意识到我会想什么。他扭过头去，把目光转向门外。是的，他不敢面对爷爷，准确说是不敢面对自己的灵魂。我觉得他活得不真实，太不真实了。

他怔怔地盯着门外，好大会儿没转过脸来。我以为他是在自愧呢，但我猜错了。万万没想到，他还惦着提拔的事！沉默了会儿，居然又试试摸摸问了句：

"九叔，我接书记那事，你再、再给郑书记说说？"

我脑子轰地蒙了。到这份上，能否当镇长都两说呢，还巴望着接书记？但我没敢直说，生怕他绝望。精神一垮，没准儿会害场大病。你帮不上忙反给他惹场病，可就糟糕透了。我有点可怜他了，也懒得再说下去，便打算起身告辞。临走撂下句话：

"孩子，这活法累不累呀？"

后晌，昌实执意让我去看石榴园。刚收罢麦，石榴苗绿绿的，树形都摆弄得有模有样。有的修成独干圆头，有的是平头状，还有丛状开张的。长势也不错，都开花了。但不多，每棵树稀稀拉拉几朵。看去是满地青枝绿叶，闪着星星点点的花红。

昌实了解到，国家对农业开发有专项扶持资金，想争取些贷款。这没问题，我在农委工作正好能帮上忙。他是走自己的路，干踏踏实实的事，我也愿帮一把。

民工们正在掐石榴花。我有点不解，那些花都红火火的漂亮，掐掉干吗？挺可惜。昌实说，树苗得先长壮实才行，过早开花结果不利生长，反会把苗儿累毁的。我一想也对，没厚实的底力，急于开花结果哪成呢，得墩墩苗。

9

大伯明显老了,有时去池塘濯足爬几级台阶,两腿都颤巍巍的。这点体力,仍在海峡两岸奔波。直到前些天,他终于兑现承诺,把战友的骨灰全部送回了老家。这年,他已八十六岁。

我眼里的大伯是个奇迹。这岁数仍身板挺直,脑子一点不糊涂。脸色红润,牙齿照样齐整整的。咋看不像耄耋老人,顶多七十来岁的样子。他见天粗茶淡饭,很少吃补养品,也没刻意锻炼,却活得硬朗。很大程度说,他是心里有个事挂着的,一股劲儿想把战友们的归乡梦都圆了,好像顾不上"老至将死"那点事儿。精神这东西,它是能转化成生理能量的,我感觉是这样。

反过来说说三伯。他没脾没性,早晚心里不搁事,早年做瓦盆算个营生,土地分到户后搁置不干了,种了几亩地。再后来地里活也不干了,彻底闲下来。可你没事找些乐子呗,他不,他啥屁兴趣都没,连抽烟也不会。见天勾着头圪蹴在墙圪崂里,蔫儿巴叽打着盹儿。好像熬日子等死似的,只剩了那点事儿。

我揣摩着,三伯指定活得很难受。就像孔子说的:"饱食终日,无所用心,难矣哉!"林语堂把"难矣哉"解释为"真难为他们了",这很传神。三伯那活法,除了吃饭睡觉,能把无思、无欲、无事、无趣的日子熬下来,也真够难为他了。他比大伯小七八岁哪,早早痴呆了,早早就走了。想想,他这辈子真叫没意思。

多年下来,大伯从台湾带回一百多个骨灰盒。村里人见他活得这般精神,说他给老兵们还了愿,善有善报呀。这说法有点玄:行善去哪儿报账?何方神灵负责兑现?何况大伯是无神论者,也不指靠神灵照顾岁数指标,只寻求自我的灵魂安宁。这种寻求不在天国也不在红尘,只在内心深处。他从台湾抱回一个个战友的骨灰盒,全部兑现了承诺。不欠良心债没了亏心事,自会吃得香睡得稳,灵魂想不安宁都不行。而这也叫"善报",他安抚了别的灵魂,同时拯救了自己。

清明节前,大伯把最后一个骨灰盒送去了。

那天,我回到老家,他正在擦拭蛐子笼,手里捏块细软的绒布,一点点地擦。对我说:"九儿呀,你知道不?我每擦一回,都觉得是在跟你爷对话,好像能听见他的声音。"

"你是想我爷入神了,幻觉吧?"

"也许是,反正老觉有他的声音在。"

三伯死后,大伯回来改住五叔家了。傍晚,五叔叫他回去吃饭,可我妈已备齐了饭菜,怎么好意思走呢。大伯说:"看好九儿回来啦,我就在这院吃吧。"转脸对五叔说,"你也甭走啦,一起吃得啦。"我妈忙说:"是哩是哩,你就在这儿吃吧,一家人分个啥?"

五叔也老多了。人一老性子就绵了,没了那股"二杆子"劲儿。之前他从不把我妈放眼里,如今知道敬嫂了,见面总"四嫂四嫂"地叫。这会儿,他也很像一家人的来头,拍下膝盖说:"中!在这儿就在这儿!"

春日的暖气明显上来了,桂花树刚冒出嫩芽尖儿,圆溜溜的树冠覆层勃发的翠绿。大伯提议,把餐桌摆到桂花树下。说院里空气清爽还有月亮,吃饭带赏月都有啦,多好!

大伯送完骨灰盒,了却桩大心愿,显得忒有兴致。他平时不怎么饮酒,此刻破了例,专门拿出一瓶金门高粱酒。没防住多喝了几杯,端的年迈不胜酒力,渐有了些醉意。突然,他把酒杯往桌上一蹾,冷不丁迸出句话:

"我对不住雪莲呀,我!"

大伙猛一愣。正高兴呢，咋扯起这事了？但这是他个心病，老说姑妈是为找他才去当的兵，后来又被他那封信连累了。而今惨死多年，尸骨仍在荒沟里撂着，哪能放得下？尤其近年，眼看这把岁数剩下时日不多，越发惦念起这个。说他把战友的灵魂都安顿了，亲妹子的事还悬在那儿，没法给爹娘交代啊！他猛又喝下一大杯酒，竟晕乎乎地吼了起来：

"妹子的魂悬着，我当大哥的心也不安呀！"

小院一下子静极了，静得有点肃穆。树影罩在大伙脸上，都阴沉沉的。大伯忽闪着泪花说："雪莲的事不了结，哪天我忽儿走啦，咋去见爹娘？"

五叔端着酒杯不禁颤抖起来。当年，也就是姑父去世的时候，我妈主张让姑妈与姑父合葬，却遭到五叔恶骂，结果一搁置多年。其实，若不发生那场争执，稀里糊涂合葬就没事了。可没事的事，硬被五叔搅成了事，怪谁去？

其实五叔也早就后悔了，怕是肠子都悔青了。当年真不该耍"二杆子"脾气，把事情弄砸成这样。他瞟了我妈一眼，羞愧地挠挠腮帮子，可嘴上又不肯认错，更没法再主张合葬，不自打嘴巴吗？他只得把话语权推给大伯和我妈，自我作践说：

"这事儿，大哥四嫂商量吧。咋定，我都狗屁不放！"

事实上，后来唐家人也都觉出不对头。明摆着的理，姑父姑妈的儿孙都长大了，娘家人再拗着不让合葬，叫啥来头呢？可理是这理，我妈不便再开口，五叔不肯自打嘴巴，晚辈们碍着长辈的情面没法说，只管稀里糊涂僵在那儿。

幸好大伯健在能做主，不然真没法圆场呢。此刻，他见五叔表态"狗屁不放"，转脸问我妈："老四家，你说呢？"他明知我妈本来就主张合葬，但这话不多余，显出长兄对弟媳的尊重。

我妈咂咂嘴没吱声。心里话，当初若不是老五炮蹶子，还有这岔子事？可这话她说不出口，刻薄了。却说："这大事儿，我妇道人家，咋能拿捏住嘞？还是大哥你做主吧。"转而又说，"不过，这事得跟俞波商量下。毕竟是他爸妈哩，还得看孩子咋想。大哥你说呢？"

大伯深以为然，点下头说："对对，是这理儿。俞波作为儿子，父母合葬这么大个事，哪能隔过去呢？"接着又急切地说，"要不，迟会儿给俞波打个电话，让他明天就来商量下。"

五叔自愧对不住我妈，有意趁机讨个好，也连连着头说："对对，四嫂说得在理、在理！"

第二天，表哥俞波专程赶来了。

事到如今，他对父亲的态度也大为改变。历史都有特定背景，当他把父亲的过失还原到"文革"的背景下，当他看到父亲至死都良心不安，当他感同身受去体察父亲的无奈，也就有了理性的原谅。尤其是，他对父亲一直冷酷无情，而父亲一直对他低声下气，这使他回想起来总愧愧的，觉得自己过分了、太过分了。

实际上，当年在对父母合葬做出"冷处理"的决定时，他就觉得不对劲儿，可眼看舅家人闹成一锅粥，他当外甥的不好说别的，只得稀里糊涂把父亲埋了。多年以来，这也成了他个心病。咋想，当儿子都不该这来头。给父母合葬是天经地义啊，没法的法子，暂时"冷处理"能理解，可总不能"冷"到底吧？

这会儿，舅家人一说合葬的事，他自然没二话。只是提出一点建议，说俞越快该毕业了，得等他回来再办。也就是再推迟半年，大约定在秋天。

"大舅您看，这样行不？"

"这没商量，应该的，必须的。"大伯毫不犹豫地肯定说，"俞越是唯一一个孙子啊，给他爷奶合葬这大事，哪能缺了呢？再说迁葬得由孙子打幡儿，不等俞越回来，谁打幡儿呢？"

吃饭当儿，自然扯起俞越毕业的事。

表哥决意让儿子留美拿绿卡。一般说世界顶尖名校毕业，争取移民很有希望。他说，有些人专门跑到发达国家生孩子，图下代落地入户籍。俞越若能拿到绿卡，将来生孙子也省了事，一出生就成美国公民了。他为这个得意，好像一入他国的乐土，子子孙孙的荣华都预定了。我随口问了句：

"那，俞越拿到绿卡了吗？"

表哥笑了，是笑我不懂。说移民哪能恁简单呢？留学生毕业之前，得先申请实习签证，找到单位再申办临时工作签证，至少两年后才能申请绿卡。我听得直挠头，这么复杂啊？表哥很自信，说："复杂是复杂，不过根据俞越的条件，应该没问题。"

"那，他申请实习签证没？"我又问了句。

表哥的脸色忽地阴沉下来。他正为这个郁闷呢，多次给儿子打电话催问，可俞越愣是不当回事，还嫌烦。说老爸呀，我有我的人生选择，您甭操心了行不？表哥说："你看这孩子，真他妈的怪！"

大伯一直没吭声。这么多年，他豁上把老骨头不停奔波，从台湾带回一个个骨灰盒，就为兑现个承诺，让战友们的亡灵叶落归根。然而，刚圆了他们的归乡梦，转眼却见表哥要把"根"刨了去，决意让儿子改国籍了，不回来了。这使他感觉很陡然，老脑筋一下子扭不弯儿。但他不便说二话，外甥的儿子，当舅爷管得着？他闷着头喝下一碗面条，才停下筷子轻叹了口气。

"哎！我老啦，脑子跟不上趟啦。"

那顿饭是蒜面条。手擀的面，妈妈去村边地头揪把红薯叶，回来一锅煮了。然后往面条上撒些炒鸡蛋、黄瓜丝、再泼几勺捣蒜汁儿，成了。那真叫粗茶淡饭，大伯吃得有滋有味。他离开家乡几十年，也游历过不少国家，吃过不少面包牛排黄油沙拉酱。但最喜欢的，仍是老家这一口儿。

"我是这方水土养大的，长的就这肠子。"大伯说，"比方这蒜面条，咱见天吃都没事。可西洋那玩意儿，你连吃几天试试，不反胃才怪。为啥？咱长的不是那肠子啊。"

转眼几个月过去了，俞越移民的事一直没音信。

其间，我给表哥打过几次电话询问。他起初说，正申请实习签证呢，还说美国几家跨国公司都很看好儿子。可是渐渐地，我听出他的口气变了，好像有点泄气，以至跟我打起马虎眼来。

"哎呀这孩子！他妈的……咋说呢？"转而又抱怨起另件事，"妈的怪啦！这段日子啥事都不顺心，培训学校也麻烦事一大堆，忙得我焦头烂额。俞越的事……这个……回头再说吧。"

他说得吞吞吐吐。我不由揣测，也许俞越那边发生了什么"不顺心"的变故，他羞于启齿才拿来搪塞，我不便再追问。明知人家不愿说，再问，没眼色了。

不过，他说培训学校"不顺心"倒属实。近年留学潮高涨不下，出国培训成热门生意，省城又办起好多家，有争头了。之前他聘了些名师，指这打招牌揽生源。没防住，那些名师一个个被对手"挖"走了，弄得他几乎开不成课，生源锐减大半儿……表哥慌了，忙得连儿子拿绿卡也顾不上问了。这倒是实情，不全是搪塞。

我搞不清，那些名师为何会被"挖"了去。能想到的，准是对手抬高了报酬，给钱少谁去呢？但我深知表哥的弄法，恐怕不光是钱的事。他习惯"契约"那一套，你的我的分清楚，签个白纸黑字的合同条款，硬对硬来事。这法子挺干脆，可人是感情动物，就怕一硬会生冷，弄不好把人情"硬"没了、"冷"没了。不然他也可按行情涨工资，怎会拢不住人呢？这得想想，再想想。

转眼到了秋天，俞越从美国毕业回来了。

依着半年前的约定，开始着手姑妈姑父合葬的事。大伯专程从台湾赶了回来,乘坐的是早班飞机。那天清早,表哥约我一起去机场迎接,让俞越驾着车开到我家门口,我慌慌张张下了楼。

俞越很懂事,迎见我忙跑过来打招呼。猛眼一看,他和出国前没大异样,个头还那般高,身材瘦瘦的。印象中,他总是穿身休闲运动装,高中生都喜欢的那种。如今换上了西装,看去端庄稳重许多,像个大人样了。

他也文气多了,彬彬有礼地跟我握下手,问候句:"表叔您好!"这倒不像有些留学生,喝几年洋墨水,见人便打招呼喊"Hello"。他甚至没用普通话,那个"好"字发音是去声,尾音很重。显然是刻意用了省城的方音,听着亲切接地气儿。

他拉开右车门把我让进去,边用手挡下门框的顶边,然后轻轻关上,从车后绕进驾驶座。一串儿细微动作,都合着国际礼仪的。我还注意到,他头发湿湿的,显然刚冲过澡。不用说是留学养成的习性,见天早晚两冲澡。这些,又透出些留学的洋气儿。

我和表哥坐在车后排,一路跟俞越扯些留学见闻。但我保持了点谨慎,压根儿不提他留美工作、拿绿卡、移民的事。明知表哥不愿谈这个,刻意回避,免得说岔不得劲儿。

大伙都没顾上吃早餐。接住大伯出机场不远,顺便找家卖胡辣汤的小餐馆。俞越先买来一竹盘油条,又给每人端碗胡辣汤。而后放上几碟小菜,也就是芥菜丝酸豆角雪里蕻那些,都是腌制的。大伯不知内情,刚坐稳拿起筷子,便直通通问了句:

"越呀,在美国工作找好啦?"

"在美国?找啥工作呀?"俞越猛一怔。

"你不打算在美国工作,拿绿卡移民么?"

"哪儿呀,我根本没那打算。"

大伯猛一怔,手里捏着筷子愣住了。他一直以为,俞越指定是移居美国的,此前表哥多次说过。不料问出了岔子,顿时把他搞糊涂了。他的脑子陡转不过弯儿，又迟迟疑疑地探问了句：

"那你是打算……回国？"

"对，回国。"

俞越回答得很干脆，反让大伯越发摸不着头脑了。他疑惑地瞟了表哥一眼，意思是："你不说俞越要拿绿卡么？怎么回来了？"表哥的脸忽地红了，一时窘得说不出话来。他红着脸低下头，慌乱地搅着碗里的胡辣汤。那汤刚出锅，烫。

大伯看出来了，表哥对儿子的话感到难堪。回国，显然对他是很失望的。眼看别家孩子都欣欣然拿到绿卡了，自家孩子灰溜溜回到老家，好像随不上流，咋没本事似的。然而，大伯却是意外的惊喜，两眼忽闪出兴奋的光芒，连声称赞道："回国好哇，回来为国效力好哇！这对，这好！"紧接着，转脸又冲俞越问了句：

"那，下步咋打算？"

这话问得急了点。明摆着，表哥对儿子回国指定很生气，甚至感到丢脸，否则不会窘成那样。这步还拗不过劲儿呢，大伯又问下步，不越发难堪吗？俞越不禁踌躇了下，朝他爸瞥了一眼，显然有些顾虑在，他随手叨根儿腌豆角嚼着，又抬起头挺挺腰杆，像是鼓起了勇气，这才把"下步"说了出来。

他说，他打算去贫困山区当个村官。

我大吃了一惊，以至不相信自己的耳朵，是否听错了？世界顶尖名校高才生啊，去当村官儿？我惊愕地盯着俞越，筷子夹根儿芥菜丝抖落在餐桌上。直到这时，我才终于明白，难怪表哥不愿说这事呢！他不是不说，而是没法说、羞于说。

刚才来机场的时候，他一路都很少说话，不用说是憋着一肚子火的，此刻越发恼丧透顶。可是当着客人的面，又不便发火。他想镇定下情绪，低下头去叨粒芥菜丝里的腌黄豆。可筷子头抖得厉害，苦苦夹不起来。

大伯也大感意外，捏着油条僵在那儿。在他看来，俞越攻读的是经济学专业，拿着响当当的毕业证，应走高端才对。比如去央企或跨国公司当高管，或去高校做学问，要么进高层机关走仕途都成、都配。可他却钻进山沟当农民，咋想都不搭，太不搭。

"这这……不大材小用嘛！"大伯说。

"不不，我不觉自己是大材。"俞越说，"农村天地广阔，是个很大的发展平台，我是小材大用。"

俞越抿了口胡辣汤，谈起自己的想法来。说没错，凭他的学历背景，混个高端职业没问题。再不济，弄个自由职业也可。比如贩卖洋墨水写点文章，或开个什么讲座。先亮下名校名师的牌子，再显摆几句英语，搬弄些时髦理论和晦涩深奥的名词，都能唬住人。可就怕不接国情地气儿，卖洋膏没实际用处，顶多混口饭，有意思？

"但你满腹才学，扎到农民堆儿能有啥用？"我说。

"表叔你这话差了。说重点，叫阶层歧视。"俞越说，"大多经济学原理，同样适用农民和农业，怎派不上用呢？"他谈了些专业理论，我听得似懂非懂。大意是，经济学得关照到普通老百姓的日子，才是正经。只关注少数富人的财富博弈，看不见多数穷人泥泞中的跋涉，那是贵族经济学，跟老百姓不搭界。大伯有点耳背，用手支着耳朵仍听不大清楚，稀里糊涂问了句：

"那你的意思是……去给农民上课？"

"哈哈，大舅爷您真逗。"俞越大笑下说，"经济学不是居高临下的救世主，我也当不了农民的教主，可没那本事。"

在他看来，经济学不是教导人干这干那，只是揭示各种变量的成本和收益，让人们去做最佳选择。他说，他是想深入了解最底层的老百姓，体察下他们的真实现状，并尽力办点实事、好事。我不由问了句："那你打算在村里待多久？"

"这个，我拿不定。"俞越说，"但能拿定一点，就是我将来要干的事,跟老百姓的生计有关。"

表哥只管闷着头吃饭,不搭理儿子。其实从根儿上说,他俞家祖祖辈辈也都是庄稼人,直到他的父辈,也就是我姑父仍是农民出身,当兵转了业才脱离乡村。表哥呢,他不过是都市中的"农二代",可他却无法接受儿子去当农民。他对儿子的话听不耐烦了,突然把筷子叭地拍到桌子上,吼了句:

"甭理他!臭小子,不可理喻!"

表哥气得脸都扭曲了。事实上,他也当过六年知青,见天在泥土里滚打,恢复高考才改变命运。后来,他当上大学教师进入知识阶层,转身下海经商又当上老板,步步进入了富人圈儿。他有了高档轿车、豪华别墅、高尔夫金卡,似乎拿到了上流社会的入场券,告别了平头百姓家。一步步晋升的台阶,使他一步步远离了土地,以至鄙视土地,更容不得儿子再"返祖"到土地。

俞越好大会儿没吱声,多半儿是顾及老子的情面,有意回避直面冲撞。他喝了阵儿胡辣汤,才思思忖忖地说:"老爸呀,我总觉得,您好像……似乎……也许……缺了点儿啥。"

"缺啥?说!"

"别急嘛!让我慢慢说好不?"俞越生怕说得太直露,绕个弯儿说,"打个比方吧,你和七表叔(我七哥)同是企业家,也都算成功人士。据我所知,他对职工很有人情味儿,还不断给社会公益捐款。就说汶川地震,他出手捐了上千万。你那公司盈利也不少,恁大个国难,就捐了两万块了事,意思意思?当然这是自愿的事,不能用道德绑架。但我不得不说,他有社会担当,有家国情怀,你没。"

表哥的脸刷地红到脖子根儿,他下意识地去叨根酸豆角,可手止不住颤抖,筷子把瓷盘捣的铛铛响。

从机场回到老家后,便忙起了姑妈姑父合葬的事。

大伯把大伙召集到五叔家的客厅里，先坐下来商量下。其实，这事没啥商量的，有现成的礼仪规矩，照着来便是。我妈多了句嘴，说我姑父生前有交代，合葬时把他的棺木放低半棺，以示永远向妻子下跪赔罪。这一说，没事成了个事。

大伙没法下嘴了。自古以来，夫妻棺木都是并列平放的，一高一低叫啥来头？表哥也困惑了。感情上，他是同情母亲的，也恨父亲，可把棺木位置也分个高低，于理说不过去。但这是父亲的遗嘱，违了好像也不对。他又没了主意，只得把目光投向大伯，意思是："外甥听舅的，大舅你定吧。"

大伯是明事理的人，又是唐家的尊辈老大，说话足能压住阵。这就好办了，不至像上次那样乱嚷嚷没主心骨。他几乎不假思索，也没容大伙多嘴，叭地拍下膝盖儿，果断地定了调：

"是这，我当家啦，按老规矩办！"

所谓"老规矩"，就是夫妻棺木并列平放，千百辈子都这葬法。大伯摆出两条理由：说一，俞寒是有对不起雪莲处，可他守着那份情没再成家，还一直忏悔，至死宁愿永远下跪赔罪。说二，"文革"那年头，这档子事由不得他。而他没把责任推给社会，一直自责。由此说他是有良心、有担当呀！凭这两点，就该给他以尊重，至少平等对待，那棺木也不该低半截。

"就这样定啦！"大伯说，"我想雪莲也不会怪罪吧？人嘛，不管他犯多大错，只要良心不坏，都可宽谅。"

这一说都没了二话。死者的大哥把家当了，谁还说啥去？就连五叔也"没了屁放"，反又打句圆场："就这就这！反正我姐打小都听大哥的，死了还得听他的。那就……合葬吧。"

合葬仪式安排得很隆重。

唐家人和亲戚朋友都到了，有几百号人，包括大伯家两个女儿和晚辈，也都专从台湾赶了回来。当年，姑妈是背着"反革命"黑锅走的，不敢声张，很多亲戚朋友都没到场。大伯说，这回得给雪莲明明白白、堂堂正正办个葬礼，该来的都来送一程，补个情。

可是，那天朵儿没到场。前几天出个事，副市长许嘉突然被"双规"了。专案组传唤她询问取证，规定她不能擅自远离，必须随叫随到，脱不开身了。

合葬仪式倒不复杂，半天了事。新墓地在省城郊外的凤凰山景区，晌午在省城酒店请的客。表哥把饭菜安排得很丰盛，也蛮上档次。倒不是摆阔，多半儿是有种补偿心理。姑妈是蒙着屈辱走的，表哥有意把事情办得排场些，为母亲争回个体面。

散罢席，大伯一回到家便唤我扶他到二楼上，说是再把蛐子笼擦一把。他总觉得，这笼子是有灵气的，仿佛附着老父亲的魂，每次从台湾回来都会擦一遍。这次擦得更细致、更深情，还闪着两眼泪花，喃喃地祷告着：

"爹呀，我把雪莲的事办啦，今天办啦。"他边擦蛐子笼边说，"她当年是蒙着屈辱走的，背个黑锅没处葬身，冷落到小荒沟。还不敢声张，仓促弄个薄匣子，连件新衣都没换，就那样草草入殓，匆匆挖个坑埋了。这！哪像葬人啊！今天给她重新装殓，换了身缎面新寿衣，棺木是上好的料。墓地有松柏有花草，景色也不错。家人和亲戚朋友都去了，场面很隆重。爹啊，您和娘都安心吧，雪莲总算有个好归宿，也落得有尊严，很有尊严。"

10

朵儿是被许嘉牵进去的。

许嘉犯罪金额巨大案情复杂，不过牵连朵儿的案子倒简单，就一宗。市属针织厂破产改制时，她受许嘉指使，对资产评估做了手脚。包括百十亩厂地在内，零资产转让给开发商，造成国有资产严重流失。事后开发商送给许嘉八百万巨款，也给了她十万元酬谢费——当然这是公开判决的结论，后话。

朵儿被带走审查是隔离着的。岳母不知她犯了多大罪，头上压座山似的，一下子扛不住病倒了。我妈也吓坏了，好在她心胸宽能搁住事。她一再嘱咐我说，案子你插不上手，勤回来照看下朵儿她妈。眼看她病得不轻，剩你个女婿不管，谁管？

妈妈忒可怜岳母，说她命苦。说她天生个俏模样，十里八乡都挑着尖儿，本来嫁个能干的如意郎，谁知日子不长，马之骏就战死了。改嫁个老实巴交的男人，窝窝囊囊一辈子。本来两个女儿都不错，总算有个盼头，云儿半路夭折了。剩下朵儿倒争气，当上省城的官，按说该享清福啦，偏又冒出这岔子事。

"哎！秀花真个红颜薄命呀。"妈感叹说，"好不容易熬出头，谁知到老又遭场灾！"

案情封锁得很严，我无法得知查出些什么。只知许嘉被"双规"后，朵儿整夜失眠。我觉出不对头，连问多次，她才透点隐情，说她曾收过十万块钱。我吓一大跳，当即劝她去自首，她迟迟犹豫不定，生怕把真相供出来，给许副市长扒了豁子。她估摸，许嘉会极力隐瞒事实并设法保护她，而她也得替他瞒着才对。

至今回想起来后悔死了。我直悔没让她去自首，几天后就被带走收了审。不说那十万元如数追缴，还得判刑坐牢。就差两天的事，一迟弄砸了，彻底砸了。

过了些天，案子渐渐透出些内情。据说，追查针织厂一案时，许嘉不光没保护朵儿，反把屎盆子全扣她头上，咬定统是由她负责，自己根本不知情。直到证据确凿才不得不承认，他跟开发商有背后交易，并多次给朵儿授意施压……这就明朗了，在那场权钱交易中，朵儿不过是被人当枪使。许嘉从中捞到八百万巨利，扔给她根烂骨头，还试图让她当替罪羊。可她仍念着他的好，都被他耍了卖了，她还傻乎乎地替他捂着钱袋子。

隔离审查期间，我定期给她送些换洗衣服，但见不着面。我无法知道，当她得知这些内幕会有何感想，只见她换下的衣服上，总有点点泪痕。

那天，也就是朵儿给我吐露实情时，我曾追问："许嘉授啥意都听从吗？违法事也敢干？"她浑身止不住颤抖，刘海抖散在鼻尖儿上，抹着泪说："当时，老许已是常务副市长，据说还会升副书记，他许诺下步调整局委班子时，推荐我接任正局长……"我怔怔地半天无语，心说就为这个，值吗？

办案一步步深入，时不时透出点风声。

据传，许嘉在里头交代，他跟多位女性有不正当关系，多是借提拔或安排工作扯上的。我不由起疑，朵儿是否也撇不清呢？可这档子事没法打听，谁会给她老公透这口风呢。但我觉察到，周围人看我的眼神都怪怪的，说话躲躲闪闪。我心里越发膈应，像吃个苍蝇似的。

于是，我给她送衣服的时候，一触到衣边儿就难受，总觉那上面有不洁的东西。但我对岳母一直悉心照料。任朵儿怎的，她妈没亏待我啊，哪能撒手不管呢？

在伺候岳母的日子里，我老梦见云儿。

怪。她死去几十年了，怎又冷不丁梦见呢？是否老了有了怀旧心态？也许是。人都不愿面对衰老又无法抗拒，本能地向回忆逃避，从曾经的浪漫中寻些沧桑的慰藉。这种心理后果，总会折射出怀旧的梦。不过也难说，朵儿出事前我怎没梦见过云儿呢？靠谱的解释，怕是仍跟案子引发的焦虑、迷茫心理有关。

我真的很迷茫。朵儿本是挺朴实个农家妮儿，怎会变成这样呢？恢复高考前，她最大的想头是当村干部。不承想，后来从科员混到科长又升到副局长。这当然是种成功，而成功能带来幸福，我不否认这点。然而，幸福是众多因素的综合指数，成功仅是其中一项。若为追求某种成功不惜一切，代价实在太大了。

对朵儿来说，似乎追求某种成功是唯一目标，以至疏忘了幸福是生命的本质诉求。每次成功，对她又会激励出更大野心，指向更高目标。久之，追逐成了她的一种惯性，一种生存方式，一种自激的陶醉。这样一路狂奔，好像已不是追求某种终极目标，而是无限向前。这成了她的生命支点，但这个"点"不在自身内，却是安放在自我生命之外……近些天，我老想起她的青春模样，还幻想着她能回到从前。即使青春不再，能回眸下出发的原点也好，不至迷失得太远。

也因这种幻想，我老梦见年少的故乡。梦里，除了朵儿当然还有云儿。打小常在一起玩儿，梦境还是。云儿依然天真快活，时而在田垄上轻盈飘飞，时而在满坡野花中欢笑嬉戏……我真想返回到那个纯真烂漫、自由自在的世界。但怎么可能呢？除非梦里。

转眼已入深秋，我床上的凉席仍懒得撤去。满脑是朵儿的案子、案子，没心顾及这个。它已有些寒凉了，朵儿收审后又空了半边床，我越发感觉凉巴巴的。尤其那种梦醒来，更凉。

我对朵儿无法释怀。她是有点姿色的女人，当她被急切的功利心鼓动，带着一种痴迷的执着，去攀附个贪色渣男会发生什么呢？我意冷到极点，以实说离婚的心都有。妈妈见天冷了，催我去给朵儿送衣服，我踌躇着又没法明说，这档子事对母亲说不出口。那天，她擀着面条又催问了一遍，我被逼急了才吞吞吐吐地说：

"我想跟她……跟她离……"

"你说啥？昏了你！"

妈妈听个"离"字便火了，她操起擀面杖把案板敲得咣咣响，狠狠数落我一通。妈是明白婆子，从不说媳妇的错，只说好。她说，朵儿心底很善呀，对公婆知孝敬，时常惦着给我买吃买穿，还不断接济你哥嫂，这样的媳妇不多嘞。又说，朵儿她就脾气倔了点，平时跟你吵句嘴。可两口儿哪有不吵的？她给你生个娃拉扯大不易呀。如今落了难，你咋能起这心嘞？坏良心呀，孩子！

我泄气地咂咂嘴，脊背蹭着水缸往下一滋溜，软不拉塌圪蹴在地上。我承认，朵儿本质不坏。她是争强好胜的性子，总想出人头地露个脸。这没啥不对，谁没功利心呢？属人性本能。胎儿从娘肚里出来，一坠地都四肢乱弹腾，就像挣扎的样子。挣扎，似乎就是人生的宿命。正说叫奋斗，不奋斗怎地好活？但说回来，当功利心执着到极端甚而近于痴狂时，人格便会被它绑架，扭曲，以至失去原本的自己……妈妈仍心疼着朵儿，擀着面条仍唠叨没完。

"朵儿可怜呀。"她擦把泪说："这闺女上进心强，好不容易拼到这份上，可一步走岔，啥都没啦。"

我背靠水缸蹲在地上，听着妈妈的唠叨，也转而同情起朵儿来，甚至感到她很可怜。哎！本是好端端个女人，愣被膨胀的欲望给毁了……缸壁很凉，我的脊梁透进股冷气。心里也像塞了一缸水，冷冷的，沉沉的。

岳母的病一天天加重了。

她预感到来日不长，开始给我交代后事。那天，她突然冒出个想法，说死后想跟前夫合葬。意思是，活着无缘长相伴，死后落个同穴长眠，也算了却一世情。

"你知道，我见年都去给他上坟。为这，跟朵儿她爹吵过多架。"岳母指着心口说，"可我心里放不下他呀，真的放不下。活到头，也就这点心愿。九儿呀我想听你句话，能成全不？"

我惊愕得大瞪眼。这太不合常理了，哪有跟后夫过了大半辈子，死后再去跟前夫同穴的？岳母眼神怯怯地看着我，生怕被拒绝。我为难极了，结结巴巴说：

"这事……得跟朵儿商量下吧?"

岳母点点头没的说。她的后事,女儿不拿主意,女婿怎好当家呢?但我心里明白,这事实际没商量头。说到天边,朵儿不可能背弃亲生父亲,让母亲跟另一个男人埋一堆儿。这伤及天伦情感,任何子女都很难接受。但岳母那种近乎乞求的、可怜巴巴的眼神,又让我无法拒绝。眼看快死的人了,怎忍她带着绝望走呢?我陷入了窘境。可是每次从省城回来,岳母总会盯着我问:

"见着朵儿没?她认不?"

"哎呀还没……没见着呢。"

我支支吾吾敷衍。岳母不晓得,隔离审查是见不着面的。而我也不敢明说,怕她更揪心。后来,我只得拿善意的谎言应付,哄她说:"我见着朵儿啦。她身体很好,您甭萦记。"但这样一来,反弄得我无法自圆其说。既然见过面,怎没跟她商量合葬的事呢?

我又陷入另种窘境。不敢说见不着,又不好说没商量。拿一个谎言去掩饰另个谎言,指定两头捂不住,反倒自打了嘴巴。我糊弄不下去了,只得另想个法子。

我想到了雪梅她爸陈铭恩。他是岳母的姑表侄子,又是朵儿的堂哥,两下都托得住。找他拿主意,倒是找对人了。我走进他家院子里,他正蹲在堂屋檐下抽烟,刚好闲着没事。我说明来意后,他同样惊得目瞪口呆。继而,他歪着脖子打量我半天,怪怪地问了句:

"你……没病吧?"

我窘得挠着头说不出话来。陈铭恩又埋头抽了几口儿烟,突然把烟头腾地摔到地上,随口怼出句话:

"亏你个读书人,这理都不明!"

"可岳母她……"

"她老糊涂了,你也糊涂了?"

"哎呀这个……"我结巴住了。

"这弄法,书上有此理,还是世上有此例?"

"这个……好像……没。"

"是啊,没。那你还说啥?不有病嘛!"

我被他怼得涨红了脸。他意识到言重了,毕竟在他眼里我还算个有身份人,客气点才对。他递过来一支烟,刻意放缓了语气,真心帮我拿事说:

"九儿呀你想,这世上改嫁的女人多了,可见过改嫁后再跟前夫合葬的?不信你问问,看村里人笑话不?"他说,"我是替你虑算。这弄法,甭说朵儿不答应,陈家族人也都饶不了,没准儿还挨揍哩!你当女婿得掂量下,对不对?"

我无奈地点下头。是,再婚女人死后跟前夫合葬,书上没此理,世上没此例。对陈家人来说,本家婆娘埋到外姓人坟里,那是羞辱,是挑衅。当女婿怎敢逗这能呢,作死吧你!我讨个没趣,从陈铭恩家灰溜溜走了出来。

我越发害怕面对岳母了。咋说呢?当然还可以再撒个谎:"我跟朵儿商量过啦,照你的意思办!"这是个法子,至于照不照办,反正她死后也不知道。但糊弄亡灵可不是好玩儿的,比糊弄活人更心虚。等于欠笔阴债,还真怕会有鬼敲门呢,甭想心安了。

后来,岳母见我老是支支吾吾,大概意识到了什么。她不愿再为难我,却又仍抱着一线希望。每次看见我的时候,总会眼巴巴打量半天。分明是想问个明白,又怕明白了绝望。那眼神显得很无助,透着一丝无奈的凄凉。

我不忍正视那眼神。因为我心里清楚,尽管她没再问,但嘴里仍嚅着那句话的:"见着朵儿没?她认不?"但这话她没再说出口,直到死都没再说出口。

岳母是白露那天走的。

我能想象得到，她是带着遗憾走的。当她咽下最后一口气，两眼仍直直地盯着我，期待能成全她的遗愿。可我无法说、无法说……她咽下气很久，眼睛圆瞪着合不上。死不瞑目的眼睛里，似乎永远含着那句话："见着朵儿没？她认不？"

我把她的眼睑轻轻合上，手止不住颤抖，潸然闪出两眼泪。她临终没能见着女儿，那桩未了情也成了永远的未了。可我实在无能为力，只能为她洒把泪。那泪珠一串串儿掉在地上，渗进了土里。

我一直很好奇。马之骏到底是怎样个人呢，竟让岳母如此痴情？仅听说过他是土匪出身，全县响当当的硬汉，跟日本鬼子拼杀死的。后来被追认为抗日英雄，县志有记载。

事后不久，我专门找来本县志，翻到马之骏那一页。

据记述，当年全县有两大土匪头，一个他，另个叫屠世贵，俩人是结拜兄弟。日本鬼子打来后，急于找个当地有势力的人物为他们效劳。屠世贵趁机巴结，想当县伪军独立团团长。鬼子瞧不起他，嫌他软蛋没脊梁骨，更欣赏马之骏的硬气，多次托人去劝降，许他当伪军独立团团长。他把手枪往桌上一拍："妈的，老子宁钻山洞啃草根儿，也不给人当狗吃香喝辣！"

日军只得让屠世贵当了伪团长。马之骏呢，到处招兵买马，利用熟悉地形阻击小股日军，队伍很快发展到几百人，除长短枪支外，还缴获日军三挺重机枪，几门小钢炮，十多挺轻机枪。厉害了。他袭击过多个日伪据点，吓得敌人一度不敢进他控制的地盘。

那时，他跟秀花（我岳母）才结婚两三年。屠世贵早就看上了漂亮的秀花，因马之骏不敢妄动。有次，他和日本鬼子设个圈套，把秀花掳走当人质，趁机对她不轨。秀花把他脸上挖了几道子，没成事。马之骏为营救秀花，趁夜下山偷袭伪团部。手下人觉出是圈套极力劝阻，可他个血性男儿，怒吼了声："妈的，自己婆娘都保不住，还是爷儿们吗？"

他带着一干人马冲下山去，把秀花救了出来。在回村的路上，果然进入敌人的埋伏圈。他让人护着秀花骑上自己的马，抄小道冲出去。这边跟敌人来场恶战，直打到天亮，双方都死了不少人。他也受了重伤，走不动了，便令弟兄们分散突围。敌人冲他围过来，他一手捂着流出的肠子，另手扣动机枪，又哒哒哒扫死一拨儿日军，才倒在血泊中。敌人以为他死了，放胆围过来。谁知，他肚子下压捆儿手榴弹，随着声巨响，他跟那窝儿鬼子炸成一片血肉……秀花得知马之骏阵亡后，也不想活了，发誓要陪他同死同葬。但被人看得紧，没死成。

我把那篇传记读了几遍，心里沉甸甸的。

这时我才搞明白，岳母为何对马之骏恁痴情，至死放不下。可我无法实现她的遗愿，直愧对不住岳母，也对不住那位血性男儿。好多天，我心里一直很纠结。后来妈妈说了句话，才稍微释然了些。

"人死不就堆白骨么，埋不埋一堆儿又怎的？"妈说："只要他们俩有情系着，魂还会在天堂牵手嘞。"

我从不相信有天堂，此刻宁愿选择相信。心想，也许灵魂脱离了红尘羁旅，能在天堂自由放飞，去实现她初心的约会？但愿能。或退一步说，即使这种愿景只在想象中存在，心中有个天堂也好。可让心灵有个广阔的自由空间，在尘世活累了放飞下、超越下。也可飞回出发的原点静静心、定定神，不致被红尘迷得找不着。

整理岳母遗物的时候，我有个惊奇的发现。

在她箱子底下藏着件紫红底、白方格上衣，已很陈旧了。我心里猛一咯噔，立即认出是云儿的。真个可怜当娘的心，云儿夭折几十年了，她还珍藏着这个！

我捧起那件旧上衣，潜意识中忽地闪出云儿的身影，伴着支离破碎、恍恍惚惚的场景记忆。忽儿是在父亲的铁匠窑里拉风箱，或在南园过家家捉虫儿。忽儿是在老井台上搅辘轳，或在西北坡那块地摘棉花……哦对，摘棉花那天，她穿的就是这件上衣！我们俩站在棉垄里傻愣着，一时不知说什么好。胡乱搭讪了几句话，我至今仍记得清。

"你看这棉花，长得多好看。"我说。

"是啊，真好看。"她说。

"你看这朵，又白又大。"

"可不，像雪疙瘩！"

"你看这满地棉花，就像绿海翻着白浪。"

"嗯嗯，真像一片浪。"

这话没情没调的，当时都觉得有点傻气。但几十年过去，如今重新回味起来，那个印象中的场景，仿佛被时光过滤了纷杂沉去了浮尘，纯化成一片净蓝的天，一片清爽的地。而那几句傻里傻气的话，又像在空旷的原野上飘着一首空灵的诗。那诗也像是被时光洗了的，感觉极是纯净、清丽。

我抚摩着旧衣又触动了伤感情绪。想想吧，它是云儿临死前穿的，此刻又捧在我手里。直觉得，它仍残留着她的生命气息，印着我当时赏慕她的目光。触物怀人，怎能教我不伤感呢？

我说过，云儿死后配了阴婚。

我仍记得，那男人是26岁病故的，当时已死去6年。云儿还不满18岁，年龄相差太大。为撮合这桩阴婚，人们对亡者年龄引起过争论，有说应按活着的年月计算，有说死后就不长岁了。我至今仍搞不清，究竟哪种说法对。或者说，即使搞清也没了意义。

不过，我倒希望云儿永远是十七八岁。那年龄很单纯，也因单纯而快活许多。但这不切实，她怎能不长岁呢？我是说，倘若她仍活着，即使长到六十岁、八十岁乃至上百岁，最好还能保持些本真的自我。当然不可能回到原初，而是在红尘中活出适当的洒脱，多给心灵留些自由放飞的空间，否则生命太局促、太沉重。

我还记得，当年跟云儿一起摘棉花的时候，那块地有道土岩头，丈把高，上面长满酸枣树和枸杞秧，果子都熟了。云儿去摘来一大把，摊在手掌上让我看。枸杞像尖椒，酸枣像玛瑙，都滴溜溜的红亮。

小时候，我曾指着那道土岩头问爷爷，说酸枣树为啥结酸枣，枸杞秧为啥结枸杞？爷爷翘起胡子又指下土岩头："小傻瓜，你去问那酸枣树和枸杞秧吧。"长大后才明白，那是它的自性啊。倘若扭曲了本真的自我，让它逆长出异化的果，还叫酸枣或枸杞吗？

我抚摸着云儿的旧衣，两眼泪花看去一模糊。恍惚觉得，它还是摘棉花那天的样子。当时云儿穿着这件上衣，一半没在齐腰深的棉垄里，一半浮在蓝天白云下的绿叶上，紫红色的底和乳白色的方格子，统被那碧蓝的天、那翠绿的地映得分外明丽，红得浪漫，白得纯洁。这印象在我记忆中定了格，仿佛永不褪色。

尾声

老宅的枣熟了，石榴也熟了。

吃罢早饭，妈说趁我在家去卸了吧。小孙子一听乐得屁颠儿，拽住我的衣袖，蹦着嚷着往老宅去。妈妈见重孙子耍泼皮，笑得抿不住嘴。说："去吧去吧，他还没去过老宅哩。那儿是他的根呀，应该带他去看看，该嘞。"

我好久没进老宅了。还是孙子出生时去了次，此后没再进过。一眨眼，他都三岁了。

那天是去放置孙子的胎盘。家乡习俗：凡生男孩儿，胎盘都要埋在老宅院当中。儿子出生时就这样，孙子还照样，说是孩子得接住老宅的地气儿，才能长壮实，成个顶天立地的人。据妈说，生我的胎盘也是埋在老宅里的。这就对了，老宅是我的根，也是子孙的根。

老宅门前是条长长的胡同。

因平时很少有人来，胡同里长满了杂草，有没膝深。多是青蒿、灰灰菜、马齿苋、牵牛花、狗尾巴草那些。刚下过场秋雨，胡同的老坯墙湘湿了，散发着湿漉漉的腐土味儿。这也好，我又蹚进了童年眼熟的草丛，又看到了曾经采过的野花，又嗅到了浓浓的乡土味儿。直觉心肺都被浸透了，湿润润的，温乎乎的。

迁新宅那年我已二十大几。从童年到青春，我都从这胡同走过。胡同很窄，三四尺宽的样子。它规定了我出发的路，出门只能这样走，才能走向大街，走向村外，走向更远更大的世界。

老宅的房子都漏了顶，土坯墙的泥巴脱落大半儿。十年前，也就是俞越出国留学前那天，我们俩陪着大伯来祭奠那位台湾老兵。当时爷爷的老屋还好好的，如今屋顶已塌个大窟窿。岁月风雨无情，就这样吹打出沧桑。

俞越留学归来去当了村官，给当地百姓办了不少实事。我有时想，他走出这一步，是否跟那次祭奠抗战老兵的感动有关呢？他从这儿出发，落脚仍踏在故土上。

几年下来，听说他又感召了些学子去当村官，多是国内外名牌大学毕业生。我不知他会怎样发展，但我不怀疑他的独立选择。也只有经过独立选择，才有自我实现的可能。就怕一辈子人云亦云，从没有过真正属于自己的选择。或不认识自我，也不愿意、不能够成为自我，这有点悲哀。

我走进爷爷的老屋，不由想起他和芹奶，还有那双小脚。

我厌弃女子缠小脚但不嘲笑，那是时代局限。我们不照有种种局限？世界总在否定之否定中前行，今天一些坚持又会被明天扬弃。谁都没能力宣布，某种认知是人类终极真理。比如俞越的选择，我曾觉得很另类，至少不被世人普遍看好。但反过来想，"普遍看好"就一准好吗？当年女子缠小脚也都觉得好啊。而今某些世人趋同、挤独木桥式的人生选择模式，是否也会成为无形的缠脚布，扭曲了自我，束缚了奔放？我还记得，芹奶从胡同走出去的背影。那双小脚在地上一拧一拧，仿佛留下长长一串儿省略号。

从爷爷屋里出来，我就去卸枣摘石榴。

两棵树都很老了。据我爷说，石榴树是他爷种的，而枣树是他爷的爷种的。人类来了走了一代又一代，它还照活着，真让人羡慕。好在，人类虽然个体生命短暂，但总有些记忆的形态延续。然而，若把记忆也抹去呢？那可够绝望了。于是我问孙子："你可知道，这树是谁种的？"他回答不上来。如今的孩子只知爸和爷叫什么，曾祖以上就不知其名了。这哪行呢？太远不说，起码知道高祖和曾祖呀。有些孩子上幼儿园就预习小学课程了，说是"不能输在起跑线"。但不能逼着孩子拼死往前冲，却把祖宗甩没了影，这是个事儿。

我反复教他，说你高祖（我爷）叫唐晏清，你曾祖（我父）叫唐振汉，记住没？他学了几遍说记住啦。这就好，不管他将来走多远，都不能忘了老祖宗。也就是得记住自己姓啥、是谁、从哪儿来。

石榴树高出了老瓦房的滴水檐，登上梯子才能够得着。我把梯子靠在屋墙上，拎个小网兜爬上去。摘几个装兜里，再用绳子吊下来，让孙子往篮里拾。每拾一兜儿他都很得意，跟多有本事似的。

"爷，我拾了一兜儿！"

"哎哟真棒，都拾这么多。"

"爷，我又拾了一兜儿！"

"哎哟长大啦，都会干活啦。"

其实，我直接挎个篮子上去比这更省事，但我有意让他干点活，培养些劳动本色没坏处。他该上幼儿园了，儿子问我去哪家呢？我说不准哪家好，但我知道不该去哪家，比如所谓"贵族学校"。我说，谁想把孩子培养成贵族、或成神童成英杰成超人，那是别家的事，管不着。咱祖辈都是寻常百姓家，还存平常心就好。至于孩子能成多大器，在他，不是你想怎么杰出就怎么杰出的。先教会他做人，这比啥都关紧、都实在。

老宅的石榴和枣摘下来，每年照例送给叔伯家，让子孙们都尝尝。侄子唐昌实虽然开个石榴园，照样喜欢品尝老宅的。这对，不管他创多大业，都不能忘了自己的根。也像树，头顶占的那片天越大，越得把根扎得更深、更深。

如今，他的石榴园已发展到上千亩，又办了果品加工厂，还创出个品牌。我不奢望他挣多少钱成多大腕儿，但我欣慰他没给祖宗丢脸，没失家风。不管世道怎么变，人还是人，总有些东西是必须坚守的。我不知道他能走多远，但我肯定他的走向。也不管价值取向如何多元，他不是活在别人眼里，而是走适合自己的路，这点不会错。那天，我去地里一看，哇！大片石榴树都挂满了果，遍地滴溜溜闪着红光。那是片根深枝茂的田野，是生命舒放的田野。

该卸枣了。

我往树下铺张塑料布，拿起带铁钩的长木杆，钩住枝梢摇啊摇，枣儿下冰雹似的泄下来，铺了一地红。小孙子拍着手欢蹦乱跳，嘎嘎大笑。他笑得清纯脆亮，满院爽朗。